Judith Pella

W0357818

Der Fremde an meiner Seite

francke

Über die Autorin:
Mit großen Romanserien wie der Texas-Lady oder der Russland-Saga hat Judith Pella ihren Ruf als Meisterin des Romans mit christlichem Hintergrund begründet. Sie lebt mit ihrer Familie in Oregon/USA.

Bibliografische Information Der Deutschen Bibliothek
Die Deutsche Bibliothek verzeichnet diese Publikation in der Deutschen Nationalbibliografie; detaillierte bibliografische Daten sind im Internet über http://dnb.ddb.de abrufbar.

ISBN 978-3-86827-186-7
Alle Rechte vorbehalten
©1996 by Judith Pella
Published by Bethany House Publishers, Minneapolis, USA
© der deutschsprachigen Ausgabe
2010/1998 by Verlag der Francke-Buchhandlung GmbH
35037 Marburg an der Lahn
Deutsch von Silvia Lutz
Umschlagbilder: iStockphoto / TriggerPhoto
iStockphoto / piskunov
Umschlaggestaltung: Verlag der Francke-Buchhandlung /
Christian Heinritz
Satz: Verlag der Francke-Buchhandlung GmbH
Druck und Bindung: CPI Moravia Books, Pohorelice

www.francke-buch.de

Prolog

Der alte Mann schlurfte so über den Gang, als hätte er kein richtiges Zeitgefühl. Er sah aus wie jemand, der in eine ganz andere Zeit gehörte – eine Zeit, die lange vergangen war, eine Zeit, in der Männer Filzhüte und Mäntel, Hosenträger und spitze Schuhe trugen. Aber der Hut dieses Mannes war abgegriffen, sein Mantel war abgetragen und die Schuhe ausgelatscht. Er hatte sie gebraucht gekauft und sie gegen die steife, neue und unbequeme Kleidung eingetauscht, die er vom US-Bundesstaat Kalifornien bekommen hatte. Er hatte gehofft, in den gebrauchten Kleidern würde er sich wohler und mehr er selbst fühlen – oder wenigstens mehr als Teil der Welt, von der er siebenunddreißig Jahre lang isoliert gewesen war.

Aber so fühlte er sich trotzdem nicht.

Er sollte versuchen, sich so zu kleiden wie die Leute, die er im Fernsehen gesehen hatte. Jeanshosen, T-Shirts, Baseballmützen. Aber er hatte in seinem ganzen Leben noch nie eine Blue Jeans getragen. Damals, im Jahr 1959, hatten nur Kinder und Bauern Jeans getragen. Und nur Baseballspieler hatten Schildmützen getragen. In solchen Sachen käme er sich einfach albern vor.

Es spielte jedoch keine große Rolle, ob er sich jemals in diese neue Welt einfügte. Er würde ohnehin nicht mehr lange hier sein. Aus diesem Grund schenkte er seinem Aussehen nur einen flüchtigen Gedanken. Er hatte Wichtigeres im Sinn.

Vor seinem Ziel am Ende eines langen Krankenhauskorridors angekommen, blieb er stehen. Auf einem Schild an der Tür stand: „Radiologie“. Er verzog die Miene, öffnete die Tür und trat ein.

„Guten Tag, Mr Sullivan“, begrüßte ihn die Arzthelferin. „Nehmen Sie bitte Platz. Sie kommen bald an die Reihe.“

Im Wartezimmer saßen noch zwei andere Patienten. Beide hatten sich hinter ihren Zeitschriften vergraben. Da er nicht so aussehen wollte, als suche er Gesellschaft, nahm er ebenfalls eine Zeitschrift, die einzige, die im Zeitungsständer noch übrig war – eine abgegriffene Ausgabe der Zeitschrift *Sunset.* Ein leichtes Lächeln huschte über seine Lippen, das aber weder sein aschfahles, unrasiertes Gesicht noch seine blutunterlaufenen, trüben Augen aufhellte. Er hatte mit den idyllischen, malerischen Bildern in den Zeitschriften genauso wenig gemeinsam wie mit Jeanshosen, Baseballmützen und den modernen Männern, die sie trugen. So deprimierend es auch war, er verglich sein jämmerliches Leben mit den Hochglanzfotos in der Zeitschrift.

Er hatte nie ein richtiges Zuhause gehabt. Seine Kindheit hatte er in den Slums von Chicago verbracht. Selbst nach seiner Hochzeit und seinem Umzug nach San Francisco waren er und seine kleine Familie von einer heruntergekommenen Wohnung in die andere gezogen und dabei nie länger als ein paar Wochen an einem Ort geblieben, da sie immer auf der Suche nach etwas Besserem gewesen waren. Damals hatte er Träume gehabt. Er wollte ein großer Mann sein, der seiner Frau ein schönes Haus mit einer anständigen Küche und gemütlichen Möbeln bieten konnte.

Stattdessen hatte er ihr nur Leid und Kummer gebracht.

Aber die Schuld lag nicht allein bei ihm. Er war von jemandem betrogen worden. Er hatte gedacht, er könnte ihm vertrauen, aber man hatte ihn in eine Falle gelockt. Er hatte die Strafe für etwas tragen müssen, das er nicht begangen hatte. Dadurch hatte er alles verloren – seine Frau, seine Familie, seine Freiheit, seine Träume. Aber der Betrüger würde bezahlen, genauso wie Charlie Sullivan in diesen langen siebenunddreißig Jahren bezahlt hatte und weiterhin bezahlen würde, bis zu seinem Tod. Er hatte schon lange die Hoffnung aufgegeben, dass er jemals den süßen Geschmack der Rache kosten würde. Aber jetzt wollte es das Schicksal doch noch anders. Seine unerwartete Freilassung aus dem Gefängnis war der Beweis.

Nun hatte er die Hoffnung, vielleicht auch manch anderes wiedergutzumachen. Er hatte geglaubt, dass es Fehler gab, die ein Mann nie wieder in Ordnung bringen könnte. Jetzt war er sich dessen nicht mehr so sicher.

Es war zu spät, um noch etwas für Betsy zu tun, die so jung gestorben war. Aber war es möglich, dass er eine Chance hätte, diese lausige Welt wenigstens mit einer einzigen guten Tat auf seinem Konto zu verlassen? Er bezweifelte, dass sie ihn in den Himmel bringen würde – diese Hoffnung hatte er schon lange aufgegeben –, aber vielleicht könnte er wenigstens einige seiner Fehler wiedergutmachen. Dabei könnte er vielleicht – aber nur vielleicht – mit der Gewissheit sterben, dass sich jemand an ihn erinnern würde.

Ach, Charlie, du bist ein alter Narr.

Jeder, der sich früher einmal etwas aus ihm gemacht hatte, war in diesen ganzen Jahren ohne ihn ausgekommen. Sie würden es nicht besonders schätzen, wenn er plötzlich auftauchte. Wahrscheinlich würden sie ihm einfach sagen, er solle zur Hölle fahren. Er verdiente auch nichts anderes. Es war reiner Egoismus, dass er jetzt Teil ihres Lebens sein wollte. Und doch war es so schwer, in dem Wissen zu sterben, dass er nicht wichtiger war als ein Staubkorn.

Es wäre besser gewesen, wenn er bis zu seinem Tod im Gefängnis geblieben wäre. Aber man hatte ihm gesagt, seine Freilassung wäre eine humane Geste, damit er seine letzten Tage als freier Mann verbringen könnte, vielleicht um die Dinge geradezubiegen, die er in der Vergangenheit verbockt hatte.

Könnte er das ohne Gefahr tun? Sein Erzfeind war jetzt ein wichtiger Mann. Charlie könnte wahrscheinlich nicht in seine Nähe gelangen, ohne selbst in Gefahr zu geraten – obwohl er nicht damit rechnete, seine letzte Tat auf Erden zu überleben. Vielleicht hätte eines seiner Kinder Mitleid mit ihm. Nicht, dass er ihr Mitleid wünschte. Er wollte einfach nicht länger allein sein.

„Mr Sullivan, der Herr Doktor will Sie jetzt sehen", sagte die Arzthelferin.

Langsam stand Charlie Sullivan auf. Ihm graute vor dem, was ihn jetzt erwartete. Vielleicht sollte er allen viele Probleme ersparen und sich einfach eine Kugel verpassen. Aber er wusste, dass er das, so verlockend es manchmal auch war, nie tun würde. Seine Freiheit war zu kostbar, um auch nur einen Augenblick davon zu verschenken.

Kapitel 1

Als die Sonne den Nebel durchbrach, war es trotz der kühlen Brise, die vom Meer her wehte, strahlend hell und warm. Das faszinierende Wechselspiel von Licht und Schatten, das die Sonnenstrahlen begleitete, schuf interessante Bilder. Irene Lorenzo versuchte, dieses Bild einzufangen. Hier, an der nordkalifornischen Küste, war das schöne Wetter zu selten und zu launenhaft, um es ungenutzt verstreichen zu lassen.

Die Kinder wussten das anscheinend auch. Adam und Mark waren eifrig damit beschäftigt, im Sand eine Stadt für ihre Matchbox-Autos zu bauen. Sie waren barfuß und hatten sich nicht davon abbringen lassen, Shorts und T-Shirts anzuziehen, auch wenn es schon Mitte Oktober war. Angesichts der warmen Sonne konnte Irene keine Argumente anführen, die dagegen sprachen. Aber sie hatte für alle Fälle ihre Jeans und Sweatshirts mitgenommen. Irene, die nicht so abgehärtet war wie der zehn- und der sechsjährige Junge, war mit einer Levis und einem Flanellhemd bekleidet. Sie hatte sich von der Herbstsonne schon zu oft an der Nase herumführen lassen.

Irene betrachtete ihre Zeichnung. Die zwei Jungen, die im Vordergrund im Sand buddelten, waren zu steif. Sie spiegelten nicht die Lebendigkeit wider, die Adam und Mark ausstrahlten. Während sie versuchte, herauszufinden, was auf ihrem Bild fehlte, stand eines ihrer Modelle auf und kam auf sie zugelaufen.

„Ich habe Hunger, Mama“, sagte Mark.

„Ich habe Äpfel dabei.“

„Keine Chips?“

„Davon bekommst du nur Durst.“

„Ich habe sowieso schon Durst.“

„Dann iss einen Apfel; er stillt beides." Sie griff in ihre Tasche und zog einen Golden Delicious heraus. Mark streckte ihr eine sandige Hand entgegen. „Was hältst du davon, wenn du dir zuerst den Sand abwäschst?", schlug Irene vor.

„Ach!", murrte der Junge, lief dann aber zum Wasserrand.

Irene lächelte. Ihre haselnussbraunen Augen verrieten die tiefe Liebe zu ihren Kindern. Mark hasste Baden – er verachtete Sauberkeit jeder Art. Seine Hälfte im Kinderzimmer wäre ein einziges Chaos, wenn Irene ihn nicht immer wieder ermahnen würde, seine Sachen aufzuräumen. Adam, das genaue Gegenteil, schien bei Ordnung und Sauberkeit richtig aufzublühen. Nicht zum ersten Mal fragte sich Irene, wie sehr die letzten Jahre ihre Spuren bei den beiden Kindern hinterlassen hatten. Das Lächeln auf ihrem Gesicht verschwand.

Ihr Leben war so rastlos verlaufen, und als Ältester hatte Adam vieles davon ausbaden müssen. Irene hatte sich mit aller Kraft gegen die Scheidung gewehrt, aber seit die endgültige Trennung von Greg eine unumstößliche Tatsache geworden war, musste sogar sie zugeben, dass sich das Leben der Kinder – und auch ihr eigenes – spürbar verbessert hatte. Es hatte auch nur besser werden können. Irene konnte sich kaum an eine Zeit erinnern, in der man ihre Ehe als gut hätte bezeichnen können. Vielleicht am Anfang ... eine kurze Weile. Immerhin war sie in Greg verliebt gewesen.

Irene hatte ihn in einem Bibelkreis für Alleinstehende kennengelernt. Sie besuchte schon seit Jahren, eigentlich fast ihr ganzes Leben lang, die Baptistengemeinde „Brot des Lebens". Greg war bei einem Konzert Christ geworden und war in ihrer Gemeinde – überhaupt in einer christlichen Gemeinde – neu gewesen. Trotz des Anflugs von Schalk in seinen Augen hatten sein schnelles Grinsen und seine genauso schnelle Begeisterung für geistliche Dinge nicht nur sie, sondern alle in der Gemeinde in ihren Bann gezogen. Alle, das heißt alle außer Irenes Mutter. Aus irgendeinem Grund, den Millie Lorenzo selbst nicht erklären konnte, hatte sie sich nie für ihren Schwiegersohn erwärmen können. Aber Irene hatte auf die Frau, die dafür bekannt war, etwas kritisch zu sein, nicht hören wollen.

Selbst jetzt konnte Irene nicht behaupten, dass Greg sie absichtlich getäuscht hätte. Wahrscheinlich war er in seinem neuen Glauben ehrlich gewesen, und zweifellos hatte er geglaubt, er liebe Irene, als sie nur einen Monat nachdem sie sich kennengelernt hatten, heirateten. Es war genauso sehr Irenes Fehler gewesen, dass sie Greg nicht besser kennengelernt hatte, bevor sie sich in die Ehe stürzten. Millie behauptete immer, Greg habe Irene gedrängt. Aber Irene war sich da nicht so sicher. Vielleicht war sie auch wirklich so naiv gewesen, wie ihre Mutter immer behauptete.

Damals hatte Irene gedacht, solange der Mann Christ sei, sei alles andere im Grunde unwichtig. Ihr erster Fehler.

Was danach folgte, war ein Leben, das Irene jetzt, elf Jahre später, verzweifelt vergessen wollte. Nur wenige Monate nach der Hochzeit hatte das ziellose Vagabundieren begonnen. Sie waren fast genauso oft umgezogen, wie Greg seinen Arbeitsplatz gewechselt hatte. Später hatte sie herausgefunden, dass Greg schon immer ein Mann gewesen war, den es nie lange an einem Ort hielt. Er zog hauptsächlich durch Kalifornien, aber auch an der Westküste weiter nach Norden – einmal kamen sie sogar bis nach Alaska. Als er in San Francisco einige Monate nach ihrer Hochzeit arbeitslos wurde, sagte er, dass er die Stadt verlassen wollte, in der Irene aufgewachsen war und bis dahin gelebt hatte. Im Nachhinein wurde ihr klar, dass Greg sie nur von dem Einfluss ihrer Familie und Freunde losreißen wollte.

Danach wohnten sie eine Weile in Santa Rosa, dann zogen sie weiter in den Norden nach Eureka, dann nach Oregon – Eugene, Portland, Medford ... Irene konnte sich gar nicht mehr an alle Städte erinnern.

Sie hatte gehofft, die Geburt der Kinder würde ihn sesshaft machen, aber dadurch wurde alles nur noch schlimmer, weil die Kinder ihm Verantwortung aufbürdeten. Aber er hatte eine entschiedene Abneigung gegen jede Form von Verantwortung. Ob das Trinken eine Folge von dem allen oder die Ursache dafür gewesen war, spielte keine Rolle. Es hatte langsam angefangen und sich über die Jahre gesteigert, bis es zu einem zusätzlichen Problem wurde. Aber Greg war einer jener *cleveren* Alkoholiker. Er verlor nie wegen des Alkohols seine Arbeit – sondern kündigte rechtzeitig vorher. In der Öffentlichkeit hatte er sich überraschend gut im Griff, wenn er getrunken hatte; zu Hause machte er sich diese Mühe nicht. Er misshandelte sie nicht körperlich – aber die Beschimpfungen, die Depressionen, das Desinteresse waren eine Misshandlung ganz anderer Art.

Irene hatte immer gehofft, dass ihr Glaube ihnen zu einer Lösung verhelfen würde, aber vergebens. Sie betete regelmäßig, besuchte Selbsthilfegruppen und suchte Rat in Seelsorgegesprächen. Greg tat Buße und fiel dann genauso regelmäßig wieder vom Glauben ab. Schließlich gab sie alles auf: Greg, die Kirche und sogar Gott.

Welch ein Leben für zwei unschuldige Kinder! Im Rückblick wusste Irene, dass es falsch gewesen war, ihretwegen an der Ehe festzuhalten. Aber sie waren nicht ihr einziger Grund gewesen. Wohlmeinende Gemeindemitglieder hatten ihr immer wieder gesagt, wenn sie treu bliebe, würde Gott sie dafür belohnen. Scheidung sei etwas Schreckliches, sagten sie, und wenn sie Greg verließe, könnte sie nie wieder heiraten. Vergib Greg, wie Gott seinen Kindern vergibt. Und so hielt Irene äußerlich an ihrer Ehe fest, nachdem sie in ihrem Herzen schon längst ein Ende gefunden hatte.

Die eigentliche Ironie bei der ganzen Sache war, dass es Greg gewesen war, der schließlich den Schlussstrich zog – nicht Irene.

„Irene, du machst einfach keinen Spaß mehr", hatte er geklagt.

Sie hätte ihm beinahe ins Gesicht gelacht. Als dann die Scheidungspapiere kamen, hatte sie sie mit einer benommenen Erleichterung unterschrieben, als wäre sie gerade nach einer langen Fahrt aus einem Karussell ausgestiegen. Das war vor einem Jahr gewesen. Seitdem war sie nach San Francisco zurückgezogen, hatte eine Stelle bei einer Grafikdesign-Firma bekommen und sogar ihren Mädchennamen wieder angenommen. Die Vergangenheit rückte mit jedem Tag weiter in die Ferne.

Ein Schatten, der über ihren Zeichenblock zog, veranlasste Irene, zum Himmel aufzublicken. In weniger als einer halben Stunde hüllte der Nebel die Sonne vollständig ein. Es war ohnehin Zeit zum Aufbruch. Sie wurden bei ihren Eltern zum Abendessen erwartet.

Sie steckte den Apfel wieder in die Tasche; Mark suchte nach Muscheln und schien seinen knurrenden Magen darüber ganz vergessen zu haben.

„Hallo, Jungs! Denkt langsam daran, dass wir bald fahren müssen!", rief sie.

Es gab Proteste, besonders von Adam, der in seine „Stadt" viel Mühe investiert hatte und nicht bereit war, sie so ohne Weiteres der Willkür der Wellen zu überlassen. Sie ließ den beiden noch eine Viertelstunde Zeit, dann scheuchte sie sie ins Auto. Heute war der einundachtzigste Geburtstag ihrer Großmutter, und die alte Dame sollte nicht glauben, sie sei ihr so unwichtig, dass sie zu spät komme.

* * *

Irene war im Twin-Peaks-Viertel von San Francisco aufgewachsen, einer gemütlichen Gegend, in der die Mittelschicht wohnte. Es lag auf einigen der Hügel, die die Stadt so berühmt machten. In dem Haus mit den vier Zimmern, in dem Eltern, Großeltern und vier Kinder Platz hatten finden müssen, war es immer eng zugegangen.

Jetzt, da Großvater gestorben war und die Kinder alle ausgezogen waren, wohnten nur noch Irenes Eltern und Großmutter dort. Eigentlich müsste einem das Haus jetzt leer vorkommen. Aber es erweckte noch denselben Eindruck wie früher. Es war immer noch mit vielen schweren, alten Möbeln überladen, von denen kein einziges Möbelstück fein genug war, um als Antiquität zu gelten. Die geblümten Polstermöbel, Teppiche und Vorhänge stammten aus den 70er-Jahren, genauso wie die leicht grellen Farbmuster. Trödel und Spitzendeckchen waren überall, und die Wände waren eine einzige Galerie billiger Nachdrucke. Aber Irene liebte jede unpassende, geschmacklose Nuance dieses Hauses, sogar die Knoblauch- und Kieferngerüche.

Das Haus lag in einer steilen, ruhigen Straße, in der alle Häuser so eng nebeneinander standen, dass sie sich fast berührten. Es gab keinen nennenswerten Vorgarten und nur einen winzigen Garten hinter dem Haus. Aber Irenes Vater hatte aus seinem kleinen Fleck Erde viel gemacht. Ray Lorenzo war im Gartenbau tätig und betrachtete sein Haus schon immer als die beste Werbung für sein Geschäft. So hatte er einige sehr kreative Ideen in ihrem winzigen Hof verwirklicht und sogar einen kleinen Gemüsegarten hinter dem Haus angelegt. Seine Dahlien standen jetzt in Blüte. Ihre leuchtenden Köpfe strahlten in der untergehenden Sonne.

Großmutter war die Erste, die sie begrüßte. Sie verpasste Irene auf jede Wange einen feuchten, leicht kratzenden Kuss.

„Hallo, Großmutter! Wie geht es dir?“, begrüßte Irene sie.

„Nicht schlecht für eine alte Frau.“ Mit ihren einundachtzig Jahren war Theresa Sellese etwas gebeugt und hatte unübersehbare Falten, aber sie sprühte fast genauso vor Energie wie der junge Mark. Sie war eine kleine Frau und schien von Jahr zu Jahr um ein paar Zentimeter zu schrumpfen. Ihre schwarzen Haare, die sie zu einem matronenhaften Knoten zusammengebunden hatte, waren grau durchzogen, aber sie waren nicht so grau, wie man es bei ihrem Alter erwarten würde. Aus ihren scharfen braunen Augen sprühte ein lebhafter, trockener Humor.

Die Jungen stürmten ins Wohnzimmer, wo der Fernseher lief und ein Baseballspiel übertragen wurde.

„Welch eine seltene Stimme höre ich denn hier?“, kam Millie Lorenzos Stimme aus der Küche. Einen Augenblick später erschien sie und trocknete sich die Hände an einem Geschirrtuch ab.

Irene räusperte sich und lächelte schwach. Ihr war sehr wohl bewusst, dass es über eine Woche her war, seit sie ihre Familie das letzte Mal gesehen hatte. „Mach mir keine Vorwürfe, Mama. Ich habe diese Woche jeden Tag Überstunden gemacht. Und dann der Zeichenkurs ...“

„Du hast also kein Telefon?“

„Oh, Millie, reg dich doch ab“, sagte Theresa mit einem Augenzwinkern zu Irene. „Das Mädchen führt sein eigenes Leben.“

„Arbeit und Schule. Was ist denn das für ein Leben? Wann willst du endlich einen Mann kennenlernen?“

Irene stöhnte. Obwohl Irene jetzt schon zweiunddreißig war, konnte ihre Mutter ihr immer noch das

Gefühl vermitteln, sie sei eine eingeschüchterte Zehnjährige. Aber eine neue Stimme rief aus dem angrenzenden Wohnzimmer und verschonte Irene davor, auf die oft wiederholte Frage ihrer Mutter antworten zu müssen.

„Könnt ihr da draußen nicht leiser sein? Hier läuft die World Series!"

Ray Lorenzos Leidenschaft für Gartenarbeit wurde nur durch seine Begeisterung für Baseball übertroffen – eine Leidenschaft, die er an seine Enkelsöhne weitergegeben hatte.

Irene steckte den Kopf ins Wohnzimmer. Ihr Vater, der in seinem großen, abgegriffenen, bequemen Sessel saß, war ein kleingewachsener, stämmig gebauter Mann mit grauen Haaren und einer leichten Glatze, den Irene fast noch nie in etwas anderem als in Khakihosen und karierten Flanellhemden gesehen hatte. Die Kinder hatten es sich beide auf dem Sofa bequem gemacht. Alle drei verfolgten wie gebannt das Spiel. Irene lächelte ihrem Vater ein schweigendes Hallo zu, der mit einer winkenden Handbewegung antwortete.

Der Geruch der Spaghettisoße, die unverkennbar mit Knoblauch und Oregano gewürzt war, erfüllte die Luft und lockte sie in die Küche. Dieser Geruch weckte in Irene angenehme Erinnerungen. Die sonntäglichen Spaghetti waren in ihrer Familie mehr als nur eine Tradition, und sie fragte sich, ob die Töpfe und Pfannen wohl von selbst aus dem Schrank kletterten und kochten, falls sonst niemand das Essen zubereiten würde. Irenes Kindheit war schön gewesen, ganz normal, und trotz der manchmal streitsüchtigen Natur ihrer Mutter zum größten Teil angenehm.

„Du siehst blass aus", sagte Millie. „Isst du auch richtig?"

„Ja. Ich habe nur keine Zeit, in die Sonne hinauszugehen, wenn sie sich zufällig einmal zeigt."

„Du arbeitest zu viel, und sie bezahlen dich bestimmt nicht gut genug. Ich meine, wie viel Geld kann eine solche Grafikfirma schon haben? Ich mache mir nur Sorgen um meine Enkelkinder. Die Jungen sind in der Wachstumsphase und brauchen ein anständiges Essen."

„Wir nagen gewiss nicht am Hungertuch", verteidigte sich Irene. Ihre Mutter hatte gewollt, dass Irene nach der Scheidung zu ihnen ziehen sollte, aber sie hatte instinktiv gewusst, dass das nie gut gehen könnte. Irene hatte sich nach Unabhängigkeit gesehnt und es nicht erwarten können, allein zurechtzukommen. Sie wusste, dass das nie hätte funktionieren können, wenn sie sich auf eine solche Regelung mit ihren Eltern eingelassen hätte.

Millie Lorenzo hielt mit ihrer Meinung nie hinter dem Berg. Sie war eine starke Frau, vielleicht sogar dominierend – besonders im Vergleich zu der ruhigen, zurückhaltenden Natur ihres Mannes. Aber jeder, der die beiden gut kannte, wusste, dass Ray mit seiner Ehe sehr zufrieden war, anscheinend den Überblick behielt und genau wusste, wann er seiner Frau ihren Willen lassen sollte und wann er das Wort ergreifen musste. Und obwohl Millie eine Sache bis zum bitteren Ende ausdiskutieren konnte, nur weil sie immer so felsenfest von sich überzeugt war, wusste sie doch, wann ihr Mann genug davon hatte. Sie war ihm gegenüber viel respektvoller als anderen gegenüber.

Obwohl sie genauso energiegeladen war wie ihre Mutter, fehlte Millie Theresas Humor. Nicht, dass sie nicht lachte oder einen Spaß verstand – sie konnte nur nicht über sich selbst lachen. Sie war sehr stolz auf sich und auf ihre Familie; über sie durfte man einfach keine Witze machen. Dieser Stolz wurde in ihrem Aussehen deutlich. Ihre allmählich grau werdenden Haare waren kastanienbraun gefärbt und wurden jede Woche vom Friseur auf Vordermann gebracht, auch wenn sie das nie zugeben würde. Ihre Kleidung war makellos, und sie versuchte, sich nach der neuesten Mode zu kleiden. Ihr einziger Feind bei diesem Bestreben war ihr Gewicht – dreißig Pfund mehr, als sie haben sollte. Das Übergewicht spottete auch ihren hartnäckigsten Bemühungen.

„Und was hast du von diesem Taugenichts, deinem Ex, gehört?“, fragte Millie.

„Mama ...“

„Was? Du wirst ihn doch nicht verteidigen?“

„Nein, ich will nur nicht, dass du so von ihm sprichst, wenn die Kinder dich hören.“

„Sie werden früher oder später schon selbst herausfinden, was für ein Lump er ist.“

„Vielleicht wäre es ihr später lieber“, warf Theresa ein.

Millie zuckte mit den Achseln. Offenbar stand ihr nicht der Sinn danach, mit ihrer Mutter zu streiten. „Keine Unterhaltszahlungen für die Kinder oder dergleichen, nehme ich an?“

„Das macht nichts“, sagte Irene. „Ich bin lieber vollkommen unabhängig von ihm.“

„Er ist aber dazu verpflichtet“, bemerkte Theresa.

„Wann hat ihn das je interessiert, auch als er noch da war?“, brummte Millie.

„Können wir vielleicht über etwas anderes sprechen?“, seufzte Irene. „Kommen Connie und Norm bald?“

„Sie kommen wie immer zu spät“, murrte Millie.

„Wer kann ihnen daraus einen Vorwurf machen? Sie haben vier Kinder, die sie fertig machen müssen“, verteidigte Theresa ihre Enkelin.

„Ich hatte auch vier Kinder und kam nie zu spät.“

Theresa schmunzelte. „Mein altes Gedächtnis muss besser sein als deines, Millie.“

Mit einem aufgebrachten Knurren drehte sich Millie zu ihrer Tochter um und wechselte abrupt das Thema. „Irene, fängst du bitte mit einem Salat an?"

Zehn Minuten später rief ein lautstarkes Treiben an der Haustür sie von ihrer Arbeit fort. Offenbar war Irenes Schwester mit ihrer Familie angekommen.

Kapitel 2

Irene und Connie waren nur ein Jahr auseinander, und genauso eng war ihre Beziehung zueinander. Das Schwerste bei Irenes Zwangsexil von zu Hause während ihrer Ehe war die Trennung von ihrer Schwester gewesen. Sie hatten noch eine ältere Schwester, die an der Ostküste lebte, und einen älteren Bruder, der in Los Angeles wohnte, aber die beiden waren nie so sehr Teil von Irenes Leben gewesen wie Connie.

Connie war die Jüngere der beiden. Sie war zierlicher, acht Zentimeter kleiner als Irene und einige Pfunde leichter, als Irene zugeben wollte. Sie hatte außerdem natürlich gelockte Haare – etwas, worum Irene mit ihren glatten braunen Haaren sie schon immer beneidete. Connies Augen waren genauso nussbraun wie die ihrer Schwester, wodurch manche glaubten, sie seien Zwillinge, auch wenn keine von ihnen eine große Ähnlichkeit entdecken konnte. In vielerlei Hinsicht waren die beiden sogar sehr verschieden: Connie war sportlich, konnte leicht auf Leute zugehen und war weniger introvertiert. Aber Irenes ernstere, sensiblere Natur hatte ihre Schwester immer gut ergänzt. Ihr Vater nannte sie zwei Erbsen aus derselben Schote.

An diesem Abend brachen die zwei Frauen nach dem Essen zu einem Spaziergang um den Block auf, da sie sich nach der gehaltvollen Mahlzeit etwas bewegen wollten. Sie unterhielten sich eine Weile über ihren Alltag. Obwohl Irene nur zwei Straßen von Connie entfernt in San Bruno wohnte und sie sich fast jeden Tag sahen, gab es trotzdem immer vieles zu bereden. Die Kinder, ihr Zuhause, ihre Arbeit, ihre Freunde. Manchmal waren die Gespräche belanglos und scheinbar banal, manchmal sehr tief gehend, was für die Vielschichtigkeit ihrer Beziehung sprach.

„Habe ich dir eigentlich schon erzählt, dass wir einen neuen Lehrer für die fünfte Klasse an der Schule haben?“, erwähnte Connie beiläufig, als sie gerade über ihre Arbeit sprachen.

„Ja“, antwortete Irene und wurde vorsichtig. Der Mann war sechsunddreißig, alleinstehend und sah nicht schlecht aus, wenigstens Connies Bericht zufolge einige Wochen nach Beginn des neuen Schuljahres im September.

„Ich hatte Gelegenheit, ihn besser kennenzulernen. Seine Klasse gibt meinen Erstklässlern in unserem Tutorenprogramm Nachhilfeunterricht.“

„Mhm.“

„Er ist wirklich ein netter Mann.“

„Zu schade, dass du schon verheiratet bist.“

„Ach komm, Irene.“

„Was erwartest du von mir? ‚Oh, Connie, stelle mich ihm doch bitte ganz schnell vor!‘“

„Ja – genau das!“

„So weit bin ich einfach noch nicht.“

„Das könnte ich glauben, wenn es wahr wäre. Ich meine ...“, fügte Connie schnell hinzu, als Irene verteidigend den Mund öffnete. „Du genießt bestimmt deine Unabhängigkeit. Das ist vollkommen verständlich. Aber mir gefällt einfach der Gedanke nicht, dass du dich vielleicht nur aus Angst auf keine Beziehung einlassen willst.“

„Und wenn es so wäre? Wer könnte mir daraus einen Vorwurf machen?“

„Aber, Reenie, irgendwann musst du darüber hinwegkommen.“

„Warum? Vielleicht bleibe ich ewig allein.“

„Ausgezeichnet, wenn du das *willst.* Aber willst du das wirklich?“

Irene seufzte und wischte sich gedankenabwesend eine Strähne ihrer schulterlangen Haare aus den Augen. „Ich weiß es nicht. Manchmal klingt es wirklich gut, Single zu sein. Aber dann gibt es wieder Augenblicke, in denen ich dich und Norm ehrlich um das beneide, was ihr habt. Ich denke, wie schön es sein könnte, mein Leben mit jemandem zu teilen. Aber wenn ich dieses Risiko noch einmal eingehen soll, müsste dieser Jemand praktisch vollkommen sein."

„Oder mindestens Gottes vollkommene Wahl für dich."

„Oh, bitte, Connie! Lieber einen Mörder als einen Christen!"

Connie nickte und schaute sie gelassen an.

„Was soll denn dieser Blick schon wieder bedeuten?", fragte Irene irritiert.

„Du weißt, was ich darüber denke."

„Ja. Du sagst immer, mein Glaube sei zu tief, als dass ich so einfach alles wegwerfen würde."

„Du bist dein ganzes Leben lang schon Christin, Reenie. Vergiss nicht: Wir sind damals miteinander zum Altar vorgegangen. Ich war neun; du warst zehn. Du hast meine Hand gehalten und hast mich richtiggehend *mitgezerrt*."

„Seit damals ist viel passiert."

„Ich habe noch nie gehört, dass du die Existenz Gottes geleugnet hättest."

„Nein, aber ich arbeite daran."

„Sage nichts Unüberlegtes, Reenie."

„Das werde ich nicht, solange du mir nicht erzählst, dass du für mich betest."

Connie lächelte, sagte aber nichts.

Sie gingen eine Weile schweigend eine Steigung hinab und bogen unten um die Ecke. Irene fragte sich, wie sie es als Kinder nur geschafft hatten, mit ihren Fahrrädern diese Steigung ohne Probleme hinauf- und hinabzufahren. Allein bei dem Gedanken, dass sie diesen Berg wieder hinaufgehen müssten, um nach Hause zu kommen, geriet sie schon außer Atem. Irene erfüllte plötzlich eine Sehnsucht nach diesen sorglosen Jugendjahren. Welchen Spaß sie und Connie damals gehabt hatten! Sie hatten miteinander das College besucht, bis Irene im dritten Jahr die Schule verlassen hatte, um Greg zu heiraten. Ab diesem Tag hatte jeder Spaß aufgehört.

„Was ist jetzt mit Don?“, fragte Connie.

„Mit welchem Don?“

„Dem Lehrer.“

„Es ist ja nicht so, dass ich mit keinem Mann mehr ausgegangen wäre, seit Greg fort ist. Es war nur nie so ernst, dass ihr, du oder Mama damit zufrieden wärt.“

„Ja, sobald es ernst wird, brichst du den Kontakt zu dem Mann ab.“

„Wer sagt, dass das meine Schuld ist?“

„Kein Kommentar“, antwortete Connie.

Sie schwiegen wieder und begaben sich auf den Rückweg. Der Weg war so steil, dass sie keuchten, als sie oben ankamen. Als sie vor der Haustür ihrer Eltern standen, zögerte Irene, bevor sie eintraten.

„Ich denke darüber nach, einverstanden?“

Connies einzige Antwort war ein verschmitztes Grinsen.

Irene wusste nicht, ob sie mehr tun würde als darüber nachdenken. Die wenigen Bekanntschaften, die sie bei ihrer Schwester und Mutter so schnell erlebte, hatten ihr allesamt nichts bedeutet. Sie hatte sich wahrscheinlich nur bereit erklärt, mit Männern auszugehen, um ihre Familie zufriedenzustellen.

Hatte sie Angst?

Wahrscheinlich. Wie könnte sie sich bei einem Mann jemals wieder sicher sein? Wie sollte sie wissen, ob er es ernst meinte? Und selbst wenn er es ernst meinte, wie könnte sie verhindern, dass später alles doch wieder in die Brüche ging? Was würde das für ihre Kinder bedeuten?

Außerdem war da noch der einfache Umstand, dass sie das ganze Ritual bei einer Verabredung als eine schreckliche Qual empfand; es war ein wahrer Albtraum für ihr zurückhaltendes Wesen. Wenn Gott ihr wirklich etwas Gutes tun wollte, würde er ihr einen Mann schicken, den sie kennenlernen könnte, ohne mit ihm ausgehen zu müssen, und der außerdem makellose moralische und gesellschaftliche Referenzen vorzuweisen hätte – vollkommen risikofrei also.

Natürlich gab es keinen solchen Mann. In jeder Beziehung zu einem anderen Menschen blieb immer ein Risikofaktor. Die eigentliche Frage war: War sie bereit, ein solches Risiko einzugehen? Connie würde sagen, mit Gott an ihrer Seite könnte sie es. Aber Connie hatte manchmal eine ziemlich vereinfachte Sicht von geistlichen Dingen. Ihre Antworten halfen kaum, wenn Irene fragte: *„Hat Gott mir in meinem Chaos mit Greg geholfen? Wo war Gott damals? Ich hatte das Gefühl, ganz allein und verlassen zu sein. Zum Trocknen aufgehängt und auf der Leine vergessen, als der Regen kam."*

Es tut mir leid, Connie. Gott muss sich schon einiges einfallen lassen, um mich zurückzugewinnen.

Genauso wie ein Mann, der ihre Liebe gewinnen wollte.

Kapitel 3

Der Mittagsverkehr war sehr lebhaft, besonders für den Mann, der an der Ecke der Montgomery und der Market Street stand, im Finanzviertel der Innenstadt von San Francisco. Er war einen Meter fünfundachtzig groß und hatte helle sandbraune Haare und Gesichtszüge, die einen entschlossenen, aber angenehmen Eindruck vermittelten. In seinem teuren braunen Kaschmiranzug stand er selbstbewusst am Straßenrand. Nur die leichte Neigung seines Kopfes und sein Ohr, das sich auf den Verkehrslärm konzentrierte, ließen eine leichte Besorgnis wegen des dichten Verkehrs vermuten. Die quietschenden Bremsen, lauten Hupen und aufheulenden Motoren waren alles andere als erfreulich, aber der Mann war nicht der Typ, der lange in Unentschlossenheit verharrte oder vor einer Herausforderung ängstlich zurückwich.

Für Joel Costain war die Überquerung der Straße wirklich eine Herausforderung. Eine kleine, wohlgemerkt. Eine Herausforderung, die er schon seit vielen, vielen Jahren täglich meisterte, aber selbst ein Mensch, dessen Augenlicht intakt war, empfände die mittägliche Hauptverkehrszeit als unangenehm. Bei einem Blinden spielten immer auch noch die Nerven eine gewisse Rolle, wenn es darum ging, eine Straße zu überqueren. Aber Joel war sein ganzes Leben lang schon blind und war es gewohnt, Gefahren auf sich zu nehmen. Sehen war ein Begriff, den er nur durch die Beschreibung von den Erfahrungen anderer verstand. Das Fehlen dieses Sinnes war nur eine Behinderung, weil er zufällig in einer Welt lebte, die für die Sehenden geschaffen war. Wenn er plötzlich sein Gehör oder seinen Tastsinn verlöre, wäre *das* wirklich eine Behinderung.

Kurzzeitig gab es eine kleine Unterbrechung im Verkehr. Joel nahm das Hundegeschirr mit etwas mehr Entschlossenheit in seine linke Hand und sagte dann: „Vorwärts, Ebony."

Der Blindenhund gehorchte dem Befehl und lief vom Bürgersteig auf die Fahrbahn, aber Joel hatte vollständiges Vertrauen, dass seine Hündin ebenfalls den Verkehrsfluss beobachtete und ihren gut entwickelten Hundeverstand einsetzte. Die zwei – Mann und Hund – waren seit sieben Jahren ein eingespieltes Team und kannten einander ganz genau. Manchmal fragte sich Joel, ob Ebony seine Gedanken lesen könne.

Drei Minuten später erreichte Joel in einem forschen Schritt, wie es seine Gewohnheit war, das alle anderen Häuser überragende Gebäude der TransAmerica-Pyramide. Der Hund kannte das Gebäude gut und steuerte, seiner Gewohnheit folgend, darauf zu. Joel trat durch die Behindertentür ein – Ebony konnte den Drehtüren beim Haupteingang einfach nichts abgewinnen. Als er die kleine Empfangshalle durchquerte und sich dem Aufzug näherte, wurde er von einer freundlichen Stimme begrüßt.

„Guten Tag, Mr Costain. Haben Sie gut zu Mittag gegessen?"

„Hallo, Wanda. Heute gab es etwas Einfaches. Ebony brauchte ein wenig Auslauf. Ich habe mir deshalb nur einen Hotdog bei einem Straßenverkäufer gekauft."

Wanda gehörte zum Sicherheitspersonal des Gebäudes. Sie war eine zierliche, aber trotzdem kräftige Frau spanischer Herkunft – eine Beschreibung, die Joel im Laufe der Jahre nach den Worten anderer, aber auch nach seinen eigenen Beobachtungsmethoden, übernommen hatte. Sie war gut geeignet für ihre Arbeitsstelle und stand mit der herablassenden Autorität eines Offiziers ihren Mann. Besonders auf neugierige Touristen wirkte sie sehr einschüchternd.

„Das erledige ich für Sie, Mr Costain“, bot Wanda an, als Joel auf den Aufzug zutrat.

Joel nahm das Angebot an, weil er wusste, dass es nicht ihre Absicht war, ihn wegen seiner Behinderung herablassend zu behandeln. Wanda tat dies für alle „Bewohner“ des Gebäudes, die sie für würdig erachtete, ihre Aufmerksamkeit geschenkt zu bekommen. Es gab Klienten, die ihren Aufzugknopf selbst drücken mussten, aber es gab auch eine Reihe sehender Mitarbeiter im Haus, die diese Begünstigung genossen.

Der Aufzug glitt fast geräuschlos in den sechzehnten Stock hinauf, und Joel betrat seine Anwaltskanzlei, die sich auf das gesamte sechzehnte Stockwerk und die darüberliegende Etage erstreckte. Er grüßte mehrere Leute – meistens mit Namen, weil er ihre Stimmen erkannte. Er überquerte den weiträumigen Empfangsbereich, bog in einen breiten Korridor ein, blieb schließlich vor der dritten Tür auf der rechten Seite stehen und trat ein. Hinter der Tür befand sich ein Büro, das mit warmen burgunderfarbenen Blumenmustern und einem kühlen blauen Teppich eingerichtet war – alles sehr geschmackvoll, davon war Joel überzeugt, da einer der angesehensten Innenausstatter der Stadt die Einrichtung entworfen hatte.

„Hallo, Linda“, begrüßte Joel seine Sekretärin, die hinter einem antiken Mahagonischreibtisch saß. „Wie sieht der Nachmittag aus?“

„Sie haben in fünfzehn Minuten ihren neuen Klienten.“

„Das hatte ich ganz vergessen.“ Joel betastete seine Blindenuhr. „Ich habe Andrew Donavan vorhin getroffen. Er wollte kommen. Ich sagte ihm, dass ich jetzt frei wäre.“ Donavan war Präsident einer Softwarefirma, die vor fünf Jahren gegründet worden war. Mit einem Umsatz von bereits einer halben Milliarde Dollar war er ein Klient, den man zuvorkommend behandeln musste.

„Sie sollten doch inzwischen wissen, dass Sie selbst keine Termine vereinbaren sollen, Mr Costain“, sagte Linda halb im Spaß und halb tadelnd – etwas, das nur eine ausgezeichnete Sekretärin wie sie sich erlauben konnte.

Joel lächelte. „Wann werde ich das endlich lernen? Also gut, rufen Sie ihn an und vereinbaren Sie einen anderen Termin mit ihm. Noch etwas?“

Sie reichte ihm ein Blatt Papier, das auf einer Braille-Schreibmaschine getippt war. „Sie haben Termine bis fünf Uhr, dann die Besprechung. Das hier ...“, dabei schüttelte sie leicht das Blatt in ihrer Hand, um ihn darauf aufmerksam zu machen, „... ist die Tagesordnung für die Besprechung.“

„In Ordnung. Ich habe also noch zehn Minuten.“ Er nahm das Geschirr seines Hundes fester in die Hand, ging zu der Tür, die in sein Büro führte, und trat ein.

Joel nahm Ebony das Geschirr ab. Der Hund legte sich auf seinen Lieblingsplatz hinter Joels Schreibtisch, wo die Nachmittagssonne ihre warmen Strahlen auf sein Fell warf. Joel setzte sich an seinen Schreibtisch und fuhr mit den Fingerspitzen schnell über das Blatt, das Linda ihm gegeben hatte. Nichts Weltbewegendes; es würde eine monatliche Routinesitzung werden. Sein neuer Klient war dagegen schon geheimnisvoller. Normalerweise würde er alle Informationen, die er über die Person hatte, noch einmal durchgehen, um sich auf ihn einstellen zu können, aber dieser Mann hatte nicht viel über sich preisgegeben. Joel rechnete damit, dass der Klient möglicherweise nicht in der Lage sein könnte, die hohen Gebühren der Kanzlei zu bezahlen. Da er glaubte, dass jeder das Recht auf einen guten Anwalt hatte, hatte Joel sich den Ruf erworben, alles zu tun, um auch weniger Begüterten zu helfen. In einer Steueranwaltskanzlei waren es selbstverständlich die wohlhabenderen Mitbürger, die sich an ihn wandten.

Aber Joel war davon überzeugt, dass die Mittelschicht es ebenfalls verdiente, einen guten Beistand beim Finanzamt zu haben, und so hatte er sich angewöhnt, jedes Jahr, normalerweise neben seiner normalen Arbeitslast, eine Handvoll sozialer Fälle zu übernehmen.

Er hatte keine Ahnung, ob dieser neue Klient sich als ein solcher Fall herausstellen würde.

* * *

Greg Mitchell pfiff leise durch die Zähne, als der Aufzug stehen blieb und er eine Welt betrat, die das genaue Gegenteil seiner eigenen Welt war. Das sechzehnte Stockwerk des TransAmerica-Gebäudes in San Francisco war die Adresse der Anwaltskanzlei von Eberhard, Wilson, Petri und Costain. Ziemlich angeberisch und protzig. Weiche Teppiche, teure Möbel, modisch gekleidete Frauen und Männer mit Seidenhalstüchern und teuren Anzügen.

Er beschloss, sich wegen seines billigen Trenchcoats und seiner Hose von der Stange nicht befangen zu fühlen. Er hätte statt seines Poloshirts vielleicht doch lieber ein weißes Hemd und eine Krawatte anziehen sollen. Aber sein gutes Aussehen – dichte dunkle Haare, funkelnde blaue Augen und breite, muskulöse Schultern – ersetzte, wenigstens seiner Meinung nach, seine fehlende Eleganz. Als er das Büro mit dem Messingschild „Joel Costain“ an der Tür betrat, glaubte er tatsächlich, bei der hübschen Sekretärin, die hinter dem vornehmen Schreibtisch saß, eine Chance haben zu können.

Er lächelte sie charmant an und sagte: „Ich habe einen Termin bei Mr Costain. Mein Name ist Greg Mitchell.“

Die Sekretärin warf einen Blick auf den Terminkalender und nickte dann: „Ja, Mr Mitchell. Bitte nehmen Sie Platz. Er telefoniert gerade. Es dauert nur eine Minute.“

„Das ist ja ein bombastisches Büro“, bemerkte Greg.

„Eberhard, Wilson, Petri und Costain ist eine der besten Anwaltskanzleien der Stadt.“

„Das bezweifle ich nicht.“ Er lächelte wieder. „Aber ich könnte nicht viel Arbeit schaffen, wenn Sekretärinnen wie Sie in meiner Nähe wären.“ Er zwinkerte ihr vielsagend zu.

„Bitte, Mr Mitchell, nehmen Sie Platz.“

Er setzte sich und nahm eine Zeitschrift, die neueste Ausgabe des *New Yorker*. Langweilig. Aber er blätterte darin, da er hoffte, etwas zu finden, das er als Aufhänger für ein erneutes Gespräch mit der Sekretärin verwenden könnte. Er hatte ihre Reaktion nicht unbedingt als Abweisung aufgefasst. Sie war zum Arbeiten hier und nicht, um sich von gut aussehenden Männern Komplimente machen zu lassen. Aber das unmissverständliche Leuchten in ihren hübschen grünen Augen weckte in ihm die Gewissheit, dass sie enttäuscht wäre, wenn er keinen zweiten Versuch unternähme.

Er wollte gerade einen neuen Anlauf starten, als sie ihn ansprach: „Sie können jetzt hineingehen, Mr Mitchell.“

„Danke.“ Greg zwinkerte wieder, als er an der hübschen Frau vorbeiging. Er musste ja nichts überstürzen. Wenn mit dem Anwalt alles gut lief, könnte er sich danach immer noch der Sekretärin widmen.

Costains Büro setzte mit seinen Bücherwänden, einem echten Perserteppich und den weichen Ledermöbeln das wohlhabende Ambiente des Empfangsbereichs fort. Costain stand von seinem Stuhl auf und reichte ihm über den Schreibtisch die Hand. Erst als Greg vortrat, um die angebotene Hand zu ergreifen, fiel sein Blick auf einen Hund, der neben dem Schreibtisch auf dem Boden lag. Jetzt erinnerte er sich daran, dass Charlie erwähnt hatte, dass Costain blind sei. Greg ergriff Costains Hand und betrachtete dabei das Gesicht des Anwalts ganz genau, um zu sehen, ob er sich möglicherweise nur verstellte. Er wirkte ziemlich normal und schien Greg direkt in die Augen zu schauen, was ihn noch mehr ins Fragen brachte.

Costain war groß, hatte blonde Haare, blaue Augen, trug einen Kaschmiranzug von Armani und hatte gepflegte, kräftige Hände.

„Nehmen Sie Platz, Mr Mitchell." Costain deutete auf einen der Lederstühle vor dem Schreibtisch. Er setzte sich selbst auch wieder und sprach weiter: „Was kann ich für Sie tun? Sie waren am Telefon sehr vage."

„Ja. Das musste ich leider. Was ich mit Ihnen zu besprechen habe, ist etwas delikat."

„Wie die meisten Angelegenheiten, bei denen man die Dienste eines Anwalts benötigt."

„Das hier ist eine persönliche Sache."

Costain nickte.

Greg sprach weiter: „Es ist schwerer, als ich erwartet hatte."

„Ich würde empfehlen, es einfach geradeheraus zu sagen."

„So ähnlich, wie wenn man ein Pflaster herunterreißt, was?", Greg schwieg kurz. Dann fuhr er fort: „Meinetwegen, also dann: Es ist vielleicht ein Schock für Sie – mich warf es jedenfalls fast um, als ich es hörte –, aber, also ... es ist so, dass ich gerade erfahren habe, dass Sie und ich Brüder sind."

„Brüder?"

„Ja, Sie wissen schon: lang verlorene Brüder, nach der Geburt getrennt, lauter solches Zeug."

Costain behielt seine kühle Miene bei. Falls er überrascht war, dann zeigte er es nicht.

„Haben Sie dafür irgendwelche Beweise?", fragte Costain.

„Ich habe einige Papiere, aber natürlich habe ich sie nicht bei mir. Ich wollte zuerst mit Ihnen sprechen."

„Können Sie mir wenigstens in Worten einige dieser Papiere beschreiben und mir erklären, wie Sie zu dieser Schlussfolgerung kommen?“

„Es war nicht leicht, das steht einmal fest. Ich habe einige Krankenhausberichte, Adoptionspapiere, solches Zeug. Und der offensichtlichste Beweis ist, dass mein Bruder vor siebenunddreißig Jahren blind geboren wurde – genau Ihr Alter, schätze ich.“

„Bitte erklären Sie mir, wie solche Papiere ohne Gerichtsbeschluss oder wenigstens eine Erlaubnis von meinen Adoptiveltern oder von mir an Sie herausgegeben wurden.“

„Ihre Eltern weigerten sich, diese Erlaubnis zu erteilen.“

„Das beantwortet noch nicht meine Frage.“

„Es gibt Wege ...“

„Welche Wege, Mr Mitchell?“

In den nächsten zehn Minuten befragte Costain Greg mit solchem Nachdruck, als stünde er vor Gericht. Greg begann, sich zu winden und zu schwitzen. Manchmal betrachtete dieser Mann Greg mit einem derart durchdringenden Blick, dass er den Eindruck hatte, jedes einzelne Detail werde genauestens unter die Lupe genommen. Aber wie konnte das sein, wenn der Anwalt blind war? Greg machte eine Reihe diskreter Handbewegungen vor Costains Gesicht, um zu sehen, ob er damit irgendeine Reaktion auslöse, aber es kam keine.

Schließlich hatte Greg von dem Kreuzverhör genug.

„Hören Sie, Sie brauchen mir nicht zu glauben, wenn Sie nicht wollen. Ich dachte nur, es würde Sie vielleicht interessieren.“

„War das Ihre gute Tat für heute?“

„Hey, Mann, das gilt nicht! Wenn Sie mir nicht glauben, meinetwegen. Aber Ihre Unterstellung, ich würde irgendein anderes Motiv verfolgen, brauche ich mir nicht gefallen zu lassen.“

Costain entschuldigte sich sofort. „Es tut mir leid, Mr Mitchell." Er rieb mit seinen langen, geschmeidigen Fingern über sein sauber rasiertes Kinn. „Das ist nur eine ziemlich große Überraschung. Es passiert nicht alle Tage, dass ich plötzlich einen Bruder bekomme."

„Aber Sie geben mir recht, dass es möglich sein könnte?"

„Ja ... ich nehme es an. Aber ich glaube, meine Adoptiveltern hätten etwas gesagt, wenn sie von Ihnen wüssten."

„Gewiss, aber solche Sachen wurden damals, als wir Kinder waren, noch ziemlich unter Verschluss gehalten."

„Allerdings." Costain schwieg lange. Als er wieder sprach, tat er es mit einem schweren Seufzen. Würde er Greg wieder in die Zange nehmen? „Sie können bestimmt verstehen, dass die Geschichte, die Sie mir erzählten von einer Mutter, die im Wochenbett starb, und von einem Vater im Gefängnis ziemlich weit hergeholt ist ..."

„Wollen Sie mich einen Lügner nennen?", knurrte Greg scharf.

Costain bewegte sich auf seinem Stuhl. „Ich brauche einfach etwas Zeit, um diese Informationen zu verarbeiten. Und natürlich werde ich meine eigenen Nachforschungen anstellen müssen."

„Das verstehe ich." Greg unternahm einen deutlichen Versuch, sich zu beruhigen. „Aber die Zeit steht nicht unbedingt auf unserer Seite. Der alte Mann stirbt bald an Krebs. Wer weiß, wie viel Zeit ihm noch bleibt."

„Warum ist er nicht mitgekommen?"

„Er wollte, dass ich ihm den Weg ebne. Das ist alles."

„Ich hätte gern zwei Tage Zeit, um das alles verarbeiten zu können."

„Dann rufe ich Sie in zwei Tagen wieder an."

„Wo kann ich Sie erreichen, falls ich weitere Fragen habe?"

Greg zögerte und überlegte, ob es möglicherweise Probleme geben könnte, wenn Costain wüsste, wo er wohnte. Da ihm nichts einfiel und er zu dem Schluss kam, er könnte noch mehr Verdacht erregen, wenn er sich weigerte, antwortete Greg: „Ich wohne im Super 8 Motel in der Lombard Street. Aber vergessen Sie nicht: Wir haben nicht viel Zeit. Und glauben Sie mir: Es ist zu Ihrem Vorteil, wenn Sie nicht zu lange warten."

„Was wollen Sie damit sagen?" Skepsis – oder war es offene Feindseligkeit? – färbte Costains Stimme erneut.

„Ich – ich kann jetzt nicht alles erklären, und schon gar nicht, solange Sie nicht hundertprozentig auf unserer Seite stehen."

„Ich werde überhaupt nichts unternehmen, solange Sie mir nicht alles erklären."

„Seien Sie vorsichtig, Costain. Denn wenn Sie mich unter Druck setzen ..."

„Mit solchen Äußerungen kommen Sie nicht weiter, Mr Mitchell. Ich könnte sie als Drohungen auffassen."

„So? Es *sind* auch Drohungen! Sie glauben, nur weil Sie in diesem protzigen Büro sitzen, können Sie mich wie den letzten Dreck herumstoßen? Wenn Sie mein Bruder sind, dann wäre es an mir, feindselig zu sein. Schauen Sie sich doch an: Bei irgendwelchen reichen Leuten mit den besten Schulen, Kleidern, Reisen und Autos aufgewachsen. Wissen Sie, wo ich aufgewachsen bin? In einem spanischen Viertel in L.A. Ich war eines der wenigen weißen Kinder in meiner Schule, und ich musste jede Minute kämpfen, um nicht unterzugehen. In der zehnten Klasse schmiss ich die Schule, lief von zu Hause weg und schlage mich seitdem allein durchs Leben. Ich hatte ja solches Glück! Ich wurde nicht adoptiert; ich wurde von der Verwandtschaft großgezogen – von einer Tante, deren versoffener Mann mich jeden Tag verprügelte."

„Ich hatte also das große Glück?"

„Ja, aber wahrscheinlich jammern Sie jetzt, weil Sie blind sind. Mann, das ist noch gar nichts! Seien Sie dankbar, dass Sie blind sind, sonst wären Sie geendet wie ich."

„Dagegen kann ich wohl nichts sagen."

Greg sprang auf und beugte sich über den Schreibtisch. Er hob wütend einen Finger vor Costains Gesicht. Als der Hund sich bewegte und leise knurrte, wich er etwas zurück.

„Nur noch eines, Costain. Ich werde aus dieser Sache etwas herausholen – so oder so. Und wenn Sie sich mir in die Quere stellen, dann werde ich es aus Ihnen herausholen. Was würde Ihre reiche Gesellschaft wohl sagen, wenn bekannt wird, aus welcher unrühmlichen Familie Sie stammen?"

„Drohungen helfen Ihnen nicht weiter, Mr Mitchell."

„Drohungen sind das Einzige, was Leute wie Sie verstehen."

„Ich glaube, Sie sollten jetzt lieber gehen."

„Sie werden wieder von mir hören, Costain."

Greg verließ aufgebracht das Büro und schritt missmutig an der hübschen Sekretärin vorbei, ohne sie auch nur eines Blickes zu würdigen.

Kapitel 4

In einem ganz anderen Teil San Franciscos schritt Charlie Sullivan ungeduldig auf dem abgelaufenen Teppich seines Zimmers in einem billigen Motel in der Filmore Street auf und ab. Er blieb einen Augenblick am Fenster stehen und schaute hinaus. Der Verkehrslärm, der gelegentlich von Sirenen unterbrochen wurde, drang so laut durch das dünne Glas, als stünde das Fenster offen. Die Scheibe war so schmutzig, dass kein Sonnenstrahl durchschien. Charlie wischte mit der Hand über die Glasscheibe, aber der größte Teil des Schmutzes war außen.

Wo blieb Greg nur? Er müsste schon seit über einer Stunde hier sein. Sein Anruf an diesem Vormittag ließ vermuten, dass er an einer großen Sache dran war.

„Ich komme gegen Mittag in dein Zimmer. Dann können wir feiern“, hatte Greg angekündigt.

Jetzt war es schon ein Uhr, und von Greg war immer noch nichts zu sehen. Vielleicht hatte er am Telefon übertrieben. Das würde Charlie nicht überraschen. Er hatte Greg Mitchell sofort als einen Aufschneider durchschaut, der gern alles, was er tat, großartiger und wichtiger aussehen ließ, als es war.

Zu viel Ähnlichkeit mit seinem alten Herrn.

Charlie zündete sich eine Zigarette an, setzte sich auf die Bettkante und versuchte, Ruhe zu bewahren.

Konnte es sein, dass Greg etwas zugestoßen war? Wenn Charlie nur wüsste, ob er vor seinen Feinden in Sicherheit war. Sollte nach so langer Zeit noch Gefahr drohen? Charlie hatte versucht, bei seinen Nachforschungen vorsichtig zu sein, aber es war trotzdem möglich, dass Sandy Wind davon bekommen hatte. Es wäre schon eine Ironie des Schicksals, wenn Sandy ihn erwischte, bevor Charlie Sandy in den Fingern hatte. Neulich hatte er den Verdacht gehegt, dass ihn jemand verfolgte. Waren sie hinter Greg her?

Ein hartes Klopfen an der Tür versetzte Charlies ganzen Körper in Alarmbereitschaft. Er legte den Kopf an die Tür und fragte: „Wer ist da?"

„Ich. Greg."

Charlie schob die Kette zurück und öffnete die Tür. Greg schlüpfte schnell hinein.

„Warum kommst du so spät?", fragte Charlie.

„Hast du dir Sorgen um mich gemacht, Dad?"

„Spar dir deinen Sarkasmus. Es hat mich einiges gekostet, dich zu finden. Ich will nur nicht mit ansehen müssen, dass meine ganze Mühe vergeblich war. Das ist alles." Es fiel Charlie schwer, seine wahren Gefühle zu zeigen. Hier stand der Sohn, von dem er seit mehr als drei Jahrzehnten getrennt gewesen war. Trotzdem hatten sie sich kein einziges Mal umarmt, seit sie sich wiedergetroffen hatten, ganz zu schweigen davon, dass sie sich nette Worte gesagt hätten. Der Umstand, dass Greg eine genauso harte Schale hatte wie sein Vater, erleichterte die Sache auch nicht gerade.

„Ich habe heute das große Los gezogen."

„Du hast ihn gefunden?"

„Ja. Ich habe mit ihm gesprochen und ..."

„Ich hatte dir doch gesagt, dass du das mir überlassen solltest."

„Ich musste sicher sein."

„Ich habe dir ausdrücklich gesagt, dass du dich von ihm fernhalten sollst. Ich habe so sehr aufgepasst, unbemerkt zu bleiben ..."

„Ich bin kein Idiot, Charlie. Ich war vorsichtig."

„Das will ich auch hoffen. Wenn ihm etwas zustößt ..."

„Das klingt ja fast so, als machtest du dir um ihn

mehr Sorgen als um mich. Wer weiß, wie viele Killer du zu meiner Tür geführt hast!"

„So schwer warst du nicht zu finden, Greg, das hätte jeder geschafft. Aber ich will, dass Costain bitte aus der Sache herausgehalten wird, bis ich alles geklärt habe."

„Was meinst du damit?"

„Vergiss es. Von jetzt an kümmere ich mich um Costain, verstanden?" Charlie schwieg, drückte seine Zigarette aus und zündete sich eine neue an – diese Dinger waren sein Tod, aber er konnte trotzdem nicht aufhören. „Und wie lief es mit ihm?"

„Ich melde mich in zwei Tagen wieder bei ihm. Er muss alles erst einmal verdauen."

„Was hast du ihm gesagt?"

„Nicht mehr als unbedingt nötig."

„Wie hat er reagiert?"

„Er hat es nicht geglaubt. Dann hat er mich aus seinem protzigen Büro hinausgeworfen."

„Er hat dich hinausgeworfen? Warum?" Charlie nahm einen tiefen Zug an seiner Zigarette.

„Weil er ein ..."

„Was hast du ihm getan? Was hast du gesagt?"

„Aber natürlich! Es ist alles meine Schuld!" Greg verzog das Gesicht zu einer finsteren Miene.

„Es ist deine Schuld, weil du so hineingeplatzt bist. Was erwartest du denn von ihm? Du hattest nichts, um deine Behauptungen beweisen zu können."

„Wir können ihm das Zeug ja zeigen, wenn wir ihn das nächste Mal sehen."

„Nein. Er soll es vorher haben, damit er die Echtheit der Papiere überprüfen kann, wenn er will ..."

„Die Dokumente sind gestohlen, Charlie! Wenn er in der Adoptionsagentur zu sehr herumschnüffelt, kann er uns große Schwierigkeiten machen."

„Er soll aber sicher sein." Charlie schwieg, um zweimal tief an seiner Zigarette zu ziehen. „Hast du ihm von dem Geld erzählt?"

„Natürlich nicht! Hör zu, Charlie: Wenn er uns krumm kommt, dann wirst du ihn doch nicht an der Sache beteiligen, oder?"

„Zerbrich dir darüber nicht den Kopf."

„Warum sollte ich mit jemandem teilen, der glaubt, er wäre zu gut für uns? Außerdem hat er sowieso schon genug Geld. Es gefällt mir nicht, dass die ganze Sache von ihm abhängen soll."

„Werde bloß nicht zu habgierig, Greg."

„Was ist mit dem Notizbuch? Wann setzen wir es ein? Ich finde, wir sollten allmählich die Fühler ausstrecken, nur um sicherzugehen, dass dein Mann überhaupt Interesse zeigt."

„Er zeigt schon Interesse."

„Woher soll ich das wissen? Zeig mir wenigstens diese Kopien noch einmal."

„Warum?"

„Ich habe sie letztes Mal nicht genau gelesen. Ich will nur sichergehen, dass sie so belastend sind, wie du sagst. Oder noch besser: Zeig mir das Original."

„Das Original wird erst dann jemand zu Gesicht bekommen, wenn ich so weit bin." Charlie schüttelte ungeduldig den Kopf, holte aber die Kopien aus der Schublade, weil er keinen Grund sah, der dagegen sprach. Er zog an seiner Zigarette und reichte Greg die Papiere. Im nächsten Augenblick musste er kräftig husten.

Noch während er vornübergebeugt um Atem rang, fragte sich Charlie, ob er Greg wirklich trauen könne. Seit er seinen ältesten Sohn gesehen hatte, spürte er, dass Greg ein selbstsüchtiger Mann war, der sich auf Kosten anderer durchs Leben mogelte. Da er wusste, dass Gregs Hilfe ihren Preis hätte, ließ Charlie ihn in dem Glauben, dass bei seinen Plänen viel Geld zu holen wäre und dass Gregs Anteil davon abhinge, ob Joel Costain auf den Vorschlag einginge. Charlie würde Greg zutrauen, Joel die ganze Sache vollkommen falsch darzustellen oder sogar zu verhindern, dass Costain seinen Anteil bekäme. Charlie wollte kein Risiko eingehen – es war besser, Greg so weit wie möglich im Dunkeln tappen zu lassen. Wenn alles gut ging, könnten sie tatsächlich eine schöne Summe herausholen. Charlie wollte aber sicherstellen, dass seine beiden Söhne in gleichem Maß davon profitierten.

Greg stand auf und steckte die Papiere wieder in die Schublade. Ein bitteres, unangenehmes Schweigen breitete sich zwischen den beiden Männern aus. Sie beäugten einander wie zwei Hähne im Ring und trauten einander nicht über den Weg.

Charlie zog an einer neuen Zigarette und inhalierte den Rauch tief in seine Lungen, als wollte er die Zerstörung, die der Krebs begonnen hatte, unbedingt beschleunigen.

Schließlich rieb er sich die grauen Stoppeln an seinem Kinn und fragte leise: „Wie sieht er aus, Greg?" Joel war das Kind, das er nie gesehen hatte. Trotzdem bedeutete er Charlie besonders viel, vielleicht weil Betsy gestorben war, als sie ihn auf die Welt brachte.

„Ein arroganter Anwalt, ein Snob. Es ist schon Ironie des Schicksals, dass der Sohn eines Sträflings und der Bruder eines Taugenichts ein prominenter Anwalt geworden ist."

„Wie sieht er aus? Ist er ... entstellt?"

„Nein. Er sieht fast so gut aus wie ich. Ich glaube, wir haben die gleichen Augen", brummte Greg. „Bis auf den wichtigen Unterschied, dass meine funktionieren und seine nicht."

„Blau, wie die seiner Mutter."

„Hey, Charlie. Du wirst doch nicht sentimental werden!"

„Halt den Mund, Greg."
„Ich habe ihn getestet. Er ist blind wie ein Maulwurf ..., glaube ich jedenfalls."
„Du glaubst es nur?"
„Ich weiß wirklich nicht ... Es ist schwer zu erklären. Manchmal war ich mir nicht ganz sicher, das ist alles. Ein- oder zweimal meinte ich, er schaue mich direkt an."
„Das könnte heißen, dass er sehr gut ausgebildet wurde. Wahrscheinlich ist er auch klug. Ich meine, es war bestimmt nicht leicht für einen Blinden, Jura zu studieren und Anwalt zu werden."
„Ja, eine große Leistung. Was ist jetzt mit dem Geld, Charlie? Ich habe deinen verlorenen Sohn gefunden. Wie lange willst du noch ..."
„Du hast keine Klasse, Greg."
„Hey, ich bin ja auch nicht mit einem silbernen Löffel im Mund aufgewachsen."
Charlie zuckte mit den Achseln. Vielleicht sollte er nachsichtiger mit Greg sein, aber Charlie war im Gefängnis mit zu vielen Männern von Gregs Sorte zusammen gewesen. Er war manchmal so aggressiv, dass er ihm die Sache dadurch nur noch schwerer machte. Charlie konnte Gregs Behauptungen, er sei nie verhaftet worden, nicht glauben. Aber Greg war sein Sohn, und wenn Charlie ein besserer Vater gewesen wäre, wäre vielleicht etwas Besseres aus Greg geworden. Andererseits hätte es ja auch sein können, dass Charlie am Ende statt einem sogar zwei verantwortungslose Söhne gehabt hätte.
Charlie versuchte einzulenken. „Es sieht also so aus, als müssten wir jetzt erst einmal zwei Tage warten. Versuchen wir, uns bis dahin unauffällig zu verhalten. Da du bereits Kontakt zu Costain aufgenommen hast, ist es am besten, wenn du dich wieder bei ihm meldest. Wie wäre es Mittwochabend um neun Uhr in ..."

„Einer Striptease-Bar in North Beach?", grinste Greg spöttisch.

„Auf der Fisherman's Wharf gibt es ein Café, Michael's Café. Ich könnte mir vorstellen, dass Joel sich dort wohler fühlen würde. In der Zwischenzeit mache ich Kopien von den Adoptionspapieren und bringe sie zur Post."

„Wie du wünschst, Dad. Ich bin immerhin nur der missratene Sohn."

* * *

Greg verließ das billige Motel, sobald Charlie sich auf seinem Bett zum Ausruhen ausgestreckt hatte.

Der alte Mann würde bald schlafen, da er vorher zwei Schmerztabletten genommen hatte. Normalerweise legten sie ihn mehrere Stunden lahm. Das sollte Greg genug Zeit geben, den Plan ins Rollen zu bringen, der in seinem Kopf arbeitete und ihm keine Ruhe mehr ließ, seit er Costains Büro verlassen hatte. Er würde sicherstellen, dass er nicht am Schluss der Dumme wäre.

Als der alte Mann ihn vor mehreren Wochen aufgesucht hatte, war Greg erschrocken. Er hatte gewusst, dass sein Vater im Gefängnis war, hatte sich aber nie besonders dafür interessiert. Der Bruder war jedoch eine Überraschung gewesen. Aber eigentlich interessierte ihn dieser auch nicht sonderlich. Er war ein Einzelgänger, und Familienbande empfand er als viel zu erdrückend. Die Ehe war beispielsweise ein riesiger Fehler gewesen. Das erste Mal war er gerade in einer christlichen Phase gewesen. Also hatte er geheiratet, wie es sich in diesen Kreisen gehörte. Greg hatte gedacht, es könnte nett sein, einmal zur Abwechslung ein ehrbares Leben zu führen. Er hatte sich geirrt.

Er hatte sich eingesperrt gefühlt. Als dann auch noch Kinder kamen, wurde alles nur noch schlimmer. Er liebte seine Jungen, aber er war einfach nicht dazu in der Lage, ein treusorgender Vater zu sein. Er brauchte seine Unabhängigkeit. Außerdem waren die Kinder ohne ihn besser dran und auch Irene. Und er war ohne die drei auch eindeutig besser dran. Als Charlie ihn also mit einer bereits vorhandenen Familie überrumpelte, war es Gregs natürlicher Instinkt gewesen, zu sagen: „Schön, dich kennenzulernen", und dann auf Nimmerwiedersehen zu verschwinden. Das heißt, bis Charlie die Sache mit dem Geld erwähnte. Wenn es um Geld ging, war Greg empfänglich. Seine kurzlebige zweite Ehe war vor drei Monaten zerbrochen, und seine Ex-Frau hatte ihm alles genommen. Natürlich hatte sie ihn schon seit Jahren mehr oder weniger ausgehalten – sie hatten schon zusammengelebt, bevor seine Scheidung von Irene endgültig gewesen war. Das Einzige, was sie ihm gelassen hatte, war seine Kleidung.

Er war nach Los Angeles gezogen. Dort hatte Charlie ihn gefunden. Offenbar hatte er irgendeine alte Rechnung zu begleichen. Wenn Greg ihm half, könnte er dafür mit einer anständigen Belohnung rechnen. Nach und nach hatte Charlie ihm enthüllt, dass er ein Notizbuch mit Beweisen hatte, das einen bekannten Mann mit ehrgeizigen politischen Ambitionen aus San Francisco mit der Mafia in Verbindung brachte. Der Mann, so behauptete Charlie, war wohlhabend und würde bestimmt gut bezahlen, um dieses Notizbuch in die Hände zu bekommen. Die Kopien hatten bei Greg den Eindruck erweckt, dass dies wirklich ein gutes Geschäft werden könnte und nicht nur das leere Gerede eines verbitterten ehemaligen Sträflings war.

Aber er hatte das Gefühl, dass Charlie in letzter Zeit das Interesse an dem Erpressungsplan verloren hatte, falls er überhaupt jemals wirklich daran interessiert gewesen war. Greg hatte den Verdacht, dass es nur ein

Köder gewesen war, um sich Gregs Hilfe bei der Suche nach Charlies zweitem Sohn zu sichern. Ohne Gregs Erfahrung hätte Charlie nie in diese Adoptionsagentur einbrechen können. Charlies schwindendes Interesse bedeutete jedoch nicht, dass der Plan hinfällig war. Greg hatte sich umgehört und herausgefunden, dass es den Mann, den Charlie erpressen wollte, tatsächlich gab – er war sogar Kandidat bei den bevorstehenden Bürgermeisterwahlen von San Francisco. Der Inhalt des Notizbuches war fast vierzig Jahre alt. Wahrscheinlich konnte man damit niemanden mehr hinter Gitter bringen, aber allein schon der Verdacht auf eine Verbindung mit der Mafia konnte die politischen Ambitionen eines Mannes zunichte machen.

Seit diesem Nachmittag machte sich Greg auch Sorgen wegen Costain. So viel hatte Greg in Erfahrung bringen können: Costain war so etwas wie ein Pfadfinder, besonders unter den Anwälten. Noch schlimmer, der Mann schien ein Idealist zu sein. Er würde sich nie auf eine Erpressung einlassen, und so wie Charlie redete, würde der alte Mann sich wahrscheinlich auf Costains Seite stellen. Falls Charlie also tatsächlich die Erpressungspläne aufgeben sollte, wollte Greg es auf eigene Faust versuchen.

Deshalb ging er zwei Blöcke weiter nach Van Ness, wo er ein Geschäft fand, in dem man Kopien anfertigen konnte, und machte sich seine eigenen Kopien von Charlies Duplikaten. Er müsste das Original haben, bevor er zu weit ginge, aber es konnte bestimmt nicht schaden, vorzufühlen, wie die Sache stand. Er würde Kontakt zu dem Politiker aufnehmen. Wenn sich alles als Bauchlandung herausstellen sollte, dann könnte er es auch nicht ändern. Aber wenn der Mann anbiss, würde er Charlie drängen, ihm die Originale herauszugeben.

Greg war zuversichtlich, er würde dabei nicht verlieren. Aber wenn er allein zuschlug, könnte er die ganze Beute für sich behalten. Der Anwalt brauchte nicht noch mehr Geld, und Charlie war sowieso schon so gut wie tot.

Eine halbe Stunde später kehrte Greg ins Hotel zurück, schlich mit dem Schlüssel, den er heimlich aus Charlies Jacke genommen hatte, in das Zimmer seines Vaters und legte die Papiere wieder an ihren Platz zurück. Charlie würde nie etwas davon erfahren. Dieses Geschäft versprach sehr einträglich zu werden.

Kapitel 5

Joel Costain wartete, bis Greg sein Büro verlassen hatte, dann stand er von seinem Schreibtischstuhl auf und trat ans Fenster. Er fühlte die Wärme der Sonnenstrahlen und hörte weit unter sich den Verkehrslärm. Er fuhr sich mit einer Hand durch die Haare und seufzte, dann drehte er sich um und schritt schnell zur Tür.

„Linda“, sagte er, als er in das Vorzimmer hinaustrat. „Mr Mitchell ist nicht mehr hier, oder?“

„Nein. Er ist schon gegangen. Ich kann draußen im Empfangsbereich nachschauen, wenn Sie wollen. Er ist höchstens zwei Minuten fort. Soll ich nach unten telefonieren und versuchen, ihn noch zurückzurufen?“

„Nein, sparen Sie sich die Mühe.“

„Ist alles in Ordnung, Mr Costain?“

„Ja. Würden Sie bitte Jim Kincaid anrufen und ihn fragen, ob er heute Nachmittag irgendwann zu mir kommen kann?“

„Ja, Sir. Was ist mit Ihren Terminen heute Nachmittag?“

„Streichen Sie welche, wenn es sein muss.“

Joel wollte schon wieder in sein Büro gehen, hielt aber inne und drehte sich noch einmal zu seiner Sekretärin um. „Linda, würden Sie mir bitte Mr Mitchell beschreiben?“

„Natürlich. Er war ungefähr so groß wie Sie …“

„Etwas kleiner, glaube ich“, korrigierte Joel sie.

„Jetzt, da Sie es erwähnen, glaube ich, Sie haben recht. Sind Sie wirklich sicher, dass Sie mich brauchen, Chef?“ In ihrer Stimme lag ein Anflug von freundlichem Sarkasmus.

Joel lächelte. „Die Größe zu beurteilen ist nicht schwer. Bei seiner großen Hand und seinem starken

Griff könnte ich sogar sagen, dass er etwas kräftiger gebaut ist."

„Muskulös, nicht fett – als würde er viel im Freien arbeiten."

„Sprechen Sie weiter ..."

„Er sah gut aus, würde ich sagen. Dunkle Haare, blaue Augen. Eine etwas krumme Nase, als hätte er sie sich einmal gebrochen. Sauber rasiert. Volle Lippen ..." Sie geriet etwas ins Stocken. Diese spezielle Beobachtung brachte sie etwas in Verlegenheit. „Das fiel mir nur wegen seines freundlichen Lächelns auf, ein gewinnendes Lächeln würde man wahrscheinlich dazu sagen. Ich würde sagen, er war Ende Dreißig, Anfang Vierzig."

Sie war schon seit drei Jahren Costains Sekretärin und hatte visuelles Beobachten gut gelernt – eines der wenigen Dinge, mit denen Joel Schwierigkeiten hatte.

„Danke. Wenn Ihnen noch etwas einfällt, lassen Sie es mich bitte wissen." Er überlegte und fügte dann hinzu: „Linda, gibt es ..., ich meine, finden Sie, dass zwischen ihm und mir Ähnlichkeiten bestehen?"

„Das ist schwer zu sagen. Ich habe nicht darauf geachtet, aber ... vielleicht um die Augen. Ich weiß es wirklich nicht."

„Es ist auch nicht so wichtig", sagte Joel. „Sie waren mir eine große Hilfe. Danke."

Eine Stunde später saß Joel im Penthouse-Restaurant hoch oben im TransAmerica-Gebäude an einem Tisch. Das Restaurant war elegant eingerichtet und entsprach ganz dem Image der Geschäfte, die in dem Gebäude untergebracht waren. Durch die großen Fenster rund herum hatte man einen herrlichen Blick über San Francisco.

Das hatte man Joel wenigstens gesagt. Die Aussicht hatte für ihn natürlich keine große Bedeutung, aber er wählte einen Tisch am Fenster, weil er wusste, dass

Jim Kincaid, der Detektiv der Anwaltskanzlei, die Aussicht immer genoss. Jim hatte vorgeschlagen, dass sie sich hier treffen könnten, da er noch keine Zeit zum Mittagessen gefunden hatte. Während er auf Jim wartete, nippte Joel an einer Tasse Kaffee und versuchte, aus den erschütternden Ereignissen dieses Tages schlau zu werden – ohne Erfolg. Es schien sinnlos zu sein, sich über sein Gespräch mit Greg Mitchell den Kopf zu zerbrechen, solange er nicht überprüft hatte, ob der Mann mit seinen Behauptungen die Wahrheit gesagt hatte.

Ein Teil von ihm wollte die ganze Sache am liebsten vergessen. Er war kein Mann, der Veränderungen, egal welcher Art, mit offenen Armen aufnahm. Sonst wäre er bestimmt nicht mehr bei Eberhard und ginge einer Arbeit nach, die er bestenfalls uninteressant fand – schlimmstenfalls schlichtweg sinnlos. Die Ledermöbel, die echten Perserteppiche, die Armanianzüge, der selbstverständliche Umgang mit den Reichen und Mächtigen der Gesellschaft ..., dieser ganze Glitzer hatte ihn früher einmal gereizt. Er hatte damals geglaubt, Partner in einer angesehenen Anwaltskanzlei zu sein sei der endgültige Beweis dafür, dass er genauso gut war wie jeder andere, ob mit gesunden Augen oder nicht. Joel hatte sich nie damit zufriedengegeben, „für einen Blinden“, erfolgreich zu sein. Er maß sich an der Konkurrenz der Sehenden – an ihren Regeln, ihrem Niveau. Dieser Teil seiner kämpferischen Natur hatte sich nicht spürbar geändert. Nur das Ziel hatte sich geändert. Vielleicht war er inzwischen nur reif genug, um zu erkennen, dass Leistung an sich noch nicht befriedigend war.

Aber es war schwer, aus diesem Leben, das er sich aufgebaut hatte, auszubrechen. Ordnung war ziemlich wichtig für ihn ..., wahrscheinlich wegen seiner Behinderung. In praktischen Dingen war er verloren und hilflos, wenn nicht alles seine Ordnung hatte. Es war ein gutes Gefühl, mit Sicherheit und Zuversicht durch das tägliche Leben zu gehen. Für ihn war es vielleicht sogar eine Notwendigkeit. Er gab es nicht gern und auch nicht oft zu, aber er brauchte ein gewisses Maß an Sicherheit – in rein äußerlichen Dingen.

Aber es ließ sich unmöglich vermeiden, dass sich das auch auf sein emotionales Leben übertrug, so hartnäckig er sich auch dagegen wehrte. Aus diesem Grund empfand er Greg Mitchells Auftreten als eine Bedrohung.

Eine Stimme riss Joel aus seinen Gedanken. „Hallo, Joel. Schau dir nur diese Aussicht an! Der Himmel ist heute so klar, dass ich den Coit-Tower sehen kann, und sogar die Golden-Gate-Bridge."

„Hallo, Jim." Joel stand auf und schüttelte dem Detektiv die Hand.

Als er sich gesetzt hatte, fragte Jim: „Also, was kann ich für dich tun?"

„Willst du nicht lieber zuerst bestellen?"

Jim bestellte sich eine große Mahlzeit, während Joel, dessen Hotdog unterwegs genügt hatte, bei seinem Kaffee blieb. Sie unterhielten sich, während sie auf Jims Essen warteten.

„Es geht um eine persönliche Sache, Jim", begann Joel. „Du kannst mir deine Arbeit selbstverständlich in Rechnung stellen ..., das heißt, wenn du den Auftrag, den ich für dich habe, übernehmen willst. Ich weiß, dass du in der Kanzlei schon genug zu tun hast ..."

„Vergiss es, Joel! Ich stehe in deiner Schuld. Du hast mir letztes Jahr in dieser Steuersache so viel geholfen. Komm bloß nicht auf die Idee, mich bezahlen zu wollen. Also, worum geht es?"

Joel schilderte ihm Greg Mitchells Besuch.

„Das ist ja ein Ding!", rief Jim. „Ich schätze, ich soll herausfinden, ob der Kerl tatsächlich das ist, was er behauptet?"

„Ja. Und alles, was du sonst noch über ihn herausfinden kannst ... und auch über diesen Charlie Sullivan."

„Kein Problem."

„Hoffentlich stellt sich heraus, dass alles nur ein großer Irrtum ist."

„Zu schade, dass du keine Kopien von diesen Berichten bekommen konntest, die er angeblich hat."

„Es war ganz praktisch für ihn, dass er sie zufällig nicht bei sich hatte."

„Wenn er solche Berichte überhaupt hat. Eine Freundin von mir versuchte vor einiger Zeit, etwas über ihre leiblichen Eltern zu erfahren. Das war gar nicht so leicht. Adoptionen wurden zu der Zeit, als wir geboren wurden, unter strengem Verschluss gehalten."

„Wenn es sie überhaupt gibt, dann schätze ich, ist er auf illegale Weise an die Berichte herangekommen. Aber warum sollte er lügen? Was hat er davon?", sinnierte Joel.

„Du hast selbst gesagt, dass er dich bedroht hat."

„Trotzdem hatte ich nie das Gefühl, dass das seine eigentliche Absicht gewesen war. Es wäre sowieso etwas, mit dem man niemanden erpressen kann. Wer stört sich denn heutzutage noch daran, aus welcher Familie jemand stammt?"

„Ich glaube, nicht einmal Eberhard würde sich daran stoßen. Und er ist wirklich ein typischer Vertreter der alten Schule."

„Aber wenn er nicht auf Erpressung aus ist ...?"

Joel beendete seine Frage nicht, weil in diesem Augenblick Jims Essen kam. Es gab sowieso nur eine einzige Möglichkeit. Wenn Greg Mitchell nicht versuchte, Joel mit Lügen zu erpressen, dann war er tatsächlich sein Bruder.

Kapitel 6

In einem Arm ihre Einkäufe und im anderen die Post, stand Irene vor ihrer Haustür und wunderte sich kaum noch, als das Schloss sich weigerte, ihrem Schlüssel zu gehorchen. Als hinter der Tür auch noch das Telefon zu läuten begann, seufzte sie frustriert. Schließlich ließ sie den Schlüssel los. Dabei fiel die Post auf den Boden und die Einkaufstasche rutschte auf die Veranda. Als sie den Schlüssel erneut drehte, ging die Tür problemlos auf.

„Entschuldigen Sie bitte", sprach eine Stimme hinter ihr sie an.

Ihr entfuhr ein leiser Aufschrei. Sie war so darauf konzentriert gewesen, die Tür aufzusperren, dass sie überhaupt nicht bemerkt hatte, dass hinter ihr jemand stand.

„Entschuldigung", sagte die männliche Stimme.

Irene fuhr herum und sah einen ziemlich gut aussehenden Mann Mitte Dreißig mit blonden Haaren und blauen Augen vor sich stehen. Er trug teure Freizeitkleidung: eine Khakihose, einen weiten Strickpullover und bequeme Halbschuhe.

„Ist schon in Ordnung", sagte Irene. „Wie Sie sehen, passiert wieder einmal alles gleichzeitig."

„Kann ich Ihnen helfen?"

„Ich glaube, ich habe schon alles im Griff." Sie bückte sich, um die Post aufzuheben. Dabei bemerkte sie zum ersten Mal den Hund an der Seite des Mannes: einen schwarzen Labradorhund mit dem Geschirr eines Blindenhundes. Sie richtete sich schnell auf. „Oh! Es tut mir leid, ich hatte nicht bemerkt – ich hätte nicht ..."

„Ebony verrät immer mein Geheimnis."

„Was?“ Von dem klingelnden Telefon abgelenkt und durch das unerwartete Auftauchen des Fremden aus der Ruhe gebracht, bemerkte Irene kaum die Belustigung in seinen Augen.

Ein Lächeln spielte um die Mundwinkel des gut aussehenden Fremden. „Ein Blindenwitz. Vielleicht sollte ich Ihnen einfach sagen, was mich zu Ihnen führt.“

„Ja, bitte, aber lassen Sie mich zuerst versuchen, ans Telefon zu kommen.“ Sie lief ins Haus, lud eilig ihre schwere Last auf der Arbeitsplatte in der Küche ab und nahm genau in dem Augenblick den Telefonhörer ab, als das penetrante Klingeln aufhörte. Mit der Hand am Hörer nahm sich Irene eine Sekunde Zeit, um tief durchzuatmen und ihre aufgewühlten Gedanken zu ordnen.

„So, was kann ich für Sie tun?“, fragte sie, als sie auf die Veranda zurückkehrte.

„Ich heiße Joel Costain“, stellte er sich vor und reichte ihr seine Visitenkarte. „Ich suche Irene Mitchell.“

„Ich bin Irene Mitchell, allerdings heiße ich jetzt Lorenzo – Irene Lorenzo.“ Sie warf einen Blick auf die Karte und zog verwirrt eine Braue in die Höhe. „Sie sind Anwalt.“

„Ja, haben Sie ein paar Minuten Zeit?“

Sie war etwas früher von der Arbeit weggegangen und hatte gehofft, sich ein schönes, bequemes Bad gönnen zu können, bevor die Jungen von der Schule nach Hause kämen. Gegen besseres Wissen hatte sie dem Druck ihrer Schwester nachgegeben und sich für diesen Abend mit Ron – oder war es Don? –, dem Lehrer der fünften Klassen, verabredet. Aber die Neugier, was dieser Anwalt wohl von ihr wollte, siegte.

„Ja.“ Sie zögerte, einen Fremden ins Haus zu lassen – immerhin war San Francisco eine Großstadt, und sie war allein. Aber der Mann war blind, und so sagte sie schnell: „Kommen Sie bitte herein, Mr Costain.“

Er ging mit seinem Hund die Treppe hinauf. Irene fügte schnell hinzu: „Kann ... ich Ihnen helfen?" Eine leichte Unsicherheit sprach aus ihrer Frage. Würde er ihr Angebot als Beleidigung auffassen?

Joel lächelte, ein freundliches Lächeln, bei dem sich Irene wegen ihres Argwohns dumm vorkam. Aber in diesem Lächeln lag gleichzeitig etwas Beunruhigendes, das sie nicht richtig einordnen konnte. Doch da sie keine Gefahr sah, schüttelte sie dieses Gefühl schnell wieder von sich ab.

„Wir kommen schon zurecht", sagte er und deutete mit einem Kopfnicken auf den Hund. „Sie haben doch nichts dagegen, wenn der Hund mitkommt?"

„Kein Problem."

„Sei ein braves Mädchen, Ebony", flüsterte Joel dem Hund zu, bevor er Irene ins Haus folgte.

Irene wurde sofort von dem Chaos begrüßt, das bei der allmorgendlichen hektischen Flucht aus dem Haus zurückgeblieben war. Ihr Haus war normalerweise sauber und ordentlich aufgeräumt. Das Wohnzimmer war gemütlich mit einem blaubraunkarierten Sofa, das sie sich von ihrer Schwester geborgt hatte, und mit einigen alten Tischchen und Lampen von ihrer Großmutter eingerichtet. Ihr Vater hatte ihr einen schönen Eichentisch und Stühle für die Küche gezimmert – die einzigen Möbel im Raum, die sie ihr Eigen nennen konnte. Die Küche, das Esszimmer und das Wohnzimmer gingen nahtlos ineinander über. Dadurch war nichts verborgen: der Tisch mit dem schmutzigen Frühstücksgeschirr und den Müslischachteln, die Arbeitsplatte mit den Werbesendungen aus der gestrigen Post, drei schmutzige Hemden von Mark, die auf dem Gang eine Spur in sein Zimmer bildeten, und zwei Zeitungen, die zusammen mit noch mehr schmutzigem Geschirr auf dem Kaffeetisch ausgebreitet waren.

Instinktiv bedauerte sie es, den Fremden ins Haus

gelassen zu haben. Dann fiel ihr wieder ein, dass er blind war, und sie bot ihm mit schuldbewusster Erleichterung einen Platz an.

„Dazu könnte ich Ihre Hilfe brauchen“, bat er, während seine Mundwinkel sich zu einem Lächeln verzogen.

Irene führte ihn zum Sofa, sah aber genau an dem Platz, auf den er sich setzen wollte, einen Fußball. Schwungvoll schlug sie ihn weg und Joel konnte ohne weitere Hindernisse Platz nehmen. Sie räumte eilig die Zeitung und eine Handvoll schmutziges Geschirr weg.

„Ich hatte es heute Morgen eilig“, sagte sie in einem halbherzigen Versuch, die Unordnung zu entschuldigen. Während sie das Geschirr in der Küche abstellte, fragte sie: „Sie sind nicht gekommen, um mir irgendetwas zu verkaufen, oder?“

„Nein. Ich bin gekommen, um Ihnen einige Fragen zu Ihrem geschiedenen Mann, Greg Mitchell, zu stellen.“

„Steckt er in Schwierigkeiten?“ Bei dieser naheliegenden Vermutung verkrampfte sich Irene innerlich.

„Nicht dass ich wüsste. Es handelt sich um eine etwas komplizierte Angelegenheit.“

Irene nahm auf einem ausgeblichenen Polstersessel neben dem Sofa Platz. Ihr war plötzlich unbehaglich zumute. „Sprechen Sie bitte weiter.“

„Wissen Sie vielleicht, wo ich ihn finden kann?“

„Ich habe Greg seit über einem Jahr nicht mehr gesehen.“ Ein Jahr, in dem sie mühsam ihr Leben wieder in Ordnung gebracht hatte, dachte sie grimmig.

„Oh.“ Diese Information dämpfte offensichtlich Mr Costains Eifer deutlich. „Ich weiß nicht, ob ich Sie mit den ganzen Einzelheiten belästigen soll. Sie sind nicht mehr mit ihm verheiratet, und ich ziehe Sie nur ungern in die Sache hinein, aber es sieht so aus, als sei er verschwunden.“

„Was meinen Sie mit ‚verschwunden'?" Irene hörte, wie sich die alte Unruhe in ihre Stimme schlich, was ihr überhaupt nicht gefiel. Es sollte sie nicht mehr interessieren. Aber sie schaffte es nicht.

„Er kam in mein Büro in San Francisco und stellte Behauptungen auf, denen ich erst auf den Grund gehen musste. Er nannte mir die Adresse eines Motels, in dem ich ihn antreffen könnte, aber als ich versuchte, ihn dort zu erreichen, war er fort. Er hat sich nicht an der Rezeption abgemeldet, und der Portier hat ihn seit fast drei Tagen nicht mehr gesehen."

„Ich wusste nicht einmal, dass er in der Stadt ist. Ich bezweifle, dass ich Ihnen weiterhelfen kann."

„Ja, ich verstehe."

„Es tut mir leid." Sie bemühte sich sehr, nüchtern und sachlich zu klingen, aber der Kloß in ihrem Magen ließ sich nicht so leicht ignorieren. Tat es ihr leid, dass sie diesem Blinden nicht weiterhelfen konnte oder dass sie unfähig war, die Fesseln der Vergangenheit von sich abzuschütteln?

„Ich müsste ihn unbedingt finden. Wenn Ihnen also irgendetwas einfällt, das mir weiterhelfen könnte, wäre ich Ihnen sehr dankbar."

„Ich weiß, dass es mich nichts angeht; ich bin nicht einmal sicher, ob ich *will,* dass es mich etwas angeht, aber sind Sie sicher, dass er nicht in Schwierigkeiten steckt?" Es wäre nicht das erste Mal, dass Greg mit dem Gesetz in Konflikt geriet. Er war zweimal für kurze Zeit wegen Trunkenheit im Gefängnis gewesen und zweimal wegen Scheckbetrugs verhaftet worden, auch wenn er beide Male aufgrund unzureichender Beweise freigelassen worden war. Diese Einzelheiten verriet sie Mr Costain jedoch nicht.

„Ich weiß es wirklich nicht", antwortete Joel. „Ehrlich gesagt, weiß ich sehr wenig über ihn, außer ..." Er hob die Augen in Irenes Richtung und irritierte sie mit ihrer Lebendigkeit. Es waren nicht die stumpfen, toten Augen eines Blinden, wie sie es erwartet hatte; im Gegenteil, sie fühlte sich gezwungen, seinen Blick zu erwidern.

„Er kam vor ein paar Tagen zu mir und behauptete, wie er sich ausdrückte, mein lang verlorener Bruder zu sein. Wollen Sie mehr hören?"

„Sie haben meine Neugier geweckt." Es gelang ihr, eine ruhige Stimme zu bewahren, auch wenn ihr Unbehagen unaufhörlich wuchs.

„Es sieht so aus, Miss – Miss ist richtig, nicht wahr?"

„Ja."

„Also, Miss Lorenzo, es sieht so aus, als sei unser Vater vor siebenunddreißig Jahren zu einer lebenslänglichen Haftstrafe verurteilt worden. Die nervliche Belastung dieser ganzen Umstände löste bei unserer Mutter, die mit mir schwanger war, vorzeitige Wehen aus. Sie starb bei der Entbindung. Eine Tante war bereit, den vierjährigen Greg aufzunehmen, wollte sich aber, was vielleicht verständlich ist, nicht einen blinden Säugling aufbürden. Also wurde ich zur Adoption freigegeben."

„Eine ziemlich unglaubwürdige Geschichte. Und Sie glauben Greg? Ich muss Ihnen sagen, Mr Costain, dass Greg ein unwahrscheinlicher Lügner sein kann." Erinnerungen an gebrochene Versprechen und großspurige Ausreden drängten sich unerfreulich in Irenes Gedanken und holten sie in eine Zeit zurück, die sie gern weit hinter sich lassen wollte.

„Ich habe noch nicht entschieden, ob ich ihm glaube oder nicht. Ich habe eigene Nachforschungen angestellt. Der Teil mit dem Vater und dem Gefängnis stimmt – und auch mit den vorzeitigen Wehen seiner Frau. Die alten Zeitungsberichte lassen sich jedoch nicht darüber aus, was aus den ... Kindern geworden ist."

Bis zu seinen letzten Worten hatte er ruhig und

sachlich gesprochen, fast leidenschaftslos. Professionell, sachlich nüchtern, wie man es von einem Anwalt erwartet. Aber bei seinem Zögern merkte Irene, dass er seine Gefühle sehr stark beherrschte, was bestimmt nicht leicht war. Er wollte ihr – einer Fremden – seine Gefühle nicht zeigen, aber sie vermutete, dass ihm dies sehr schwerfiel. Aus irgendeinem Grund verwarf er Gregs Geschichte nicht von vornherein als unwahr.

„Mr Costain, es tut mir wirklich leid, aber ich habe keine Ahnung, wie ich Ihnen helfen könnte."

„Haben Sie vielleicht eine aktuelle Adresse von ihm?"

„Greg war nie lange genug an einem Ort, um eine Adresse zu haben, die wirklich relevant war. Gelegentlich schickt er den Jungen – unseren Söhnen – etwas oder ruft sie an. Aber ich habe mindestens ein halbes Jahr nichts mehr von ihm gehört, und wie ich schon sagte, seit unserer Scheidung vor einem Jahr habe ich ihn nicht mehr gesehen. Davor lebten wir schon mehrere Jahre getrennt. In dieser ganzen Zeit habe ich höchstens sechsmal mit ihm gesprochen. Mr Costain, wenn Sie erwarten, einen Bruder zu finden, mit dem Sie Ihr Leben teilen können, dann vergessen Sie diese Idee am besten sofort wieder, wenigstens, wenn er als Bruder genauso ist wie als Vater." Sie brach ab und war wegen der Bitterkeit, die aus ihrer Stimme sprach, gleichzeitig überrascht und verlegen. Ihr Leben ging weiter, in vielerlei Hinsicht sogar viel besser, seit Greg fort war, aber Adam und Mark verdienten viel mehr als einen Vater, der nur eine gelegentliche Stimme am Telefon war. Sie lachte nervös, um von ihrem unerwarteten Wutausbruch abzulenken. „Normalerweise belaste ich Fremde nicht mit meiner Lebensgeschichte."

„Ich auch nicht, aber es liegt eine gewisse Sicherheit darin, mit jemandem zu sprechen, den Sie wahrscheinlich nie wiedersehen werden." Er stand auf und seufzte. Das freundliche Lächeln war aus seinem Gesicht verschwunden. An seine Stelle war eine unübersehbare Entmutigung getreten. „Danke, dass Sie mir Ihre Zeit geopfert haben, Miss Lorenzo. Würden Sie mich bitte anrufen, falls Ihnen doch noch etwas einfällt, das mir weiterhelfen könnte?“

„Ja, natürlich, Mr Costain.“

Sie begleitete ihn und Ebony zur Haustür. Als sie die Tür öffnete, hielt sie kurz inne und sagte: „Mir ist etwas eingefallen, auch wenn ich nicht weiß, wie viel Ihnen das hilft ...“ Sie ging zum Wohnzimmertisch zurück, kritzelte zwei Namen auf einen Zettel und reichte ihn Joel. Erst als er nicht sofort reagierte, fiel ihr ein, dass er ihre Geste ja nicht sehen konnte. „Hier habe ich einen Zettel mit zwei Namen“, erklärte sie und wartete, bis er die Hand ausstreckte, in die sie ihm dann das Papier gab. „Diese zwei Männer waren Gregs Freunde. Sie haben miteinander getrunken und ... ich weiß nicht, was sonst noch. Ich habe sie nicht gemocht. Aber ich schätze, sie wohnen noch hier in der Gegend. Steve Ardel und Jack Rizzo. Ihre momentane Adresse weiß ich nicht, aber Jack habe ich vor zwei Wochen im Supermarkt getroffen.“

Joel nahm den Zettel. „Nochmals danke. Es war sehr nett von Ihnen, dass Sie sich die Zeit für mich genommen haben.“

„Viel Glück“, wünschte sie ihm, da ihr nichts anderes einfiel, was sie sagen sollte.

Irene schaute ihm nach, wie er mit einem so sicheren Gang den Gehweg hinabging, dass sie sich fragte, ob ihn der Hund nur zur Schau begleitete. Vielleicht hatte er so viel Vertrauen zu seinem Hund, dass er sich keine Sorgen machen brauchte. Aber wenn Greg Mitchell wirklich sein Bruder war, dann begannen Mr Costains Sorgen gerade erst ...

* * *

Irenes Zeichensachen waren an einem großen Fenster in ihrem Zimmer aufgebaut. Es war kein großartiges Studio. Neben ihrer Staffelei und ihrem Schrank mit den Zeichensachen waren außerdem ein Schreibtisch und eine Nähmaschine in dem eigentlich geräumigen Zimmer untergebracht. Aber ihre siebzig Quadratmeter große Doppelhaushälfte in San Bruno war eine Luxusvilla im Vergleich zu einigen Wohnungen, in denen sie während ihrer Ehe gewohnt hatten. Und da das Haus nicht weit von Connie und ihrer Familie entfernt war, hätte es nicht idealer sein können. Wenn die Sonne schien, war die Südlage ihres Zimmers der perfekte Raum, um spätnachmittags, wenn sie von der Arbeit nach Hause kam, an ihrer Staffelei zu malen. Sie betrachtete das Bild, das jetzt auf ihrer Staffelei stand. Es war eine Meereslandschaft, ihr Lieblingsmotiv. Für dieses Bild war sie in den Süden in die Half-Moon-Bay gefahren, einen malerischen Ort an der Küste. An jenem Tag war das Meer ruhig und das Wasser fast so glatt wie eine Spiegelfläche gewesen. Ihr gefiel der impressionistische Stil, und sie hatte ihn bei diesem Bild versucht, aber von Monet oder van Gogh war es Welten entfernt. Sie wusste, dass sie noch viel lernen musste.

Irene hatte immer ein Talent für Kunst besessen, auch wenn sie erst seit ihrer Scheidung etwas Ernsthaftes daraus machte. Während ihrer kurzen Zeit am College hatte sie Kunst als Hauptfach belegt, aber in den turbulenten Jahren, die danach folgten, war ihr Interesse daran vollkommen in den Hintergrund getreten. Nachdem sie und Greg sich getrennt hatten, hatte sie beschlossen, dass sie zu ihrer Arbeit und Familie einen Ausgleich brauchte, und ihr Interesse an Kunst war wieder erwacht. In jener Zeit hatten ihr Leinwand,

Pinsel, Stift und Farben viel geholfen. Sie besuchte einen Abendkurs. Vielleicht würde sie eines Tages sogar ein Bild fertigstellen – eine Leistung, die sie bis jetzt noch nicht vollbracht hatte. Manchmal hatte sie sogar die Idee, sich mit Malerei ihren Lebensunterhalt zu verdienen.

Es war natürlich nur eine romantische Idee, die sowieso wahrscheinlich einen Teil ihres Reizes verlöre, wenn sie gezwungen wäre zu malen.

Sie wünschte, sie hätte jetzt Zeit, um an den unübersehbaren Mängeln ihres Bildes zu arbeiten. Das Wasser sah zu unecht aus – zu sehr wie ein Spiegel, nicht wie das wirkliche Meer, das sich ständig veränderte und sich auch an ruhigen Tagen kräuselte und wellte. Hier und da waren kleine Farbtupfer nötig, um das Bild, das sie vor Augen hatte, einzufangen. Aber es war nicht immer leicht, das lebendige Bild, das in ihrem Kopf war, auf einer steifen Leinwand umzusetzen.

Sie ging ins Badezimmer und ließ Wasser in die Wanne. Vielleicht hatte sie ja trotzdem noch Zeit für ihr Bad.

Einige Minuten später sank sie in das nach Flieder duftende Wasser.

Sie legte den Kopf zurück, schloss die Augen und entspannte sich. Ihre Gedanken wanderten zu dem Gespräch mit Joel Costain zurück. Greg hatte sie immer in dem Glauben gelassen, er sei eine Waise. In seinen seltenen tiefgründigen Augenblicken hatte er zu Irene gesagt: „Ist es denn ein Wunder, dass ich so verkorkst bin? Ich hatte nie eine richtige Familie, die mich auf den rechten Weg geführt hätte."

Er hatte ihr erzählt, dass er in mehreren Pflegefamilien gelebt habe, dass aber niemand je den Mut aufgebracht habe, ihn zu adoptieren und ganz aufzunehmen. Er hatte ihr leidgetan: immer von einer Familie zur anderen geschoben zu werden und sich ständig abgelehnt zu fühlen. Es bestand kein Grund, an der Wahrheit dieser Geschichte zu zweifeln. Greg hatte vielleicht selbst erst vor Kurzem erfahren, dass er einen Bruder hatte. Es spielte aber sowieso keine große Rolle. Und es hatte gewiss nichts mit ihr zu tun. Aber es war seltsam, dass Greg Costain so etwas erzählte und dann spurlos verschwand. Oder vielleicht doch nicht? Greg war nie ein zuverlässiger Mann gewesen. Vielleicht hatte sich etwas Neues ergeben, das ihn veranlasst hatte, die Stadt zu verlassen; vielleicht war er mit dem Gesetz in Konflikt geraten. Bei Greg war alles möglich.

Irene hatte ein wenig Mitleid mit Mr Costain. Er lief Gefahr, viel Mühe darauf zu verwenden, einem Phantom nachzujagen. Sie hatte eigentlich nicht so hart über Greg sprechen wollen – immerhin war Costain ein Fremder –, aber Irene bezweifelte, dass Greg vollkommen uneigennützige Ziele verfolgte, wenn er diesen verloren geglaubten Bruder aufsuchte. Greg hatte kein Interesse an seinen eigenen Kindern; es passte nicht zu ihm, dass er sich die Mühe machte, einen Bruder zu suchen, außer es sprang für ihn etwas dabei heraus.

Aber wie weit ging ihre Verantwortung gegenüber Costain? Irene hatte noch nie von einem leichtgläubigen Anwalt gehört. Costain müsste also in der Lage sein, selbst auf sich aufzupassen. Auch wenn er blind war.

Die ganze Angelegenheit ging sie nichts an.

Fünfzehn Minuten später wurde die Haustür schwungvoll aufgerissen und dann wieder zugeschlagen. Die unüberhörbaren Rufe von Adam und Mark schallten durch das ganze Haus.

„Mama, wir sind zu Hause!"

„Ich komme gleich!", rief sie zurück.

Widerwillig stieg sie aus dem entspannenden Bad, trocknete sich ab, zog ihren weiten, dicken Frotteebademantel an und ging in die Küche, um ihre Kinder zu begrüßen.

„Mama! Weißt du schon das Neueste? Willie Martin ist in meiner Fußballmannschaft!“, verkündete Adam begeistert.

„Ich auch! Ich auch!“, rief Mark und lief auf seine Mutter zu und gab ihr schnell einen Kuss, bevor er sich vor dem Fernseher auf den Boden setzte.

„Mama“, sagte Adam. „Kannst du es bitte Mark in seinen dicken Schädel einhämmern, das er *nicht* in meiner Mannschaft ist?“

Irene ließ sich auf das Sofa fallen. „Komm einmal zu mir, Mark“, sagte sie. Als der Sechsjährige sich an sie kuschelte, legte sie einen Arm um ihn. „Weißt du noch? Als du dich angemeldet hast, habe ich dir erklärt, dass du bei deiner eigenen Altersgruppe sein würdest, genauso wie beim Tischtennis.“

„Ja ..., aber Tischtennis ist für kleine Kinder, Fußball nicht“, sagte Mark.

„Das stimmt natürlich.“ Irene suchte nach einer guten Erklärung. „Aber Adam spielt schon seit drei Jahren Fußball. Es wäre also nicht fair, jemanden, der überhaupt noch nicht gespielt hat, in seine Mannschaft zu stecken.“

„Willie hat auch noch nie gespielt.“

„Ach so ...“ Irene lächelte schwach und musste sich geschlagen geben. „Nun ...“

„Das spielt keine Rolle“, verkündete Adam herablassend. „Es ist egal, wie lange du schon spielst. Meine Mannschaft würde euch sechsjährige Winzlinge im Handumdrehen niedermachen.“

„Würdet ihr nicht!“

„Würden wir schon!“

„Schluss jetzt, hört auf!“, sagte Irene, die versuchte, ihre elterliche Autorität zurückzugewinnen. „Mark, es gibt viele Gründe, warum sie die Kinder nach ihrem

Alter aufteilen. Aber ist es nicht toll, dass du dieses Jahr überhaupt mitspielen kannst? Und Adam, ich finde es großartig, dass du mit deinem besten Freund in einer Mannschaft spielen kannst!"

Ihr Ablenkungsmanöver funktionierte und die Jungen begannen aufgeregt über das bevorstehende Training und die Trikots zu diskutieren. Nach ein paar Minuten kehrte Irene in die Küche zurück und bereitete einen Imbiss vor.

Während Irene Bananen verteilte, kam ihr ein seltsamer Gedanke in den Sinn. Wenn das, was Joel Costain über Greg gesagt hatte, wahr war, dann bedeutete das, dass Costain der Onkel ihrer Kinder war. Als Costain vor einer Stunde das Haus verlassen hatte, hatte sie keinen Grund gehabt zu glauben, dass sie ihn je wiedersehen würde. Sollte dieser neue Aspekt daran etwas ändern?

Irene hatte gewiss nicht die Absicht, Adam und Mark von Costain zu erzählen – wenigstens jetzt noch nicht. Dazu bestand kein Grund, denn wenn der Onkel irgendeine Ähnlichkeit mit ihrem Vater hatte, konnten ihre Söhne auf diesen Mann gut verzichten.

Kapitel 7

Nachdem er Irene verlassen hatte, rief Joel kurz Jim Kincaid an und bat ihn, Rizzo und Ardel ausfindig zu machen. Er war noch nicht bereit, schon in sein Büro zurückzukehren. Obwohl er an diesem Nachmittag keine Termine hatte, wartete auf seinem Schreibtisch ein Stoß Papiere, den er abarbeiten musste und der unaufhaltsam gewachsen war, seit Greg Mitchell in sein Leben getreten war. Aber er wusste, dass er an diesem Tag keine Arbeit schaffen würde. Seine Gedanken waren zu sehr mit anderem beschäftigt.

Fünf Tage waren vergangen, seit Greg in sein Büro gekommen war. Er hatte Joel gesagt, dass er sich in zwei Tagen wieder bei ihm melden würde, und hatte dabei ziemlich entschlossen geklungen. Als nach drei Tagen nichts geschah, hatte Joel, genau wie er Irene erzählt hatte, entdeckt, dass Greg spurlos verschwunden war. So sehr er es sich einerseits wünschte, konnte Joel die Sache trotzdem nicht einfach fallen lassen. Aber je mehr er über Greg Mitchell erfuhr, umso mehr fragte sich Joel, ob er noch ganz bei Sinnen sei, wenn er diese Suche fortsetzte.

Da er frische Luft und Bewegung brauchte, ließ Joel sich mit dem Taxi zum Golden-Gate-Park bringen, um dort spazieren zu gehen. Er und Ebony waren schon oft durch den Park spaziert und kannten die Wege und Hindernisse sehr gut. Der Tag war warm, und Joel spürte eine gewisse Feuchtigkeit in der Luft, die auf einen bevorstehenden Regen hinwies. Der November rückte schnell näher. Ein Herbststurm hing in der Luft. Joel hoffte nur, der Sturm bräche nicht los, solange er noch im Park war.

Die Schönheit der Natur entging Joel keineswegs,

und er genoss einen Spaziergang im Park genauso sehr wie jeder Sehende. Das friedliche Zwitschern der Vögel und das Rascheln des Windes in den Blättern hatten eine wunderbar lindernde Wirkung auf Joels aufgewühlte Gedanken. Er hoffte, die frische Luft und die Bewegung würden ihm helfen, sich darüber klar zu werden, wie er weiter vorgehen sollte.

Was würde er tun, wenn er Greg nie wiederfände? Warum war er überhaupt verschwunden? Greg hatte ziemlich entschlossen gewirkt, wieder Kontakt zu ihm aufnehmen zu wollen. Sicherlich war er kein Mensch, der sich leicht einschüchtern ließ – nicht einmal von Joels unfreundlichem Empfang.

Joel plagten Schuldgefühle. Vielleicht unternahm er deshalb so viel, um Greg jetzt ausfindig zu machen. Normalerweise war er nicht so unhöflich. Aber wie er Greg und auch Jim Kincaid erklärt hatte, waren Gregs Behauptungen so schockierend für ihn gewesen, dass er vollkommen überrumpelt wurde. Was die Sache noch verschlimmerte, war das nagende Gefühl, dass er tatsächlich die Wahrheit gesagt haben könnte. Kincaids Nachforschungen hatten die Geschichte über Charlie Sullivan schnell bestätigt. Kincaid hatte nur alte Zeitungen durchblättern müssen, um diese Fragen zu klären. San Franciscos Presse hatte Sullivans Verhaftung und den Prozess genau verfolgt. Selbst kleinere Verbrechen waren vor vierzig Jahren noch viel spektakulärer gewesen. In eine Spedition war eingebrochen worden, und obwohl in der Zeitung nichts davon erwähnt wurde, konnte es sich dabei nicht um eine große Summe gehandelt haben. Ob das gestohlene Geld wieder aufgetaucht war, wurde nirgends erwähnt. Jedoch war offenbar während des Einbruchs ein Polizist getötet worden. Charlie Sullivan war festgenommen und zu lebenslanger Haft verurteilt worden.

Kincaid hatte im San-Quentin-Gefängnis angerufen

und erfahren, dass Sullivan vor sechs Monaten begnadigt worden war. Er hatte Krebs im Endstadium, und offenbar war man zu dem Schluss gekommen, dass er keine Bedrohung mehr für die Gesellschaft darstelle. Warum er nicht schon früher begnadigt worden war, konnte Joel nicht in Erfahrung bringen.

Greg Mitchells Geschichte brachte keine nennenswerten Überraschungen. Einige kleinere Verhaftungen, zwei kurze Haftstrafen im Gefängnis, Alkoholprobleme, die zehn oder noch mehr Jahre zurücklagen. Wie Irene bestätigt hatte, war Greg ein ruheloser Zeitgenosse, den es nie lange an einem Ort hielt. Er hatte keine feste Adresse, keine dauerhaften Beziehungen. Eine zweite Ex-Frau war vollkommen feindselig gewesen und hatte sich geweigert, mit Joel überhaupt zu sprechen. Aus dieser zweiten Ehe gab es keine Kinder.

Jim versuchte es über die Adoptionsschiene, da er hoffte, die losen Enden ließen sich von dieser Seite aufwickeln. Aber was Joel innerlich fühlte, hatte wenig mit der Beweislast zu tun. Er hatte fast von Anfang an das Gefühl gehabt, dass Greg Mitchells Behauptungen der Wahrheit entsprachen. Warum sonst hatte er so unfreundlich auf Greg reagiert? Die ganze Sache wühlte einfach zu starke Gefühle in ihm auf.

Joel stand seiner Familie sehr nahe. Er liebte seine Adoptiveltern. Aber wenn das, was Greg Mitchell sagte, stimmte, hatten ihn dann seine Eltern nicht sein ganzes Leben lang angelogen? Es hatte viele Gelegenheiten gegeben, besonders als er erwachsen wurde, ihm zu sagen, dass sein leiblicher Vater und Bruder noch lebten. Sie wussten es bestimmt. Charlie Sullivan hatte vor siebenunddreißig Jahren die Titelblätter der Zeitungen gefüllt. Die Geburt eines blinden Kindes, das niemand haben wollte, war ebenfalls erwähnt worden.

Walt und Adrianne Costain mussten es wissen. Aber was bedeutete dann ihr vieles Reden von Ehrlichkeit und Aufrichtigkeit? Sie waren in einer entscheidenden Sache unehrlich gewesen.

Oder nicht?

Joel wünschte sich, mit ihnen zu sprechen. Aber sie waren im Urlaub, und er wollte sie nicht anrufen – wenigstens nicht, solange er nichts Konkretes wusste. Vielleicht könnte er ihnen sogar Greg vorstellen. Er erinnerte sich an Gregs Bemerkung, dass sie die Erlaubnis verweigert hatten, Informationen herauszugeben. Das Adoptionsbüro musste vor Kurzem Kontakt zu ihnen aufgenommen haben. Warum hatten sie ihm nichts davon gesagt? Er war jetzt siebenunddreißig! Versuchten sie immer noch, ihn zu beschützen? Er stellte sich die Frage, ob ihr plötzlicher Entschluss, nach Hawaii zu fliegen, Zufall war.

Aber wäre es richtig, seine Eltern jetzt mit Anschuldigungen zu belasten? Sie müssen geglaubt haben, dass sie das Richtige taten. Vielleicht war es auch das Richtige gewesen. Was hätte sich in seinem Leben geändert, wenn er von seiner leiblichen Familie erfahren hätte? Wenn das, was Greg sagte, wahr war, dann war Joels Vater ein verurteilter Mörder und Dieb. Hätte Joel ihn im Gefängnis besucht? Hätte er versucht, ihm das Leben hinter Gittern angenehmer zu machen? Was hatte dieser Mann je für Joel getan? Er hatte seinen neugeborenen Sohn einem ungewissen Schicksal überlassen. Sullivan hatte eine Familie gehabt, trotzdem hatte er selbstsüchtig und verantwortungslos gehandelt. Hätte Joel wirklich versucht, eine Beziehung zu einem solchen Mann aufzubauen? Warum sollte er irgendein Interesse an einem Menschen haben, der ein armes blindes Baby im Stich gelassen hatte? Seine Eltern waren wahrscheinlich wirklich überzeugt gewesen, dass sie das Beste für ihren Sohn taten.

Seine Adoptiveltern hatten sich immer sehr bemüht, Joel so selbständig wie möglich zu erziehen, aber sie waren nicht vollkommen. Es hatte Zeiten gegeben, in denen sie versucht hatten, ihn vor den Härten des Lebens abzuschirmen. Auch wenn er oft dagegen rebelliert hatte, konnte er nicht leugnen, dass sie ihn immer unterstützt hatten, dass sie ihm immer ihre Liebe gezeigt hatten. Sie waren seine richtigen Eltern.

Er blieb mitten in seinem Schritt stehen. War das der Duft von Geißblatt? Er atmete tief ein. Seine Gedanken, die durch Düfte so angeregt wurden wie die Sinne der Sehenden durch alte Fotos, wanderten in das Lager in Oregon zurück, wo wildes Geißblatt fast genauso dicht wie Gras gewachsen war. Er war zwölf gewesen, und es waren nicht seine ersten Ferien in einem Freizeitlager für blinde Kinder gewesen. Er hatte schon seit Jahren besondere Schulen und Freizeitlager besucht. Seine Eltern hatten dafür gesorgt, dass ihr Sohn alle nur erdenklichen Möglichkeiten, die es für Behinderte gab, bekam. Aber mit seinen zwölf Jahren und der typischen Pubertätsangst hatte Joel allein schon den Gedanken gehasst, behindert zu sein. Es war für ihn ein schreckliches Stigma gewesen. Er hatte unbedingt normal sein wollen. Seine Eltern hatten ihn in das Lager hinaufgefahren, aber Joel hatte auf dem ganzen Weg geschmollt, und als sie ankamen, hatte er sich trotzig geweigert, das Lager zu betreten.

Heute musste Joel darüber schmunzeln, während er mit seinem Hund den duftenden Weg entlangging und sich daran erinnerte, wie sein Vater auf sehr überraschende Weise mit jener Situation umgegangen war. Walter Costain war eine kurze Strecke in den Wald, der das Lager umgab, hineingegangen. Joel hatte ihn bereitwillig begleitet, da er davon ausging, dass sie eines ihrer Gespräche zwischen Vater und Sohn führen würden, bei dem Joel – der schon mit zwölf Jahren überzeugend argumentieren konnte – seinen Vater überreden könnte, ihn wieder mit nach Hause zu nehmen. Nachdem sie ein paar Minuten gegangen waren, blieben sie stehen. Joel nutzte schnell die Gelegenheit, seine Argumente vorzubringen.

„Dad, war ich denn in der Vergangenheit nicht immer kooperativ? Warum kannst du mir dieses eine Mal denn nicht eine Pause gönnen? Ich kann selbst auf mich aufpassen; ich brauche diese Schulen nicht mehr. Ich weiß mehr als die Lehrer. Die halbe Zeit soll ich einigen Kindern, die gerade erst das Augenlicht verloren haben, etwas beibringen. Ich will nichts anderes, als diesen Sommer einfach mit meinen Freunden verbringen. Du hast mich doch noch nie zu etwas gezwungen. Warum jetzt?"

Sein Argument wurde mit Schweigen beantwortet.

„Dad? Du zwingst mich doch nicht dazu, oder?"

Schweigen im Walde.

„Dad? Komm schon, sag etwas."

Schweigen.

Joel drehte sich mit ausgestreckten Armen herum. Seine Hände berührten aber nicht wie erwartet den Körper seines Vaters. Joel hatte sich so sehr auf sein Problem konzentriert, dass er nicht auf die Schritte seines Vaters geachtet hatte; er hatte gedacht, sein Vater gehe nur ein bisschen herum und würde ihn nicht ganz allein lassen. Er war wütend und zornig über sich selbst und diese Situation.

„Das ist überhaupt nicht lustig, Dad!", schrie er.

Aber er geriet nicht in Panik. Er *könnte* auf sich selbst aufpassen – nun, wenigstens zu einem gewissen Maß. Aber in seiner Wut und Enttäuschung wurde er kopflos und passte nicht auf.

„Okay, ich werde es ihm schon zeigen!"

Er ging mit derselben Sicherheit los, als hätte er seinen weißen Stock bei sich, den zu benutzen er sich vehement geweigert hatte. Nach nur zwei Schritten stolperte er und fiel der Länge nach auf den Boden.

Brüllend und den Tränen nahe – Tränen der Wut – schlug er mit der Faust auf die Erde. Hartnäckig stand er wieder auf und lief, wie er glaubte, in eine andere Richtung los. Aber er stolperte wieder, wahrscheinlich über dasselbe Hindernis, was immer es auch war. Er spuckte Gras, Erde und Moos aus und rappelte sich wieder auf die Beine, aber vorher tastete er den Boden ab und lokalisierte das Hindernis. Dieses Mal drehte er sich davon weg und ging vier Schritte, als eine eindringliche Stimme rief: „Joel, bleib stehen!"

Er gehorchte auf der Stelle.

Sein Vater sprach wieder: „Heb die Hände hoch, Joel."

Joel tat es und berührte einen tief hängenden Ast, der so dick war wie ein Männerbein. Nur fünf Zentimeter hatten gefehlt, dann hätte er sich den Kopf daran gestoßen. Er hätte die Nähe des Baumes fühlen müssen und seine Entfernung durch das Echo seiner Schritte, die von dem riesigen Baumstamm widerhallten, einschätzen müssen. Natürlich funktionierte diese Methode nicht immer perfekt – und sie erforderte Konzentration und Aufmerksamkeit, die Joel in diesem Augenblick nicht hatte.

Jedoch war er seinem Vater in keiner Weise dafür dankbar, dass er ihn vor einem Zusammenstoß mit dem Ast gerettet hatte. „Lachst du dich kaputt, Dad? Meinetwegen, das ist mir egal! Nichts wird mich zwingen, in dieses Lager zu gehen. Du willst mich nur loswerden. Okay, das soll mir auch recht sein. Ich bin schon fort!"

Er drehte sich von dem Ast weg, stieß aber nach nur einem einzigen großen Schritt gegen das nächste Hindernis – seinen Vater. Walter Costain legte die Arme um seinen Sohn.

„Es tut mir leid, Joel." Seine Stimme zitterte leicht.

„Ich habe es kapiert", knurrte Joel bitter.

„Was?“

„Dass ich ein hilfloses, dummes, blindes Kind bin!“

Walter hatte geseufzt und dann die Arme um Joel gelegt und ihn zu einem großen Baumstamm geführt, auf den sie sich setzten. Er sprach weiter: „Was ich dir sagen wollte, mein Sohn, ist, dass du nicht normal bist. Du wirst immer anders sein, Joel. Verstehst du das? Immer. Aus irgendeinem Grund hat Gott das zugelassen. Und das ist etwas, das du akzeptieren musst. Aber ich glaube fest daran, dass Gott etwas Gutes daraus machen will.“

„Dass er mich zum Beispiel vielleicht heilt?“ In Joels Stimme lag eine gewisse Kampfeslust. Er besuchte mit seinen Eltern regelmäßig den Gottesdienst, und jedes Mal, wenn von Wundern die Rede war, stellte er sich gewisse Fragen. Medizinisch konnte nichts gegen seine Behinderung unternommen werden, das wusste er. Er war zu früh geboren worden, und damals war die Medizin noch nicht weit genug fortgeschritten gewesen. Im Brutkasten hatte er zu viel Sauerstoff bekommen, durch den er für immer erblindete. Aber Gott konnte ihn heilen, wenn er wollte. Jesus hatte in der Bibel doch viele Blinde geheilt. Es hatte Joels jungen Glauben stark gedämpft, dass seine Gebete nicht erhört worden waren.

„Heilung ist nicht das einzige Wunder, das Gott wirken kann“, erwiderte Joels Vater. „Wir haben schon oft darüber gesprochen, mein Sohn.“

„Dann sag es mir noch einmal – was denn sonst noch?“

„Du weißt, dass ich das nicht kann. Ich kann nicht vorhersagen, welche Pläne Gott für dich hat. Aber eines kann ich dir sagen: Alles, was mir einfallen könnte, wäre weitaus weniger als das, was Gott in Wirklichkeit vorhat. Du bist Gottes Kind, und er hat nur Gutes mit dir vor.“

„Blind zu sein ist also gut?“

„Findest du, dass es schlecht ist? Wie in biblischen Zeiten, als man dachte, es sei eine Strafe für Sünden? Das war weit von der Wahrheit entfernt. So ist Gott einfach nicht.“

Joel wusste in seinem Herzen, dass sein Vater recht hatte. Er hatte persönlich erfahren, wie Gott sein Leben verändert hatte. Und der Gott, den er kennengelernt hatte, der Gott seines Vaters, war wirklich der Geber aller guten Gaben. „Okay, Dad, aber du lenkst vom Thema ab. Warum sollte ich ins Lager gehen? Du sagst, ich sollte das alles als Gottes Plan für mein Leben akzeptieren – warum sollte ich dann nicht einfach alles auf mich zukommen lassen? Du hast recht, ich bin nicht normal. Warum soll ich dann dagegen ankämpfen?“

„Gott hat zugelassen, dass du blind bist, Joel, aber er will nicht, dass du hilflos bist. Du kannst annehmen, was Gott tut, aber die Macht über deine Situation brauchst du nicht aus der Hand zu geben. Joel, das, was heute hier im Wald passiert ist, muss nicht dein Schicksal im Leben sein, nur weil du blind bist. Aber das wird es, wenn du dich weigerst, deine Behinderung anzunehmen.“

„Dad ...“ Joels Stimme war jetzt klagend, die Kampflust und die Wut waren verraucht. „Ich wünschte immer noch, dass ich auch sehen könnte wie alle anderen.“

„Ich weiß ..., ich würde es mir auch wünschen. Erinnerst du dich an die erste Bibelstelle, die du auf Braille gelernt hast?“

Joel nickte. „Jesaja 42,16: ‚Aber die Blinden will ich auf dem Wege leiten, den sie nicht wissen; ich will sie führen auf den Steigen, die sie nicht kennen. Ich will die Finsternis vor ihnen her zum Licht machen und das Höckerige zur Ebene.‘“

„Wenn ich an diese unbekannten Wege denke", sagte Walter, „dann bin ich ganz gespannt, was dir das Leben bringen wird. Ich glaube, auf dich warten mehr Abenteuer, Joel, als die meisten sogenannten normalen Menschen in ihrem ganzen Leben je erfahren werden."

Reumütig rieb sich Joel den Ellbogen, den er sich bei dem Sturz vor ein paar Minuten aufgeschlagen hatte. „Ich schätze, so kann man es auch sehen."

Joel ging in jenem Sommer in das Ferienlager, und auch wenn die Augenblicke der Rebellion und des Zweifels in seinem Leben gewiss nicht für immer vorbei waren, hatte er an diesem Tag doch einen großen Schritt in die Richtung getan, nicht nur der selbständige, ziemlich autonome Mann zu werden, der er heute war, er hatte auch einen großen Entwicklungsschritt getan, ein echter Mann Gottes zu werden. Und seine Eltern waren immer ein wichtiger Teil seiner Leistungen und Erfolge gewesen. Im Gegenteil, er fragte sich, ob er ohne sie überhaupt je etwas von alledem erreicht hätte.

Joel überlegte, wie es wohl ausgesehen hätte, das blinde Kind eines glücklosen, kleinen Einbrechers zu sein oder von einer labilen Tante und einem alkoholsüchtigen Onkel aufgezogen zu werden. Er sah jetzt deutlicher als je zuvor, was sein Vater damit gemeint hatte, dass Gott einen guten und vollkommenen Plan für sein Leben hatte. War es dann nicht auch logisch, dass das, was jetzt passierte, ebenfalls Gottes Plan war? Aus irgendeinem Grund hatte Gott an diesem konkreten Punkt in seinem Leben Greg Mitchell zu ihm geschickt. Auf den ersten Blick schien es eine riesengroße Störung zu sein, ein unnötiges Eindringen in sein geordnetes Leben. Aber Joel wusste es besser, er wollte einen Blick hinter die Kulissen werfen, besonders wenn es um geistliche Dinge ging.

Joel beugte sich vor und streichelte Ebonys schwarzes Fell. „Aber wie gehen wir von hier aus weiter, altes Mädchen? Wenn ich Greg nicht finden kann, dann stecken wir sowieso in einer Sackgasse."

Er unterhielt sich oft mit seinem Hund, der für ihn viel mehr als nur ein treues Haustier war. Er fand, dass nichts Falsches daran war, mit dem Tier zu sprechen, solange er nicht anfing, Antworten zu hören. Aber Joel begriff plötzlich, dass er sich jetzt mit seinen Fragen an eine andere Adresse wenden musste. Oft hatte er das Gefühl, dass seine einseitigen Gespräche mit Ebony nur eine andere Form des Gebets waren, doch jetzt war ein Zeitpunkt gekommen, an dem eine ernstere Form angebracht war.

„Komm mit, Ebony. Suchen wir uns einen Platz, wo wir uns eine Minute hinsetzen können."

Zehn Minuten später kehrte Joel zu seinem Taxi zurück. Er hatte seine Fragen und seine Verwirrung vor Gott ausgebreitet. Er kannte die Antworten immer noch nicht, aber er wusste, dass Gott da war und ihm den Weg bereitete.

Kapitel 8

Irene saß mit angezogenen Beinen auf dem Sofa. Mark kuschelte sich neben sie, während Adam ausgestreckt auf dem Boden lag und seine Baseballkarten sortierte. Es war neun Uhr abends, und Irene war gerade von ihrem Abendessen mit Don, dem Lehrer, nach Hause zurückgekehrt. Die Babysitterin hatte die Jungen nicht ins Bett gebracht, obwohl Irene beim Gehen gemahnt hatte, sie sollten bis acht Uhr im Bett liegen. Aber Irene musste sich ein paar Minuten entspannen und konnte im Augenblick keinen Stress vertragen, auch wenn am nächsten Tag Schule war. Als sie sich von Don verabschiedet und der sich angeboten hatte, die Babysitterin nach Hause zu fahren, war sie zunächst auf das Sofa gesunken. Die Jungen waren im Augenblick zufrieden und ruhig und Irenes Gedanken wanderten zu ihrem Abendessen zurück.

Don war ein gut aussehender Mann ungefähr in ihrem Alter. Aber das Abendessen war auffallend still verlaufen. Sie waren beide zu schüchtern, als dass der Abend etwas anderes als langweilig gewesen wäre. Vielleicht lag es aber mehr daran, dass das, was er zu sagen hatte, sie einfach nicht interessierte. Er hatte von ihr wahrscheinlich denselben Eindruck. Das Einzige, was sie gemeinsam hatten, war die Schule – sie hatte Kinder, er war Lehrer. Aber selbst bei diesem Thema ging ihnen schnell der Gesprächsstoff aus und eine Flaute kehrte ein.

Eine Flaute. Ein gutes Wort für den Abend.

Lag es an Don? Oder an ihr? Sie hatte keine Ahnung. Vielleicht spielte das auch gar keine Rolle. Aber sie wusste, dass sie *etwas* fühlen musste, wenn sie eine Beziehung zu einem Mann aufbauen sollte, auch wenn es nur eine freundschaftliche Beziehung war. Sie benutzte das Wort nicht gern, aber sie fand, dass zwischen zwei Menschen irgendwie die *Chemie* stimmen musste.

Vielleicht war sie einfach zu romantisch veranlagt. Zu wählerisch. Zu ...

Nun, sie konnte es auch nicht ändern. Sie hatte eine verheerende Ehe hinter sich, und falls sie sich je wieder dazu entschließen sollte, einen solchen Schritt zu wagen, dann sollte es anders werden. Sie wollte eine tiefe, sinnvolle Beziehung zu einem Mann. Sie wollte das Gefühl haben, dass er sie irgendwie vervollständigte und sie ihn.

Erwartete sie damit wirklich zu viel?

„Hey! Ich habe zwei Barry Bonds!" Adams begeisterter Ausruf durchbrach die Stille und riss Irene aus ihren Gedanken.

„Kann ich eine davon haben?", fragte Mark.

Worauf Adam überraschend antwortete: „Na klar!" Er schob seinem Bruder die Karte über den Tisch.

„Danke!" Mark nahm die Karte mit einem dankbaren Grinsen in die Hand.

Ein Lächeln zog über Irenes Gesicht und erhellte ihre düsteren Gedanken. Warum wollte sie eigentlich etwas an ihrer Situation ändern? Sie hatte eine nette, kleine Familie, ein gemütliches Zuhause. Vielleicht war es am besten, einfach alles so zu belassen, wie es war.

Das Klingeln des Telefons war in diesem Augenblick eine unwillkommene Störung. Einen flüchtigen Moment rang sie mit dem Gedanken, es zu ignorieren, aber sie konnte sich nicht vorstellen, dass jemand so spät noch anrief, wenn es nicht wichtig war. Noch bevor sie ihrem Instinkt folgen konnte, sprang Adam auf, lief zur Küche und nahm den Hörer ab.

„Mama!", rief er. „Es ist für dich. Irgendein Mann."

„Adam, du zerreißt ihm ja das Trommelfell", sagte Irene, streckte sich widerwillig und stand auf.

„Oh, Entschuldigung", sagte Adam, reichte dann seiner Mutter den Hörer und kehrte zu seinen Baseballkarten zurück.

„Hallo?", meldete sich Irene.

„Miss Lorenzo? Irene Lorenzo?"

„Ja."

„Hier ist Robert Dunagan von der Polizei. Ich fürchte, ich habe schlechte Nachrichten für Sie."

„Was ... ist?"

„Es geht um Ihren Ex-Mann, Gregory Mitchell. Er hatte einen Autounfall."

„Oh nein! Geht es ihm ... geht es ihm gut?"

„Leider nicht, Miss Lorenzo. Der Unfall verlief tödlich."

Irenes Knie wurden weich und sie wankte nach hinten, wo sie benommen auf einen Stuhl sank.

„Sind Sie in Ordnung, Miss Lorenzo? Sie sind die einzige Angehörige, die wir erreichen konnten. Miss Lorenzo?"

„Ich bin ... in Ordnung, denke ich." Aber ihre Kehle war plötzlich wie zugeschnürt und ihr fiel das Sprechen schwer. „Sind Sie sicher?"

„Ziemlich sicher. Allerdings wären wir sehr dankbar, wenn Sie zu uns kommen und den Toten identifizieren könnten."

„Wie ist das passiert?"

„Die Einzelheiten sagen wir Ihnen lieber persönlich. Könnten Sie morgen hierherkommen? Und können wir damit rechnen, dass Sie sich um die Beerdigung kümmern?"

„Ja, natürlich. So zwischen neun und zehn Uhr?"

„Das wäre gut. Wollen Sie meinen Namen und die Telefonnummer unserer Abteilung notieren? Dann können Sie mich leichter finden, wenn Sie hier sind."

„Ja ..."

* * *

„Mark, Adam“, sagte Irene, während sie sich nach dem Anruf mühsam auf ihre zittrigen Beine stellte. „Kommt, wir fahren zu Tante Connie rüber.“

Das war keine ungewöhnliche Aufforderung; sie gingen oft abends zu Connie – wenn auch normalerweise früher – um miteinander einen Nachtisch zu essen oder zu spielen. Die Cousins spielten gern miteinander. Connies sechsjähriger Sohn Pete war Marks bester Freund. Und die Erwachsenen waren auch gern zusammen. Mark und Adam ließen sich das also nicht zweimal sagen und stürmten durch die Tür hinaus. Für sie war es wirklich etwas ganz Besonderes, an einem Schultag so spät abends noch etwas zu unternehmen. Sie schlüpften in Irenes alten Toyota und waren drei Minuten später bei ihrer Tante. Connie begrüßte sie an der Tür. „Was ist denn das? Ein mitternächtlicher Überfall?“ Connie führte sie in die Küche, wo die Kinder bald mit ihren Cousins eine Schüssel Popcorn knabberten.

Connie, die sofort merkte, dass etwas nicht stimmte, schickte ihre älteste Tochter Jennifer in die Küche, um noch mehr Popcorn zu machen.

„Was ist los, Reenie?“, fragte Connie.

„Connie, kann ich allein mit dir sprechen?“, fragte Irene.

„Natürlich.“

„Wo ist Norm?“

„Draußen in der Werkstatt.“

„Komm, gehen wir zu ihm.“

„Was ist denn passiert?“

„Gehen wir zuerst zu Norm“, bat Irene. „Für diese Sache brauche ich euch beide.“

Als sie draußen in der Werkstatt waren, berichtete Irene ihnen von dem Telefonanruf.

„Er hat dir keine Einzelheiten genannt?", fragte Norm.

„Ich schätze, er wollte am Telefon nicht mehr dazu sagen. Nur, dass es ein Autounfall war."

„War Alkohol im Spiel?"

„Ich weiß es nicht. Das hätte ich wahrscheinlich fragen sollen. Es würde mich nicht überraschen. Euch etwa?"

Norm schüttelte den Kopf. Er hatte Greg öfter als ihm lieb gewesen war, betrunken nach Hause fahren müssen.

„Ich kann es einfach nicht glauben", sagte Connie. „Es sieht nicht so aus, als hättest du es den Jungen schon gesagt."

„Noch nicht", sagte Irene. „Ich hätte es allein nicht geschafft. Ich weiß, ich bin ein Feigling."

„Wie, glaubst du, werden sie reagieren?"

„Adam wird es am härtesten treffen. Mark war erst drei, als Greg uns endgültig verließ. Er hat ihn seitdem nur zweimal gesehen." Irene fuhr sich mit der Hand durch die Haare. Tränen traten ihr in die Augen.

„Reenie, wie nimmst *du* es auf?", fragte Connie.

Irene hielt die Tränen zurück. „Ihr wisst beide, dass ich ihn nicht mehr geliebt habe. Ich *mochte* ihn nicht einmal mehr besonders. Aber ..." Eine Träne lief ihr über die Wange. Sie wischte sie weg. „Ich muss nur immer daran denken, wie sehr er sein Leben vergeudet hat. Er hätte so viel haben können." Irene deutete mit einer Handbewegung auf Norms und Connies gemütliches Haus, den herrlichen Klang von Kinderstimmen, den Popcorngeruch, der durch die halb geöffnete Werkstatttür hereinwehte. „Wir hätten ein ähnliches Leben führen können, aber er hat es einfach weggeworfen. Wie ich mich fühle? Betrogen. Wütend. Und ... sehr, sehr traurig."

Sie standen mehrere Minuten schweigend in der Garage. Irenes Verstand war wie ein Videorekorder, der die Szenen ihres Lebens mit Greg abspielte. Sie wollte dieses Gerät verzweifelt abstellen, aber es ging nicht. Das Schweigen schien ihren Erinnerungen nur neue Nahrung zu geben. Deshalb begann sie wieder zu sprechen.

„Was soll ich nur den Jungen sagen? Eine dumme Frage! Ich weiß, was ich ihnen sagen muss, aber *wie*?" Das ist auch dumm. Ich muss es ihnen einfach geradeheraus sagen. Wisst ihr, wovor ich mich am meisten fürchte? Davor, dass es ihnen überhaupt nichts ausmacht. Ich könnte ihnen nicht einmal einen Vorwurf daraus machen, aber wie schrecklich, dass sie einen solchen Vater hatten. Ich glaube, diese kleinen Narben in Adams und Marks Herzen sind das, was ich Greg am meisten vorwerfe. Ich sollte nicht so über einen Toten sprechen ..."

Connie legte einen Arm um Irene. „Komm, setzen wir uns ins Esszimmer. Ich koche uns einen Kaffee."

„Ich rede Unsinn, nicht wahr?"

„Komm mit." Mit diesen Worten nahm Norm Irene an der Hand und führte sie durch die Küche ins Esszimmer.

Einige Minuten später gesellte sich Connie mit dem Kaffee zu ihnen. Das Esszimmer war von den anderen Räumen getrennt und bot eine gewisse Privatsphäre und etwas Ruhe vor den Kindern.

„Ich sollte es am besten bald hinter mich bringen ...", begann Irene.

„Lass sie zuerst ihr Popcorn aufessen", sagte Connie. „Sie werden viele Fragen haben."

„Und ich habe keine Antworten."

„Irene, stört es dich, wenn wir uns ein paar Minuten Zeit zum Beten nehmen, bevor wir die Jungen hereinrufen?", fragte Norm.

Irene zuckte mit den Achseln. Sie hatte vielleicht

ihre Zweifel an Gott, aber sie war nicht so eingebildet, zu glauben, es gäbe nichts, das ihr nicht Kraft und Hoffnung geben könnte. Sie vermutete, das machte sie trotz allem zu einer Art ambivalenter Christin. Vielleicht hatte Connie recht. Es war einfach zu schwer, ein ganzes Leben als Christ von sich abzuschütteln.

Norm übernahm das Beten. Er sprach einfach und konkret aus, was ihm auf dem Herzen lag.

Irene erinnerte sich an die langen, weit ausholenden Gebete, die Greg immer gesprochen hatte, wenn er „gerade mal" Christ war. Er kannte den ganzen richtigen Wortschatz und hatte ein Talent dafür, genau den richtigen Tonfall zu treffen, dass es so klang, als spräche er wirklich mit Gott. Irene wusste jetzt, dass in Norms wenigen, einfachen Worten mehr Macht und Aufrichtigkeit lag als in Dutzenden von Gregs ausgeschmückten, „angemessenen" Gebeten. Wenn Gott überhaupt hörte, dann auf Worte, die ein Mann wie Norm sagte.

Adam und Mark alles zu erzählen stellte sich als problemloser heraus als erwartet. Vielleicht erhörte Gott Gebete doch ...

Aber es verlief nicht ganz ohne Komplikationen. Es gab einen schwierigen Augenblick, als Mark fragte: „Mama, ist Dad jetzt im Himmel?"

Irene zögerte mit ihrer Antwort. Irgendwie widerstrebte es ihr, dass der „Himmel" ein Thema sein musste. Sie hätte nie zulassen sollen, dass Connie ihre Kinder mit zur Kirche nahm. Das versetzte sie jetzt in eine ungünstige Position. Wenn sie immer noch auf diese Dinge Wert legte, müsste sie sagen: „Nein, dein Vater war ein gottloser Sünder." Natürlich hätte sie es nicht so unverblümt und brutal gesagt. Aber warum musste sie sich überhaupt damit auseinandersetzen?

Ein schneller Blick auf ihre Schwester half ihr auch nicht weiter. Connie wich ihrem Blick aus. Warum entschied sie sich ausgerechnet jetzt, über ihren Glauben zu schweigen?

Schwach antwortete Irene ihrem Sohn: „Ich weiß es nicht, Mark."

Adam hatte eine andere schwierige Frage: „Wird es eine Beerdigung geben, Mama?"

„Das liegt vermutlich an uns", antwortete sie langsam. „Wir sind seine einzige Familie, die einzigen Menschen, denen er etwas bedeutet hat. Wir können uns nichts Großartiges leisten, aber wir könnten einen Gottesdienst oder so etwas halten." Wieder regte sich die Unsicherheit. Einen Gottesdienst, wo? In der Kirche? Sie war schon lange nicht mehr in der Kirche gewesen.

„Wann?", drängte Adam, der überhaupt nicht bemerkte, welche Unruhe er mit seinen Fragen bei Irene auslöste.

„Ich muss morgen in die Stadt fahren. Wenn ich zurück bin, planen wir etwas." Sie schaute Connie an. „Die Polizei will, dass ich ihn identifiziere. Außerdem sollte ich etwas organisieren wegen der ... nun ja, wegen der Beisetzung." Dann sagte sie, an ihre Söhne gewandt: „Was haltet ihr zwei davon, wenn ihr morgen nicht zur Schule geht? Ihr könnt vormittags zu Großmutter fahren, und wenn ich in der Stadt fertig bin, können wir den Rest des Tages miteinander verbringen."

„Können wir zu McDonald's fahren?", fragte Mark.

„Natürlich."

Alles in allem verlief es ziemlich gut. Die Jungen reagierten mit der richtigen Mischung aus Trauer und Gelassenheit. Aber als sie die beiden einige Zeit später zu Bett brachte, verriet Adam etwas von seinen inneren Konflikten.

„Mir ist nicht nach Weinen zumute, Mama. Ist das schlimm?"

„Nein, Adam. Es gibt keine richtige und keine falsche Reaktion. Manchmal vermisst du deinen Vater vielleicht sehr, wenn du an ihn denkst. Und es wird Zeiten geben, in denen du ihn nicht vermisst, weil es auch so war, als er noch lebte. Was du auch fühlst, Adam, es ist richtig. Ich hoffe nur, du hast die Freiheit, mit mir darüber zu sprechen. Vielleicht bist du sogar wütend auf deinen Dad – ich weiß, dass ich das manchmal bin. Aber das ist auch in Ordnung. Wir sind Menschen und keine Heiligen."

„Woran ich am meisten denken muss, das sind die Dinge, die ich gern mit ihm gemacht hätte. Dad hat mich nie Fußballspielen gesehen. Er war nie mit mir beim Zelten oder ..." Tränen traten in seine Augen. Er versuchte, sie mit den Fäusten zurückzuhalten. „Nichts davon werden wir jemals miteinander tun, Mama."

„Ich weiß, Schatz." Irene legte die Arme um ihren Sohn. Über ihre Wangen flossen jetzt ebenfalls die Tränen.

Mark kuschelte sich auch zu ihnen. Es dauerte noch einmal eine halbe Stunde, bis die zwei Kinder wieder in ihren Betten lagen. Irene drehte das Licht aus, blieb aber noch einige Minuten im Türrahmen stehen, bis sie den ruhigen, gleichmäßigen Atem der Jungen hörte.

„Gott, schenke ihnen gute Träume", murmelte sie, ohne sich bewusst zu werden, was sie sagte.

Erst als sie erschöpft in ihr Bett schlüpfte, fiel ihr der Anwalt, Joel Costain, ein. Niemand außer Irene konnte ihm sagen, dass Greg tot war.

Kapitel 9

Irene erledigte den Anruf, bevor sie zur Polizei fuhr. Sie überbrachte solche Nachrichten nur ungern am Telefon. Selbst wenn Joel Costain und Greg sich mehr oder weniger fremd gewesen waren, war es bestimmt nicht angenehm für den Anwalt, zu hören, dass er alle Hoffnungen auf eine mögliche Versöhnung mit seinem Bruder für immer begraben musste.

„Ah, Miss Lorenzo. Ich dachte nicht, dass ich wieder von Ihnen hören würde."

„Ich wünschte, dieser Anruf wäre nicht nötig ... das heißt, ich meine natürlich nicht ...", stammelte sie, verärgert, dass sie vor diesem prominenten Anwalt so ungeschickt herumstotterte. Es half auch nicht, ein bekanntes und verunsicherndes Timbre in seiner Stimme zu hören.

„Was kann ich für Sie tun?", fragte Joel nach.

Irene fasste sich wieder und sagte, dieses Mal würdevoller: „Mr Costain, ich fürchte, ich habe eine schockierende Nachricht für Sie ... Die Polizei rief mich gestern Abend an. Es sieht so aus, als sei Greg bei einem Verkehrsunfall getötet worden."

„Nein ...", stöhnte Joel. Seine leise Stimme verriet mehr als nur den Schock.

„Ich konnte es selbst nicht glauben. Er hatte Alkoholprobleme, es wäre also nicht besonders überraschend ..." Irene schüttelte den Kopf. „Was rede ich denn da? Ich kann es immer noch nicht glauben."

„Wie ist der Unfall passiert?"

„Ich weiß keine Einzelheiten. Ich bin unterwegs zur Polizei, um ihn zu identifizieren. Außerdem muss ich mich wahrscheinlich um ... seine sterblichen Überreste kümmern." Ihre Stimme zitterte und verriet ihre aufgewühlten Gefühle.

„Es tut mir leid, Miss Lorenzo. Das muss sehr schwer für Sie sein. Deshalb schätze ich es umso mehr, dass Sie sich die Zeit genommen haben, mich anzurufen."

„Ich dachte, Sie wollten das bestimmt gern wissen."

Es folgte ein langes Schweigen. Irene ahnte, dass das Gespräch noch nicht beendet war, aber ihr fiel nichts ein, um die Stille zu füllen.

Schließlich sagte Joel: „Haben Sie etwas dagegen, wenn ich Sie auf der Polizeiwache treffe? Ich würde gern meine Sekretärin mitbringen, damit sie ihn ebenfalls identifizieren kann. Ich will einfach sichergehen, dass der Mann, der in mein Büro kam, derselbe Mann ist."

„Das verstehe ich. Ich bin in ungefähr einer Stunde dort."

Sie setzte die Jungen bei ihrer Mutter ab und fuhr zur Polizeiwache. Sie war schon einmal hier gewesen – als sie Greg nach einer Verhaftung wegen Trunkenheit am Steuer abgeholt hatte. Das Gebäude jagte ihr immer noch große Angst ein. Es war wie ein menschlicher Zoo; Menschen jeder Art liefen auf den Gängen hin und her, einige in rasantem Tempo, andere wirkten genauso verwirrt wie sie. Sie fragte an der Pforte nach Polizeiinspektor Dunagan und ließ sich den Weg zu seiner Abteilung erklären. Wenig später sah sie auf dem Korridor Joel mit seinem Blindenhund gehen. An seiner Seite ging eine attraktive junge Frau, die Irene für seine Sekretärin hielt.

„Mr Costain", rief sie, nicht zu laut, da sie nicht zu viel Aufmerksamkeit auf sich ziehen wollte.

Er hörte sie und drehte sich um. Das Lächeln, mit dem er sie begrüßte, schickte einen Stromstoß durch ihren Körper. Einen Augenblick lang glaubte sie, etwas Vertrautes darin zu erkennen, dann war der Eindruck wieder verschwunden. Vielleicht hatte sie es sich nur eingebildet. Doch ... sein Lächeln hatte einen Augenblick so viel Ähnlichkeit mit Greg gehabt. Sie bemühte sich sehr, ihre plötzlich aufgewühlten Gefühle zu ignorieren, aber ihre Hände zitterten.

„Ich bin froh, dass ich Sie so leicht gefunden habe", sagte Irene. „Ich war mir nicht sicher, ob ich hier richtig bin."

„Wir haben uns auch etwas verirrt. Linda wollte gerade jemanden nach dem Weg fragen", erwiderte Joel.

„Ich dachte, als Anwalt kennen Sie sich bei der Polizei bestens aus."

„Ich bin Anwalt für Steuerangelegenheiten und nicht für Straffälle, auch wenn es da manchmal keinen großen Unterschied gibt." Ein trockenes Lächeln zog über sein Gesicht und gab ihm noch mehr Ähnlichkeit mit Greg. Dann stellte er Irene seiner Sekretärin Linda vor.

„Wenigstens haben wir einander gefunden", sagte Irene. „Ich glaube, es muss gleich um diese Ecke sein."

„Gehen Sie bitte voraus", bat Joel.

Schließlich fanden sie Inspektor Dunagan, der sie sofort ins Leichenschauhaus führte. Irene dachte an die vielen Male, die sie im Kino oder Fernsehen schon Tote gesehen hatte. Sie hatte tatsächlich geglaubt, wenn sie jemals in Wirklichkeit ein Leichenschauhaus beträte, würde ihr das deshalb wenig ausmachen. Aber nichts hätte sie auf die entsetzliche Realität der kalten verchromten Leichenhalle vorbereiten können. Vielleicht traf es sie wegen ihrer Beziehung zu Greg noch stärker. Linda wurde zwar auch ein bisschen blass, aber sie wirkte stoischer.

Zweifellos war Dunagan schon unzählige Male hier gewesen. Als sie bei ihrem Ziel ankamen, holte er ohne lange Umschweife die Bahre aus dem Kühlfach, überprüfte das Schild an der Zehe und griff dann nach dem

Leichentuch. Als er das Tuch an einer Ecke nahm, atmete Irene hörbar ein. Dieses Geräusch musste Dunagans abgestumpftes Gefühl für Menschlichkeit doch noch angerührt haben, denn er hielt plötzlich inne und schaute sie an.

„Sind die Damen bereit? Sie werden mir doch nicht in Ohnmacht fallen?"

Linda gab ihm durch ein Nicken zu verstehen, dass sie bereit sei.

Irene atmete noch einmal ein. „Bleibt mir denn eine andere Wahl?"

„Wir wollen es alle mit Sicherheit wissen."

„Ja ..." Irene schluckte entschlossen. „Bringen wir es hinter uns, Inspektor Dunagan."

Dunagan zog das Tuch zurück.

„Guter Gott ...", entfuhr es Irene. War es ein unbewusstes Gebet? Oder ein bedeutungsloser Ausruf? Gott hatte in ihrem Chaos mit Greg und vielleicht auch bei seinem Tod eine entscheidende Rolle gespielt. Es klang richtig, dass Gott in diesem schrecklichen Augenblick auch dabei war – dass er hier war. Aber ob diese Gegenwart ein Trost war oder eine Qual, konnte Irene nicht sagen.

Dieses Dilemma verblasste angesichts der vielen intensiven Gefühle, die im Augenblick auf Irenes Sinne einwirkten. Unter den Abschürfungen und Kratzern im Gesicht war eindeutig Greg Mitchell zu erkennen. Und er war ... so tot. Für immer fort. Plötzliche Bilder des lebenden Greg kamen ihr in den Sinn: der lachende, charmante Greg, in den sie sich verliebt hatte; der geisterfüllte Greg, der seine Hände zu Gott erhoben hatte; der wütende Greg, der ihr die Schuld für sein Versagen gegeben hatte; der reumütige Greg, dem seine Fehler leid – so leid getan hatten. Aber der Mann vor ihr lachte nicht, er war auch nicht wütend oder reumütig. Er war kalt, leer, leblos. Ein niederschmetterndes Gefühl von sinnloser Verschwendung erfüllte Irene. Ihre Knie wurden weich.

Ihr wurde schwindelig. Sie taumelte nach hinten, bis sie etwas Festes hinter sich fühlte, starke Arme, die hochgehoben wurden, um sie zu halten. Sie lehnte sich ohne Entschuldigung an Joel Costain. Ohne seinen Halt hätte sie nicht mehr stehen können.

„Es ist okay, Irene." Etwas in Joels Stimme überzeugte sie, dass es okay war, vielleicht nicht jetzt, aber bald.

„Ist das eine eindeutige Identifizierung, Miss Lorenzo?", fragte Dunagan.

Sie nickte nur, unfähig, ihre zitternden Lippen zu bewegen.

Joel sagte zu seiner Sekretärin: „Ist das derselbe Mann, der in mein Büro kam, Linda?"

„Ja, Mr Costain." Ihre Stimme zitterte ebenfalls.

Dunagan versetzte der Bahre einen Stoß. Sie glitt zurück und rastete ein. Ein zweites Einrasten, und die Kühlfachtür war geschlossen. Ein Erschaudern durchfuhr Irene, als ihr bewusst wurde, dass die Tür in ihrem Herzen sich nicht so leicht schließen ließe. Gregs Tod riss ihre alten Wunden wieder auf und machte sie genauso verwundbar wie früher, als er noch gelebt und sie manipuliert hatte.

„Wir haben noch ein paar Fragen, die wir Ihnen gern oben im Büro stellen würden", sagte Dunagan zu Irene.

„Kann das nicht warten, Herr Inspektor?", fragte Joel. „Sie sehen doch, dass das nicht leicht für Miss Lorenzo war."

„Ich hätte nichts dagegen, aber ich habe einen riesigen Papierstapel abzuarbeiten –"

„Ist schon gut", sagte Irene, die die Stimme wiederfand, auch wenn sie wie ein schwaches Echo klang. „Bringen wir es hinter uns."

„Kann meine Sekretärin gehen?", fragte Joel.

„Ja, natürlich“, antwortete Dunagan.

Irene hatte noch nie jemanden mehr beneidet als jetzt Linda, die dieses Gebäude so schnell wieder verlassen durfte.

* * *

Sie wurden in ein großes Zimmer geführt, in dem sehr beschäftigt aussehende Polizeibeamte ungefähr ein Dutzend Schreibtische belegten. An einigen Schreibtischen saßen ihnen Menschen in Zivil gegenüber. Irene fragte sich, ob sie Kriminelle waren oder Leute wie sie – unschuldig, ahnungslos, naiv.

Dunagan führte sie an einen Schreibtisch, an dem ein Mann mittleren Alters mit einem zerknitterten Hemd saß, das am Kragen aufgeknöpft war und um dessen Hals eine fleckige Krawatte hing. Seine hellbraunen Haare, die sich oben schon deutlich lichteten, und der Seitenscheitel waren großzügig mit Grau durchsetzt. Er schaute sie mürrisch an. Dazu hob er nur die Augen, während der Kopf und die Schultern weiterhin über den Papierstoß, vor dem er saß, gebeugt blieben.

„Das ist Inspektor Reiley vom Morddezernat ...“

„Mord?“, fragte Irene.

„Wir haben neue Hinweise“, erklärte Dunagan. „Mitchells Tod war vielleicht doch kein Unfall.“

„Wie meinen Sie das?“

Reiley antwortete in einem unsensiblen Tonfall: „Solange wir keinen Selbstmord beweisen können ...“

„Wollen Sie damit sagen, Greg habe Selbstmord begangen?“

„Solange die Fakten nicht eindeutig sind, Mrs ... äh ...“ Reiley blätterte in den Papieren auf seinem Schreibtisch und gab es schließlich kopfschüttelnd auf. „Wie heißt die Frau des Mannes?“, fragte er Dunagan.

Irene verstand nicht, warum er sie nicht einfach selbst fragte, aber Dunagan antwortete, noch bevor sie etwas sagen konnte.

„Irene Lorenzo."

„Ein anderer Nachname", sagte Reiley bedeutungsvoll, auch wenn Irene nicht erraten konnte, welche Bedeutung dahinterstecken sollte.

„Ich bin Greg Mitchells geschiedene Frau."

Reiley schaute sie an, als sähe er sie zum ersten Mal. „Alles klar." Dann wanderten seine Augen zu Joel. „Wer sind Sie?"

„Joel Costain. Ich bin ... wenigstens besteht die Möglichkeit, dass Greg Mitchell mein Bruder war."

„Das ist sehr interessant. Hey, Dunagan, hol mal zwei Stühle." Dunagan kam dieser Aufforderung schnell nach. Als die Stühle vor Reileys Schreibtisch standen, setzten sich Irene und Joel. Dunagan ging auf die andere Seite des Raumes zu seinem Arbeitsplatz zurück, während Reiley weitersprach: „Jetzt, da wir es uns alle bequem gemacht haben, könnten Sie mich über Ihre Beteiligung an der ganzen Sache aufklären, Mr Costain."

Joel schilderte ihm Gregs Besuch und schloss mit den Worten: „Natürlich kann es sein, dass ich nie mit Sicherheit erfahre, ob seine Behauptungen der Wahrheit entsprachen. Aber der Detektiv meiner Kanzlei arbeitet an dem Fall."

„Ihrer Kanzlei ...?" Joel reichte Reiley seine Karte. „Ein Anwalt", brummte Reiley und fügte dann mit unüberhörbarem Sarkasmus in der Stimme hinzu: „Ich liebe Anwälte."

„Vielleicht könnten Sie uns jetzt ein paar Fragen beantworten?", fragte Joel.

„Genau das liebe ich so an Anwälten", knurrte Reiley. Dann schrie er quer durch den Raum: „Dunagan, wo ist dein Bericht?"

„Ich habe ihn dir schon gegeben, Phil."

Der Inspektor wühlte in den verschiedenen unordentlich verstreuten Papierstößen auf seinem Schreibtisch. Schließlich zog er mit einem befriedigten Grunzen etwas aus dem Chaos heraus. Einige Blätter waren zusammengeheftet. Er überflog sie schnell und blickte dann zu Irene und Joel auf. „Okay, ich kann Ihnen für den Augenblick Folgendes sagen: Mitchells Alkoholspiegel im Blut war zur Zeit des Unfalls sehr hoch. Sein Auto fuhr in der Nähe von China Beach über eine Klippe. Wissen Sie, wo das ist?"

„Gleich westlich der Presidio-Kaserne", sagte Irene.

„Genau. Das Auto explodierte, noch bevor es in der Bucht aufschlug. Am Tatort gab es keine Bremsspuren, was die Vermutung nahelegt, dass kein Versuch unternommen wurde, das Fahrzeug an seinem tödlichen Sturz über die Klippen zu hindern. Entweder war er zu betrunken, um es zu versuchen, oder er wollte es nicht, oder – was ich bezweifle – jemand anderes hat das Auto über die Klippen gejagt. Meine Aufgabe ist es, die letzte Möglichkeit auszuschließen."

„Deshalb ist also von Mord die Rede?", fragte Irene.

„Ja. Reine Routinesache."

„Aber Selbstmord ..." Irene versuchte immer noch, diese schockierende Möglichkeit zu verarbeiten. „Ich ... ich kann nicht glauben, dass er so etwas getan haben soll."

„Wollen Sie damit sagen, dass er glücklich und zufrieden war und nicht den geringsten Grund der Welt hatte, sich das Leben zu nehmen?", fragte Reiley.

„Nein, wahrscheinlich nicht. Ich hatte ihn lange nicht mehr gesehen. Vielleicht hatte er sich verändert. Aber als wir zusammen waren, war er viel zu eingebildet, um an sich zu verzweifeln. Er hatte ein großes Talent, anderen die Schuld für seine Probleme zuzuschieben."

„Sie wollen damit also sagen, dass Sie nicht an einen Selbstmord glauben?“

„Bei allem, was wir in unserer Ehe durchmachten, hat er kein einziges Mal von Selbstmord gesprochen. Es gab Zeiten, in denen er wirklich am Boden zerstört war. Ich weiß nicht ..., vielleicht ist er tatsächlich an seine Grenzen gestoßen, vielleicht ist etwas passiert, das ihn dazu trieb, über die Klippen zu fahren ...“

„Oh nein ...“, stöhnte Joel verzweifelt.

Aller Augen richteten sich auf ihn.

„Was ist denn, Costain?“, fragte Reiley.

„Als er zu mir kam, habe ich ihn mehr oder weniger hinausgeworfen“, erklärte Joel.

„Sie meinen, es war alles andere als ein herzliches Wiedersehen?“

Joel nickte. Sein Gesicht war blass, seine Stirn gerunzelt und besorgt. „Als ich nicht sofort begeistert auf seine Neuigkeit reagierte, wurde er angriffslustig und bedrohte mich sogar.“

„Womit hat er gedroht?“

„Leere Erpressungsdrohungen. Er sagte, er würde meinen Freunden von meinem unehrenhaften Familienhintergrund erzählen.“

„Das hat Sie gestört?“

„Es machte mich weitaus weniger geneigt, auf seine Behauptungen einzugehen.“

„Außerdem hat Ihnen der Gedanke, es könnte bekannt werden, dass Sie einen so zwielichtigen Typen als Bruder haben, ganz zu schweigen von einem Knastvogel als Vater, bestimmt nicht gefallen.“

„Warum sollte mich das stören?“

„Ich habe schon von Ihrer Anwaltskanzlei gehört. Ziemlich extravagant.“

„Mr Reiley“, mischte sich Irene ein. „Kommen wir nicht vom Thema ab? Welche Informationen brauchen Sie, damit Sie die Untersuchungen abschließen können?“

Reiley zog eine graue buschige Augenbraue in die Höhe und ließ seine Augen einen Augenblick auf Joel ruhen. Dann konzentrierte er seinen Blick wieder auf Irene. „Ich bekomme schon, was ich brauche, Miss – äh – Lorenzo. Ein Abschiedsbrief wäre nicht schlecht, aber offenbar gibt es keinen. Also müssen wir die harte Tour einschlagen."

„Das ist doch bestimmt nur Formsache. Ich meine, wenn Greg betrunken war, dann kann es doch nichts anderes als ein Unfall gewesen sein."

„Natürlich ... natürlich. Nur Formsache."

„Ich würde gern Vorkehrungen für die Beerdigung treffen."

„Selbstverständlich, wir können die Leiche freigeben, sobald der abschließende Autopsiebericht vorliegt."

„Was soll ich bis dahin tun?"

„Ich melde mich bei Ihnen – und bei Ihnen auch, Costain. Ich habe Ihre Adressen und Ihre Telefonnummern. Sie hören von mir."

Kapitel 10

Irgendwie manövrierte Irene ihren kleinen Toyota durch den dichten Vormittagsverkehr in der Innenstadt. Dass sie sich auf den regen Verkehr der chaotischen Straßen von San Francisco konzentrieren musste, half ihr ein wenig, wieder die Fassung zu gewinnen. Sie hatte angeboten, Joel in sein Büro zurückzufahren. Ihn schienen die Ereignisse dieses Morgens ebenfalls aufgewühlt zu haben; da Irene ihn jedoch kaum kannte, konnte sie nur vermuten, dass dies der Grund für seine Zurückhaltung war.

Einen kurzen Moment wanderte Irenes Blick zu Joel. Als sie die Augen schnell wieder auf die Straße richtete, fuhr genau vor ihr ein Cadillac aus einer Parklücke. Sie trat voll auf die Bremse; mit einem ohrenbetäubenden Quietschen kam der Toyota zum Stehen – nur wenige Zentimeter hinter dem Cadillac.

Der Fahrer steckte den Kopf aus dem Fenster. „Hey, passen Sie doch auf, wo Sie hinfahren!“

Irene zitterte am ganzen Leib. „Oh, meine Güte ...“

Der Cadillac fuhr davon, aber Irene hatte den Motor ihres Toyota abgewürgt. Sie versuchte mehrmals, ihn wieder zum Laufen zu bringen, obwohl sie genau wusste, dass das genau das Falsche war. Sie konnte nur daran denken, so schnell wie möglich von hier fortzukommen und irgendwohin zu fahren, wo es ruhig war. In der Zwischenzeit stauten sich die Autos hinter ihr, dröhnten die Hupen und schimpften die Fahrer aus ihren heruntergekurbelten Fenstern.

„Machen Sie sich deshalb keine Sorgen“, versuchte Joel sie zu beruhigen, nachdem der Motor erneut ein hoffnungslos unkooperatives Geräusch von sich gegeben hatte.

„Ich komme mir so dumm vor." Sie schlug mit der Hand auf das Lenkrad. „Dieses blöde Auto! Es war schon eine wertlose Schrottlaube, als Greg es kaufte. Er sagte: ‚Warum soll man denn gutes Geld in ein Auto investieren, das sowieso nur ständig an Wert verliert?' Er wollte unser Geld nur verspielen, versaufen oder sonst wie verprassen. Jetzt bleibt alles an mir hängen, weil er mir nichts als Schulden hinterlassen hat. Er interessierte sich nie für andere Menschen, nicht für mich, nicht für seine Kinder – nur für sich selbst und dafür, ob er glücklich war. Warum konnte er nicht ..." Sie brach bestürzt ab und legte eine Hand auf ihren Mund. Dann ließ sie mit einem frustrierten Seufzen den Kopf auf ihre Hände sinken.

Joel hob die Hand und streichelte sanft ihre Schulter, eine mitfühlende Geste, die Greg nicht im Traum eingefallen wäre.

Sie atmete stockend ein. „Mir war nicht bewusst, dass das immer noch in mir rumorte."

„Es ist gut, es herauszulassen."

„Nein, das ist es nicht. Ich muss den Tag mit meinen Kindern verbringen, die um den Tod ihres Vaters trauern. Wie kann ich das? Wie ...?"

„Darf ich Ihnen einen Vorschlag machen, Irene? Vielleicht hilft Ihnen eine Tasse Kaffee und ein paar Minuten, in denen Sie sich entspannen können, um den Rest des Tages zu überstehen."

„Das klingt gut."

„Nicht weit von hier gibt es eine ruhige Espressobar. Ich brauche auch ein paar Minuten, um mich wieder zu fangen, bevor ich in mein Büro zurückgehe, wenn meine Gesellschaft Sie nicht stört."

„Das Letzte, was ich will, ist, jetzt allein zu sein."

Sie ließen Irenes Auto, das schließlich doch wieder angesprungen war, vor dem TransAmerica-Gebäude stehen, wo ein Mann, der für Joels Kanzlei arbeitete, es für sie parkte. Irene übergab dem Mann erleichtert die Autoschlüssel, auch wenn sie etwas beschämt war, dass jemand, der normalerweise vornehme Limousinen parkte, ihre alte Rostlaube fuhr. Aber sie schob den Gedanken beiseite, während sie zu dem Café spazierten, das einen Block von Joels Kanzlei entfernt war.

„Das war ein sehr guter Vorschlag von Ihnen. Ich fühle mich schon etwas besser“, sagte sie, als sie sich an einen kleinen schmiedeeisernen Tisch im hinteren Bereich des Cafés setzten. „Es ist seltsam“, sprach sie weiter, „wie manches plötzlich unsere Sicht für das Leben ändert. Bis gestern dachte ich, ich hätte überhaupt keine Gefühle mehr für Greg. Jetzt ist er tot, und in mir kommen diese ganzen alten Emotionen hoch ...“

„Ich glaube, ich weiß, wie Sie sich fühlen. Vielleicht klingt das ein bisschen eingebildet von mir. Aber ich hatte bis gestern auch nicht gewusst, was ich von Greg halten sollte. Es wäre wahrscheinlich ziemlich leicht gewesen, ihn und alles, was mit ihm zu tun hat, einfach zu vergessen. Jetzt ...“ Er schwieg kurz, und ein Anflug von Unsicherheit zog über seine Stirn. „Jetzt werde ich nie erfahren, was hätte sein können. Ich werde ihn nie kennenlernen. Das ist das Verrückte dabei – tief in meinem Herzen, glaube ich, wollte ich das gern. Weißt du, Irene – es stört dich doch nicht, wenn ich Irene sage, nicht wahr? Ich finde, wir haben so viel miteinander durchgestanden, dass wir uns duzen könnten.“

„Ja, bitte. Ich fühle mich dabei auch wohler ..., Joel.“

„Also, was wollte ich gerade sagen ...? Ich glaube, ich bin etwas abgeschweift.“

„Das passiert mir in letzter Zeit auch ziemlich oft. Ich glaube, in uns ist viel verborgen, das wir ans Tageslicht bringen müssen. Sprich bitte weiter.“

„Ich wollte gerade sagen, dass ich mir eigentlich immer einen Bruder gewünscht habe. Natürlich konnten meine Eltern keine eigenen Kinder bekommen. Ein blindes Kind zu adoptieren war Herausforderung genug für sie. Aber es wäre schön gewesen, einen Bruder zu haben, der sehen kann. Ich habe zwar mit Freunden viel erlebt, aber ein Bruder ist doch etwas anderes, findest du nicht?"

„Ich stehe meiner jüngeren Schwester sehr nahe." Es fiel Irene auf, wie unbefangen sie mit diesem vollkommen Fremden sprechen konnte. „Sie ist meine beste Freundin. Ich finde immer, das Schöne daran ist, dass sie mich nicht los wird. Sie kann mich nicht fallenlassen und sich eine neue Schwester suchen. Wahrscheinlich könnte ein Psychiater diese Aussage einen ganzen Tag lang interpretieren, es ist bestimmt reine Unsicherheit." Irene zuckte mit den Achseln. „Joel, ich weiß nicht, ob dich das tröstet, aber ich bezweifle, dass Greg ein solcher Bruder gewesen wäre. Er war ziemlich egozentrisch ..." Sie zügelte ihre Worte. „Du musst mich für schrecklich halten, wenn ich so über einen Toten spreche."

„Ich halte dich überhaupt nicht für schrecklich. Im Gegenteil, ich schätze deine Ehrlichkeit. Aus dem wenigen, was ich in der letzten Woche über Greg erfahren habe, ist mir klar geworden, dass Greg ein rastloser Mensch ohne Halt war. Aber ich muss mich immer wieder fragen, wie es gewesen wäre, wenn ich dort aufgewachsen wäre, wo er seine Kindheit verbrachte, und umgekehrt."

Ein Kellner kam an den Tisch und nahm ihre Bestellungen entgegen. Beide tranken nur Kaffee. Der Duft des frischen Gebäcks konnte sie an diesem Morgen überhaupt nicht reizen.

„Du glaubst also seiner Behauptung, dass ihr Brüder seid?", fragte Irene.

„Ich weiß es nicht. Aber ich will es herausfinden. Das muss ich. Ich sehe keinen Grund, warum er eine solche Geschichte hätte erfinden sollen."

„Es ist durchaus möglich, dass er eine Familienbeziehung benutzen wollte, um Geld von dir zu borgen. Nicht unbedingt große Summen – nur hier und da ein wenig. So etwas beherrschte er sehr gut."

„Ja, das glaube ich."

„Wie willst du die Wahrheit herausfinden?"

„Wie ich schon bei der Polizei erwähnte, habe ich den Detektiv unserer Kanzlei auf den Fall angesetzt. Ich hoffe, ich kann Charlie Sullivan finden."

„Wer ist das?"

„Ich dachte, ich hätte ihn schon erwähnt. Er ist mein ... das heißt, Greg sagte, er sei unser ... Vater." Er rieb sich das Kinn und schüttelte belustigt den Kopf. „Das ist noch schwerer zu akzeptieren als ein Bruder. Wenn du meinen Vater kennen würdest – Walt Costain –, dann wüsstest du, warum. Er ist in jeder Beziehung ein wirklich großartiger Mann. Von ihm habe ich gelernt, mich und meine Behinderung anzunehmen – sie nicht nur anzunehmen, sondern sogar Gott dafür zu danken. Er hat schon immer gesagt: ‚Wenn Gott zugelassen hat, dass du blind bist, dann wird er daraus etwas Gutes entstehen lassen.'"

Irene wollte ihn fragen, ob er das wirklich glaubte, aber da sie sich auf keine geistliche Diskussion einlassen wollte, wechselte sie schnell das Thema. „Du hast keine Ahnung, was aus diesem Charlie Sullivan geworden ist?"

Joel antwortete nicht sofort, als brauchte er einen Augenblick Zeit, um sich auf diesen abrupten Themenwechsel einzustellen.

Dann sagte er: „Er wurde vor einem halben Jahr aus dem Gefängnis entlassen – aus San Quentin. Er begann eine ambulante Krebsbehandlung in der Klinik der Universität von Kalifornien. Die Adresse, die er dem Krankenhaus gab, stellte sich als Irrweg heraus. Weiter sind wir noch nicht gekommen. Alles, was ich im Krankenhaus in Erfahrung bringen konnte, war, dass der Knochenkrebs an seiner Wirbelsäule schon Metastasen in seiner Lunge gebildet hat, wodurch eine weitere Strahlenbehandlung von vornherein zum Scheitern verurteilt wäre. Seine letzte Behandlung hatte er vor ein paar Wochen. Sullivan scheint seitdem ebenfalls verschwunden zu sein. Vielleicht will er auch nur nicht gefunden werden."

„Hat das Krankenhaus angedeutet, wie weit fortgeschritten seine Krankheit ist?"

„Solche Informationen durften sie an einen vollkommen Fremden nicht herausgeben. Gregs Worten zufolge liegt der Mann im Sterben. Ironie des Schicksals, findest du nicht? Kaum bekomme ich diese neue Familie, sind sie plötzlich auch schon wieder alle fort."

„Vielleicht solltest du die ganze Sache nicht weiter verfolgen", sagte Irene, als ihr Kaffee kam.

„Du kennst mich noch nicht, Irene. Eine meiner Schwächen ist mein Eigensinn und meine Hartnäckigkeit. Ich habe schon daran gedacht, die ganze Sache zu vergessen, aber ich weiß, dass ich das nicht könnte. Wenigstens jetzt noch nicht."

„Ich schätze, diese Eigenschaften hast du dir in einer harten Schule angeeignet. Es war doch bestimmt nicht leicht für dich, Anwalt zu werden."

„Als ich mich für einen Beruf entscheiden musste", erklärte Joel, nachdem er zwei Teelöffel Zucker und Sahne in seinen Kaffee gerührt hatte, „habe ich mich umgesehen – bildlich gesprochen natürlich! – und mir den schwersten Beruf ausgesucht, zu dem ich zugelassen werde. Ursprünglich hatte ich an Medizin gedacht –"

„Ach, komm!"

Er schmunzelte. „Das ist nicht so unmöglich, wie es klingt. Ein blinder Freund von mir hat Medizin studiert. Er bekam einige Sonderauflagen. Ich schätze, man hat es ihm erlassen, Operationen nachzuweisen. Er ist jetzt praktizierender Psychiater. Was mein Freund geschafft hat, war eine fantastische Leistung. Aber ich wollte mich in einem vielschichtigeren Gebiet beweisen. Mein Dad ist Architekt, aber die offensichtlichen Nachteile für einen Blinden in diesem Beruf liegen auf der Hand. Jura schien die nötige Herausforderung zu bieten, die ich suchte, aber ohne diese Einschränkungen."

„Ganz ohne?"

Einen Augenblick zog ein Schatten über sein Gesicht. „Ich klinge ziemlich arrogant, nicht wahr?"

„Tun das nicht alle Anwälte?", lächelte Irene, dann wurde ihr bewusst, dass er ihr Lächeln nicht sehen konnte und vielleicht nicht verstanden hatte, dass sie nur Spaß gemacht hatte. „Das war nicht ernst gemeint", fügte sie hinzu.

„Ich weiß. Du hast gelächelt."

„Woher weißt du das?"

„Ich habe es an deiner Stimme gehört."

„Ich bin beeindruckt. Obwohl ich sehen kann, weiß ich, dass ich nie ein Jurastudium bewältigen könnte. Du hast also vielleicht ein Recht darauf, dir etwas einzubilden."

Er zuckte mit den Achseln. „Nein, das habe ich nicht." Seine Stimme wurde ernster. „Ich habe in den letzten Tagen mehr als je zuvor begriffen, dass mein Leben nur durch Gottes Hilfe zu dem geworden ist, was es jetzt ist. Du kennst bestimmt den Satz: ‚Es sei denn durch Gnade ...'"

„Ja ... natürlich." Irene warf einen Blick auf ihre Armbanduhr und wollte erneut einer geistlichen Richtung ihres Gesprächs ausweichen. „Ich muss jetzt gehen. Meine Kinder nehmen Gregs Tod ziemlich gut auf, aber ich will trotzdem für sie da sein."

„Das verstehe ich gut."

„Das Leben muss weitergehen." Sie seufzte. „Bist du für diesen Arbeitstag gerüstet, Joel?"

Er nickte, aber sie sah etwas in seinen Augen, in dem Runzeln seiner Stirn, das in ihr die Frage weckte, ob er wirklich so stoisch und kühl war, wie er vorzugeben versuchte.

Als sie zum TransAmerica-Gebäude zurückspazierten, zögerte Joel, als müsse er sich erst wappnen, bevor er sich den Anforderungen seines Arbeitstages stellte. Vielleicht war das der Grund für Irenes Vorschlag; vielleicht spürte sie bei Joel genauso wie bei sich selbst, dass noch nicht alles, was sie innerlich bewegte, ausgesprochen war. Vielleicht empfand sie auch ein ungewöhnlich starkes Verständnis für Joel und die Gefühle, die in ihnen beiden arbeiteten.

„Joel, hättest du Lust, mir und meinen Kindern beim Mittagessen Gesellschaft zu leisten? Ich habe ihnen versprochen, dass wir zu McDonald's fahren."

Joels Miene erhellte sich, aber er sagte schnell: „Ich möchte nicht stören. Sie rechnen vielleicht mit deiner ungeteilten Aufmerksamkeit."

„So ist es normalerweise ganz und gar nicht. Die halbe Zeit, die wir ‚miteinander' verbringen, sind sie fort und spielen. Ich bin nur für sie da, falls sie mich brauchen. Es wäre sehr schön für mich, die Gesellschaft eines Erwachsenen zu haben. Es gibt nichts Schlimmeres, als einen Big Mac allein zu essen."

Kapitel 11

Irene fuhr zuerst zu ihren Eltern, um Adam und Mark abzuholen. Joel wartete im Auto, während Irene zum Haus hinauflief. Sie hoffte, es würde nicht allzu lange dauern.

Millie schaute ihre Tochter forschend an, als sie die Haustür öffnete. „Du siehst etwas besser aus als heute Morgen, als du die Jungen brachtest." Irene spürte die unausgesprochene Besorgnis ihrer Mutter.

„Ich fühle mich auch besser, glaube ich." Irene versuchte, zuversichtlich zu klingen.

„Dein Leben geht weiter, Irene", riet Millie mit einem seltenen Anflug von Sanftheit in der Stimme.

„Ich weiß, Mama."

„Gut, denn etwas anderes ließe ich auch nicht gelten." Millie umarmte Irene kurz und gab ihr einen schnellen Kuss auf die Wange.

„Wer ist denn das?", fragte Millie und schaute gezielt auf Joel in Irenes Auto.

„Das ...? Oh, das ist eine lange Geschichte."

„Du triffst dich mit einem Mann, von dem wir nichts wissen?" Millie setzte die Brille auf, die an einer Kette um ihren Hals hing. „Sieht gut aus." Sie lächelte und winkte, da sein Kopf leicht zum Haus gedreht war. Als er nicht reagierte, sagte sie: „Aber etwas steif, nicht wahr?"

„Mama, er ist blind. Und ich treffe mich nicht mit ihm." Sie wollte wirklich nicht hier an der Tür Joels ganze Geschichte erzählen. „Wo sind die Jungen? Ich will Joel nicht warten lassen."

„Hör zu, Miss-immer-in-Eile", schimpfte Millie. „Du kannst nicht mit irgendeinem gut aussehenden blinden Mann im Schlepptau an meine Tür kommen und dann meine Fragen nicht beantworten. Also, was ist er von Beruf?“

„Er ist ein Anwalt aus San Francisco ...“

„Ein Anwalt? Das macht seine Blindheit fast wett. Du könntest es schlimmer treffen, schätze ich. Was sage ich denn da? Du *hattest* es schon schlimmer getroffen ...“

„Können wir wenigstens hineingehen und im Haus darüber sprechen, während wir die Jungen holen?“

Irene blieb jetzt keine andere Wahl, als ihrer Mutter alles zu erzählen; es war die einzige Möglichkeit, Millies Illusionen im Keim zu ersticken.

Millie rief Adam und Mark, die im Hof spielten. Während sie ihre Jacken und ihre mitgebrachten Spielsachen holten, erklärte Irene ihrer Mutter mit knappen Worten, was es mit Joel auf sich hatte.

Als sie fertig war, fügte sie schnell hinzu: „Und, Mama, ich will nicht, dass die Jungen das jetzt schon erfahren.“

„Warum nicht? Dieser Mann ist vielleicht ihr Onkel.“

„Vielleicht ist er es aber auch nicht. Ich will einfach sicher sein.“ Und da Millie eine Neigung hatte, das zu tun, was sie wollte, besonders wenn sie sich im Recht fühlte – was meistens der Fall war –, wiederholte Irene ihre Bitte: „Sag ihnen bitte nichts, Mama. Bitte!“

Mit einem Augenrollen und einem Schulterzucken willigte Millie ein, dann folgte sie Irene und ihren Enkelsöhnen zum Auto hinaus.

„Guten Tag, Mr Costain“, sagte Millie und streckte eine Hand durch das offene Autofenster: „Ich bin Irenes Mutter, Millie Lorenzo.“

Joel ergriff die Hand – selbst für ihn war nicht zu übersehen, dass sie ihm die Hand vor die Nase hielt. Er schüttelte sie freundlich. „Es freut mich, Sie kennenzulernen, Mrs Lorenzo.“

„Irene hat mir von ...“ Millie warf einen Seitenblick

auf die Jungen, die sich auf den Rücksitz drängten, aber Joels Hund, der ebenfalls hinten saß, beanspruchte ihre ganze Aufmerksamkeit. „Sie hat mir von Ihnen und Greg erzählt. Wir beide hatten nie ein besonders gutes Verhältnis zueinander, aber er ist – besser gesagt war – der Vater meiner geliebten Enkelkinder. Er hat also mindestens eines im Leben richtig gemacht. Doch es ist Irene zu verdanken, dass die beiden sich so herrlich entwickelt haben."

Irene wollte ein seltenes Kompliment aus dem Mund ihrer Mutter nur ungern abwürgen, aber sie fühlte sich wie immer nicht wohl dabei, dass Millie nie ein gutes Haar an Greg ließ, selbst jetzt noch, da er tot war.

„Wir müssen jetzt fahren, Mama. Danke, dass du auf die Kinder aufgepasst hast", unterbrach Irene sie.

„Hast du schon entschieden, was du wegen der Beerdigung unternehmen willst?", fragte Millie.

„Noch nicht", erwiderte Irene ungeduldig.

„Vergiss nicht, dass du dich deshalb nicht in Schulden stürzen musst. Der Himmel weiß, dass er das für dich bestimmt nicht getan hätte."

„Ich habe mir überlegt", mischte sich Joel ein, „dass ich mich an den Kosten gern beteiligen würde."

„Das kommt überhaupt nicht in Frage", lehnte Irene entschieden ab.

„Irene", schimpfte Millie, als wäre ihre Tochter ein unmündiges Kind. „Mr Costain will dir doch nur einen Gefallen tun."

„Mama", kam Marks Stimme vom Rücksitz. „Wann fahren wir denn endlich zu McDonald's?"

„Danke, Mark, du bist ein Schatz!", *dachte* Irene. Laut sagte sie: „Die Kinder werden unruhig. Ich rufe dich später an, Mama." Sie ließ den Motor an, und als sich alle endgültig verabschiedet hatten, fuhr sie aus der Parklücke.

Auf der Fahrt zu McDonald's waren sie still, sogar

die Jungen. Irene fragte sich, ob sie Joel möglicherweise beleidigt habe. Aber wie konnte sie ein solches Angebot von einem Mann, den sie kaum kannte, annehmen? Ihre Mutter machte ihr oft Vorwürfe wegen ihres Stolzes und ihrer Selbständigkeit, obwohl Irene diese Eigenschaften unübersehbar von Millie geerbt hatte. Irene bemühte sich wirklich sehr, nie jemanden um Geld zu bitten, und ganz besonders nicht ihre Familie. Eine Zeit lang war sie sogar zu stolz gewesen, auch sonst Hilfe anzunehmen. Es musste schon ein wirklicher Notfall sein, wie damals, als sie mit einem platten Reifen und ohne Geld dagestanden hatte, bis sie ihren Dad oder Norm angerufen und um Hilfe gebeten hatte. Lieber zahlte sie einen Kinderbetreuungsplatz nach der Schule, bevor sie ihre Mutter bat, regelmäßig auf ihre beiden Jungen aufzupassen.

In letzter Zeit lernte Irene jedoch auf diesem Gebiet dazu. Sie bat öfter einmal ihren Dad oder Norm, ihr bei Reparaturarbeiten zu helfen, und sie hatte die Freiheit besessen, ihre Mutter an diesem Morgen zu bitten, auf Adam und Mark aufzupassen, während sie bei der Polizei war. Aber um Geld konnte sie immer noch nicht bitten. Ihre Familie hatte es ihr angeboten, aber sie wusste, dass sie erst wirklich ganz auf Null sein müsste, um wenigstens ein Darlehen für die Begräbnisausgaben von ihnen oder, wenn es schon unbedingt sein musste, lieber von Connie anzunehmen. Sie hatte etwas Geld gespart und würde nur das borgen, das sie mit ihren Ersparnissen nicht decken konnte. Selbst nach seinem Tod kostete Greg sie immer noch das wenige Geld, das sie mühsam gespart hatte.

Endlich kamen sie bei McDonald's an. Die Kinder stürmten hinein, Irene, Joel und der Hund folgten. Die nächsten zehn Minuten verbrachten sie damit, ihre Bestellungen aufzugeben und sich einen Tisch zu suchen.

„Ich gebe es ja nur ungern zu“, sagte Joel, als sie saßen. „Aber es ist Jahre her, seit ich das letzte Mal bei McDonald’s war.“

„Haben Sie denn keine Kinder?“, fragte Adam.

„Nein“, antwortete Joel.

Irene fiel auf, dass sie nichts Persönliches über Joel wusste. „Bist du nicht verheiratet?“, fragte sie, auch wenn sie die Antwort auf ihre Frage erraten konnte, da er keinen Ehering trug und bis jetzt nie eine Frau erwähnt hatte.

„Meine Frau starb vor sechs Jahren. Ich habe nie wieder geheiratet.“

„Das tut mir leid“, sagte Irene.

„Ich brauchte eine Weile, aber schließlich gelang es mir, wieder mit meinem Leben zurechtzukommen.“

„Wie lang wart ihr verheiratet?“

„Ich machte ihr einen Antrag, sobald ich wusste, dass ich mein Jurastudium bestanden hatte. Wir waren sechs Jahre verheiratet. Aber wir hatten uns fast während meiner ganzen Studienzeit schon gekannt. Wir haben also viel miteinander durchgestanden.“

Adam und Mark aßen ihre Happy Meals zu Ende und stürmten auf das Spielgelände hinaus. Adam ging natürlich nur mit, um auf seinen kleinen Bruder aufzupassen, erklärte er.

„Siehst du, was ich gemeint habe?“, fragte Irene. „Wenn du nicht hier wärst, würde ich die meiste Zeit allein hier sitzen.“

Joel lächelte. „Du hast zwei nette Jungen. Ellen und ich wollten auch Kinder, aber das Leben eines Assessors wird praktisch von seiner Kanzlei bestimmt. Ich wäre in diesen Jahren ein Vater gewesen, den seine Kinder kaum zu Gesicht bekommen hätten. Wir beschlossen, eine Familie zu gründen, wenn ich Juniorpartner wäre. Dann bekam Ellen Krebs – Morbus Hodgkin. Wir kämpften drei Jahre dagegen an. Er war aber schon im fortgeschrittenen Stadium, Stufe drei, als sie das erste Mal einen Arzt aufsuchte. Sie verdrängte es ständig, da sie sehr sportlich war und einfach nicht akzeptieren konnte, dass sie krank werden könnte. Ich war zu sehr mit meiner Arbeit beschäftigt, um überhaupt etwas zu merken. Ironischerweise wurde ich, kurz bevor sie starb, Partner in der Kanzlei, aber da war es schon zu spät."

„Bis jetzt ist noch kein Mensch, der mir nahestand, gestorben", sagte Irene. „Außer Greg."

Sie schwiegen einen Augenblick, dann hob Joel den Kopf. Er schien Irene direkt in die Augen zu schauen. Sie musste sich erst wieder in Erinnerung rufen, dass er blind war. „Glaubst du an Gott, Irene?"

„Nun, ich ... ich ... natürlich glaube ich."

„Das war die einzige Möglichkeit, wie ich Ellens Krankheit und Tod überstehen konnte."

Irene dachte daran, seine Bemerkung vom Tisch zu wischen und das Thema zu wechseln, wie sie es schon einige Male getan hatte. Aber in seiner Hartnäckigkeit lag etwas, das ihr klarmachte, dass er sie auf die eine oder andere Weise wieder zu diesem Punkt zurückführen würde. Vielleicht war es am besten, es direkt anzugehen und die Sache damit ein für alle Mal zu erledigen.

„Das überrascht mich, Joel", begann sie. „Ich würde meinen, dass jemand wie du es viel leichter schafft, auf eine solche Krücke zu verzichten."

„Das würde ich, wenn Gott für mich eine Krücke wäre, aber das ist eine ziemlich begrenzte Sicht von dem Gott des Universums, dem Schöpfer aller Dinge. Das ist, als würde ich sagen, Wasser sei eine Krücke, nur weil ich es zum Leben brauche. Gott ist ein so entscheidender Teil meiner Welt, eine so elementare Notwendigkeit, dass es ziemlich dumm wäre zu glauben, ich könnte ohne ihn zurechtkommen, wenn ich ihn nur über Bord werfe, die Zähne zusammenbeiße, mich an meinen eigenen Haaren aus dem Sumpf ziehe und es allein schaffen wollte. Ich kann ihn einfach nicht so leicht ablegen wie meinen weißen Stock."

„Ich hatte früher einen tiefen Glauben, Joel; ich war sogar den größten Teil meines Lebens Christin, aber meine Ehe mit Greg hat meinen ganzen Glauben getötet. Es gab einfach zu viele Zeiten, in denen ich mich ganz allein fühlte, den Eindruck hatte, als würden meine Gebete nicht gehört – oder noch schlimmer, als sagte Gott zu den Schreien meines Herzens einfach Nein."

„Das tut mir leid, Irene."

„Meine Schwester ist Christin. Sie ist fest davon überzeugt, dass ich wieder zu Gott zurückfinden werde. Ich weiß es nicht."

„Willst du lieber über etwas anderes sprechen?"

Sie hielt erschrocken die Luft an. Seit wann ließ ein Christ eine so erstklassige Gelegenheit, jemandem wie ihr *Zeugnis zu geben,* ungenutzt?

„Überrascht dich meine Frage, Irene?"

„Ja, ein bisschen."

„Ich war nie der Typ, der anderen Leuten meinen Glauben aufdrängt. Außerdem klingt es so, als hättest du alle gängigen Argumente schon oft genug gehört."

„Welch eine Untertreibung!" Sie schwieg. Das war ein genauso passender Augenblick wie jeder andere, um das Thema zu wechseln. „Ich habe mir über Gregs Beerdigung Gedanken gemacht, und obwohl ich es ernst meinte, was ich bei meiner Mutter sagte, fiel mir ein, dass du vielleicht mitbestimmen willst, wie er begraben werden soll – wie der Gottesdienst gestaltet werden soll und so."

„Nein, ganz und gar nicht, das geht mich nichts an. Du kannst das am besten beurteilen. Aber ich will mich trotzdem an den Kosten beteiligen ..."

„Das, finde ich, geht dich aber ganz bestimmt nichts an, Joel. Du schuldest Greg nichts und mir auch nicht."

„Meine Rolle bei der Sache ist ziemlich verwirrend, aber ich habe das Gefühl, dass ich Greg schon etwas schulde, besonders wenn es stimmt, dass er mein Bruder war. *Schulden* ist vielleicht das falsche Wort. Vielleicht schulde ich es nicht ihm, sondern *mir*. Ich will *irgendetwas* tun. Das ist vielleicht die einzige Verbindung, die ich je zu ihm haben werde."

„Das könnte teuer werden."

Ein ironisches Lächeln huschte über seine Lippen. „Irene, Geld spielt bei mir keine Rolle. Aber ich sehe, dass du es nicht im Überfluss hast und zum Fenster hinauswerfen kannst. Überlass die Sache mir. Ich werde die Kosten überhaupt nicht spüren und kann damit obendrein mein Gewissen beruhigen."

„Ich weiß nicht. Ich habe etwas Geld gespart –"

„Du bist eine eigensinnige Frau, nicht wahr?"

Sie nickte betroffen.

„War diese leichte Kopfbewegung ein Nicken oder ein Kopfschütteln?" Er schwieg kurz, dann beantwortete er seine Frage selbst. „Ich glaube, es war ein Nicken, denn selbst wenn du eigensinnig bist, bist du trotzdem ehrlich – zu dir selbst und zu anderen. Richtig?" Sein Tonfall war gut gelaunt, nicht herausfordernd.

Irene musste wider Willen lachen. „Okay, okay! Du hast recht. Ich bin eigensinnig. Aber nimm es nicht persönlich. Es fällt mir grundsätzlich schwer, Hilfe anzunehmen, egal von wem."

„Ich bin der Letzte, der dich deswegen verurteilen würde. Wie ich bereits erwähnte, kann ich auch hin und wieder eigensinnig sein."

„Noch einmal zu dem Geld", sagte Irene. „Gehen wir einen Schritt nach dem anderen vor. Ich habe überhaupt keine Ahnung, was so etwas kostet."

„Eine Beerdigung ist nie billig."

„Ich dachte daran, Greg einäschern zu lassen. Das wäre wahrscheinlich billiger. Außerdem habe ich Mark und Adam gesagt, dass wir einen Gottesdienst halten würden."

„Diese Pläne klingen gut."

„Ich tue das den Jungen zuliebe. Ich bin nicht sicher, was ich tun würde, wenn sie nicht wären."

„Du würdest das Gleiche tun, Irene. Du brächtest es nicht übers Herz, Greg vollkommen unbeachtet sterben zu lassen."

„Einige würden sagen, ich sei angepasst."

Joel schmunzelte. „Es tut mir leid. Ich will mich über das, was du sagst, nicht lustig machen. Aber dieses Wort wird zurzeit so überstrapaziert. Ich kann mir nicht vorstellen, dass du ‚angepasst' bist, wenn du der Stimme deines Herzens folgst."

„Mein Herz sagt mir, dass kein Mensch es verdient, so aus dieser Welt zu verschwinden, als hätte es ihn nie gegeben."

Kapitel 12

Der Nebel stieg wie Rauchschwaden nach einem Brand vom Gehweg auf. Er verlieh der schwarzen Nacht den Eindruck von verkohlten Überresten. Nicht einmal ein vorbeifahrendes Auto durchdrang die Stille. Die schweren, stapfenden Schritte brachen ohne jeden Respekt in die in Nebel gehüllte Stille ein. Wie war er nur in einem so verlassenen Teil der Stadt gelandet?

Aber Charlie Sullivan hatte jetzt größere Sorgen – etwa die Frage, woher sein nächster Atemzug käme, falls er überhaupt kam. Er musste stehen bleiben. Seine kranken Lungenflügel schrien vor Schmerzen, und er rang so laut keuchend nach Luft, dass er genauso gut mitten auf der Straße hätte stehen bleiben und seinen Verfolgern zuwinken und ihnen damit viel Mühe ersparen können.

Schließlich fand er einen Platz, eine Nische in dem großen Gebäude, das den Pier 15 bildete, wo er seiner gequälten Lunge Ruhe gönnen konnte. Er lehnte sich nahe an die Wand und blieb stehen. Aber dieses Pfeifen seines Atems hörte nicht auf. Ohne die Geräusche seiner pochenden Schritte, die es übertönt hatten, klang es noch lauter.

Er war auf dem Embarcadero. Der durchdringende Geruch nach Meerwasser und Fischen stieg ihm in die Nase. Das Dröhnen eines Nebelhorns war der einzige Trost, den er in dieser feuchten, kalten Nacht hörte. Er bemühte sich, leiser zu atmen, damit er seine Verfolger hören könnte, das Klappern der Ledersohlen auf dem Beton oder einen Motor, der sich langsam drehte, während finstere Gestalten aus einem Fahrzeug in die Dunkelheit hinausspähten.

Nichts.

Vielleicht war er in Sicherheit. Aber war das überhaupt möglich? Vielleicht hatte er sie dieses Mal sogar abgehängt, aber wie lange würde ihm das noch gelingen? Wer es auch war, der hinter ihm her war, er musste fest entschlossen sein, ihn nach diesen vielen Jahren doch noch ganz auszuschalten. Aber die Frage war: Wer konnte das sein? War Sandy hinter ihm her? Das schien ihm die einzige Möglichkeit zu sein. Aber warum war der Mann dann so zurückhaltend? Falls Sandy den Verdacht hegte, dass Charlie eine Gefahr für ihn darstellte, warum handelte er dann nicht? Ein Mann in Sandys Position musste doch über die nötigen Mittel verfügen, um einen kleinen Ex-Sträfling wie Charlie auszuschalten. Hielt er sich aus Unsicherheit zurück, weil er fürchtete, Charlie könnte ihm auch nach seinem Tod noch schaden? Gut, dass Sandy nicht wusste, dass Charlie darin keine Erfüllung finden würde. Nach siebenunddreißig Jahren, in denen er viel durchgemacht und alles verloren hatte, wäre Charlie nur zufrieden, wenn er *mit ansehen* könnte, wie sein alter Erzfeind zu Fall kam.

Gregs Tod verstärkte Charlies Rachedurst noch mehr. Im Gegensatz zur Polizei war Charlie nicht so sicher, dass der Tod seines Sohnes ein Unfall gewesen war. Es waren einfach zu viele Zufälle. Er fragte sich immer wieder, ob seine unsichtbaren Verfolger, seine alten Feinde, Greg aufgespürt hatten. Hätten sie es irgendwann auch noch auf Joel Costain abgesehen?

Charlie hatte versucht, vorsichtig zu sein, besonders was Greg und Joel betraf. Aber Greg hatte ziemlich unvorsichtig gehandelt. Er hatte Charlie mehrere Male wegen des Erpressungsplanes befragt und jedes Mal gedrängt, dass sie den Plan endlich in die Tat umsetzen sollten, auch wenn sie Joel noch nicht gefunden hätten. Es sei das Beste, Sandy zu überraschen oder wenigstens zu handeln, bevor er sich darauf einstellen könne, hatte Greg geraten. Aber da Charlie mit Sandy etwas anderes im Sinn hatte, hatte er zuerst Joel finden wollen, ihn vielleicht sogar ein wenig kennenlernen wollen. Charlies Zeit war wegen seiner Krebserkrankung knapp bemessen – und sobald er Kontakt zu Sandy aufnahm, wäre sie noch viel knapper.

Gregs Tod lenkte Charlies Pläne in eine ganz andere Richtung. Falls Sandy etwas damit zu tun hatte, wie Charlie vermutete, dann bedeutete das, dass Sandy irgendwie gewarnt worden war. Vielleicht wusste er sogar von dem Notizbuch. Wenn das der Fall war, dann war niemand, der mit Charlie verwandt war, sicher.

Falls Sandy Charlie durch Gregs Tod irgendeine Botschaft vermitteln wollte, sollte Charlie vielleicht lieber auf diese Warnung hören. War es nicht verrückt, weiterzumachen, weiterzuhoffen, dass er den Plan verwirklichen könnte, der ihn seit Jahren antrieb? Wie viel war er bereit, für seine Rache zu riskieren? Aber war nicht Gregs Tod nur noch ein Grund mehr, weiterzumachen? Und wenn Sandy immer noch so gefährlich war, dass er einen Feind ausschaltete, wie er es höchstwahrscheinlich mit Greg getan hatte, blieb ihm dann überhaupt eine andere Wahl, als ihn zu Fall zu bringen, als ihn in die Knie zu zwingen, ihn vollkommen zu zerstören? Charlie war nur noch eines geblieben, das ihm teuer war, und er *durfte nicht* zulassen, dass Sandy Joel auch noch etwas antat.

Charlie hatte gedacht – gehofft –, dass seine Entlassung aus dem Gefängnis unbemerkt bliebe. Immerhin war Charlies früherer Partner jetzt eine geachtete Persönlichkeit, ein Mann, der Millionen besaß und große politische Ambitionen hatte. Warum sollte er sich noch für jene Sache interessieren, die fast vierzig Jahre zurücklag? Charlie war sicher, dass Sandy die ganzen Jahre nichts von dem Notizbuch gewusst hatte, denn sonst hätte er schon längst etwas gegen ihn unternommen.

Aber irgendjemand wusste etwas. Jemand war hinter Charlie her.

Vor einer Stunde hatte Charlie in einer Bar gesessen und ein letztes Glas Whisky getrunken, bevor geschlossen wurde. Die Ärzte hatten ihm schmerzstillende Medikamente gegeben, aber nichts wirkte so gut wie ein Glas Jack Daniels, um seine nagenden Schmerzen zu lindern. Zwei Kerle waren in die Kneipe gekommen; einer bestellte eine Bloody Mary, der andere ein Bier. Sie nahmen ihre Getränke mit in eine Nische, setzten sich und tranken schweigend. Charlie saß an der Bar und unterhielt sich mit dem freundlichen Barkeeper, aber als die Kerle den Raum betreten hatten, hatte er sich unwohl gefühlt. Er hatte den Eindruck, als würden ihre Augen sich in seinen Rücken brennen.

Es war nicht das erste Mal seit Gregs Tod, dass Charlie den Verdacht hatte, verfolgt zu werden. Aber entweder war er verrückt, oder derjenige, der ihn beobachtete, war sehr gut, denn kein einziges Mal gelang es Charlie, irgendeinen Verdächtigen auszumachen. Dies war sogar das erste Mal, dass er tatsächlich jemanden gesehen hatte. Wurden sie unvorsichtig? Oder waren sie bereit, ihre Karten aufzudecken? Oder – und das erschien ihm immer wahrscheinlicher – war Charlie nur ein paranoider Irrer?

Charlie kippte den Rest seines Glases hinunter und sagte: „Ich muss noch mal, bevor du den Laden schließt."

Er glitt vom Barhocker und ging nach hinten zu den Toiletten. Er stand ein paar Minuten auf der Herrentoilette, dann öffnete er leise die Tür und huschte hinaus. Er schlich über einen kurzen Korridor, wo eine Hintertür zu finden war. Er versuchte, sie zu öffnen, aber die Tür war verschlossen. Sein Herz begann wild zu pochen, während er sich aufgeregt nach einem anderen Fluchtweg umschaute. Ihm blieb nur eine einzige Möglichkeit – die vordere Tür. Er kehrte in die Bar zurück. Eine große Erleichterung erfüllte ihn, als er sah, dass die Kerle fort waren.

„Ich schließe jetzt, Charlie", sagte der Wirt.

„Was ist mit diesen zwei Kerlen geworden?"

„Sie haben ausgetrunken und sind gegangen. Ich war froh, dass sie nichts mehr bestellt haben. Ich sage dir, ich hatte die ganze Zeit meinen 38er, den ich unter der Theke liegen habe, im Auge."

„Hast du sie früher schon einmal gesehen?"

„Nein, sie waren fremd in dieser Gegend. Stimmt etwas nicht, Charlie?"

„Nein. Mir hat wahrscheinlich nur ihr Aussehen nicht gefallen."

„Willst du warten, bis ich schließe? Dann können wir miteinander gehen. Selbst wenn sie hier Yuppie-Museen und Espressobars eröffnen, ist es immer noch nicht gerade die beste Gegend."

„Danke, aber ich komme schon klar."

Jetzt musste er über seinen falschen Mut fast lachen. Er hatte die Bar allein verlassen und war keinen Block weit gekommen, als er das Gefühl hatte, verfolgt zu werden. Er war um zwei Ecken gebogen und dann plötzlich stehen geblieben, als er Schuhe auf dem harten Beton hinter sich klappern hörte. Er drehte sich scharf um, sah jedoch niemanden. Aber er konnte sich das alles nicht nur eingebildet haben. Als er sich wieder bewegte, hörte er die Schritte erneut. Bei dem Gedanken an diese großen Kerle aus der Bar ergriff ihn die Panik. Er schlängelte sich durch die fast verlassenen Straßen, kürzte durch schmale Gassen ab und verbrachte die nächste halbe Stunde damit, die Geister, die ihm auf den Fersen waren, von sich abzuschütteln. Er war so schnell gelaufen, wie seine geschwächte Lunge es erlaubte, und war schließlich auf dem Embarcadero gelandet. Es wäre klüger gewesen, in eine weniger einsame Richtung zu fliehen. Aber so sehr er seinen Verfolgern auch entkommen wollte, wollte er doch gleichzeitig herausfinden, wer sie waren und *ob* es sie überhaupt gab.

Er war es leid, ständig als Flüchtling zu leben. Er war erschöpft, ausgelaugt. Seit seiner Freilassung aus dem Gefängnis hatte er sich unauffällig verhalten; seit Gregs Tod war er sogar noch vorsichtiger. Lohnte sich die ganze Mühe überhaupt?

Aber war er bereit aufzugeben? Was war, wenn das alles nur ein Produkt seiner Fantasie war? Was war, wenn es überhaupt keine Verfolger, keine Feinde gab? Er hatte bereits siebenunddreißig Jahre seines Lebens verschenkt. Er hatte nie aufgehört zu träumen, dass er eines Tages freigelassen würde und mit seinem Feind abrechnen könnte, auch wenn die Hoffnung auf eine Begnadigung aussichtslos erschienen war. Es war jetzt zu schwer, alles wegzuwerfen – wenigstens solange er keine handfesten Beweise hatte. Bis dahin würde er weiterhin vorsichtig sein und sich ganz gewiss von Joel fernhalten. Er würde im Untergrund bleiben, wie er es schon in den letzten Tagen getan hatte, und von einem billigen Hotel in das nächste ziehen und nie zweimal in dasselbe gehen. Er könnte auch nie zweimal in dieselbe Kneipe oder in dasselbe Restaurant gehen. Es war dumm gewesen, wieder in diese Bar zu gehen, aber er hatte den Barkeeper sympathisch gefunden, und ... ein Mann konnte einfach nicht in einem vollkommen luftleeren Raum leben. Er hungerte nach Gesellschaft, selbst ein freundliches Gespräch hin und wieder war besser als überhaupt nichts. Er fing sogar an, die Beziehungen, die er im Gefängnis aufgebaut hatte, zu vermissen. Aber wenn er je auch nur einen einzigen Dollar von dem Geld genießen wollte, das ihm seiner Meinung nach rechtmäßig zustand, und wenn er lange genug leben wollte, um Rache zu nehmen, müsste er noch ein paar zusätzliche Opfer bringen.

Für den Augenblick.

Eines Tages jedoch, hoffte er, könnte er den Hauch eines normalen Lebens genießen, vielleicht sogar eine Beziehung zu dem Sohn, den er nie kennengelernt hatte, aufbauen.

Kapitel 13

Irene ging am nächsten Tag wieder in ihre Firma, und ihre Kinder besuchten wieder die Schule. Das Leben ging wirklich weiter. Aber in dieser Nacht quälten sie Albträume von Leichenschauhäusern und gespenstischen Leichen. Einmal lag sogar ihr eigener Körper auf einer Bahre. Aber meistens sah sie Greg – nicht konkret, nur vage Bilder, die sie verwirrten und beunruhigten.

Als Joel sie am nächsten Tag anrief, wunderte sie sich, wie froh sie war, wieder von ihm zu hören. Er war so warmherzig und natürlich, dass sie fast vergessen konnte, dass er möglicherweise Gregs Bruder war. Joel lud sie zum Abendessen ein und sagte, er wolle mehr über Greg erfahren. Das war für Irene ein triftiger Grund. Sie nahm die Einladung an.

Irene fuhr zu seinem Haus, um ihn abzuholen. Er wohnte in einem Reihenhaus in Greenwich, einer der vornehmeren Wohngegenden in der Innenstadt von San Francisco. Es lag oben auf einem von San Franciscos steilen Hügeln und bot einen Blick auf den Coit-Tower, der wiederum auf einem anderen Hügel stand. Joels Haus hatte weiße Stuckverzierungen und ein Ziegeldach im spanischen Stil. Bunte Geranien- und Fuchsienblumentöpfe schmückten den Eingang. Alles war sehr sauber und passte zu der gediegenen Nachbarschaft. Das Haus hatte zwei Stockwerke und sah von außen ziemlich schmal aus, war aber im Inneren überraschend geräumig. Es war einfach, aber elegant eingerichtet und erweckte den Eindruck, als habe ein Innenarchitekt hier geplant. Die Farben waren hell: ein hellbraunes Sofa und ein dazu passender Sessel, Chintz-Stühle mit hellblauen und braunen Streifen und ein weißer Teppich. Die Tische und Schränke im

Wohnzimmer waren aus dunklem Mahagoniholz, aber so kunstvoll gebaut, dass sie in keiner Weise die Helligkeit des Raumes schmälerten. Die Gemälde an den Wänden waren anscheinend so gewählt, dass sie genau zur übrigen Einrichtung passten. Sie wunderte sich, dass ein Blinder in einer so hübschen Umgebung lebte, die er doch kaum schätzen konnte.

Aus demselben Grund staunte Irene, ein Fernsehgerät zu sehen. Weniger überraschend war eine sehr gute Stereoanlage. Einige CDs lagen vor der Stereoanlage auf dem Boden verstreut. Während Joel seine Jacke holte, bückte sich Irene und hob eine CD auf. Les Paul. Eine andere CD auf dem Boden war von Josh Redmond.

„Du magst Jazz?“, fragte sie.

„Ja“, antwortete er und schlüpfte in seine Lederjacke. „Besonders Blues.“

Sie schaute ihn an. Sie versuchte, nicht daran zu denken, dass Greg auch eine Vorliebe für Blues gehabt hatte.

„Eine deprimierende Musik, findest du nicht?“

„In gewisser Weise schon, aber es liegt so viel Gefühl und Leidenschaft darin, dass dadurch alles andere wettgemacht wird. Mir gefällt nicht alles. Aber als Anwalt ist mir logisches Denken und Leidenschaftslosigkeit so eingedrillt worden, dass ich hin und wieder ein Ventil brauche. Welche Musik gefällt dir?“

Sie legte die Scheibe wieder zurück. „Es macht mich verlegen, das zuzugeben.“

„Komm schon, es kann nicht schlimmer sein, als wenn ein Christ zugibt, dass ihm noch etwas anderes als Kirchenmusik und Loblieder gefallen.“

Sie lächelte. „Mit dieser Bemerkung könntest du in einigen Gemeinden exkommuniziert werden.“

„Lass mich raten ..., du bist bestimmt ein Country Western Girl.“

„Das ist ja unheimlich. Was hat mich verraten?"
„Der sechste Sinn eines Blinden."
„Das glaube ich keine Minute."
„Okay, ich habe einfach gut geraten. Du wirkst nicht wie ein Rock 'n' Roll-Typ. Was bleibt also noch übrig? Logisches Denken. Verstehst du?"
„Also gut, du hast recht. Ich schätze, wenn ich genauer darüber nachdenke, gefällt mir Countrymusik aus demselben Grund wie dir Blues. Sie hat Herz, Gefühl. Vielleicht brauche ich eine traurige Geschichte. Vielleicht ..."
Ihre Stimme versagte, als plötzlich ein Bild aus einem ihrer Albträume sich mit ihrer eigenen traurigen Geschichte mischte, das unglückliche Ende dieser Geschichte mit einem Toten in der Leichenschauhalle. Ehe sie sich versah, kam ein Schluchzen über ihre Lippen.
„Geht es dir gut, Irene?"
„Ich fürchte, meine Gefühle sind in letzter Zeit ziemlich strapaziert." Ihre Stimme zitterte, als sie sprach.
„Möchtest du dich eine Minute setzen und darüber sprechen? Unser Tisch ist erst in einer halben Stunde reserviert, und so wie du fährst, sind wir in fünf Minuten dort." Ein ermutigendes und verstehendes Lächeln begleitete seine scherzhafte Bemerkung.
Ihre Lippen verzogen sich ebenfalls zu einem Lächeln, aber die Schwermut blieb. Sie setzten sich auf das Sofa, wo Irene aus ihren Pumps schlüpfte und ihre Füße unter sich anzog.
„Joel, du hattest Glück, dass du ihn nicht sehen konntest", sagte sie plötzlich. „Ich fürchte, ich werde dieses Bild nie aus meinem Kopf löschen können. Ich hatte in dieser Nacht Albträume davon. Aber ich musste mich dem aussetzen. Es war die einzige Möglichkeit, sicher zu sein, dass er wirklich tot ist."
„Ich finde nicht, dass ich so großes Glück habe. Mir

blieb ein hässliches Kapitel in Greg Mitchells Leben erspart, aber ich fühle mich dadurch nur noch schlechter."

„Meinst du, es wäre besser, wenn er dich mit sich nach unten gezogen hätte?" Sie war ein bisschen erleichtert, dass das Gespräch sich jetzt nicht mehr so sehr auf sie konzentrierte.

„Nein, natürlich nicht. Aber genauso wie du immer sein totes Gesicht sehen wirst, fürchte ich, werde ich immer seine Bitterkeit, seine Abneigung an jenem Tag in meinem Büro hören. Und ich werde mich immer wieder sagen hören, dass er verschwinden soll. Ich werde mich immer fragen, ob ich ihn nicht zu dem getrieben habe, was er tat. Warum konnte ich ihn nicht einfach umarmen?" Er schüttelte den Kopf. „Diese kühle, harte Logik in mir. Ich spiele diese Rolle so sehr, dass ich mir viel zu selten erlaube, etwas zu fühlen."

„Das stimmt nicht, Joel. Ich habe deinen Schmerz gesehen."

„Er kam aber zu spät."

„Mir war bis zu diesem Augenblick nicht bewusst, wie mächtig Greg war. Selbst als Toter manipuliert er uns noch. In meinen düstersten Augenblicken während unserer Ehe wünschte ich, er würde tot umfallen. Doch das hätte auch nicht geholfen. Ich glaube, mit dem Tod ist alles nur noch schlimmer. Es ist schwerer, den armen, toten Greg zu hassen."

„Hast du ihn gehasst, Irene? Ich kann mir nicht vorstellen, dass du einen Menschen hassen kannst."

„Wenn Hass die andere Seite von Liebe ist, ja. Es war alles miteinander vermischt."

„Und Liebe?"

„Nein." Aber ihre Antwort kam zu schnell, zu verteidigend, um überzeugend zu klingen.

„Ich will nicht in deinem Leben herumschnüffeln."

„Es ist so leicht, mit dir zu sprechen, Joel. Ich verstehe es zwar nicht, aber ich glaube, es ist kein Zufall, dass wir in dieser Situation zusammengeführt wurden."

„Fast so, wie wenn Gott vielleicht seine Hand im Spiel hatte?" Eine leichte Belustigung spielte sich um seine Augen.

„Meine Güte, nein!", erwiderte sie leichthin. Dann wurde sie wieder ernst: „Du und ich haben in Bezug auf Greg vieles gemeinsam. Auch wenn keiner von uns ihn liebte, hat er unser beider Leben auf eine Weise berührt, der wir uns nicht entziehen können. Vielleicht wird er uns für den Rest unseres Lebens verfolgen."

„Das klingt ziemlich tiefgründig – und beängstigend."

„Trauriger als ein Lied von Willie Nelson."

Sie lächelte, darauf bedacht, dem Augenblick seine Schwermut zu nehmen.

Er schmunzelte leicht.

Irene betrachtete ihn unverhohlen. Obwohl sie merkte, dass sie seine Behinderung ausnutzte, konnte sie es sich nicht verkneifen. Im Moment konnte sie nicht viel Ähnlichkeit mit Greg erkennen. Ebenso wenig konnte sie den kalten, rational denkenden Anwalt sehen. Aber sie konnte auch nicht genau sagen, was sie sah. Eines wusste sie inzwischen: Er hatte vielerlei Facetten. Auf ihn passte kein Stereotyp – nicht das eines Anwalts, nicht das eines Christen, nicht das eines offenbar wohlhabenden Mannes. Sie ahnte, dass man viel Zeit brauchte, um ihn zu entdecken, aber dass es zweifellos ein interessantes Unterfangen wäre. Nicht, dass es ein Unterfangen wäre, auf das sie sich einlassen wollte. Ihr einziges Interesse entsprang reiner Neugier. Sie hatte noch nie einen Menschen gekannt, der blind war, und sie musste zugeben, dass es faszinierend war, wie gut er zurechtkam. Sie wurde die Frage nicht los, was einen solchen Mann antrieb. Wie „sah" er das Leben? Welche Vorstellungen hatte ein Mensch, der nie *irgendetwas* gesehen hatte?

Neugier, das war alles. Krankhafte Neugier vielleicht, aber nicht mehr.

Ebony hatte in einer Ecke gelegen, stand aber jetzt auf, streckte sich träge und kam wedelnd zum Sofa. Die Hündin rieb ihre Schnauze an Joels Bein.

„Brauchst du etwas Aufmerksamkeit, Mädchen?“, fragte Joel und fuhr mit seiner Hand über das Rückenfell der Hündin. „Ich muss mich entschuldigen, Irene.“

„Wofür?“ Dieser Satz überraschte sie.

„Es fällt mir ziemlich leicht, andere Menschen auszuschließen und mich so in meine Gedanken zu vertiefen, dass ich ganz vergesse, dass ich nicht allein bin.“

„Ich fürchte, das habe ich gerade mit dir getan.“

„Wirklich?“

„Ich schätze, man muss nicht blind sein, um andere auszuschließen.“

„Wahrscheinlich nicht ...“

Er streichelte immer noch seinen Hund.

„Sie ist eine schöne Hündin“, sagte Irene gedankenabwesend, wahrscheinlich weil ihr bei dem Schweigen plötzlich unbehaglich zumute war.

„Ja, das ist sie. Ich habe sie schon seit sieben Jahren. Ellen half mir, sie auszusuchen. Ich weiß, dass ein Hund angeblich der beste Freund eines Menschen ist, aber in meinem Fall ist das wirklich wahr. Abgesehen von dem enormen Vertrauen, das ich jeden Tag in sie setzen muss, war sie mir während der Zeit von Ellens Krankheit und Tod ein Trost und eine große Stütze. Wir beide haben wirklich eine großartige Beziehung zueinander. Ihre Liebe und Treue ist vollkommen bedingungslos ... naja, sie besteht auf dem teuersten Hundefutter, und sie wird böse, wenn sie nicht pünktlich etwas zu fressen bekommt.“

„Hat sie einen Bruder?“, fragte Irene trocken.

Joel brach in ein lautes Lachen aus. Dann sagte er: „Irene, es tut gut zu lachen – wirklich von Herzen zu lachen. Danke.“

„Gern geschehen.“ Sie lächelte und konnte ebenfalls eine Ablenkung von ihren trüben Gedanken vertragen.

„Ich möchte wetten, du siehst sehr schön aus, wenn du lächelst“, sagte er.

„Wie kommst du darauf, dass ich lächle?“

„Ich höre es an deiner Stimme.“

„Ich bin wirklich beeindruckt, Joel. Habe ich dir das schon gesagt? Nun, ich meine es wirklich so. Es gibt Momente, in denen du mich ansiehst und ich überhaupt nicht sagen könnte, dass etwas ...“ Sie brach ab, da sie sagen wollte, dass „etwas bei dir nicht stimmt“. Es war gewiss ganz falsch und unhöflich, so negativ von einer Behinderung zu sprechen. Wahrscheinlich zeugte es sowieso von schlechten Umgangsformen, es überhaupt als Behinderung zu bezeichnen.

„Irene, du brauchst dir keine Sorgen darüber zu machen, dass du mich beleidigen könntest. Ich habe im Laufe der Jahre wahrscheinlich alles schon längst gehört. Meiner Meinung nach kannst du nichts Schlimmeres tun, als die ... Unterschiede eines Menschen so sehr zu überspielen, dass sich alle unbehaglich fühlen. Das brauchst du nicht. Ich bin hart im Nehmen. Hast du Fragen? Vielleicht einfach reine Neugier? Keine Scheu, du kannst mich alles fragen.“

„Einiges von dem, was mich interessiert, sind Dinge, die meine Kinder fragen würden. Ich komme mir dumm vor.“

„Ich will nicht, dass *du* dich unwohl fühlst. Aber es ist immer besser, die Dinge zur Sprache zu bringen, findest du nicht?“

„Also ... okay. Ich habe mich gefragt, wie du das mit deinen Augen machst. Du drehst dein Ohr kaum den

Stimmen zu, wie ich es bei anderen Blinden gesehen habe."

„Das habe ich meinem Vater zu verdanken. Er hat mir schon in sehr jungen Jahren eingehämmert: ‚Joel, schau einem Menschen immer in die Augen.' Er war in dieser Hinsicht unerbittlich. Er glaubte fest daran, dass ich meine Andersartigkeit akzeptieren müsse, dass es aber keinen Grund gebe, warum mein Leben nicht genauso gelingen kann wie bei jedem anderen auch. Es gab Zeiten, in denen ich meinem Gegenüber in die Nase geschaut habe statt in die Augen, aber ich habe mich sehr gebessert. Meine Eltern haben beide unzählige Stunden mit mir gearbeitet. Jahre in besonderen Schulen trugen ihren Teil dazu bei."

„Das hat sich bezahlt gemacht." Irene schwieg und fragte sich, ob er wirklich gemeint hatte, dass sie ihn alles fragen könne. Sie wagte sich weiter vor: „Fühlst du dich manchmal unzulänglich?"

„Tut das nicht jeder?" Ein leichtes Lächeln zog über seine Lippen. „Wenn du mich jetzt für arrogant hältst, dann hättest du mich erst vor ein paar Jahren sehen sollen. Als ich mit dem Studium begann, hielt ich mich für unschlagbar. Ich hatte in Stanford einen Studienplatz bekommen. Zum ersten Mal lebte ich allein und konnte es nicht erwarten, meine Lebensziele zu verwirklichen. Trotz alledem versuchte ich immer noch, mich zu beweisen. Ich tat einige verrückte Sachen, um von meinen Studienkollegen anerkannt zu werden."

„Du?"

„Ich war nicht immer der konservative Anwalt mit dreiteiligem Anzug und Krawatte. Ich war ein ganz gewöhnliches wildes Kind. Ich habe meine Eltern oft genug zur Verzweiflung gebracht. Innerhalb von zwei Jahren hatte ich viermal eine Gehirnerschütterung. Autofahren, Fallschirmspringen ..."

„Fallschirmspringen? Das glaube ich nicht!"

Er nickte. „Aber meinen Abschuss – im wahrsten Sinne des Wortes – lieferte ich, als ich in der Stanforder Football-Mannschaft mitspielte. Ich war damals zäher und trainierte fast täglich. Ein paar Freunde von mir spielten in der Mannschaft, und ich stichelte jedes Mal schrecklich, wenn sie ein Spiel verloren hatten, und sagte, sogar ich könnte es besser. Schließlich forderten sie mich heraus – in jenen Tagen kniff ich vor keiner Herausforderung. Also zog ich bei einem Spiel gegen die Universitätsmannschaft von Los Angeles das Ersatztrikot meines Freundes an. Wir machten vorher aus, dass ich bei einer kurzen Strecke kurz vor der Ziellinie einlaufen sollte. Ich hätte nichts weiter zu tun, als einige Meter geradeaus zu laufen, sobald ich den Ball hätte. Mein Freund, dessen Uniform ich trug, war von der Tribüne aus nur ein laufender Rücken. Mit dem Helm und der dicken Ausrüstung würde der Trainer den Tausch nie bemerken. Und so stellte er mich völlig ahnungslos am Ende des zweiten Viertels auf; wir lagen mit zwei Touchdowns zurück und standen an der Ein-Yard-Linie. Der größte Teil der Mannschaft war mitten in dem Getümmel. Es war also kein Problem, zu der Gruppe zu laufen. Ich folgte einfach ihren Stimmen. Wir brachen das Knäuel auf, der Quarterback nahm den Ball, reichte ihn mir, und ich begann zu laufen."

„Hast du es geschafft?"

„Ja, und gleich nach dem Touchdown wurde ich von der Verteidigungslinie unseres Gegners getroffen – im wörtlichen Sinn getroffen. Ich landete im Krankenhaus."

„Deine arme Mutter. ‚Verzweiflung' ist wahrscheinlich eine milde Beschreibung für das, was sie durchmachte."

Sie unterhielten sich noch ein bisschen, und bald war ihnen beiden nach Ausgehen zumute. Joel zog wieder seine Jacke an, während Irene ebenfalls ihre Handtasche und ihre Jacke nahm. Sie ließ Joel mit den Fingerspitzen leicht ihren Ellbogen halten. Er hatte ihr erklärt, dass dies die richtige Art sei, mit einem sehbehinderten Menschen zu gehen. Sie staunte, wie wohl sie sich dabei fühlte. Vielleicht zu wohl.

Doch darüber wollte sie sich in diesem Augenblick nicht den Kopf zerbrechen.

Kapitel 14

Charlie schlug die Augen auf. Diese Schmerzen. So schlimm war es noch nie gewesen. Er war schweißgebadet. Mühsam rang er nach Atem, obwohl jeder Atemzug seinen Körper mit messerscharfen Stichen durchbohrte.

Er tastete in der Dunkelheit auf dem Nachttisch nach der Tablettendose. Seine zitternde Hand stieß gegen etwas – ein lautes Klirren folgte! Das Wasserglas fiel auf den Boden und zerschellte auf den nackten Dielen. Es war ihm gleichgültig. Dann würde er die Pillen eben trocken einnehmen. Aber wo waren sie? In seiner Panik kam er nicht auf die Idee, das Licht einzuschalten. Alles, woran er denken konnte, war, seine Schmerzen so schnell wie möglich zu lindern.

Tagsüber kam er gut zurecht. Er nahm regelmäßig seine Tabletten und spülte sie normalerweise mit einem Schluck Whisky hinunter. Aber nachts, besonders in jenen seltenen Nächten, in denen er schlafen konnte, verlor er leicht jedes Zeitgefühl, bis die Schmerzen ihn daran erinnerten, dass er seine Medizin nehmen musste. Aber dann war es schon zu spät. Er war an diesem Abend wie ein Stein ins Bett gefallen und sofort eingeschlafen, was zweifellos mit seinem ausgiebigen Besuch in einer Bar zu tun hatte. Die Schmerzen überfielen ihn plötzlich. Ohne Vorwarnung rissen sie ihn unbarmherzig aus dem Schlaf.

Schließlich ertastete seine Hand zitternd das Plastikfläschchen mit den Tabletten. Es rollte an den Rand des Tisches, aber er fing es auf, bevor es zu den Glasscherben auf den Boden fiel. Schnell nahm er den Deckel ab und war dankbar, dass es nicht einer jener unmöglichen kindersicheren Verschlüsse war. Er nahm zwei Pillen und schluckte sie ohne Wasser. Dann ließ er den Kopf auf sein schweißgetränktes Kissen zurücksinken. Verzweifelt konzentrierte er sich auf die Wirkung der Medizin, aber seine Erfahrung sagte ihm, dass es mindestens zwanzig Minuten dauern konnte, bis die Schmerzen nachließen. Er beschloss, sich am nächsten Tag, sobald es hell war, einen Wecker zu kaufen, damit er seine Pillen rechtzeitig einnehmen könnte.

Als er erfahren hatte, dass er Knochenkrebs in der Wirbelsäule hatte, war er entschlossen gewesen, seine Symptome mit stoischer Gelassenheit zu ertragen. Er hatte gefürchtet, medikamentenabhängig zu werden. Aber während die Monate vergingen und die Schmerzen immer schlimmer wurden, änderte er allmählich seine Meinung. Als die Ärzte ihm sagten, dass sie nichts mehr für ihn tun könnten, kam er zu dem Schluss, dass es wahrscheinlich noch sein geringstes Problem war, medikamentensüchtig zu werden.

Sein letzter Arztbesuch lag über einen Monat zurück. Damals hatte man ihm gesagt, dass er noch ein halbes Jahr zu leben habe, vielleicht eine oder zwei Wochen mehr. Zu diesem Zeitpunkt war er schon lange genug aus dem Gefängnis gewesen, um Greg ausfindig zu machen, auch wenn er noch nicht auf ihn zugegangen war. Die unerfreuliche Ankündigung des Arztes hatte Charlie gedrängt, diese erste Begegnung zu beschleunigen. Da seine Dringlichkeit wuchs, war Charlie auf die Idee gekommen, dass er Joel mit Gregs Hilfe viel schneller finden könne. Das Adoptionsbüro, das Joels Adoption vermittelt hatte, war nicht mehr im Geschäft. Es hatte aber alle Unterlagen einem anderen Büro übergeben. Dort weigerte man sich jedoch, Charlie einen Einblick in die Unterlagen zu gewähren. Greg hatte sich als unschätzbar wertvoll erwiesen. Er hatte die richtigen Räder in Bewegung gesetzt, mit der richtigen Sekretärin geflirtet oder genau das Richtige angestellt, um schließlich die Dokumente in die Hand zu bekommen.

Er hatte Schuldgefühle, weil er Greg so benutzt hatte, ihn sozusagen an die vorderste Front gestellt und sein Leben riskiert hatte, während er Joel abschirmte. Aber ihm war keine andere Wahl geblieben. Charlie hatte jemanden gebraucht, dem er vertrauen konnte, jemanden, der die Kleinarbeit besorgte, jemanden, der weitermachte, falls er früher als erwartet tot wäre. Erst nachdem er Greg ins Vertrauen gezogen hatte, hatte er erkannt, dass sein ältester Sohn alles andere als vertrauenswürdig war. Zum Glück hatte er Greg noch nicht alles verraten, er hatte genug für sich behalten, um sich Greg gefügig zu machen und um zu verhindern, dass er, wenn er unter Druck gesetzt würde, alles verraten könnte. Genau das hatte Greg vielleicht das Leben gekostet.

Wie Charlie das leidtat.

Alles, was er sein Leben lang gewollt hatte, war, etwas für seine Kinder zu tun, wiedergutzumachen, dass er ein so erbärmlicher Vater gewesen war.

Wem wollte er eigentlich etwas vormachen? Seine Motive waren nicht vollkommen uneigennützig. Er tat dies genauso sehr für sich selbst wie für seine Söhne. Er hatte gehofft, dass seine Söhne ihm ein Gefühl von Unsterblichkeit vermitteln würden. Greg hatte erwähnt, dass er zwei Kinder hatte – Charlies Enkelsöhne. Das war es, was er wollte – wissen, dass ein Teil von ihm weiterlebte. Es nicht nur zu wissen, sondern auch einen *Blick* auf seine Nachkommen zu erhaschen. Jeder Schritt auf diesem Weg hatte in Charlie nur den Hunger nach mehr geweckt. Es war nicht genug gewesen zu wissen, dass seine Söhne „da draußen" waren, er hatte sie sehen müssen; und jetzt, da er von Gregs Kindern wusste, sehnte sich Charlie danach, sie ebenfalls zu sehen. Aber sie zu sehen wäre wahrscheinlich auch nicht genug. Er würde mit ihnen sprechen wollen, mit ihnen spielen wollen, vielleicht sogar ein Opa sein, der sie nachts zu Bett brachte und ihnen eine Gute-Nacht-Geschichte erzählte.

Aber ein solcher Traum war unrealistisch. Er würde seine Enkel nie kennenlernen. Er zweifelte, ob er Joel überhaupt treffen wollte. Die schrecklichen Schmerzen holten ihn schnell in die Wirklichkeit zurück. Sein Körper sagte ihm, dass die Ärzte nicht recht hatten. Er hatte viel weniger als ein halbes Jahr zu leben. Er musste jeden Tag mit seinem Tod rechnen, ohne den einzigen Sohn, der ihm noch geblieben war, auch nur einmal gesehen zu haben. Das schmerzte ihn mehr als seine ganzen körperlichen Qualen.

Aber er war bereits zu dem Schluss gekommen, dass es zu riskant wäre. Gregs Tod war Beweis genug dafür.

Oder nicht?

Vielleicht war Greg durch einen Unfall gestorben. Vielleicht litt Charlie wirklich unter Verfolgungswahn. Seit jenem Vorfall vor ein paar Tagen auf dem Embarcadero hatte er nicht mehr das Gefühl gehabt, verfolgt oder beobachtet zu werden. Wäre er nicht der bemitleidenswerteste Idiot der Welt, wenn seine dummen Verdächtigungen nur Hirngespinste wären, die ihn davon abhielten, seinen lange verlorenen Sohn kennenzulernen?

Außerdem müsste er schließlich irgendwann den nächsten Schritt wagen. Wenn er früher starb als erwartet, könnte er dieses Katz-und-Maus-Spiel ohnehin nicht viel länger aufrechterhalten. Vielleicht war es an der Zeit, den nächsten Schritt zu gehen. Zeit, zu Joel Kontakt aufzunehmen.

Dieser Gedanke ließ ihn fast seine Schmerzen vergessen. Seinen Sohn tatsächlich zu sehen! Mit dem Kind zu sprechen, bei dessen Geburt Betsy gestorben war!

Charlie hatte bereits einige vorsichtige Nachforschungen nach Joel Costain angestellt. Im Gegensatz zu Greg, der nicht gerade einen rühmlichen Lebenslauf vorzuweisen hatte, war Joel ein guter Mensch, der bei seinen Kollegen Achtung und Sympathie genoss. Er war jemand, den Charlie mit Stolz seinen Sohn nennen würde – nicht, dass es in irgendeiner Weise Charlies Verdienst gewesen wäre, dass Joel sich so entwickelt hatte. Trotzdem würde Charlie ihn gern kennenlernen. Ein solcher Mann würde Charlie vielleicht sogar akzeptieren, und das wünschte er sich mehr als alles.

Kapitel 15

Irene wurde von dem lauten Klingeln des Telefons neben ihrem Bett unsanft aus dem Schlaf gerissen. Die zugezogenen Vorhänge ließen nur wenig Licht ins Zimmer. Beim dritten Klingeln griff sie nach dem Hörer.

„Hallo", meldete sie sich mit schlaftrunkener, belegter Stimme.

„Miss Lorenzo?"

„Ja ..."

„Hier ist Inspektor Reiley. Ich würde gern mit Ihnen sprechen."

„Jetzt?"

„Je früher, desto besser. Es ist wichtig."

Irene warf einen Blick auf ihren Wecker. Es war sieben Uhr. Inspektor Reiley war anscheinend ein Frühaufsteher. „Ich könnte um halb neun bei Ihnen sein."

Irene rieb sich den Schlaf aus den Augen. „Worum geht es denn?", fragte sie. Ihr Kopf wurde allmählich klarer.

„Das erkläre ich Ihnen, wenn Sie hier sind. Dann um halb neun?"

„Ja ... geht in Ordnung."

Die Leitung klickte am anderen Ende. Immer noch verschlafen, legte Irene den Hörer auf. Sie schwang die Beine aus dem Bett und rieb sich noch ein paarmal die Augen. Dann stand sie auf und streckte sich.

Sie war am Abend zuvor erst gegen Mitternacht ins Bett gekommen. Immer noch konnte sie es kaum glauben, dass sie und Joel so viel Zeit miteinander verbracht hatten. Sie waren in einem Restaurant für Meeresspezialitäten auf der Fisherman's Wharf zum Essen gewesen. Sie hatte den Fehler begangen, nach dem Essen einen Cappuccino zu bestellen. Daraufhin hatte Joel vorgeschlagen, auf dem Kai spazieren zu gehen, da sie erklärt hatte, dass sie jetzt bestimmt nicht so schnell einschlafen könnte. Sie verbrachten eine angenehme Zeit miteinander. Sie unterhielten sich über alles, über Politik, ihre Kindheit und über triviale Themen. Sie hatten sogar das Thema Religion angeschnitten. Ehe sie sich bewusst wurde, hatte Irene ihre ganze Enttäuschung und Entmutigung in Bezug auf Kirche und Gott vor Joel ausgeschüttet. Er hatte sie verstanden und keinen Versuch unternommen, Gott zu verteidigen.

Es war eine klare Nacht gewesen. Das Mondlicht schimmerte auf dem dunklen Wasser der Bucht. Die Herbstluft war kühl und frisch und gab ihr das Gefühl zu leben. Zum ersten Mal seit Tagen war sie von den Fesseln der Vergangenheit wirklich frei. Vielleicht hatte sie deshalb angefangen, sich das Elend jener Jahre mit Greg von der Seele zu reden.

„Hattest du nie Zweifel an Gott, Joel? Hast du dich nie gefragt, ob der christliche Glaube vielleicht nur eine riesige Täuschung sein könnte? Wie in dieser Redensart: ‚Wenn es Gott nicht gäbe, müsste man ihn erfinden.'"

„Ich glaube, nur unsere Erfahrungen können uns beweisen, dass es ihn gibt."

„Aber wie ist es, wenn man keine Erfahrungen hat? Wenn man innerlich trocken, tot und kalt ist? Was dann?"

„Ist es bei dir so, Irene?"

„Das Feuer war tot; es gab keine einzige warme Kohle, die man neu hätte entfachen können."

„Kein bisschen Glut?"

„Das Feuer war gewaltsam ausgetreten worden, Joel. Dann war Sand und Wasser darauf geschüttet worden, und es war wieder ausgetreten worden ... und wieder.

Du hast ja keine Ahnung, wie oft ich versucht hatte, zu Gott zurückzukommen. Gregs Glaube erwachte wieder zum Leben, und ich fing wieder an zu hoffen, Gott zu loben und meinen Freunden zu erzählen, wie treu er sei. Wir lebten eine Weile so weiter und ich fing wieder an zu glauben, dass es Wirklichkeit sein könnte. Dann fiel Greg wieder ab. Ich hielt aber weiterhin daran fest – betete, vertraute. Aber jedes Mal starb ein Stück mehr in mir. Eines Tages betete ich in einer kleinen Gebetsgruppe laut für Greg und merkte plötzlich, dass ich kein Wort von dem, was ich gesagt hatte, gehört hatte. Die Worte waren vollkommen automatisch über meine Lippen gekommen, aber nicht aus meinem Herzen. Es war erschreckend. Ich war den größten Teil meines Lebens Christin gewesen, und es war meine eigene, freie Entscheidung gewesen. Meine Eltern gehen kaum zur Kirche. Ich habe Gott gesucht; ich habe ihm mein Leben übergeben. Ich habe ihm vertraut, Joel. Ich habe ihn geliebt. Und plötzlich war er fort. Ich fühlte nichts. Ich weiß, man soll seinen Glauben nicht auf Gefühle gründen. Aber man kann ihn doch auch nicht auf *gar nichts* gründen, oder?" Sie schaute zu Joel auf. „Oder, Joel?", fragte sie flehend.

„Ich würde das nicht wollen." Nahm er ihre Bitte auf die leichte Schulter? Nein, sein Ton war ernst, als verstünde er wirklich, wie schrecklich es sein musste, festzustellen, dass der Gott, den man liebte und dem man diente, plötzlich fort war.

„Ich weiß immer noch nicht, wer wen verlassen hat ...", sprach sie weiter. „Vielleicht war alles meine Schuld. Wenn das, was ich mein ganzes Leben lang glaubte, wahr war, dann muss die Schuld bei mir liegen. Sagt Gott nicht: ‚Ich werde dich nie verlassen, noch von dir weichen'? Du weißt ja nicht, wie oft ich mich deswegen abgestrampelt habe. Aber so sieht es nun einmal aus: Das Endergebnis bleibt dasselbe, egal, bei wem die Schuld liegt." Sie schwieg einen Augenblick. „Oder siehst du das anders?"

„Das Ergebnis mag dasselbe sein, aber vielleicht gibt es verschiedene Lösungsmöglichkeiten."

„Oh ja, natürlich. Das habe ich auch schon gehört. Wenn Gott mich verlassen hat, oder wenn es tatsächlich überhaupt keinen Gott gibt, dann ist der Fall damit erledigt. Aber wenn ich Gott verlassen habe, dann kann ich mich dafür entscheiden, zu ihm umzukehren. Richtig?"

„Du willst jetzt überhaupt keine Antworten hören, nicht wahr, Irene?"

„Nein. Ich weiß nicht einmal, warum ich dir das alles erzähle. Ich glaube, du hast heute einfach einen Glückstag."

„Das kann gut sein", murmelte er leise.

Sie versuchte, den sanften, fast hoffnungsvollen Unterton in seiner Stimme zu überhören. Und das seltsame, angenehme Gefühl, das dieser bei ihr auslöste. „Bist du schon immer Christ, Joel?"

„Als ich fünf war, stolperte ich förmlich zum Altar hinauf. Meine Eltern führten mich auf den richtigen Weg, sowohl wörtlich als auch im übertragenen Sinn. Sie haben eine bewundernswerte Beziehung zu Gott. Aber ich muss gestehen, dass meine eigene Beziehung nie so ruhig verlief wie ihre. Ich habe viele Kämpfe ausgetragen."

„Aber du bist bei Gott geblieben?"

„Ich weiß nicht, was ich sonst hätte tun sollen."

„Ist das ein triftiger Grund? Früher habe ich auch so gedacht. ‚Wohin sonst sollte ich gehen, Herr?' Aber es kam der Punkt, an dem ich das nicht länger akzeptieren konnte."

„Ich schätze, an diesen Punkt bin ich nie gekommen."

„Vielleicht hast du ein stärkeres Fundament als ich."

„Das bezweifle ich. Erinnerst du dich noch an deine Frage, ob mein Glaube nicht eine Krücke sei? Ich war nicht ganz ehrlich zu dir. Ich dachte, ich könnte einer Fremden nicht meine ganze Geschichte anvertrauen."

„Und jetzt ...?"

„Du kommst mir nicht mehr wie eine Fremde vor. Vielleicht hat die Intensität unserer gegenwärtigen Situation uns gezwungen, die üblichen Formalitäten zu überspringen."

„Das ist eine starke Untertreibung."

„Wie dem auch sei, ich will dich nicht mit meinem ganzen christlichen Zeugnis langweilen – wenigstens erzähle ich dir nicht alles auf einmal. Aber ich habe den Eindruck, dass du ein bisschen mehr wissen willst. Du kennst wahrscheinlich die Geschichte aus der Bibel über den Blindgeborenen."

„Ja. Die Jünger dachten, er sei wegen der Sünde seiner Eltern blind, aber Jesus sagte, er sei blind, damit Gott verherrlicht werde."

„Nachdem der Mann geheilt war, regten sich die Pharisäer auf, weil Jesus ihn an einem Sabbat geheilt hatte. Sie setzten den Mann unter Druck und versuchten, ihm einzureden, dass Jesus ein Sünder sei. Seine Antwort lautete im Endeffekt: ‚Ich weiß nicht, ob er ein Sünder ist oder nicht; alles, was ich weiß, ist, dass ich früher blind war, aber jetzt sehen kann.'"

„Aber du bist immer noch blind, Joel."

„Ich habe schon vor langer Zeit begriffen, dass dieser Blinde nicht von seinen *Augen* sprach. Glaube mir, ich habe oft darum gebetet, geheilt zu werden." Er schloss die Augen. Der Schmerz, den diese Erinnerungen bei ihm auslösten, war in sein Gesicht gezeichnet. „Ich habe Gott angeklagt; ich habe ihn sogar wegen meiner Behinderung gehasst. Aber es läuft immer wieder auf die einfache Aussage dieses Blinden hinaus. Sobald ich Gott gesehen hatte, konnte ich ihn nicht wieder aus meinem Leben ausschließen. Ich weiß nicht, warum Gott manche Dinge tut; und ich weiß gewiss nicht genau, wie er ist. Ich weiß nur, was ich *sehen* kann."

„Und wenn du nichts sehen kannst?"

„Du stellst harte Fragen, Irene. Darauf kann ich dir keine Antwort geben. Ich schätze, ich bin an den Punkt gekommen, an dem ich nicht alle Antworten wissen muss."

„Blinder Glaube?"

„‚Wir sehen jetzt durch einen Spiegel ein dunkles Bild; dann aber von Angesicht zu Angesicht …'" Er zitierte diese Worte so, als wären sie nie weit von seinen Lippen oder von seinem Herzen entfernt. „Es ist kein blinder Glaube, wenn man *weiß*, wie es ausgehen wird."

Irene dachte an die Kämpfe, die ein Blinder möglicherweise durchstand. Sie dachte an den frühen Tod von Joels Frau, der Frau, die er geliebt hatte. Sie dachte an die Unruhe der letzten Tage in seinem Leben, an seine Verwirrung, seine Selbstvorwürfe. Wie sie ihn um seine Gewissheit beneidete. Wie sehr sie sich wünschte, sie könnte die Zeit um zehn Jahre zurückdrehen. Damals hatte sie auch diese Gewissheit gehabt.

Sie gingen schweigend ein paar Minuten nebeneinander her. Irene hatte schon eine Weile die bellenden Stimmen der Seelöwen gehört, aber jetzt waren sie lauter als vorher. Es herrschte ein hoher Geräuschpegel, der seltsam angenehm und fröhlich klang. Vor einigen Jahren hatten sich einige Seelöwen am Pier angesiedelt; und vor nicht allzu langer Zeit hatten sich ihre Freunde zu ihnen gesellt, bis sie den gesamten Pier 39 bevölkerten.

In einem leicht durchschaubaren Versuch, das Thema zu wechseln, fragte Irene: „Willst du die Seelöwen sehen?"

„Wenn du mich bitte zu ihnen führst!“ Er lächelte etwas ironisch. „Aber stört es dich, wenn ich nur zuhöre?“

„Das kannst du sehr gut, Joel.“ Diese Worte waren ernst gemeint und nicht einfach so dahergesagt.

Sie kamen zu einer Bank, von der aus man nicht nur die Tiere, sondern auch die vom Mond beschienene Bucht sehen konnte. Sie saßen ein paar Minuten dort, lachten über die Spielchen der Seelöwen, die Irene belustigt bis in alle Einzelheiten beschrieb. Sie schienen beide froh über das angenehme Schauspiel zu sein. Dann begannen sie wieder, sich zu unterhalten, und verließen diese Stelle, da sie bei dem lauten Gebrüll der Tiere einander kaum verstehen konnten. Als der Nebel ans Ufer zog und die feuchte Luft kalt wurde, kehrten sie zu einer Tasse Mokka in ein kleines Café ein. Irene konnte sich nicht erinnern, sich je wohler oder sicherer gefühlt zu haben. Überrascht hatte sie festgestellt, dass es schon fast Mitternacht war. Sie beendeten beide nur widerwillig diesen Abend, aber Joel hatte am nächsten Morgen sehr früh einen Termin.

Ja, es war ein wunderschöner Abend gewesen. Schöner als jede Verabredung, an die sie sich erinnern konnte. Wahrscheinlich, weil es *keine* Verabredung gewesen war. Was es war, konnte sie nicht sagen, aber brauchte man unbedingt einen Namen dafür? Wenn ihre Mutter davon wüsste, bestünde sie darauf, den Abend unbedingt mit einem Etikett zu versehen.

„Mach dir nichts vor, Irene“, würde Millie sagen. „Wenn ein so gut aussehender Mann wie Joel und ein hübsches Mädchen wie du miteinander ausgehen, dann braut sich zwangsläufig mehr als Freundschaft zwischen den beiden zusammen. Zwei und zwei ergibt immer vier – daran führt kein Weg vorbei.“

Aber es war anders, ihre Beziehung bewegte sich auf einer vollkommen anderen Ebene. Unbedingt. Es war die absolut falsche Zeit und der falsche Ort, sich zu verlieben.

Joel war ein sehr netter Mann – warmherzig, interessant und charmant. Er ...

Irenes Magen krampfte sich plötzlich zusammen. Charmant?

Konnte es sein ...?

Sie schüttelte den Kopf. Nein. Natürlich nicht.

Aber Joel konnte leicht Gregs Bruder sein. Hatten sie mehr Ähnlichkeit miteinander, als sie wahrhaben wollte? Es *gab* Ähnlichkeiten. Joel hatte Irenes Sympathie und sogar ihre Bewunderung von Anfang an gewonnen. Genauso wie damals Greg. Und Joel war Christ. Wie Greg damals.

„Irene, du bist verrückt", sagte sie laut.

Dann trat sie ans Fenster, um ihre Gedanken von dem unliebsamen Thema abzulenken, zog den Vorhang zurück und sah, dass der Himmel bewölkt war. Sie durfte nicht vergessen, die Jungen daran zu erinnern, dass sie ihre Jacken mit zur Schule nehmen mussten.

Nachdem sie sich vergewissert hatte, dass Adam und Mark wach waren und ihr Frühstück aßen, duschte Irene und kleidete sich schnell an. Sie könnte Mark und Adam auf dem Weg in die Innenstadt bei der Schule absetzen. Bevor sie losfuhr, rief sie in ihrem Büro an und sagte, dass sie später zur Arbeit käme. Dann nahm sie einen Trinkbecher mit Kaffee und ein übriggebliebenes Toastbrot als Frühstück mit auf den Weg und eilte mit den beiden Jungen zum Auto.

Sie kam genau um acht Uhr dreißig auf der Polizeiwache an.

„Es freut mich, dass Sie es sich einrichten konnten zu kommen, Miss Lorenzo." Reiley wirkte umgänglicher als am Vortag. Er hatte immer noch dieses verknitterte Aussehen und die große Schmachtlocke, die ihm in die

Stirn fiel und die, falls sie modisch wirken sollte, genau die gegenteilige Wirkung erzielte. Er sah eher wie eine Reliquie aus – oder wie ein überarbeiteter, unterbezahlter Beamter.

„Guten Morgen ..., Mr Reiley.“ Sie war immer noch nicht ganz wach. Eine einzige Tasse Kaffee genügte kaum, um es mit einem neuen Tag aufzunehmen, geschweige denn mit der Polizei.

„Möchten Sie eine Tasse Kaffee?“ Auf Irenes Konto stiegen Reileys Aktien mit dieser Frage sprunghaft in die Höhe.

„Ja, danke.“

„Milch und Zucker?“

„Nein, schwarz.“

Er ging auf die andere Seite des Großraumbüros, in dem mehrere andere Inspektoren und uniformierte Beamte bereits in ihre Arbeit vertieft waren, und goss ihr aus einer großen Kaffeekanne eine Tasse voll ein. Sie nahm das dampfende Gebräu mit einem dankbaren Lächeln entgegen. Es schmeckte schrecklich, war aber stark genug, um ihr auch noch den letzten Schlaf aus den Augen zu treiben.

Nach zwei Schlucken fragte sie: „So, Mr Reiley, worüber müssen Sie mit mir sprechen?“

„Mitchells Autopsiebericht liegt vor. Es sieht nicht gut aus. Anscheinend war er schon tot, bevor er über die Klippen stürzte.“

„Was heißt das?“

„Es war nicht der Sturz über die Klippen, der ihn das Leben kostete, Miss Lorenzo“, erwiderte Reiley mit großer Geduld, als spräche er mit einem Kind.

„Das habe ich verstanden. Wissen Sie, woran er gestorben ist?“

„Durch einen Schlag auf den Kopf. Es ist auch möglich, dass ihm einige seiner Abschürfungen und Schrammen schon vor dem Absturz zugefügt wurden.

Der Gerichtsmediziner führt weitere Untersuchungen durch, um das zu bestätigen."

„Diese Schläge kann er sich nicht selbst zugefügt haben?"

„Unmöglich."

„Dann kann das nur heißen ..." Der Gedanke war zu schrecklich, um ihn auszusprechen.

„Ich will es geradeheraus sagen, Miss Lorenzo, – ich glaube, wir haben es mit Mord zu tun."

„Das kann doch nicht sein."

„Warum nicht?"

Irene schüttelte benommen den Kopf. Was wusste sie schon über Greg? Er konnte jede Menge Feinde gehabt haben. Während ihrer Ehe hatte er sich mit vielen zwielichtigen Charakteren eingelassen und war in Pläne und Geschäfte verwickelt gewesen, die Irene nie genau hatte wissen wollen. Seit ihrer Scheidung hatte er nichts getan, das vermuten ließ, er hätte sich geändert.

„Ich weiß es nicht, Mr Reiley. Es ist einfach schwer vorstellbar, dass so etwas einem Menschen passiert, den man kannte."

„Wissen Sie von irgendwelchen Feinden, die ihr Ex-Mann vielleicht hatte?"

„Nein, aber ..."

„Ja, Miss Lorenzo?"

„Wahrscheinlich ist es möglich. Greg kann in alles Mögliche verwickelt gewesen sein."

„In was zum Beispiel?"

„Ich kann nichts Konkretes sagen. Ich hatte ihn lange nicht gesehen."

„Was war, als Sie verheiratet waren? Hatte er mit Drogen zu tun?"

„Das wusste ich nie mit Bestimmtheit. Es kann sein, aber ich glaube nicht, dass er tief drinsteckte. Wenigstens nicht, solange wir verheiratet waren." Sie konzentrierte sich einen Augenblick auf ihren Kaffee und versuchte, diese schreckliche Nachricht zu verarbeiten. Greg ermordet? Es war unvorstellbar, aber nicht unmöglich. Der arme Greg ..., alles war nur *zu leicht* möglich.

„Wie lange kennen Sie Joel Costain schon?“

Reileys Frage kam so abrupt, dass Irene sich fragte, ob ihr etwas entgangen sei. Aber ihr war nichts entgangen. War es die Absicht des Inspektors, sie zu überrumpeln?

„Seit einigen Tagen.“

„Wirklich? Sie schienen sich recht gut zu verstehen ...“

„Erst seit ein paar Tagen ...“ Ihre Stimme war trocken, knisternd. Ihr Magen zog sich zusammen.

„Was wissen Sie über ihn?“

„Über Joel ...?“

„Ja.“

Was wusste sie über Joel Costain? Sie hatte ihm am Vorabend ihr Herz geöffnet, und er hatte einfühlsam reagiert. Er hatte ihr Vertrauen wie einen wertvollen Edelstein behandelt. Er war einfühlsam und ehrlich gewesen – und verletzlich. Sie kannte ihn erst seit ein paar Tagen, aber er beschäftigte ihre Gedanken, als wäre er auf dem besten Weg, ein wichtiger Teil ihres Lebens zu werden. Bei Reileys eindeutiger Bemerkung verspürte sie plötzlich den Drang, ihn zu verteidigen.

„Was soll das heißen, Mr Reiley?“

„Nur eine einfache Frage, Miss Lorenzo. Was wissen Sie?“

„Ich weiß auch nicht mehr als Sie.“ Aber das stimmte nicht. Joel hatte ihr sein Herz geöffnet.

„Ich weiß nicht viel.“ Reiley nahm ein Blatt Papier von seinem Schreibtisch. „Seit sieben Jahren Partner in einer großen Anwaltskanzlei in der Montgomery Street, seit zehn Jahren bei der Kanzlei. Steueranwalt. Hat mit vielen großen Namen zu tun. Er hat wahrscheinlich ein paar Dollar auf dem Konto – viele Dollar. Hat in Stanford seinen Abschluss gemacht. Wussten Sie, dass er in seinem ersten Jahr nach dem Studium Strafverteidiger war? Dann hat er zusätzliche Kurse belegt und sich auf Steuerrecht spezialisiert. Er selbst hat eine vollkommen weiße Weste, nicht einmal ein Verkehrsdelikt ..."

„Ich bezweifle, dass er Auto fährt, Mr Reiley", warf Irene ein.

„Wahrscheinlich nicht. Wie dem auch sei, seine Akte ist makellos sauber. Fast zu sauber."

„Was soll das heißen? Von mir gibt es auch keine Polizeiakte."

„Drei Strafzettel wegen Geschwindigkeitsüberschreitung in den letzten zwei Jahren."

„Sie haben Ihre Hausaufgaben wirklich gründlich gemacht."

Reiley zuckte mit den Achseln, dann sprach er weiter, ohne auf ihre Bemerkung einzugehen: „Können Sie mir irgendetwas über Costains Beziehung zu ihrem Ex-Mann sagen?"

„Joel hat Ihnen bereits alles gesagt."

„Das wissen Sie ..."

„Ja, aber ..."

„Sie glauben ihm?"

„Ich sehe keinen Grund, ihm nicht zu glauben." Aber warum wollte dieser Schmerz in ihrer Magengegend nicht verschwinden?

„Er hat zugegeben, dass Mitchell ihn bedrohte."

„Manchmal konnte Greg Männern gegenüber ziemlich feindselig werden. Zu Frauen war er meistens freundlich und charmant."

„Interessant." Reiley wühlte in seinen Blättern.

„Kann ich bitte noch eine Tasse Kaffee haben?", fragte Irene.

„Natürlich." Reiley wollte gerade aufstehen, als sein

Telefon klingelte. „Einen Augenblick bitte“, sagte er zu Irene und griff nach dem Hörer.

„Ich kann mir den Kaffee selbst holen.“ Sie musste aufstehen, sich bewegen. Sie fühlte sich, als wäre mit einem großen Vorschlaghammer auf sie eingeschlagen worden.

Reiley legte gerade den Hörer wieder auf, als Irene zurückkam. „Das war der Gerichtsmediziner, Miss Lorenzo. Er hat Blutspuren an Mitchell gefunden, die nicht von ihm stammen. Jetzt spielen wir ein ganz neues Spiel. Ich will von Ihnen alles erfahren, was Sie über diese Situation zwischen Costain und Mitchell wissen.“

„Wie kommen Sie darauf, dass Gregs Tod etwas damit zu tun hat?“

„Ich glaube nicht an Zufälle.“

„Steht Joel unter Verdacht?“

„Jeder steht unter Verdacht. Auch Sie, Miss Lorenzo.“

Kapitel 16

Als Irene Inspektor Reiley schließlich eine Stunde später verließ, war sie ein einziges Wrack. Sie wusste nicht, warum sie geradewegs zu Joels Büro fuhr. Sie erinnerte sich nur daran, dass sie sich am Abend zuvor in seiner Nähe so sicher gefühlt hatte. Aber das wollte sie lieber ignorieren, indem sie die praktischeren Gründe vorschob, warum sie ihn sprechen wollte. Bestimmt interessierte es Joel, was in dem Autopsiebericht stand. Reiley hatte zwar gesagt, dass er sich bei Joel melden wolle, aber Irene wusste, dass es besser wäre, wenn er diese Nachricht von ihr bekäme.

Während sie mit dem Aufzug des eindrucksvollen TransAmerica-Gebäudes nach oben fuhr, dachte Irene an das, was Reiley über Joel gesagt hatte. Sie war vorher schon davon ausgegangen, dass Joel nicht gerade von Almosen lebte, aber ihr ging erst jetzt auf, wie vermögend Joel eigentlich war. Als sie aus dem Aufzug stieg und den vornehmen Empfangsbereich der Anwaltskanzlei betrat, fühlte Irene, wie sich in ihrem Magen wieder ein harter Stein bildete, den sie sich nicht erklären konnte.

„Kann ich Ihnen helfen?", fragte eine Sekretärin am Empfang.

„Ich würde gern Mr Costain sprechen."

Irene wurde in ein Büro geschickt, in dem eine zweite Sekretärin sie begrüßte. Anders als Linda, die Irene schon kennengelernt hatte, blickte die Frau sie missmutig an und war auch schon etwas älter.

„Mr Costain hat gerade einen Klienten. Haben Sie einen Termin, Miss Lorenzo?"

„Nein, ich ... hoffte, ihn zum Mittagessen abholen zu können."

Die Sekretärin warf einen vielsagenden Blick auf ihre

Armbanduhr. Sie musste Irene nicht erklären, dass es noch nicht einmal zehn Uhr war. Ihre leicht hochgezogene Augenbraue sprach Bände.

„Ich lasse ihn wissen, dass Sie hier sind", sagte die Sekretärin kühl, dann nahm sie ihren Telefonhörer, drückte eine Taste und sprach. „Mr Costain, hier ist eine Miss Lorenzo, die Sie sprechen möchte. Soll ich ihr sagen, dass sie warten soll?" Sie schwieg und hörte zu. Dann sagte sie eilig: „Ja, natürlich." Als sie Irene erneut einen Blick zuwarf, war ein neuer Respekt in den Augen der Sekretärin zu sehen. „Mr Costain ist in einer Minute bei Ihnen."

Innerhalb weniger Sekunden ging die Bürotür auf und Joel erschien. Ihm folgte ein älterer Mann, der ihr irgendwie bekannt vorkam.

„Dewy, danke, dass Sie flexibel sind", sagte Joel zu seinem Begleiter und schüttelte dem Mann die Hand.

„Kein Problem. Die großen Punkte haben wir ja erledigt. Ich glaube nicht, dass noch irgendetwas kommen wird, das mir beim Wahlkampf Probleme bereiten könnte."

Irene begriff, dass dieser Mann Dewy Anderson war, ein US-Senator. Er verabschiedete sich freundlich von der Sekretärin und nickte dann Irene zu. Dabei schaute er sie ungemütlich lange von Kopf bis Fuß an und grinste.

„Joel. Ich wollte dich nicht bei deiner Arbeit stören", sagte Irene, als sie in seinem Büro waren und er die Tür hinter ihr schloss. „Das war ein US-Senator."

„Ja", nickte Joel gelassen.

„Du hast doch nicht meinetwegen deine Besprechung mit ihm abgebrochen?"

„Ich habe ihm in diesem Jahr schon fast hunderttausend Dollar an Steuern gespart – er wird mir aus einem verschobenen Termin keinen Vorwurf machen. Nimm bitte Platz."

Sie sank auf das weiche Ledersofa. Joel setzte sich neben sie auf einen Sessel. Selbst in ihrer Nervosität nahm sie das teuer eingerichtete Büro wahr.

„Also, welchem Umstand verdanke ich diese unerwartete Überraschung?", fragte er leichthin.

„Es ist leider nichts Gutes. Ich komme soeben von der Polizei. Dieser Inspektor Reiley hat mich heute Morgen angerufen. Gregs Autopsiebericht ist gekommen. Sie sind ziemlich sicher, dass er ... ermordet wurde."

„Oh, Irene ..."

„Das ist noch nicht alles. Er sagte, wir beide stünden unter Verdacht."

„Darüber würde ich mir keine Sorgen machen, Irene. Das ist nur Routine."

„Routine!", platzte sie heraus. Sie hatte dieses Wort in letzter Zeit zu oft gehört. „Für mich ist das keine Routine! Mord, Joel! Und Reiley hat mir jede Menge Fragen über dich gestellt. Er schien deine ganze Lebensgeschichte zu kennen."

Joel schüttelte seufzend den Kopf. Aber noch bevor mehr gesagt werden konnte, klingelte Joels Telefon. Er stand auf und nahm den Hörer ab.

„Schicken Sie ihn gleich herein, Martha", sagte er in den Hörer. Dann drehte er sich zu Irene um und begann: „Das ist mein Detektiv."

Die Tür ging auf und ein Mann trat ein. Er war Anfang dreißig, muskulös, hatte blonde Haare und ein gesundes, jungenhaftes Gesicht.

Joel begrüßte ihn herzlich und schüttelte ihm die Hand. „Irene, das ist der Detektiv meiner Kanzlei, Jim Kincaid." Dann sagte er an Jim gewandt: „Jim, das ist Irene Lorenzo, Greg Mitchells Ex-Frau."

Kincaid reichte Irene seine große, kräftige Hand.

Joel sagte: „Jim, du kommst gerade richtig. Wir haben soeben von der Polizei erfahren, dass Greg Mitchell allem Anschein nach ermordet wurde."

„Was du nicht sagst!“
„Und ich bin der Hauptverdächtige.“
Kincaid grinste. „Von welchem Planeten, sagtest du, kommt dieser Polizist?“
„Es ist nicht unmöglich.“
„Als ich dich das letzte Mal schießen sah, hast du nicht besonders gut gezielt, Joel.“
„Oh, ich bin sicher, Inspektor Reiley weiß die Antwort darauf.“
„Und die lautet?“
„Ich könnte jemanden engagiert haben.“
„Und dein Motiv?“
„Gestern deutete er Erpressung an.“
„Er kommt tatsächlich von einem anderen Planeten oder aus einem anderen Land ...“
„Das ist überhaupt nicht lustig!“, explodierte Irene.
„Irene“, seufzte Joel betreten. „Es tut mir leid. Entschuldige bitte.“
„Oh, vergiss es. Ihr habt überhaupt nichts getan – es liegt an mir. Meine Nerven sind kurz vor dem Zerreißen. Ich habe einen schrecklichen Morgen bei der Polizei hinter mir.“
„Soll ich dir etwas bringen lassen?“, fragte Joel mitfühlend. „Willst du von hier fort? Willst du allein sein?“
„Ich weiß nicht, was ich will.“
„Kann ich dich irgendwohin bringen?“
Über die Aufrichtigkeit seines Angebots musste sie fast lächeln, wenn sie sich vorstellte, dass ein Blinder sie irgendwohin brachte, wo sie in Sicherheit war.
„Halt, bevor ihr verschwindet“, sagte Kincaid. „Du wolltest mich sprechen, Joel. Hast du das vergessen?“
„Ja, du hast recht. Setzen wir uns.“ Bevor Joel wieder Platz nahm, holte er einen großen Umschlag von seinem Schreibtisch. „Das ...“, dabei deutete er auf den Umschlag, „kam gestern mit der Post. Ich war

gestern kaum im Büro und bekam es also erst heute Morgen."

Er reichte Jim den Umschlag, der einen Stoß Papiere aus dem bereits geöffneten Umschlag zog. Der Detektiv blätterte schnell in den Papieren und pfiff dann leise. „Noch eine kleine Bombe, die heute losging, was?"

Irene schloss die Augen. Wenn sie nichts sehen konnte, konnte sie vielleicht die Wirklichkeit und ihre ganzen Probleme ausschließen. Aber es funktionierte nicht.

„Was ist das?" Sie musste einfach fragen.

„Der Inhalt dieses Umschlags bestätigt, dass Charles Sullivan, der wegen Einbruchs und Mordes verurteilt wurde, tatsächlich mein Vater ist." Joels Worte waren gezwungen und kamen ihm nur schwer über die Lippen.

„Damit war folglich ...", begann Jim.

„Greg Mitchell mein Bruder ...", beendete Joel den Satz. Das letzte Wort *Bruder* war verzerrt, als kostete es Joel seinen ganzen Mut, es auszusprechen.

„Dieses Zeug sieht ziemlich offiziell aus", meinte Kincaid. „Aber wer hat es geschickt? Mitchell? Sullivan?"

„Sullivan, schätze ich. Aber meine Adoption fiel unter das Gesetz, das vorschrieb, dass alle Informationen in Zusammenhang mit einer Adoption streng vertraulich zu behandeln sind. Es besteht keine Möglichkeit, dass jemand ohne meine Erlaubnis oder die meiner Eltern diese Unterlagen in die Hand bekommt. Höchstwahrscheinlich wäre sogar ein Gerichtsbeschluss nötig gewesen. Auf keinen Fall hätten sie herausgegeben werden dürfen, ohne dass wir wenigstens davon in Kenntnis gesetzt würden."

„Vielleicht sind es Fälschungen."

„Dann würde jemand sich wegen eines üblen Scherzes sehr viel Mühe machen."

„Joel, findest du nicht, dass es an der Zeit ist, mit deinen Eltern zu sprechen?“, fragte Jim.

„Das habe ich bis jetzt immer vor mir hergeschoben.“

„Ich könnte für dich ...“

„Nein. Das erledige ich schon selbst. Sie sind seit zwei Tagen aus Hawaii zurück. Aber noch einmal zu diesen Dokumenten, Jim. Linda ist heute nicht da, und die Aushilfe hat nicht so viel Erfahrung. Sie hat sie mir vorgelesen, konnte mir aber nicht sagen, ob sie echt sind. Was meinst du?“

„Es sind schlechte Kopien, und ich bin kein Experte, aber sie sehen echt aus.“

Kincaid gab Joel den Umschlag zurück, der ihn wiederum Irene reichte. Sie versuchte, sich auf die Papiere zu konzentrieren, aber die ganzen Gesetzesformulierungen machten es ihr schwer – besonders da in ihrem Kopf alle anderen Ereignisse dieses Tages wild durcheinanderpurzelten.

Dann streckte Kincaid Joel einen Hartpapierumschlag hin, den er in der Hand gehabt hatte. „Hier sind die Früchte meiner Arbeit. Ich habe Zeitungsausschnitte, Polizeiberichte, alles, was ich in Bezug auf Sullivans Fall finden konnte, kopiert. Es steckt alles in dem Umschlag. Ich war auch in San Quentin oben.“

„Mich interessiert sehr, was du bei diesem Besuch in Erfahrung gebracht hast, Jim“, sagte Joel. „Aber vielleicht später.“

„Natürlich.“ Jim stand auf und wollte gehen. An der Tür blieb er noch einmal stehen. „Hör zu, Joel. Ich weiß nicht, was hier gespielt wird. Es kann sein, dass Mitchells Ermordung überhaupt nichts mit dir und mit den Dingen, die in diesem Umschlag sind, zu tun hat. Aber es sind einfach zu viele Zufälle, um nicht wenigstens die Möglichkeit einer Verbindung in Betracht zu ziehen.“

Irene erinnerte sich, dass Inspektor Reiley fast dieselben Worte gesagt hatte.

„Und?“, fragte Joel.

„Ich weiß es nicht. Mein Gefühl sagt mir einfach, dass wir hier womöglich ein Wespennest aufwühlen. Ich finde, wir sollten alle vorsichtig sein.“

„Ich werde mir deinen Rat merken, Jim. Danke.“

Mehrere Sekunden des Schweigens vergingen, als Kincaid die Tür hinter sich geschlossen hatte. Irenes Gedanken waren vollkommen aufgewühlt. Panik ergriff sie. Ihr war alles so fremd – Polizei, Mord, Betrug. Plötzlich brach sich die Anspannung dieses Tages Bahn. Tränen liefen über ihre Wangen; ihr Atem kam abgehackt.

„Was ist nur los, Joel?“ Ein Schluchzen blieb ihr im Hals stecken und sie konnte nichts mehr sagen.

Joel trat neben sie und legte einen Arm um ihre zitternden Schultern. Er sagte nichts. Irene lehnte sich an ihn und sog die Kraft und Ruhe auf, die er ausstrahlte.

„Wird es besser?“, fragte er leise. Sie schaute zu ihm auf. War es Wirklichkeit? Konnte ein Mann tatsächlich so zart, so einfühlsam sein? Er fuhr mit den Fingern über ihre feuchte Wange. „Ich wünschte, ich könnte deine Angst und deinen Schmerz genauso leicht wegwischen“, flüsterte er.

Als seine Lippen ihren Mund fanden, schmolz sie in seinen Armen dahin und vergaß alles, was um sie herum war. Seine plötzliche Leidenschaft kam unerwartet, genauso wie ihre eigene hungrige Reaktion. Aber weiter – viel weiter – reichte die Reaktion in Irenes Innerem, die viel tiefer ging als rein körperliche Sehnsucht. In seinen Armen hatte sie das Gefühl, sich bergen zu können, seinen Schutz aufsaugen zu können. Er war eine Zuflucht und ein sicherer Hafen in dem tobenden Sturm, ein Schutz, ein starker Baum, an den sie sich anlehnen konnte. Nichts konnte ihr in seinen Armen etwas anhaben, nicht einmal ...

Plötzlich wich Joel zurück.

„Oh, Irene, es tut mir leid. Ich wollte nicht ..."

Irene zuckte zusammen und baute mit panischer Geschwindigkeit ihre Mauer und ihren Verstand wieder schützend um sich herum auf. „Verschwende keinen Gedanken darauf." Sie trat ans Fenster. „Niemand kann uns beiden einen Vorwurf daraus machen, dass wir von der Anspannung und den Emotionen dieses Augenblicks überrollt wurden."

„Ja ... Emotionen."

Irene warf ihm einen verstohlenen Blick zu. Er schien ebenfalls verwirrt zu sein. Vielleicht war er trotzdem kein so sicherer Zufluchtsort. Vielleicht brauchte er ebenfalls Schutz und Trost. Aber warum suchte er so etwas ausgerechnet bei ihr? Konnte er denn nicht sehen, dass sie ihr eigenes Leben kaum im Griff hatte, ganz zu schweigen von dem Leben eines anderen Menschen? Nicht einmal er konnte so blind sein, um ihre unübersehbaren Schwächen nicht deutlich zu bemerken. Was *sah* er? Aber Irene bezweifelte, dass sie je den Mut aufbrächte, ihm diese Frage zu stellen.

„Ich könnte etwas frische Luft vertragen", sagte sie schließlich.

„Okay." Lag in seiner Stimme Ablehnung?

„Ich hätte nichts gegen Gesellschaft."

Sein schnelles Grinsen erwärmte sie ... und machte ihr zugleich Angst. Es hatte so viel Ähnlichkeit mit Gregs Grinsen.

Kapitel 17

Auf der Straßenseite gegenüber des TransAmerica-Gebäudes kaufte er sich an einem Zeitungskiosk eine Ausgabe des *Chronicle* und tat, als lese er interessiert die Zeitung. Aber seine Gedanken waren meilenweit von den gedruckten Worten vor seinen Augen entfernt. Charlie Sullivans Denken, seine ganzen Sinne waren allein auf den Eingang des großen Wolkenkratzers konzentriert. Er stand erst seit zehn Minuten an dem Zeitungskiosk, hatte sich aber in den letzten zwei Stunden immer mit Sicht auf den Eingang rund um das Gebäude bewegt.

Vorher hatte er in Joels Büro angerufen.

„Ich möchte nur fragen, ob es bei meinem Termin um zwölf Uhr bleibt", hatte er gesagt.

„Ihren Namen bitte?", hatte die Sekretärin gefragt.

„Garnet."

„Ich habe Ihren Namen nicht in meinem Kalender stehen, und ich bin ziemlich sicher, dass Mr Costain heute Mittag nicht im Büro ist."

„Costain ...? Ist das nicht das Büro von J. Compton?"

„Nein."

„Steuerberaterbüro Compton und Rothchild?"

„Es tut mir leid, nein."

„Dann muss ich mich verwählt haben. Entschuldigen Sie bitte die Störung."

Charlie hoffte, mit genügend Geduld könnte er Joel mittags aus dem Büro kommen sehen. Wenn er ihn verpasste, könnte er sich hier auf der Montgomery Street aufhalten, bis Joel am Ende des Tages sein Büro verließ. Es war erst zehn Uhr vormittags, aber Charlie hatte ohnehin nichts Besseres zu tun.

Er zog ein Papier aus seiner Jackentasche und betrachtete es zum hundertsten Mal. Es war ein Zeitungsfoto – genau genommen war es die Kopie von einem Mikrofilm in der Bibliothek. Es war über zehn Jahre alt, ein Hochzeitsfoto von Joel und seiner frisch vermählten Frau. Die Qualität der Kopie war nicht überragend, aber er erinnerte sich gut an die Einzelheiten auf dem Original und war zuversichtlich, dass er Joel erkennen würde. Während er das Papier zusammenfaltete und wieder in seine Tasche steckte, musste Charlie unweigerlich an die vielen entscheidenden Augenblicke in Joels Leben denken, die er versäumt hatte. Studienabschluss, Hochzeit, sein erster Fall vor Gericht, sein Eintritt als Partner in die Anwaltskanzlei, vielleicht die Geburt von Kindern.

Würde er nie mehr vom Leben seines Sohnes haben als eine zerknitterte, verzerrte Kopie eines alten Fotos?

Seine Augen wanderten zu dem Bürogebäude. Er kam sich wie ein Idiot vor, während er so im Schatten herumschlich und versuchte, einen Blick auf seinen eigenen Sohn zu erhaschen. Er rief sich die möglichen Risiken in Erinnerung, die damit verbunden wären, wenn er direkt auf Joel zuginge. Aber diese schienen ihm im Augenblick in weite Ferne gerückt zu sein, da sich der Vorfall auf dem Embarcadero nicht wiederholt hatte. Warum konnte er nicht geradewegs auf Joel zugehen, sich ihm vorstellen, ihn vielleicht sogar umarmen und ihm sagen, dass ihm leidtue, was alles passiert war? Warum nicht alles offen ans Licht bringen? Die namenlosen, gesichtslosen Geister vergessen, die vielleicht nur in seiner Fantasie existierten und die er fürchtete.

Aber Charlie war bewusst, dass ihn mehr als nur diese Angst davon abhielt, auf Joel zuzugehen. Er hatte Angst, aber es war eine andere Art von Angst. Was sollte er tun, wenn Joel ihn ablehnte? Er war ein verurteilter Mörder, der die letzten siebenunddreißig Jahre in der Hölle verbracht hatte, zusammen mit anderen von seiner Sorte – Verbrecher, Gemeingefährliche, der Abschaum der Gesellschaft. Er machte sich etwas vor, wenn er überhaupt den Gedanken hegte, er könnte von einem Mann wie Joel Costain akzeptiert werden.

Einige Minuten später erblickte Charlie den Blindenhund. Es dauerte einige Herzschläge, bevor er den Blick nach oben bewegen und den Mann ansehen konnte, der das Geschirr des Hundes in der Hand hielt. Ein Kloß bildete sich in seinem Hals, Tränen traten in seine müden, alten Augen.

Wie aufrecht und groß der Blinde war, und mit welcher Sicherheit er ging. Ja, vielleicht von dem Hund geführt, aber er hatte doch deutlich die Kontrolle. Selbst die Frau an seiner Seite schien seiner Führung zu folgen, obwohl er einen halben Schritt hinter ihr ging und ihren Ellbogen hielt. Joels Gesichtszüge waren reifer als auf dem Foto – immerhin lagen Jahre dazwischen –, aber sie waren durch das Alter und die Lebenserfahrung nicht härter geworden. In ihnen lag immer noch die offene Wärme eines jungen Bräutigams, der Blick eines Mannes, der mit sich und einer Welt der Dunkelheit in Frieden lebte.

Ein plötzlicher Drang, aus dem Schatten hinauszutreten und auf diesen Mann zuzugehen, erfüllte Charlie. Aber er hatte ihn nur sehen wollen. Zu mehr war er nicht bereit.

„Mein Sohn ...“, flüsterte er, aber niemand hörte ihn.

Und er blieb stehen, wo er war. Ein schrecklicher Schmerz brannte in seinem Inneren, der schlimmer war als der Krebs.

* * *

Joel und Irene gingen die Montgomery Street entlang zur Market Street. Sie hatten kein bestimmtes Ziel. Irene dachte, ein kurzer Spaziergang um den Block könnte ihr helfen, wieder einen klaren Kopf zu bekommen, aber es war ein Fehler gewesen, nicht allein zu gehen. Ihre ganzen Sinne waren sich Joels Nähe zu sehr bewusst. Ihre Lippen fühlten immer noch die zärtliche Leidenschaft seines Kusses. Ihre Gedanken kreisten immer noch um seine Ähnlichkeit mit Greg, die plötzlich so unübersehbar war. War sie jetzt nur deshalb offensichtlicher, weil Joels Verwandtschaft mit Greg offiziell bestätigt worden war? Sie hatte die Ähnlichkeit natürlich vorher schon bemerkt. Warum störte es sie jetzt so sehr? Warum machte es ihr Angst?

„Irene, ich finde, wir sollten über das sprechen, was in meinem Büro passiert ist", sagte Joel.

„Nichts ist passiert."

„Bist du dir ganz sicher?"

„Bausche bitte einen einzigen dummen Kuss nicht unnötig auf. Wir sind einfach beide angespannt, er hat nichts zu bedeuten. Tun wir einfach so, als wäre nichts gewesen."

Er schwieg – ein Schweigen, das sie mit einer solchen Intensität fühlte, dass sie ein bisschen zurückschrak. Irene wusste, dass sie nicht fair war. Sie war zu hart zu ihm, aber sie musste sich davor schützen, sich auf etwas einzulassen, das sie später bereuen würde. An Joel Costain war einfach alles falsch. Zu vieles sprach gegen ihn. Irene war eine reifere Frau, die vernünftiger handelte als das junge Mädchen vor zwölf Jahren, das irrtümlicherweise geglaubt hatte, es könnte die Schwächen eines Mannes kurieren. Und sie war gewiss zu erwachsen, um einer körperlichen Anziehungskraft oder gar Liebesgefühlen zu erliegen.

„Irene", sagte Joel schließlich. „Glaubst du, ich sei nicht fähig, mich zu einer Frau hingezogen zu fühlen, nur weil ich blind bin?" Bevor sie eine Chance hatte, ihm zu antworten, fügte er hinzu: „Das ist wahrscheinlich eine rhetorische Frage. Ich erwarte nicht, dass du mir antwortest."

„Auch ich weiß, wie die Antwort lauten würde, Joel. Ich verstehe es nur nicht ganz, weil ich so ganz anders empfinde als du."

„Ob du es glaubst oder nicht, Irene, aber wenn es an die Liebe geht, dann unterscheidet uns Blinde nichts von den Sehenden. Ich habe nur andere Kriterien für das, was anziehend auf mich wirkt."

„Ich stimuliere dich also, Joel, und damit soll alles gut sein?"

„Ich wollte damit nicht sagen –"

„Was glaubst du, was wir sind? Verliebte Teenager?", explodierte sie und machte plötzlich ihrer ganzen Frustration Luft. „Wir haben es mit Mord zu tun, Joel! Der Vater meiner Kinder wurde ermordet. Und du kannst an nichts anderes denken als daran, ob du körperlich stimuliert wirst oder nicht? Wie kannst du nur?"

„Vergiss es!", schnitt Joel ihr hart das Wort ab. „Vergiss es einfach, okay? Ich gehe in mein Büro zurück." Dann sagte er, an seinen Hund gewandt: „Ebony, zurück ins Büro." Er drehte sich auf dem Absatz um und ging los.

„Joel ...!"

Aber er antwortete nicht, und sie ließ ihn gehen. Etwas anderes zu tun würde die falsche Botschaft senden, würde womöglich andeuten, dass ihr etwas an ihm liege. Und das wäre der größte Fehler überhaupt. Ihr *konnte* nichts an Gregs Bruder liegen. Das konnte einfach nicht sein!

Irene verbrachte den Nachmittag damit, mehrere Bestattungsunternehmen aufzusuchen und Vorkehrungen für die Beerdigung zu treffen. Inspektor Reiley war immer noch nicht bereit, den Leichnam freizugeben, aber sie vereinbarten, dass die Polizei den Toten direkt in das Bestattungsinstitut bringen würde, wo er eingeäschert werden sollte. Sie wollte das alles so bald wie möglich hinter sich bringen. Das Leben musste weitergehen. Sie wollte wieder ein normales Leben führen.

Als sie nach Hause kam, rief Inspektor Reiley an und wollte sie noch einmal sprechen. Aber als sie zur Polizeiwache kam, stellte sie nach langem Warten fest, dass Reiley dringend fortgerufen worden war und wahrscheinlich für den Rest des Tages unterwegs wäre.

Mehrere Male war Irene versucht, zu Joels Büro zurückzufahren. Sie sollte sich wenigstens für ihre harten Worte entschuldigen. Aber sie redete sich immer wieder ein, dass das ein Fehler wäre. So oft sie sich auch sagte, dass sie ihnen beiden einen Gefallen tue, wenn sie ihn nie wiedersähe, konnte sie doch den starken Drang nicht von sich abschütteln, ihn wenigstens noch ein einziges Mal aufzusuchen.

Stattdessen konzentrierte sie sich ganz darauf, Adam und Mark bei ihren Hausaufgaben zu helfen und mit ihnen ein Puzzle zu legen. Nachdem sie die beiden ins Bett gebracht hatte, versuchte sie, sich auf eine Zeichnung zu konzentrieren. Sie holte ihren Zeichenblock hervor und verbrachte eine halbe Stunde damit, ihre Katze zu zeichnen. Als sie dessen müde war, blätterte sie um und begann auf einem frischen Blatt ein Gesicht zu skizzieren. Es dauerte nicht lange, bis es eine starke Ähnlichkeit mit Joel bekam. Sie schüttelte resigniert den Kopf.

„Du bist verrückt, Irene“, tadelte sie sich. Sie beendete die Zeichnung nicht. Warum sollte es irgendwie anders sein als bei den anderen Bildern, die sie nie fertigstellte?

Es war jedoch leichter, eine Zeichnung zu ignorieren als die Wirklichkeit. Sie erkannte, dass es einfach nicht ihre Art war, so herzlos zu sein. Was auch zwischen ihr und Joel vorgefallen war, sie wusste, dass sie wenigstens ihrer aufkeimenden Freundschaft etwas schuldig war. Und sie wusste, dass es ihn verletzte, wenn sie alles einfach auf sich beruhen ließe. Zwischen Joel und Greg war fast das Gleiche passiert, und Joel litt darunter, dass er keine Gelegenheit bekommen hatte, den Schaden, den seine Ablehnung möglicherweise angerichtet hatte, wiedergutzumachen. Es war wichtig, zwischen ihr und Joel einen anständigen Schlussstrich zu ziehen.

Sie rief Connie an, die sich sofort bereit erklärte, auf die Jungen aufzupassen.

Kapitel 18

Joel kehrte nach dem Spaziergang mit Irene in sein Büro zurück.

„Halten Sie mir bitte alle Anrufe vom Leib", wies er seine Sekretärin an, als er die Tür öffnete.

„Selbstverständlich, Mr Costain. Ein Inspektor Reiley hat mehrmals angerufen ..."

„Halten Sie mir besonders *seine* Anrufe vom Leib."

Joel zog sich in sein Büro zurück.

Er ärgerte sich über sich selbst. Wie hatte er nur so töricht sein und zulassen können, dass seine Gefühle die Oberhand über seinen gesunden Menschenverstand gewonnen hatten. Irene hatte recht gehabt, dass er den vollkommen falschen Zeitpunkt gewählt hatte. Sie war zu Recht entrüstet über sein unsensibles Handeln. Es war nur allzu verständlich, dass sie seine Worte falsch gedeutet hatte.

Aber es war ganz, ganz falsch von ihr, zu glauben, dieser Kuss würde nichts bedeuten. Joel kannte sich selbst zu gut, um das zu glauben. Er war seit Ellens Tod schon mit mehreren Frauen ausgegangen. Bei den ersten Verabredungen war sein Herz überhaupt nicht dabei gewesen. Freunde hatten ihn unbedingt verkuppeln wollen, weil sie ihm dabei helfen wollten, über seine Trauer hinwegzukommen, aber zwei oder drei Jahre lang fiel es ihm sehr leicht, an allen Frauen etwas auszusetzen, kleine oder große Dinge, es spielte keine Rolle, solange es ihm die Möglichkeit bot, jede Beziehung im Keim zu ersticken. Als der Schmerz seiner Trauer sich zu legen begann, dachte er allmählich daran, vielleicht doch wieder zu heiraten, eine Partnerin zu haben, vielleicht sogar Kinder. Aber es war nicht leichter geworden, eine Beziehung aufzubauen. Er konnte immer noch niemanden finden, der die klaffende Lücke füllte, die seine Frau hinterlassen hatte, niemanden, der ihn emotional und geistlich anrührte.

Seine Freunde schalten ihn und sagten, er sei zu anspruchsvoll. Seine Eltern machten sich Sorgen, dass er ewig an der Vergangenheit kleben würde. Aber er hielt seine Wünsche nicht für übertrieben. Alles, was er wollte, war eine seelenverwandte Partnerin, eine Frau, die seine Bedürfnisse stillte, so wie er ihre stillen könnte. Aber vermutlich wollte er wegen seiner Behinderung weniger Betonung auf *seine* Bedürfnisse legen. Obwohl ihn eine starke Frau reizte, wollte er keine, die ihn bemuttern und pflegen wollte. Von dieser Sorte hatte er schon mehrere kennengelernt. Jedes Mal hatte er wie ein verschrecktes Kaninchen eilig das Weite gesucht. Vielleicht war er arrogant, aber er sah keinen Grund, warum er sich von jemandem bemuttern oder beschützen lassen sollte. Er würde sich auf nicht weniger als auf eine vollkommen normale Beziehung einlassen, so wie er sie mit Ellen gehabt hatte. Wenn er deshalb zu anspruchsvoll war, dann war er es eben.

Wie passte Irene in das Ganze?

Ihn beschäftigte zurzeit so viel, dass es vielleicht verrückt von ihm war, überhaupt an sie zu denken. Aber Joel hatte nicht darum gebeten, dass sich ihre Wege kreuzten, oder besser gesagt, dass sie miteinander kollidierten. Er war im Augenblick genauso wenig auf der Suche nach einer Frau, wie er auf der Suche nach einem Bruder gewesen war.

Irene passierte einfach.

Es ließ sich nicht erklären. Aber jetzt stand er vor der Aufgabe, es ihr erklären zu müssen. Ihr begreiflich zu machen, dass sie ihn auf eine Weise anrührte, wie er seit Ellens Tod nicht mehr empfunden hatte, auf allen Ebenen, die er sich nur erhoffen konnte, sogar geistlich. Das war ebenfalls seltsam, wenn man ihr ambivalentes Verhältnis zu Gott bedachte. Irene behauptete zwar, sie sei geistlich tot, aber wenn sie über ihren Glauben sprachen, hatte Joel das Gefühl, dass in Irene etwas sehr lebendig war. Er wusste trotz ihrer abweisenden Worte, dass sie nicht aufgehört hatte, sich nach Gott auszustrecken oder sich nach der Freude und dem Frieden jener ersten Liebe zu sehnen, die sie einmal gefühlt hatte.

Würde Irene ihm zuhören? Warum sollte sie? Hatte sie nicht deutlich klargestellt, dass sie nichts für ihn empfand? Aber als sie sich küssten, hatte sie reagiert. Und obwohl Joel kein Schuljunge mehr war, der solche Reaktionen überbewertete, konnte er einfach nicht ignorieren, was in den letzten Tagen alles passiert war. Sie hatte recht: Es war ein schlechter Zeitpunkt. Und seine Verwandtschaft mit Greg machte ihn wahrscheinlich alles andere als attraktiv für Irene. Es war wohl das Beste, alles loszulassen – oder besser, es in Gottes Hände zu legen. Eigentlich war es das Einzige, das er noch nicht getan hatte. Beten.

In diesem Augenblick läutete sein Telefon. Joel verdrehte die Augen und murmelte: „Du kennst mein Gebet ohnehin schon, nicht wahr, Herr?"

Er nahm den Hörer ab.

„Es tut mir leid, Mr Costain", meldete sich die Sekretärin. „Aber Ihr Ein-Uhr-Termin ist da."

„Ist gut, Martha. Lassen Sie mir eine Minute Zeit und schicken Sie ihn dann herein."

Ab dieser Minute forderte der Tag Joels ganze Aufmerksamkeit und Konzentration. Das Leben stand nicht still und schenkte ihm nicht die Zeit, die Konflikte seines Privatlebens zu lösen, obwohl ein Teil von ihm sich sehr wohl bewusst war, dass er seinen vollen Terminkalender oft als Schild gegen diese Konflikte benutzte. Er versuchte, Irene anzurufen. Aber sie ging nicht ans Telefon. Warum hatte sie nur keinen Anrufbeantworter?

Ein anderes Problem nagte während des ganzen Nachmittags an ihm. Seine Eltern. Seit dem Gespräch mit Jim wusste Joel, dass er es nicht länger vor sich herschieben konnte, mit ihnen zu sprechen. Vielleicht konnten sie ihm einige Antworten geben. Er war sich einfach nicht sicher, ob er die Antworten noch hören wollte. Seine Mutter hatte ihn an diesem Nachmittag angerufen, aber er hatte gerade einen Klienten gehabt und dem Anruf aus dem Weg gehen können.

Ein Anrufer, den er nicht hatte abschütteln können, war Reiley gewesen. Der Inspektor hatte mehrmals versucht, ihn anzurufen. Schließlich war er persönlich erschienen und hatte Joel gezwungen, einen Termin zu streichen, um mit ihm zu sprechen. Dann hatte Reiley Joel eine halbe Stunde lang gelöchert und klargestellt, dass er zwar nicht genug Beweise habe, um eine Verhaftung zu erwirken, aber dass er Joel als seinen dringendsten Tatverdächtigen ansehe.

„Mitchell ist erschlagen worden“, hatte Reiley zu ihm gesagt. „Dann wurde er in sein Auto gesetzt und über eine Klippe geschoben.“

„Und Sie glauben, dass ich das getan haben soll?“

„Das habe ich nicht behauptet, aber es liegt auf der Hand, dass jemand mit Ihrem Bankkonto leicht einen Killer engagieren könnte. Ich habe schon alles erlebt, Costain – Mörder von jeder Größe, mit jeder Figur, in jedem Alter und in jeder körperlichen Verfassung. Glauben Sie nicht, Ihre Blindheit wird Sie schützen, falls Sie es getan haben.“

„Falls, aber sogar Sie, Inspektor Reiley müssen doch zugeben, dass es nur eine Vermutung ist. Und ohne eine formelle Anklage muss ich mir die Richtung, in die Ihre Fragen gehen, nicht gefallen lassen.“

„Ich klage Sie überhaupt keiner Sache an.“

„Gut. Ich will auf jede mir mögliche Weise kooperieren, denn ich habe nichts – wohlgemerkt: *nichts* – zu verbergen. Zum Beispiel sollten Sie wissen, dass es kürzlich – um genau zu sein, heute Vormittag – mehr oder weniger bestätigt wurde, dass Greg Mitchell tatsächlich mein Bruder war." Joel schob einen Umschlag über den Schreibtisch. „Hier sind einige Dokumente und einige andere Details, die für Ihre Nachforschungen von Interesse sein könnten. Das sind Kopien, die Sie behalten können."

„Das ist wirklich kooperativ von Ihnen, Costain", sagte Reiley mit leicht ironischer Stimme. Trotzdem nahm er den Umschlag entgegen.

„Ein Mensch, der in diesen Dokumenten erwähnt wird, könnte Ihnen in Ihrem Fall wahrscheinlich entscheidend weiterhelfen. Charles Sullivan."

„Ja, wir wissen von ihm. Soll ich Ihnen etwas verraten? Er ist verschwunden."

„Ich weiß."

„Ich hoffe nur, ich finde seine Leiche nicht auch unter irgendeiner Klippe."

„Mein Detektiv arbeitet daran, ihn ausfindig zu machen", sagte Joel, ohne auf Reileys anklagende Bemerkung einzugehen.

„Ich schätze, er ist Ihr Vater."

„Richtig."

„Ein Ex-Sträfling und verurteilter Mörder – da haben Sie einen herrlichen Stammbaum, Costain."

„Nicht alle können Ihre makellosen Referenzen vorweisen, Reiley."

„Okay, Costain, das ist alles, was ich im Augenblick von Ihnen wollte." Reiley schob abrupt seinen Stuhl zurück und stand auf. „Sie planen keine weiten Reisen, hoffe ich? Ich hätte gern, dass Sie in der Nähe der Stadt bleiben."

„Ich fahre nirgendwohin."

„Und Sie halten uns über alles, was Ihr Detektiv ausgräbt, auf dem Laufenden?“

„Mit Vergnügen.“

Die Begegnung war beunruhigend gewesen, nicht nur, weil er einer Sache beschuldigt wurde, an der er vollkommen unschuldig war, sondern auch wegen der Erinnerungen aus der Vergangenheit, die dabei aufgewühlt wurden – an seine verhängnisvolle Laufbahn als Strafverteidiger. Eines der wenigen Male in seinem Leben, bei denen er sich seiner Behinderung gebeugt und zugegeben hatte, dass es vielleicht, wenn auch nur vielleicht, ein Gebiet geben könnte, in das Blinde sich nicht vorwagen sollten.

Als Joels letzter Klient um achtzehn Uhr abends ging, freute er sich darauf, nach Hause zu fahren, seine Stereoanlage aufzudrehen und in der Welt der Musik zu versinken. Doch in diesem Augenblick kam einer seiner Partner und erinnerte ihn an die Feier von Arthur Eberhards Geburtstag. Bei jedem anderen hätte Joel höflich abgelehnt, aber ohne triftigen Grund konnte man dem Seniorpartner der Kanzlei an seinem Geburtstag nicht absagen. Joel musste wenigstens erscheinen. Aber was war, wenn Irene versuchte, ihn zu erreichen, während er in dem Restaurant war, in dem die Feier stattfand? Wenn er sie verpasste?

Als er schließlich um einundzwanzig Uhr vor seiner Haustür aus dem Taxi stieg, konnte er an nichts anderes denken als daran, seinen Anrufbeantworter abzuhören, um zu erfahren, ob sie angerufen hatte.

Kapitel 19

Joels Schlüssel passte nicht so problemlos in sein Haustürschloss wie immer. Ebony wurde plötzlich unruhig und knurrte.

„Was ist los, Mädchen? Hat dir heute bei der Feier jemand eine Pastete zu fressen gegeben?"

Joel ruckelte an dem Schlüssel, aber nichts bewegte sich. Das Taxi war schon wieder fort. Er säße also hier fest, wenn er die Tür nicht aufbrächte. Er drehte an dem Türknauf und versuchte dann, gleichzeitig den Türknauf und den Schlüssel zu bewegen. Schließlich gab die Tür nach. Sobald er eingetreten war, hörte er Geräusche. Er ging ein paar Schritte weiter in den Raum.

Dann bellte Ebony und blieb stehen.

Joel war klug genug, den Verstand seines Hundes nicht in Frage zu stellen, und wollte auf der Stelle das Haus wieder verlassen, aber noch bevor er sich umdrehen konnte, hielt ihn eine Stimme zurück.

„Komm, verschwinden wir von hier!", sagte eine männliche Stimme.

„Hey!", schrie Joel.

„Er hat uns gesehen."

Ein Schlag aus dem Nichts traf Joel. Er taumelte, ein Hindernis hinter ihm raubte ihm das Gleichgewicht. Als er auf den Boden fiel, schlug er um sich, da er hoffte, seinen Angreifer zu erwischen. Stattdessen wurde er wieder geschlagen, dieses Mal mitten ins Gesicht. Der Schlag raubte ihm die Orientierung. Er hörte Ebony knurren.

Einer der Angreifer schrie: „Schaff mir diesen verdammten Hund vom Hals!"

Dann ertönte ein scharfer Knall, gefolgt von einem entsetzlichen Jaulen aus Ebonys Kehle.

„Ebony!", schrie Joel verzweifelt, aber als Antwort kam kein Bellen, sondern nur ein erbärmliches Wimmern. Joel versuchte, auf den Hund zuzukriechen. Er streckte die Hände aus und hoffte, jeden Augenblick Ebonys warmes, weiches Fell zu fühlen.

„Ich blute!", sagte einer der Männer. „Der Hund hat mich gebissen!"

Ohne zu denken, rappelte Joel sich auf die Beine und machte einen Satz in die Richtung, aus der die Stimme kam. Er war selbst überrascht, als er einen seiner Angreifer berührte. Aber er wusste, dass er schnell handeln musste, denn der Vorteil, den er durch den Überraschungsmoment hatte, wäre nur von kurzer Dauer. Er holte mit der Faust aus und traf etwas Weiches, Fleischiges.

Allerdings konnte er diesen Erfolg nur einen kurzen Augenblick genießen, bevor er von hinten gepackt und von seinem Opfer zurückgerissen wurde.

„Lenny, er hat mir die Nase gebrochen!", sagte einer der Einbrecher. Aus der Richtung, aus der die Stimme des Mannes kam, konnte Joel schließen, dass er direkt vor Joel auf dem Boden lag. Joel empfand eine grimmige Genugtuung darüber, dass er diesen Mann verletzt hatte. Aber er hatte keine Chance, ihn noch einmal zu packen, weil jetzt kräftige Hände Joels Arme festhielten und sie ihm brutal hinter seinem Rücken verdrehten.

„Halt das Maul, du Idiot!", sagte der Mann, der Joel hielt.

„Er kann uns doch nicht identifizieren, du Blödmann. Er ist blind! Erledige ihn, damit wir verschwinden können."

„Das werden Sie nicht tun", mischte sich Joel verzweifelt ein. „Einbruch ist eine Sache, aber Mord ..."

„Das stimmt. Ich habe ganz vergessen, dass Sie Anwalt sind", knurrte der Mann, der Joel festhielt. „Ich brauche keine kostenlose Rechtsberatung. Aber vielleicht können Sie uns *etwas anderes* verraten."

„Soll ich ihm die Zunge lösen?", fragte der andere Mann, der jetzt vor Joel stand.

„Ja, aber nicht zu sehr – vergiss nicht: Er ist Anwalt, und es kann passieren, dass wir ihn nicht mehr zum Schweigen bringen, wenn er erst einmal redet." Der Mann lachte über seinen eigenen Witz. Dann fügte er hinzu: „Und mach nicht den gleichen Fehler wie beim letzten Mal."

„Also, Costain, kooperieren Sie?", knurrte eine Stimme direkt vor Joels Gesicht.

Bevor Joel antworten konnte, wurde ihm eine Faust in die Rippen gejagt. Er würgte und krümmte sich zusammen. Die gnadenlosen Hände hinter ihm hielten ihn immer noch fest und rissen ihn nach oben.

„Wo ist es?"

„Meine Brieftasche ...?", keuchte Joel. „In meiner Hosentasche ..."

Ein weiterer Schlag traf sein Kinn.

„Ich spreche nicht von ein paar Brosamen. Wo, hat der Alte gesagt, sollen Sie es verstecken?"

„Ich ... weiß nicht, was Sie meinen."

„Sie wollen also auf stur schalten."

„Ich weiß nicht ..."

Joel wehrte sich mit aller Kraft, aber der Mann war stärker und hielt ihn fest. Dann kamen die Schläge ohne Pause und prasselten wie grausame Erinnerungen an seine Schwäche aus der Dunkelheit auf ihn ein.

„Hör auf. Ich habe gesagt, du sollst dich nicht hinreißen lassen wie das letzte Mal", sagte eine Stimme, die kaum noch den Nebel durchdringen konnte, der Joel einhüllte.

Dann ließen sie ihn auf den Boden sacken und der Nebel schloss sich über ihm.

* * *

Joel hatte keine Ahnung, wie lange er schon bewusstlos auf dem Boden lag. Es konnten nur wenige Minuten vergangen sein, es konnte aber auch schon der nächste Morgen sein. Wie sollte er wissen, ob schon Licht durch die Fenster seines Hauses schien? Joel versuchte sich zu bewegen, aber bei den Schmerzen, vor allem in seiner Brust, aber auch in seinem Kopf und in seinen Gelenken, krampfte er sich zusammen. Er musste aufstehen, er konnte nicht einfach hier liegen bleiben. Er musste etwas tun.

Während er um sich tastete, fand er etwas Festes – einen umgeworfenen Sessel. Er ergriff ihn und zwang sich zuerst auf die Knie, dann unter großen Schmerzen auf die Beine. Er ging einen Schritt. Unter seinem Fuß knirschte etwas wie zerbrochenes Glas. Noch ein Schritt.

Also, sagte er leise zu sich, das ist mein Haus, ich kann mich zurechtfinden. Dann kam ihm ein schrecklicher Gedanke. Vielleicht war er gar nicht in seinem Haus, vielleicht hatten die Einbrecher ihn fortgeschleppt, aber das war unlogisch, dazu hatten sie keinen Grund. Er musste vernünftig denken. Seine Logik einsetzen. Er war wahrscheinlich in seinem Haus, im Wohnzimmer, nach dem Sessel zu urteilen. In der Hoffnung, dass der Sessel nicht zu weit von seinem normalen Platz entfernt war, drehte er sich etwas nach links. Hier sollte ein kleines Tischchen stehen, aber sein Fuß stolperte über ein kleineres Hindernis, tiefer auf dem Boden, und er verlor erneut das Gleichgewicht. Er fiel zu Boden, streckte die Hände aus – und griff ins Leere. Als er fiel, stieß er nicht auf dem Boden auf, sondern landete auf dünnen, harten Gegenständen, die sich in seine ohnehin schmerzende Brust bohrten. Nach Atem ringend, versuchte er, dieses neue Hindernis zu identifizieren. Er bewegte seine Hände an dem dünnen Gegenstand nach oben und unten und fand am Boden eine flache Oberfläche. Der Beistelltisch. Er bewegte sich davon weg und rieb sich die neuen Prellungen, die die Tischbeine in seiner bereits schmerzenden Brust hinterlassen hatten.

Jetzt fing er an, sich ernsthafte Sorgen zu machen. Der umgedrehte Beistelltisch ließ vermuten, dass die Einbrecher sein ganzes Haus auf den Kopf gestellt hatten. Er hatte keine Ahnung, wo in seinem Wohnzimmer er sich befand. Die Hoffnung, den Weg zu seinem Telefon zu finden, schwand. Aber er war in seinem Leben schon größeren Hindernissen begegnet und ließ sich nicht einschüchtern, wenigstens noch nicht.

„Ebony“, rief er, als ihm plötzlich einfiel, dass er ja nicht allein war.

Oder doch?

Keine Antwort kam auf seinen Ruf. Kein freudiges Bellen, kein Klappern des Hundegeschirrs. Joel streckte die Hände aus, als wollte er seinen herbeieilenden Hund begrüßen. Aber Ebony kam nicht.

Einen Augenblick ergriff Joel die Panik. Er war in seinem eigenen Haus hilflos verloren.

„Oh, Gott! Hilf mir!“

Er atmete ein und schluckte seine Angst hinunter. Dann versuchte er mit neuer Entschlossenheit, sich durch den chaotischen Dschungel, in den sich sein Wohnzimmer verwandelt hatte, zu bewegen. Er blieb auf Händen und Knien, damit er nicht wieder stürzte, aber der Boden war mit Glasscherben übersät. Seine Hände waren vollkommen zerschnitten, als er einige Minuten später einen Türrahmen erreichte. Er hatte gehofft, seine Küche und das schnurlose Telefon zu finden, das er dort am Morgen liegen gelassen hatte. Aber auf der anderen Seite des Türrahmens lag ein Teppich, kein Linoleumboden wie in der Küche. Er war genau in die entgegengesetzte Richtung gegangen. Vor ihm war das Gästezimmer, das er nur sehr selten benutzte. Wenigstens hatte er jetzt einen Anhaltspunkt, an dem er sich orientieren konnte.

Er nahm die Wand als Bezugspunkt und hielt sich so nahe daran, wie die vielen verstreuten Hindernisse – aus den Regalen gerissene Bücher, Bilderrahmen, Lampen – es ihm erlaubten. Er war jedoch keinen Meter weit gekommen, als er auf ein Hindernis stieß, bei dem er entsetzt stehen blieb.

„Ebony!"

Der Hund bewegte sich nicht.

„Oh nein!", stöhnte er und beugte sich über die schlanke, haarige Gestalt und weinte.

Kapitel 20

Irene war sich noch nie so töricht vorgekommen wie jetzt auf der Fahrt zu Joels Haus. Sie hätte anrufen sollen, statt unangemeldet vor seiner Tür zu stehen. Aber dieser Weg war ihr als der leichtere erschienen. Trotzdem hatte sie sich während der Fahrt von San Bruno nach San Francisco Zeit gelassen und sich sogar an die Geschwindigkeitsbegrenzungen gehalten. Sie konnte sich nicht erinnern, wann sie das letzte Mal so vorschriftsmäßig gefahren war. Dann schlängelte sie sich mit einer für sie äußerst untypischen Geduld durch die Straßen San Franciscos. Sie war nicht einmal sicher, ob sie tatsächlich bis zu Joels Haus fahren würde, doch dann bog sie in die Greenwich Street ein.

Was war eigentlich so wichtig? Um zehn Uhr abends an seiner Haustür aufzutauchen wertete die ganze Sache nur unnötig auf ...

„Fahr nach Hause, du Närrin", sagte sie zu sich. „Bevor du etwas in Gang setzt, das du später nur bereust."

Als sie auf der Straße vor seinem Haus keinen Parkplatz fand, beschloss Irene, dass sie damit die perfekte Ausrede habe. Aber aus irgendeinem Grund, den sie sich selbst nicht erklären konnte, fuhr sie um den Block und kehrte wieder in seine Straße zurück. Erst als sie zweimal erfolglos um den Block gefahren war, war sie ernsthaft entschlossen, umzudrehen und ihre impulsive Mission fallen zu lassen. Doch dann wurde einige Häuser von seiner Haustür entfernt ein Parkplatz frei. Während sie ihren Toyota parkte, versuchte sie, das Gefühl von sich abzuschütteln, dass etwas gegen sie arbeitete – oder arbeitete es *für sie beide*? Sie atmete tief ein und stieg aus dem Auto.

Joels Tür war leicht angelehnt, wie wenn er schnell

hineingeeilt wäre, ihr einen Schubs gegeben, sie zuzustoßen, sie aber nicht vollständig zugemacht hätte. Wenigstens musste er zu Hause sein ... Sie klopfte.

Keine Antwort.

Vielleicht schlief er schon. Es war immerhin Viertel nach zehn. Aber die Lichter waren aus, und Joel ließ normalerweise Ebony zuliebe die Lichter brennen, wenn er wach war. Er hatte einmal erwähnt, dass er ein Nachtmensch sei und nur wenige Stunden Schlaf benötige. Warum sie jetzt immer noch nicht ging, verstand sie selbst nicht. Wahrscheinlich würde sie ihn aufwecken und sich dabei furchtbar lächerlich machen. Aber eine innere Unruhe ließ sie nicht los. Sie nahm ihren ganzen Mut und ihre Entschlossenheit zusammen und klopfte noch einmal.

Die Tür ging quietschend auf. Jetzt kam sie sich wirklich töricht vor.

„Joel?", fragte sie vorsichtig und leise.

Er hätte doch bestimmt noch einmal überprüft, ob seine Haustür geschlossen war, bevor er zu Bett ging. Was war mit Joel? Selbst wenn er die quietschende Tür nicht hörte, würde Ebony bestimmt reagieren, um ihren Herrn zu beschützen. Irene trat ein und wollte gerade noch einmal Joels Namen rufen, als sie eine Stimme hörte. Sie kam erstickt und keuchend aus dem dunklen Wohnzimmer.

„Oh, Gott, was jetzt ...? Was ...?"

„Joel?"

„Irene!" Die Hoffnung, die aus seiner Stimme sprach, genügte, um ihre Unsicherheit vollständig zu vertreiben.

Sie schritt mit mehr Zuversicht und Dringlichkeit weiter, stolperte und wäre gestürzt, wenn sie sich nicht im letzten Augenblick an einem Schatten festgehalten hätte, der sich als Garderobenständer erwies. Sie richtete sich auf, drehte sich um und tastete nach einem

Lichtschalter. Als sie ihn fand, drehte sie ihn schnell an. Bei dem Anblick, der sich ihr bot, verschlug es ihr die Sprache. Das ganze Zimmer war verwüstet. Jedes Möbelstück war umgedreht, die Polstermöbel waren aufgeschlitzt und die Füllung war herausgerissen. Die Bücher waren nicht nur aus ihren Regalen geworfen, sondern auch aus ihrem Einband gerissen worden, darunter einige bestimmt sehr wertvolle Braille-Ausgaben. Bilder waren von der Wand und aus dem Rahmen gerissen. Die Scherben von zerbrochenem Glas, Geschirr und Lampen waren überall auf dem weißen Teppich verstreut. Das elegante, geschmackvoll eingerichtete Zimmer war zerstört. Im Hintergrund konnte Irene eine ähnliche Verwüstung in der Küche sehen.

Weitaus schlimmer war Joels Anblick, der hilflos auf dem Boden lag.

„Oh, Joel!" Sie eilte zu ihm, sank neben ihn auf den Boden und nahm den scharfen Schmerz von dem zerbrochenen Glas, das sich durch die Jeans in ihre Knie schnitt, nur vage wahr.

„Irene ...", sprach er in einem zitternden Tonfall. „Ebony ist tot ..." Tränen strömten über sein mit Blutergüssen und Schnitten übersätes Gesicht und hinterließen deutliche Spuren auf den blutverschmierten Wangen.

Sie legte die Arme um ihn, streichelte sanft seinen Kopf und redete beschwichtigend auf ihn ein, wie sie es auch bei einem ihrer Kinder tun würde. „Es wird schon wieder gut ... es wird schon wieder gut ..." Noch während sie sprach, merkte sie, wie leer ihre Worte waren, ... aber was sollte sie sagen? Welchen Trost konnte sie ihm geben?

Sie schaute zu dem Hund hinab und berührte instinktiv sein seidiges schwarzes Fell. Irenes Blick blieb kurz auf einem Blutfleck am Bauch des Hundes hängen. Irene war bei dem Gedanken, welchen großen

Verlust Joel erlitten hatte, zutiefst betroffen. Für Joel bedeutete es viel mehr, als nur ein wichtiges Hilfsmittel zu verlieren. Joel und sein Hund hatten eine tiefe Beziehung zueinander gehabt. Irene hatte gesehen, wie sie aufeinander reagierten, sie hatte die Kameradschaft zwischen ihnen erlebt, hatte gesehen, wie anscheinend beide instinktiv wussten, was der andere brauchte. Sie hatte sie sogar um ihre Beziehung beneidet. Aber Ebonys Verlust war auf einer ganz praktischen Ebene noch weitaus verheerender. Der Hund bedeutete für Joel Unabhängigkeit, und ohne Ebony wäre Joel tatsächlich behindert. Es könnte Wochen oder Monate dauern, bis er einen anderen Blindenhund trainiert hätte.

Joel hob den Kopf und drehte ihn von Irene weg. Er atmete ein und wischte sich mit der Hand über das Gesicht. „Es tut mir leid", seufzte er. „Ich bin gleich wieder in Ordnung." Aber seiner Stimme fehlte die übliche Zuversicht.

„Was ist passiert, Joel? Soll ich die Polizei rufen?"

„Ja, aber geh jetzt noch nicht." In seiner Stimme lag eine starke Verzweiflung, als er sich an ihren Arm klammerte. „Du weißt ja nicht, wie gut es tat, vor einer Minute deine Stimme zu hören, Irene, *deine* Stimme. Jede wäre mir willkommen gewesen, aber es wäre nicht ..."

„Ich bin einfach froh, dass ich hier bin", schnitt sie ihm das Wort ab, da sie Angst hatte, mehr zu hören.

Joel streckte die Hand aus und berührte Ebony. „Irene, ich fühle mich so verloren, so leer – sie war nur eine Hündin, aber ..." Seine Stimme erstickte an dem Schluchzen, das er nicht unterdrücken konnte. „Weißt du, dass ich nie um Greg geweint habe? Ich habe keine einzige Träne vergossen ... Was ist mit mir los, Irene? Ich weine um meinen Hund, aber nicht um meinen Bruder."

„Er war ein Fremder."

„Er war ein Mensch ..., mein Bruder. Irene, er ist tot! Mein Bruder ist tot. Ich kann ihn nie zurückholen, nie auch nur ansatzweise eine Beziehung zu ihm haben, wie ich sie zu meinem Hund hatte." Er hob eine zitternde Hand und wischte mit dem Finger die Feuchtigkeit aus seinem Gesicht, als schämte er sich. Dann vergrub er das Gesicht in seinen Händen. Leise Schluchzer ließen seinen Oberkörper erzittern, die ganzen Gefühle, die er vorher stoisch unterdrückt hatte, brachen sich jetzt Bahn. „Gott, vergib mir, dass ich ihn gehen ließ ..."

„Tu dir das nicht an, Joel", murmelte Irene, die ihn immer noch festhielt. Dann fügte sie hinzu, weil sie verzweifelt versuchte, ihn abzulenken: „Komm, gehen wir zu meinem Auto. Wir können die Polizei auch aus einer öffentlichen Telefonzelle anrufen."

„Ich will Ebony nicht allein lassen!" Seine Stimme erschreckte sie etwas; er klang, als hätte er jeden Realitätssinn verloren.

„Nein ... das werden wir nicht", beschwichtigte sie ihn. „Wir können sie auf den Rücksitz meines Autos legen." Es wäre nicht leicht, das siebzig Pfund schwere Tier zu heben, aber Irene versuchte zu verstehen, wie grausam es für ihn wäre, Ebony in diesem schrecklich zugerichteten Zimmer zurückzulassen, selbst wenn die Hündin tot war.

Aber allein würde Irene es nicht schaffen. Joel war nicht in der Verfassung, ihr zu helfen. Als er sich schließlich mit Irenes Hilfe aufrichten konnte, stand er immer noch etwas vornübergebeugt. Er zuckte bei jedem Atemzug vor Schmerzen zusammen.

„Ich glaube, ich sollte dich auf dem schnellsten Weg ins Krankenhaus bringen", sagte sie.

„Mir fehlt nichts", widersprach er mit zusammengebissenen Zähnen.

„Ja ... das sehe ich", erwiderte sie skeptisch. Sie zog

ein Tuch aus ihrer Tasche und tupfte einen blutenden Schnitt über seiner rechten Braue ab, bevor das Blut ihm ins Auge lief. Er nahm ihre Hand und berührte sie mit seinen Lippen. Sie zog die Hand nicht zurück, obwohl die einfache Intimität dieser Geste etwas tief in ihrem Inneren anrührte, das lange Zeit nicht mehr angerührt worden war und eine starke Verwirrung in ihr auslöste. Sie sagte etwas brüsker, als sie beabsichtigt hatte: „Okay, bitte setz dich hin, während ich mir überlege, wie ich Ebony von hier fortschaffen kann." Sie stellte einen Stuhl wieder richtig herum hin, dann führte sie Joel zu dem Platz.

„Ich werde nicht helfen können", sagte er missmutig und entschuldigend.

„Mir fällt schon etwas ein."

„Ich konnte nicht klar denken, Irene. Es ist zu viel Arbeit. Vergiss es ..."

Aber sie versuchte bereits, die Arme unter das Tier zu schieben. Wenn sie den richtigen Hebel ansetzte ...

Sie hielt plötzlich inne. War da nicht eine Bewegung?

„Ebony!", rief sie.

Der Schwanz des Tieres hob sich zwei Zentimeter vom Boden und fiel dann wieder nach unten.

„Joel! Sie lebt!"

„Gott sei Dank!", flüsterte Joel. Einen Augenblick später kniete er neben seinem Hund auf dem Boden. Es war, als hätte Ebonys plötzliche „Auferstehung" auch in Joel etwas wieder zum Leben erweckt und seine erdrückende Verzweiflung vertrieben. Fast wie als Antwort auf Joels Bitte um Vergebung. Joel legte die Hände auf die pelzige Flanke des Tieres und fühlte selbst, dass sich das Tier bewegte. Aber als seine Hand Ebonys Wunde berührte, winselte die Hündin. „Es tut mir leid, Mädchen ..." Entschuldigte er sich für *alle* seine Fehler?

„Irene", sagte Joel mit neuer Energie und Entschlossenheit. „Ruf bitte meinen Tierarzt an. In der Küche müsste ein Telefon liegen." Als sie das schnurlose Telefon in dem Chaos gefunden hatte, rief er ihr die Nummer zu.

Der Tierarzt versprach Irene, dass er seine Praxis öffnen und auf sie warten würde, um den verwundeten Hund zu versorgen. Die Sorge um die verletzte Hündin schien Joels desolate Gefühle wieder zu stabilisieren. Er schaltete seine Vernunft ein und zeigte wieder mehr Hoffnung. Er bat Irene, nachzusehen, ob die Nachbarin zu Hause sei. Sie eilte davon und bat die Frau um Hilfe. Gemeinsam konnten sie den Hund auf den Rücksitz von Irenes Auto legen. Die Frau erklärte sich außerdem bereit, die Polizei anzurufen und den Beamten zu erklären, was passiert sei, wenn sie kämen. Sobald Joel auf dem Beifahrersitz saß, lenkte Irene ihren Toyota mit quietschenden Reifen aus der Parklücke und raste quer durch die Stadt zur Praxis des Tierarztes.

Kapitel 21

Joel sah blass aus, während er auf dem Gang zum Wartezimmer des Tierarztes auf und ab schritt. Irene hatte versucht, ihn zu überreden, selbst in eine Notfallaufnahme zu fahren, aber er bestand darauf zu warten, bis er wüsste, ob Ebony überleben würde. Schließlich kam der Arzt aus dem Behandlungszimmer.

„Ich glaube, sie kommt durch. Die Kugel hat einige Organe gestreift und sie hat viel Blut verloren, aber Ebony ist ein zähes, kräftiges Tier. Ich gebe ihr jetzt eine Bluttransfusion. In ein paar Stunden werde ich sie operieren können."

Die Erleichterung war Joels angespanntem, blassen Gesicht deutlich anzusehen. „Danke, Doktor."

„Joel", sprach der Arzt weiter. „Es sieht so aus, als könnten Sie jetzt selbst auch ärztliche Hilfe vertragen."

„Bieten Sie mir Ihre Dienste an, Doktor?"

„Für mich haben Sie zu wenige Haare. Fahren Sie in eine Notfallaufnahme." Als Joel gleichgültig mit den Schultern zuckte, wandte sich der Tierarzt an Irene. „Sorgen Sie dafür, dass er noch heute Abend zu einem Arzt kommt, junge Dame."

„Machen Sie sich keine Sorgen, das ist unser nächstes Ziel", beruhigte ihn Irene.

„Ich rufe in einer Stunde an und frage, wie es aussieht", sagte Joel.

„Damit habe ich gerechnet."

Joel verließ widerwillig die Praxis. Irene wusste, dass er auch jetzt noch nicht gegangen wäre, wenn er sich nicht wirklich elend gefühlt hätte. Sein Atem ging immer mühsamer und er verzog jedes Mal, wenn er tief einatmete, vor Schmerzen das Gesicht. Als sie von der Tierarztpraxis wegfuhren, trat Irene kräftig auf das Gaspedal ihres alten Toyota.

Es war nach dreiundzwanzig Uhr, eine klare Nacht, der Mond schien und die Sterne funkelten vom wolkenlosen Himmel. Der Verkehr war zu dieser späten Stunde, selbst für die Innenstadt von San Francisco, sehr dicht. Aber Irene fiel ein, dass Freitagabend war. Sie hatte in den letzten Tagen jegliches Zeitgefühl verloren.

„Ich hätte nicht von meinem Haus wegfahren sollen, bevor die Polizei da war", sagte Joel, während sie zur Notfallaufnahme des nächsten Krankenhauses fuhren.

„Ach, sie sollen uns doch steckbrieflich suchen, wenn sie etwas dagegen haben", spottete Irene.

„Du wirst ja auf einmal richtig kühn gegenüber unseren Ordnungshütern. Erst vor ein paar Tagen hast du noch gebibbert und gezittert, wenn du nur auf der Polizeiwache erscheinen musstest."

„Ich schätze, ein paar Begegnungen mit ihnen genügen, um zynisch zu werden."

Er lächelte, zuckte aber zusammen, als bei der Bewegung seines Mundes ein Schnitt an der Lippe wieder zu bluten begann. Irene reichte ihm schnell ein Taschentuch.

Während er seine Wunde abtupfte, murmelte er: „Ich könnte mich daran gewöhnen, dass du immer für mich da bist, Irene."

„Ich glaube nicht, dass dir das auch nur im Geringsten gefallen würde, Joel. Dazu bist du zu eigensinnig und unabhängig."

„Das sind wir beide. Vielleicht fühle ich mich deshalb bei dir sicher. Du verstehst mich zu sehr, um mich ändern zu wollen."

„Wahrscheinlich.«

„Aber das ist nicht das eigentliche Problem, nicht wahr? Keiner von uns hat Angst, seine Unabhängigkeit zu verlieren. Es ist etwas anderes ..."

„Ich glaube, wir haben im Augenblick dringendere Fragen zu klären."

„Du hast recht, aber ich habe nicht vor, die Sache fallen zu lassen. Wir werden später darüber sprechen."

„Wir werden sehen ..." Sie tat, als konzentriere sie sich darauf, um eine Kurve zu biegen. Im nächsten Moment fuhr vor ihr ein Auto aus einer Parklücke und sie musste sich wirklich auf das Autofahren konzentrieren. Sie schwiegen, bis sie vor dem Krankenhaus ankamen.

In der Notfallaufnahme ging es zu wie in einem Taubenschlag. Über zwanzig Leute standen, saßen oder lehnten in dem kleinen Raum oder schritten im Wartezimmer auf und ab. Eine Krankenschwester erklärte ihnen, dass sie ungefähr eine Stunde warten müssten – möglicherweise auch länger, falls ein dringenderer Notfall dazwischenkäme. Irene rief Connie an und erklärte ihr die Situation.

Ihre Schwester versicherte ihr: „Mach dir keine Sorgen, Reenie. Ich bleibe die ganze Nacht bei den Jungen, wenn es sein muss. Morgen ist ja Samstag. Was hältst du davon, wenn ich gleich die Nacht hier verbringe und sie morgen früh mit zu mir nach Hause nehme?"

Erleichtert und dankbar kehrte Irene zu Joel zurück, der an einer Wand lehnte. In dem überfüllten Raum gab es keine freien Stühle.

„Wenn ich vielleicht morgen früh wiederkäme", begann Joel.

„Auf keinen Fall!", widersprach Irene bestimmt. „Aber leider musst du stehen. Willst du lieber in meinem Auto sitzen? Ich hole dich, wenn sie dich aufrufen."

„Auf keinen Fall!", wiederholte er mit einem leichten Grinsen ihre Worte. „Wir sind so weit miteinander gekommen ..."

„Ja ..."

Schweigen breitete sich einen Augenblick aus, dann

fragte Joel: „Du hast noch nicht gesagt, warum du heute Abend zu mir gekommen bist, Irene.“

„Darüber können wir später sprechen. Ich habe eine bessere Frage: Was ist in deinem Haus passiert?“

Joel schüttelte den Kopf. Er war von diesem Themawechsel sichtlich nicht begeistert, aber er ergab sich der Notwendigkeit, Irenes Frage zu beantworten. „Ich bin mir nicht ganz sicher, aber ich habe das unangenehme Gefühl, dass es irgendwie mit allem anderen zusammenhängt, was passiert ist.“

„Wie?“

Er berichtete, was er von dem Einbruch und dem Gespräch der Einbrecher gehört hatte, bevor er das Bewusstsein verlor. „Das war kein willkürlicher Einbruch. Sie haben etwas Bestimmtes gesucht. Sie fragten mich sehr präzise, wo es sei, und sie sprachen nicht von dem, was ich in meiner Brieftasche hatte. Außerdem bin ich sicher, dass sie einige ziemlich wertvolle Dinge zerstört haben. Die Gemälde an den Wänden allein hätten ihre Mühe mehr als bezahlt gemacht, aber sie haben sie sinnlos zerstört.“

„Vielleicht waren sie keine Kunstkenner.“

„Was ist mit ihrer Bemerkung über den Alten?“

„Was genau haben sie gesagt?“

Joel rieb sich nachdenklich das Kinn. „‚Wo, hat der Alte gesagt, sollst du es verstecken?‘ oder so ähnlich.“

„Aber welcher Alte?“

„Ich kann mir in dieser ganzen Angelegenheit nur einen einzigen Alten vorstellen – Charlie Sullivan.“

„Sie haben also geglaubt, Sullivan habe dir etwas gegeben. Was? Und wer hat sie bloß auf diese Idee gebracht?“

„Wahrscheinlich haben sie herausgefunden, dass er mein Vater ist. Daraus folgern sie logischerweise, dass er mir etwas anvertraut haben könnte. Aber am meisten interessiert mich, für wen diese Typen arbeiten.“

„Wie kommst du auf die Idee, dass sie für jemanden arbeiten?"

„Die Art, wie sie mein Haus auf den Kopf gestellt haben, die Schläge, die sie mir verpassten ... Es kam mir alles viel zu professionell vor – und Männer in diesem Geschäft arbeiten normalerweise für andere."

„Ist das wichtig?"

„Wenn das der Fall ist, dann haben wir es nicht mit normalen Einbrechern oder kleinen Ganoven zu tun. Wer auch immer hinter der Sache steckt, er hat die Mittel, ernsthaften Schaden anzurichten. Es ist recht wahrscheinlich, dass sie auch Greg auf dem Gewissen haben. Da fällt mir etwas ein: Einer von ihnen sagte, sie sollten sich nicht hinreißen lassen wie das letzte Mal."

„Joel, glaubst du, sie haben auch Charlie Sullivan getötet?"

„Ich ... weiß es nicht."

„Du könntest in Gefahr sein."

Er rieb sich sein verletztes Kinn. „Eine naheliegende Vermutung." Eine Schwester rief einen Namen auf, und eine ältere Frau mit einem Geschirrtuch um ihre blutige Hand schleppte sich mühsam an ihnen vorbei. Joel trat unruhig von einem Bein auf das andere. „Ich wünschte, ich wüsste, was in Jim Kincaids Umschlag stand", murmelte er gedankenabwesend.

„Du hast es noch nicht gelesen?", Irene wusste, sie wäre so neugierig gewesen, dass sie es auf der Stelle gelesen hätte.

„Ich wollte mir die Sachen von dir vorlesen lassen, wenn wir ins Büro zurückkämen, aber ..."

Irene hatte nicht vergessen, was an diesem Vormittag zwischen ihr und Joel vorgefallen war, aber sie hatte das Gefühl, es sei schon sehr lange her. Wenn sie nicht davongelaufen wäre, hätte der Tag ganz anders enden können. Vielleicht wäre Joel nicht überfallen worden.

Sie wären vielleicht miteinander essen gegangen und erst in sein Haus zurückgekehrt, nachdem die Verbrecher längst fort waren. Ebony wäre nicht angeschossen worden ...

„Irene“, sagte Joel leise. „Mach dir keine Vorwürfe.“

Überrascht hob sie den Kopf und schaute ihn forschend an. Woher konnte er wissen, was in ihren Gedanken vor sich ging? Hatte er wirklich eine Art sechsten Sinn, der auf wunderbare Weise den einen Sinn ausglich, der ihm fehlte? Oder steckte eine persönlichere Ursache dahinter? Bestand eine emotionale Beziehung zwischen ihnen? Aber sie waren praktisch Fremde. Wie oft hatte sie sich das in den letzten Tagen bewusst gemacht? Es fiel ihr jedoch immer schwerer, es zu glauben. Als sie ihn jetzt anschaute, kam ihr jeder Zug seines starken, gut aussehenden Gesichts vertraut vor. Als würde sie ihn schon seit Jahren beobachten und entdecken.

War es seine Ähnlichkeit mit Greg? Aber bei Greg hatte sie nie dieses Gefühl gehabt. Greg war der Fremde gewesen. Joel war ...

Wer bist du, Joel Costain? Bin ich bereit, das Risiko einzugehen und das herauszufinden?

„Ich mache mir keine Vorwürfe“, sagte Irene bei dem Versuch, den Zauber, der sie fesselte, von sich abzuschütteln. „Aber ich bin ohne ein Wort davongegangen. Du hast es nicht verdient, dass ich dich so anfuhr.“

„Warum bist du zurückgekommen?“

„Um dich zu retten natürlich“, antwortete sie leichthin. Aber das war in diesem Augenblick die falsche Antwort. Er zuckte innerlich zusammen.

„Du brauchst mich nicht zu retten. Mich braucht niemand zu beschützen. Ich ...“ Er brach abrupt ab und drehte sich leicht von ihr weg. Seine Stimme klang trocken und hohl, als er hinzufügte: „Welch ein Witz! Und jetzt, da ich Ebony nicht habe, ist diese Aussage nichts als ein zweckloses Aufbäumen gegen die Wirklichkeit.“ In seiner Stimme war keine Belustigung zu hören.

„Du fängst doch jetzt nicht an, dich zu bemitleiden, Joel?“

„So etwas kann sogar bei arroganten Anwälten vorkommen.“

„An einem gelegentlichen Ausrutscher ist nichts auszusetzen.“

„Ich versuche mein ganzes Leben lang, nicht hilflos zu sein, und laufe vor Frauen davon, die mir *helfen* wollen.“ Er sprach das Wort *helfen* aus, als wäre es eine abscheuliche Obszönität. „Vergiss es. Ich will nicht jammern – das wäre noch schlimmer als Hilflosigkeit. Aber, Irene, ich hatte von Anfang an das Gefühl, dass du anders bist, dass du mich nicht als *Blinden* siehst, sondern als *Mann.*“

„Ich glaube, du bist wegen der ganzen Vorfälle überempfindlich.“ Impulsiv ergriff sie seine Hand; sie konnten keinen Augenkontakt zueinander aufnehmen, und sie brauchte irgendeine Verbindung zu ihm. „Joel, diese Kerle haben dir deinen sicheren Boden unter den Füßen weggezogen. Es ist kein Wunder, dass dein Selbstvertrauen ein bisschen wackelt ...“ Ihre Stimme wurde leiser. „Du musst dir eine Pause gönnen, und vielleicht, nur vielleicht, musst du ein bisschen Hilfe annehmen. Da! Ich habe das schreckliche Wort ausgesprochen. Jeder muss hin und wieder seinen Schwächen Tribut zollen. Ich habe nicht viel: kein Geld, keine geistliche Grundlage, und mein psychisches Gleichgewicht ist in letzter Zeit auch ziemlich wackelig. Aber ich habe Augen – und ich biete sie dir gern an. Das ist alles, nur Augen.

Ich habe schon zwei Kinder, Joel. Ich habe es also nicht nötig, noch jemanden zu bemuttern.“

Er hob ihre Hand an seine Lippen und eine wortlose

tiefe Verbindung entstand zwischen ihnen wie bei zwei Verliebten, die sich in die Augen schauten und einander ihr Herz und ihr Vertrauen öffneten. Sie hatte das Gefühl, er schaue genauso tief in ihr Inneres hinein wie sie in seines. Bei der starken Intimität dieser Berührung wollte sie am liebsten beides gleichzeitig: davonlaufen und sich ihr ganz hingeben. Dann bewegte sich Joel fast unmerklich von ihr fort und lehnte sich an die Wand, hielt aber immer noch ihre Hand.

Bevor ein weiteres Wort gesagt werden konnte, rief die Schwester Joels Namen auf.

Kapitel 22

Sie verließen um zwei Uhr morgens das Krankenhaus. Joel war an einem Schnitt über der Augenbraue genäht worden und eine angebrochene Rippe war verbunden worden. Er hatte mehrere Male beim Tierarzt angerufen. Bei seinem letzten Anruf aus dem Krankenhaus erfuhr er, dass Ebony gerade operiert wurde. Joel bestand darauf, zur Praxis zu fahren und zu warten, bis die Operation vorbei wäre.

Der Tierarzt kam eine Stunde später aus dem Behandlungszimmer und erklärte, dass die Operation gut verlaufen sei.

„Jetzt fahren Sie nach Hause und ruhen sich aus", ermahnte der Arzt Joel. „Sie sehen so aus, als brauchten Sie das dringender als Ihr Hund."

Joel, der vollkommen erschöpft war, fiel es nicht schwer, diesen Rat zu befolgen. Er und Irene stiegen wieder in den Toyota. Als Irene den Motor anließ, wurde ihr plötzlich bewusst, dass Joel kein Zuhause hatte, wohin er jetzt fahren könnte.

„Ich weiß ein Haus, in dem wir bestimmt mit offenen Armen aufgenommen werden – auch um diese Stunde", sagte Joel.

„Zeig mir den Weg ...", Irene brach unbeholfen ab.

Joel lachte, dann sagte er zuversichtlich: „Nach Norden zur Golden-Gate-Bridge. Wir fahren nach Sausalito – zu meinen Eltern."

„Sie haben nichts dagegen, wenn wir sie mitten in der Nacht überfallen?"

Ein liebevolles Lächeln spielte sich um seine Lippen. „Ma und Dad bestimmt nicht."

Irene erinnerte sich, dass Joel einmal erwähnt hatte, wie nahe sie sich standen und wie sehr seine Eltern ihn immer unterstützt hatten. Aber trotzdem konnte sie eine leichte Nervosität nicht von sich abschütteln. Außerdem schloss sie aus seiner Beschreibung, dass sie sehr wohlhabend waren – weit entfernt von der unteren Mittelschicht, in der sie lebte. Nicht, dass zwischen ihr und Joel Standesunterschiede je eine Rolle gespielt hätten. Wenn seine Eltern irgendwelche Ähnlichkeiten mit ihm hatten, dann war nichts zu befürchten. Sie würden wahrscheinlich ihr Herz erobern, genauso wie Joel. Andererseits war das vielleicht ein Grund, sich Sorgen zu machen.

Das ist unwichtig, redete sie sich ein. Ich setze Joel nur ab und fahre dann nach Hause. Es führt zu nichts, sich noch mehr auf diese Familie einzulassen.

Die Scheinwerfer des Toyota durchschnitten den immer dichter werdenden Nebel über der Golden-Gate-Bridge, die um diese Stunde einsam und verlassen war. Nur eine Handvoll Autos überquerte die Brücke in beide Richtungen. Die Fußgänger, die normalerweise in Scharen über die Brücke schlenderten und die Sicht genossen, fehlten ebenfalls. Aber bei den Nebelschwaden, die aufstiegen und die Bucht mit düsteren, wolkenähnlichen Schleiern überzogen, wäre es ohnehin keine reizvolle Nacht für einen Spaziergang auf der Brücke gewesen. Innerhalb der letzten zwei Stunden hatte sich die klare Nacht in etwas Unwirkliches, Launenhaftes, wie eine Szene aus einem düsteren Roman verwandelt. Melancholie beschlich Irene und ließ sie ein wenig erschaudern. Ihre Gedanken wandten sich traurigen Dingen zu: Gregs erfolglosem Leben, das so unerfüllt geblieben war; Joel, der nie einen Sonnenuntergang genießen könnte; dem Kuss von einem Mann, den sie nie akzeptieren könnte; und was vielleicht am traurigsten von allem war, sie dachte an ihr eigenes Leben, das endete wie eines ihrer unvollendeten Bilder: der Anfang war verheißungsvoll, aber dann legte sie es beiseite, weil sie nicht den Mut aufbrachte, eine Niederlage zu riskieren.

Irene warf einen Blick auf Joel, der ruhig neben ihr saß und zweifellos in seine eigenen Gedanken vertieft war. Sie dachte an ein Bild von ihm mit allem, was ein schönes Kunstwerk auszeichnete – Farben, Tiefe, einen Mittelpunkt, Interesse. Aber die leere Leinwand barg keine Gefahr, abgelehnt zu werden. Sie konnte mit ihren Söhnen und dem Leben, das sie zu dritt führten, zufrieden sein. Oder etwa nicht? Aber das würde nicht immer so bleiben; Adam und Mark würden groß werden und ihr eigenes Leben führen. Sie sagte sich, dass nichts daran auszusetzen sei, allein zu sein. Sie hatte bereits die Erfahrung gemacht, dass es viel Schlimmeres gab, als alleinstehend zu sein. Ihr entfuhr ein tiefer Seufzer.

„Geht es dir gut?", fragte Joel.

„Ja, natürlich", log sie.

„Wo sind wir?"

„Wir haben gerade die Brücke überquert und sind schon fast beim Tunnel."

„Die Ausfahrt kommt in einer Minute, die zweite nach dem Tunnel."

Irene kannte Sausalito, wenn auch nur als malerische Kleinstadt, in die sie Gäste von auswärts führte, um sie zu beeindrucken. Diese Stadt über der Bucht mit seinen teuren Geschäften und seiner vornehmen Atmosphäre besaß schon immer ein romantisches Flair. Irene war bereits ein paar Mal hierhergekommen, seit sie zu malen begonnen hatte, um die farbenfrohe Meeresstimmung mit den eindrucksvollen Hügeln, den eleganten Jachten und den Besitzern dieser Schiffe zu zeichnen.

Sie nahm die Ausfahrt Monte del Mar. Wie Irene vermutet hatte, führte Joels Wegbeschreibung sie mitten in diese Hügel hinein. Die schmale, kurvenreiche zweispurige Straße wäre schon an einem klaren Tag schwer zu bewältigen gewesen, aber in dem Nebel war diese Fahrt ein kleines Abenteuer. Selbst Irene war gezwungen, vorsichtiger zu fahren, besonders als sie in eine Straße einbogen, die kurz danach nur noch einspurig weiterführte. Es ließ sich jetzt nur schwer sagen, aber Irene konnte sich vorstellen, dass die Häuser, die in diesen Hügeln gebaut waren, alle eine herrliche Aussicht boten. Schließlich kamen sie zu einem zweistöckigen Haus, das auf einer hohen Klippe stand und auf die Bucht hinabschaute. Joel beschrieb es so detailliert, dass Irene kaum glauben konnte, dass er es noch nie gesehen hatte.

„Wenn der Himmel klar ist, kann man die Angel Island sehen", sagte Joel.

„Ich wette, man hat von hier oben eine fantastische Sicht."

Irene bog in eine steile Auffahrt ein und parkte vor einem Haus, das selbst in der nebligen Dunkelheit weiß glänzte. Es war geradlinig entworfen, wie wenn der Architekt erkannt hätte, dass im Vergleich zu der herrlichen Aussicht über die Bucht jedes andere als ein ganz schlichtes Haus banal aussehen würde. Irene stieg aus dem Auto und bemerkte sofort den Rosenduft. Instinktiv atmete sie den süßen Geruch tief ein.

„Großartig, nicht wahr?", sagte Joel. „Der Rosengarten gehört zu meinen Lieblingsplätzen. Ich zeige ihn dir morgen früh."

Er schien damit zu rechnen, dass sie über Nacht hierblieb. Sie sagte nichts. Eine leichte Veränderung war an Joel zu bemerken. Die angespannten Linien um seinen Mund wurden lockerer und sein ruhiges Selbstvertrauen kehrte zurück. Erst jetzt begriff Irene, wie diese letzten Tage sich auf ihn ausgewirkt hatten. Mit ein paar schnellen, eifrigen Schritten erreichte er die Tür.

Irene konnte seine Begeisterung nicht nachvollziehen. Egal, wie nett seine Eltern auch sein mochten, widerstrebte es ihr doch sehr, sie mitten in der Nacht aus dem Tiefschlaf zu reißen und sie mit Joels Verletzungen und der unglaublichen Geschichte von den Ereignissen der letzten Tage zu begrüßen. Joel klingelte, ohne ihr Zögern zu bemerken.

Drei lange Minuten verstrichen, bevor hinter der Tür Schritte zu hören waren.

„Wer ist da?", fragte eine Männerstimme, die immer noch ganz schlaftrunken klang. „Joel?" Er hatte anscheinend durch den Spion in der Tür gesehen.

„Ja, Dad, ich bin es."

„Warte, ich schalte nur die Alarmanlage aus."

Einen Augenblick später wurde die Tür weit geöffnet und die zwei Männer umarmten einander, ohne ein weiteres Wort zu sagen. Irene bemerkte die Intensität von Joels Umarmung, der trotz seiner verwundeten Rippen seinen Vater länger festhielt, als mit einer Begrüßung nach ein paar Wochen Trennung zu erklären gewesen wäre. Joels Vater musste es ebenfalls aufgefallen sein.

„Was ist denn passiert?", fragte er. Dann bemerkte er Irene. „Hallo", fügte er mit mehr Wärme in der Stimme hinzu, als sie zu erwarten gewagt hätte.

„Dad, das ist Irene Lorenzo ..."

„Guter Himmel! Joel, was ist dir zugestoßen?", rief Mr Costain aus, als er seinen Sohn im Licht der Eingangshalle sah.

„Das ist eine lange Geschichte ..."

„Kommt herein ... kommt herein", sagte Mr Costain und fügte hinzu, als er die Tür hinter ihnen schloss: „Ich sage nur deiner Mutter Bescheid, dass du hier bist." Walter Costain eilte die Treppe hinauf, die aus der Eingangshalle nach oben führte. Auf halbem Weg nach oben rief er: „Adrianne! Es ist Joel."

Joels Mutter erschien auf dem Gang und knotete

gerade den Gürtel eines lavendelfarben karierten Satinmorgenmantels zu. Irene betrachtete das Paar, das die Stufen zu ihnen herabstieg. Walt Costain war ein groß gewachsener Mann mit kräftigem Brustkorb, vielen eisengrauen Haaren und einem entsprechenden Schnurrbart. Sein sonnengebräuntes Gesicht ließ vermuten, dass er viel Zeit im Freien verbrachte, vielleicht auf einer jener Jachten in der Sausalito-Bay. Joels Mutter hatte ebenfalls ein gebräuntes, attraktives Gesicht. Sie war um mehrere Zentimeter größer als Irene, schlank, und obwohl sie mitten in der Nacht aus dem Schlaf gerissen worden war, war jede Strähne ihrer kurzen graublonden Haare sauber frisiert. Sie sahen genauso aus, wie sie sich ein wohlhabendes Ehepaar aus der Stadt vorstellte.

Irene war eingeschüchtert.

Dann sprach Joels Mutter. Die Wärme in ihrer Stimme vertrieb Irenes Ängste. Adrianne eilte ihrem Mann voraus die Treppe hinab.

„Joel! Was in aller Welt ist passiert?" Ohne auf eine Antwort zu warten, umarmte sie ihren Sohn.

„Nicht so fest, Ma", sagte Joel, der zusammenzuckte und jungenhaft lächelte.

„Oh, meine Güte!" Sie trat zurück, ergriff aber Joels Hände und ließ ihn nicht los. Dann schaute sie mit freundlichen Augen Irene an. „Ich bin Adrianne", sagte sie und reichte Irene eine Hand, während sie mit der anderen Joel immer noch festhielt.

„Ich bin Irene Lorenzo." Irene ergriff die Hand, schüttelte sie kurz und ließ sie dann wieder los.

„Ich setze uns eine Kanne Kaffee auf", sagte Adrianne.

„Ma, wir haben schon ein schlechtes Gewissen, weil wir euch so spät in der Nacht aufgeweckt haben. Wir können morgen früh miteinander sprechen."

„Du glaubst doch nicht, dass ich jetzt wieder einschlafen kann, oder? Aber wenn du müde bist ..."

„Das ist es nicht ..."

„Joel, spar dir die Mühe. Deine Mutter ist fest entschlossen, sich jetzt mit dir zu unterhalten. Wir können morgen alle bis Mittag schlafen, wenn wir wollen", sagte Walt.

In der Dunkelheit erhaschte Irene nur schattenhafte Eindrücke von einigen Räumen, während sie die Eingangshalle durchquerten und durch einen Gang zur Küche gingen. Aber ihr drängte sich wieder das deutliche Bild von gutem Geschmack und Reichtum auf, ähnlich wie in Joels Haus. Irene war fast sicher, dass seine Mutter beide Häuser selbst eingerichtet hatte oder wenigstens eine entscheidende Rolle bei der Auswahl der Einrichtung gespielt hatte.

Die Küche verbreitete eine wärmere, gemütlichere Atmosphäre als die anderen Räume. Außer den Eichenschränken und der großen Theke sah sie einen großen, runden Eichentisch und dazu passende Kapitänsstühle in einer Ecke, ein kariertes Sofa und einen Sessel vor einem Fernsehgerät in einer anderen Ecke des Raumes. Auf einem Kaffeetisch vor dem Sofa lag eine neue Ausgabe der Fernsehzeitschrift, ein paar Zeitungen und mehrere Magazine, darunter *Sunset* und *Cruising World.* Dieser Raum war bewohnt, und im Gegensatz zum Wohnzimmer und dem formelleren Esszimmer, die mehr wie Fotos aus einem Einrichtungskatalog aussahen, konnte sich Irene leicht vorstellen, dass Kinder durch die Küche rannten oder Joel mit einem Erdnussbutterbrot in der Hand am Tisch saß oder Walt mit den Füßen auf dem Kaffeetisch seine Zeitung las.

Während Adrianne mit Kaffeekochen beschäftigt war, ließ sich Joel auf das Sofa fallen, wie er es wohl schon unzählige Male vorher getan hatte. Irene setzte sich neben ihn, während Walt sich den großen Sessel holte.

„Irene, woher kennen Sie Joel?“, fragte Walt, dem anscheinend mehr daran lag, das Schweigen zu füllen, als Informationen auszutauschen.

Irene warf einen Blick auf Joel, dann sagte sie: „Vielleicht sollte Joel es Ihnen lieber erklären ...“

„Warten wir, bis der Kaffee fertig ist“, sagte Joel.

Ein erneutes Schweigen folgte. Nach einer Minute wurde Irene die Stille ungemütlich und sie versuchte, sie zu füllen. „Ich wohne in San Bruno, aber ich bin in San Francisco aufgewachsen. Ich wurde im St.-Francis-Krankenhaus geboren.“

„Man trifft heutzutage nicht mehr oft jemanden, der in San Francisco geboren und aufgewachsen ist.“

Nach ein paar weiteren Minuten belanglosen Geplauders gesellte sich Adrianne zu ihnen. Sie brachte ein Tablett mit dampfenden Kaffeetassen, Sahne, Zucker und sogar einem Teller mit Keksen mit. Irene konnte sehen, dass sie eine Frau war, die Gastfreundschaft – auch um drei Uhr morgens – ernst nahm. Sie setzte sich auf der anderen Seite neben Joel auf das Sofa.

Joel und Walt rührten beide Sahne und Zucker in ihren Kaffee, während Irene und Joels Mutter ihren Kaffee schwarz tranken. Jeder schien sich auf seine Tasse zu konzentrieren – oder, was wahrscheinlicher war, zögerte, ein Gespräch zu beginnen, das möglicherweise ernst und auch unerfreulich werden würde.

Joel ergriff schließlich die Initiative. „In mein Haus wurde eingebrochen.“ Selbst jetzt ging er von hinten an das Thema heran. „Ich habe die Einbrecher auf frischer Tat ertappt.“

„Und sie haben dich zusammengeschlagen?“, fragte Walt.

„Ja. Und auf Ebony geschossen ...“

„Oh, Joel!“ Adriannes Hand fuhr entsetzt an ihren Mund. „Sie ist doch nicht ...“

„Wir haben sie rechtzeitig zum Tierarzt gebracht. Es sieht so aus, als würde sie es überleben. Ich war plötzlich obdachlos – die Einbrecher haben mein Haus kurz und klein geschlagen – deshalb kamen wir hierher."

„Sind sie entkommen?", fragte Walt.

„Ja ..."

„Aber das ist noch nicht die ganze Geschichte", Adrianne ließ nicht locker.

Joel schüttelte den Kopf. „Wo soll ich anfangen?"

„Wie wäre es mit dem Anfang?", schlug Walt vor.

„Vielleicht vor siebenunddreißig Jahren in einem Adoptionsbüro in San Francisco?"

Adrianne und Walt wechselten vielsagende, resignierte Blicke miteinander.

„Der Einbruch und deine Adoption haben miteinander zu tun." Walts Worte waren mehr eine Feststellung als eine Frage.

„Ich glaube schon."

„Walt", seufzte Adrianne. „Wir hätten diesen Telefonanruf doch ernster nehmen sollen ..."

„Sie haben sich also bei euch gemeldet?" In Joels Stimme klangen Vorwürfe mit.

„Bevor wir nach Hawaii fuhren", erklärte Adrianne. „Das Büro teilte uns mit, dass es Nachfragen gegeben habe, und wollte wissen, ob wir ihnen die Erlaubnis geben, Informationen herauszugeben."

„Und ihr sagtet Nein und seid dann in den Urlaub gefahren", sagte Joel scharf.

„Mir gefällt dein Ton nicht", wies ihn Walt leicht entrüstet zurecht.

Joel fuhr sich mit den Fingern durch die Haare. „Es tut mir leid." Seine Stimme war noch immer angespannt.

„Wir haben ihnen geantwortet, dass wir es uns noch überlegen wollten", sprach Walt weiter. „Wir fuhren fort, um Zeit zu haben, uns wirklich alle Möglichkeiten durch den Kopf gehen zu lassen, bevor wir mit dir sprechen wollten. Wie hast du es erfahren, mein Sohn? Was ist passiert?"

„Ich bekam Besuch von einem Mann namens Greg Mitchell, der behauptete, er sei mein Bruder. Er erzählte mir von meinen leiblichen Eltern – einer Mutter, die bei meiner Geburt starb, und von einem Vater, der siebenunddreißig Jahre lang im Gefängnis war. Ich habe inzwischen den größten Teil seiner Geschichte und seine Behauptungen über mich nachgeprüft. Aber bevor ich meine Untersuchungen abschließen konnte, wurde Greg Mitchell ermordet."

Ein leises Stöhnen entfuhr Adriannes Lippen.

„Das war noch nicht alles", sprach Joel weiter. „Irene hier ist Gregs geschiedene Frau. Ich habe sie vor einigen Tagen kennengelernt, als ich versuchte, Greg zu finden, der verschwunden war. Das war, bevor wir erfuhren, dass er getötet wurde."

„Dein Bruder ...", murmelte Adrianne kopfschüttelnd.

„Wusstest du von ihm, Ma? War dir die ganze Zeit bewusst, dass ich einen Bruder hatte, den ich hätte kennenlernen können?"

„Joel, bitte nicht", bat Adrianne, den Tränen nahe.

„Du kannst uns keine Vorwürfe machen, Joel", sagte Walt. „Wir haben getan, was wir für das Beste hielten – für dich. Versetze dich doch bitte in unsere Lage. Damals waren Adoptionen eine streng geheime Angelegenheit. Normalerweise wurden überhaupt keine Informationen zwischen leiblichen Eltern und Adoptiveltern ausgetauscht. Aufgrund deiner besonderen Situation wussten wir sowieso schon mehr als viele andere." Er seufzte, bevor er weitersprach. „Ich will dir genau erzählen, wie es war. Deine Mutter und ich hatten jahrelang versucht, Kinder zu bekommen, und als wir es schließlich aufgegeben hatten, zogen wir eine Adoption in Betracht. Das haben wir dir alles schon erzählt. Was wir dir vielleicht nicht erzählt haben, ist, wie schwer es damals war, ein Kind zu bekommen. Ich war Architekt und stand am Anfang meiner Berufslaufbahn, ich war ein kleiner Angestellter in einer großen Firma, mit einem kleinen Einkommen. Dazu kam, dass wir kein Haus besaßen. Das machte es uns schwer, für eine Adoption die nötigen Voraussetzungen vorzuweisen. Wie dem auch sei, schließlich qualifizierten wir uns, wenigstens so weit, dass wir auf eine Warteliste gesetzt wurden. Dann standest du zur Adoption. Du hättest alle begehrten Anforderungen erfüllt – blond, blaue Augen, weiß – das perfekte Kind, das sich viele typische Familien gewünscht hätten, die ein Kind wollten. Mit einer Ausnahme ..."

„Ich war befleckte Ware."

„Wir haben dich nie als befleckt betrachtet", sagte Adrianne. „Wir hatten ein Zuhause und Liebe; du brauchtest ein Zuhause und Liebe. So einfach war es. Es hätte keinen Grund gegeben, dich abzulehnen."

„Wir mussten immer noch eine ganze Litanei von Prüfungen über uns ergehen lassen", fügte Walt hinzu. „Um zu beweisen, dass wir als Eltern für ein behindertes Kind geeignet waren."

„Das muss zermürbend und frustrierend gewesen sein", warf Irene ein.

„Joel war zwei Monate alt, als wir ihn zu uns nach Hause nehmen durften", antwortete Adrianne. „Ich fühlte mich wirklich, als hätte ich Wehen und eine Entbindung durchgemacht."

„Während dieser Zeit", sagte Walt, „war Charles Sullivans Prozess Stadtgespräch und machte große Schlagzeilen", fügte er an Irene gewandt hinzu. „Wir lebten damals in der Innenstadt. Wir zogen erst hierher, als Joel zwei war und meine Karriere anfing, sich bergauf zu entwickeln. Wie dem auch sei, der Prozess stand in den Zeitungen. Man musste kein Genie sein, um zwei und zwei zusammenzuzählen – eine Frau entbindet eine Frühgeburt, nachdem ihr Mann wegen Diebstahls und Mordes verhaftet wurde. Das Kind erblindet bei der Geburt. Wir fragten in der Agentur nach, aber dort konnte man uns nichts sagen. Jedoch verneinten sie es auch nicht. Unser Sozialberater fand, wir hätten ein Recht darauf, zu wissen, dass wir das Kind eines Mörders adoptierten. Aber das spielte für uns keine Rolle. Wir haben dich als unseren Sohn betrachtet, sobald wir dich das erste Mal sahen, noch bevor wir je von Charles Sullivan hörten."

Joel biss sich einen langen, schweigenden Augenblick auf die Lippe. Die Muskeln in seinem Gesicht zuckten, während er offenbar die Erklärung seines Vaters verarbeitete. „Wie kommt es, dass ihr mir nie von ihm erzählt habt?"

„Du hast nie gefragt", erwiderte Walt mit einer leichten Schärfe in der Stimme. Dann fügte er sanfter hinzu: „Glaube mir, wenn ich dir sage, dass wir mit dieser Frage lange gerungen haben – erst vor einem Monat wieder, als wir diesen Telefonanruf bekamen. Von Anfang an waren wir zu dem Schluss gekommen, dass es dir nicht geholfen hätte, es zu wissen. Wir haben sogar ehrlich geglaubt, dass es dir geschadet hätte. Du hattest bereits viele Nachteile, mit denen du fertig werden musstest. Wie viel schlimmer wäre es gewesen, wenn du auch noch mit dem Wissen hättest aufwachsen müssen, dass dein leiblicher Vater im Gefängnis sitzt? Mit dem Wissen, dass du das Kind eines Mörders bist? Wir beschlossen, dieses Risiko nicht einzugehen."

„Aber was ist jetzt?", fragte Joel. „Gab es in meinem Leben als Erwachsener nie einen Punkt, an dem ihr dachtet, ich sei in der Lage, damit umzugehen?" Er sprang auf die Beine, schritt durch das vertraute Zimmer und blieb schließlich an der Theke stehen, wo er die Hände aufstützte und den anderen den Rücken zuwandte. Die Muskeln seiner Schultern zuckten angespannt.

„Kannst du uns vergeben, mein Sohn?“, bat Adrianne reumütig.

„Es gibt nichts zu vergeben.“ Er schüttelte den Kopf. „Ihr hättet es mir ja jederzeit erzählt, aber ich habe nie gefragt. Ich habe nie gefragt ...“

„Jetzt fang nicht an, dir Selbstvorwürfe zu machen“, bat Adrianne.

„Ich bin müde“, sagte Joel abrupt. „Ich habe euch alle lange genug vom Schlafen abgehalten. Ma, würdest du Irene bitte in ein Gästezimmer führen?“ Er wandte sich um und ging zur Küchentür, wo er stehen blieb und sich noch einmal kurz zu den anderen umdrehte. „Gute Nacht“, sagte er in einem Versuch, seine vorhergehende abrupte Reaktion abzumildern. Dann ging er unbeirrt weiter. Er brauchte außer seinem Stock keine Hilfe, um das Zimmer zu finden, in dem er sein halbes Leben lang gewohnt hatte.

Irene war zu müde, um zu widersprechen, als Adrianne sie in ein Gästezimmer im zweiten Stockwerk führte.

Kapitel 23

Joel erwachte gegen sieben Uhr morgens. Der Duft nach frisch aufgebrühtem Kaffee lockte ihn in die Küche. Dort traf er seine Mutter an, die mehr schlecht als recht die Melodie ihres Lieblingsliedes vor sich hin summte.

„Schön!“, sagte er, während er mit dem Stock in der Hand die Küche betrat, obwohl er ihn in dieser vertrauten Umgebung kaum benötigte.

„Auch wenn ich die Melodie nicht halten kann?“

„Wann hat das jemals eine Rolle gespielt?“

„Hier ist Kaffee.“ Adrianne hatte ihm eine Tasse Kaffee eingeschenkt und hielt sie ihm hin.

Er nahm sie, ging damit an den Eichentisch und setzte sich.

„Die Zuckerdose und die Milchkanne sind auf zwölf Uhr“, erklärte Adrianne Joel beiläufig, dann fügte sie genauso beiläufig hinzu: „Deine Freundin, Irene, scheint eine nette Frau zu sein.“

Joel grinste. „Ich liebe deine Diskretion, Ma!“

„Und ...?“ Sie ließ sich nicht beirren.

„Ich habe sie vor nicht einmal einer Woche erst kennengelernt. Sie ist die geschiedene Frau meines Bruders. Es gibt so viele Komplikationen, dass ich gar nicht weiß, wo ich anfangen soll –“

„Aber du bist trotzdem in sie verliebt.“

Joel rührte bewusst lange seinen Kaffee um, dann führte er die Tasse an seine Lippen und nippte langsam an dem kräftigen Gebräu. „Ist das so offensichtlich?“

„Für mich schon. Ich schätze, ich kenne dich zu gut, Joel.“

„Kannst du mir dann raten, was ich jetzt tun soll?“

„Sei einfühlsam, verständnisvoll und lass ihr Zeit.“

„Das ist nicht leicht. Ich habe so lange auf sie gewartet – und jetzt, wo sie da ist, bin ich bereit. Leider will sie lieber genau in die entgegengesetzte Richtung davonlaufen. Sie hat Angst. Ihr Ex-Mann war alles andere als ein fürsorgender Ehemann. Das allein macht es ihr schon schwer, überhaupt auf irgendeinen Mann zuzugehen. Aber dann auch noch auf den Bruder dieses Mannes? Ich fürchte, ich habe keine Chance."

„Wenn du versuchst, es mit Gewalt zu erzwingen, erreichst du vielleicht nur das Gegenteil."

„Ich weiß. Wenn Gott es will, dann wird etwas daraus werden", sagte Joel mit leichtem Sarkasmus in der Stimme.

Adrianne hatte die Arbeitsplatte sauber gewischt, schenkte sich selbst auch eine Tasse Kaffee ein und ging zum Tisch. Sie setzte sich und legte eine Hand auf Joels Arm. „Es könnte schlimmer sein. Immerhin könnte es ja auch sein, dass sie vor deiner Behinderung zurückschreckt."

Joel grinste. „Ich liebe dich, Ma. Dir fällt immer das Richtige ein." Er schwieg und trank seinen Kaffee. Er musste noch ein anderes Thema ansprechen, das ihm ebenfalls nicht leicht fiel. „Ma, ich muss mich für mein Benehmen von gestern Nacht entschuldigen."

„Das ist nicht nötig, Joel."

„Es war falsch von mir, auch nur anzudeuten, dass du oder Dad für meine Unwissenheit in irgendeiner Weise verantwortlich wärt. Es lag an mir; ich habe einfach nicht gefragt."

„Und das aus gutem Grund." Joel hörte, wie ihr Stuhl knarrte, als sie sich vorbeugte, bevor sie noch einen Schluck aus ihrer Tasse trank. Dann sprach sie weiter: „Ich bin keine Psychologin, aber ich glaube, es ist ganz normal, dass Kinder, auch in den besten Familien, Angst davor haben, verlassen zu werden. Deshalb weinen Babys auch so, wenn ihre Mütter sie bei einem Babysitter lassen. Das hast du auch durchgemacht, aber es dauerte lange über deine Säuglingszeit hinaus. Du warst fünf oder sechs, bis ich dich allein lassen konnte, ohne dass du einen Aufstand probtest. Du warst fünf, als wir dir sagten, dass wir dich adoptiert hatten."

„Daran erinnere ich mich", nickte Joel. „Ihr sagtet, ihr hättet euch viele Babys angesehen und euch aus den vielen mich ausgesucht. Junge, war ich stolz! Zwei Monate später, als ich zu Jesus fand, konnte ich wirklich begreifen, was es heißt, von Gott als Kind angenommen zu werden."

„Ja, du schienst es recht gut aufgenommen zu haben. Aber unter der Oberfläche steckten trotzdem immer noch tiefe Unsicherheiten. Die normale Angst eines Kindes davor, verlassen zu werden, und dazu noch das Wissen, ein Adoptivkind zu sein – dein kleiner Kopf sagte dir, dass du schon einmal verlassen worden seist. Das Ganze wird noch dadurch verschlimmert, dass Blinde im Allgemeinen Angst davor haben, verlassen zu werden – Kinder und Erwachsene. Du musstest mit einem dreifachen Nachteil fertig werden. Du hattest also gute Gründe, nicht nach deinen Wurzeln zu fragen. Was wäre, wenn uns beispielsweise deine Fragen geärgert und wir uns von dir zurückgezogen hätten?"

„Ich hätte wissen müssen, dass das nie passieren würde."

„Vielleicht mit dem Verstand. Aber das Herz und die Gefühle sind nicht immer logisch. Wenn ich das alles damals schon gewusst hätte, hätte ich in Bezug auf deine leibliche Familie vielleicht anders entschieden. Weißt du, wann mir das erste Mal ein Licht aufging? Letzte Woche auf Hawaii. Wir haben dort einen pensionierten Kinderpsychologen kennengelernt und uns ein bisschen über diese Dinge unterhalten. Das war das erste Mal, dass ich je die Angst vor dem Verlassenwerden damit in Verbindung brachte, dass du nie Fragen nach deiner leiblichen Familie stelltest. Aber ich bin mir immer noch nicht sicher, ob wir uns anders entschieden hätten. Dass dein Vater ein verurteilter Mörder war, hing immer wie ein Damoklesschwert über uns. Die Angst, dass er jederzeit begnadigt werden könnte, nagte ständig an mir. Ich war immer erleichtert, dass du nicht nachfragtest."

„Ich verstehe."

„Wirklich, Joel? Siehst du ein, dass man niemandem eine Schuld zuweisen kann?"

„Vermutlich." Aber er war immer noch nicht ganz überzeugt.

* * *

An diesem Morgen erwachte Irene um neun Uhr. Sie zog sich an und ging in die Küche, wo Walt und Adrianne Müsli und Toastbrot aßen. Sie vermutete, dass Joel noch schlief. Als Adrianne ihr gezeigt hatte, wo alles zu finden war, strich sich Irene ein paar Toastbrote, goss sich eine Tasse Kaffee ein und setzte sich zu ihnen an den Tisch. Ihr Gespräch war angenehm oberflächlich. Irene erzählte von ihren Kindern; im Gegenzug berichteten Adrianne und Walt aus Joels Kindheit. Irene erfuhr mehr über Joels Nöte und Enttäuschungen – Dinge, über die er wenig sprach, vielleicht, weil er auf keinen Fall von ihr bemitleidet werden wollte. Während Irene seinen Eltern zuhörte, vertieften ihre Schilderungen nur ihre Achtung vor ihm. Normalerweise erweckte er den Eindruck, selbstsicher und unbeirrt durch das Leben zu schreiten, was Irene vergessen ließ, dass solche Leistungen, wie er sie vollbrachte, ohne viel Arbeit und schmerzliche Rückschläge, die er immer wieder wegstecken musste, nicht zu bewerkstelligen waren.

„Als er zum College ging, brauchte er Leser“, erzählte Walt ihr. „Während des Jurastudiums war das besonders anstrengend. Sie besprachen Kassetten mit den Kapiteln aus seinen Gesetzesbüchern. Natürlich musste er seine Bücher zerreißen und die Kapitel an ein Dutzend Leser verteilen, damit er alles im vorgegebenen Zeitrahmen bewältigen konnte. Oft vergaßen die Leser, ihm auf der Kassette zu sagen, welches Kapitel sie gerade lasen. Also musste er die besprochenen Kassetten wie ein Puzzle Stück für Stück wieder zusammenfügen. Dann waren da die ständigen Hintergrundgeräusche, die die Bänder verzerrten – weinende Babys, Küchengeräte, Radios und Fernsehgeräte. Jede Arbeit, die ein sehender Student leistet, musste Joel doppelt leisten. Prüfungen waren ein weiterer Albtraum. Normalerweise verstanden seine Leser nichts von Jura, und es konnte leicht passieren, dass sie etwas einfach falsch lasen. Es genügte schon, wenn sie die Zeiten durcheinanderbrachten oder Partei eins und Partei zwei vertauschten. Das konnte sich in der Prüfung verheerend auswirken.“

„Aber er bestand sein Studium im ersten Anlauf“, erklärte Adrianne stolz.

„Und das, obwohl seine Leserin eine Kehlkopfentzündung bekam und die Hälfte von dem, was sie gelesen hatte, wiederholt werden musste. Mir braucht keiner zu erzählen, Joel habe es geschafft, weil er so viel Hilfe bekommen hätte. Natürlich bekam er Hilfe, und Joel ist allen, die ihm so treu vorlasen, zutiefst dankbar. Aber das schmälert in keiner Weise seine eigene Leistung. Wir, die sehen können, vergessen, dass wir tagtäglich Hilfe von einer Welt bekommen, die auf die Sehenden ausgerichtet ist. Was würden wir tun, wenn die Gesellschaft so umorganisiert würde, dass die Blinden sich darin zurechtfänden? Wir wären verloren und würden in der Dunkelheit umherirren.

Im Land der Blinden ist der Einäugige nicht immer König."

Irene wollte gern etwas zu Walts provozierender letzten Aussage fragen, als ihr plötzlich etwas einfiel, das Inspektor Reiley ihr erzählt hatte. „Warum beschloss Joel, Steuerrecht statt Strafrecht zu praktizieren?"

Joels Eltern warfen einander einen vielsagenden Blick zu und schienen schweigend miteinander zu besprechen, was sie auf diese Frage antworten sollten. Irene begriff instinktiv, dass sie unbewusst ein heikles Thema angesprochen hatte.

„Das geht mich wahrscheinlich überhaupt nichts an", entschuldigte sie sich deshalb schnell.

„Haben Sie Joel schon danach gefragt?"

„Nein. Ich habe es nur von jemandem gehört und es fast schon vergessen gehabt. Wie gesagt, es ist nichts ..."

„Fragen Sie Joel", sagte Adrianne. „Ich finde, es wäre gut, wenn er es Ihnen selbst erzählt."

Irene wusste nicht, was sie von dieser Antwort halten sollte, beschloss aber, das Thema fallen zu lassen. Es war nicht nötig, Joel danach zu fragen. Damit würden die Dinge womöglich nur zu persönlich, und das war etwas, das sie unbedingt vermeiden wollte. Aber sie hatte seinen Eltern sehr interessiert zugehört, hatte ihren Schilderungen über ihren besonderen Sohn eifrig gelauscht. Es fiel ihr immer schwerer, zu ihrem Entschluss zu stehen. Mit jedem Augenblick, der verging, vergrößerte sich Joel Costains Einfluss auf sie ... und auf ihr Herz.

„Er ist draußen im Rosengarten", sagte Adrianne.

„Ich müsste dringend telefonieren", wich Irene aus. „Haben Sie etwas dagegen, wenn ich Ihr Telefon benutze? Ich will wissen, ob bei meinen Kindern alles in Ordnung ist."

„Ich zeige Ihnen, wo das Telefon ist", bot Walt an und stand auf.

Aber als Irene den Hörer aufgelegt hatte, schlenderte sie unwillkürlich in den Garten hinaus. Der Morgen war klar, alle Spuren des Nebels der letzten Nacht waren verschwunden. Der Garten war terrassenförmig an dem Hang angelegt, der hinter dem Haus steil abfiel. Ein mit Pflastersteinen gesäumter Weg schlängelte sich durch den Garten, der, wenn er eben wäre, fast die Größe eines Tennisplatzes hätte. Der Garten zeigte zum Meer hinaus, und die Aussicht war noch faszinierender, als Irene sich vorgestellt hatte.

Joel saß auf einer Steinbank, die ungefähr auf halber Höhe des Hanges stand, und hatte seinen weißen Stock neben sich liegen. Sein Kopf war leicht geneigt und seine Augen waren auf kein konkretes Ziel fixiert, sondern sehr stark nach innen gerichtet, als wäre er ganz in seine Gedanken vertieft. Er sah in diesem Augenblick mehr wie ein Blinder aus als je zuvor, seit Irene ihn kennengelernt hatte. Diese Erkenntnis schockierte sie. Es machte sie nervös, dass er ihr leidtat. Wie er sie wegen dieser Gedanken verachten würde! Sie dachte an ihr Gespräch vor wenigen Minuten mit seinen Eltern und die Bewunderung, die es in ihr geweckt hatte.

Während Irene auf ihn zuging, erinnerte sie sich, dass Joel erwähnt hatte, wie sehr er diesen Garten liebe. Sie konnte das gut verstehen. Die späten Rosen blühten in vielen Farben und Formen. Aber Joels Eindrücke von diesem Garten mussten so ganz anders sein. In einem lächerlichen Versuch, seine Erfahrungen nachzuvollziehen, schloss sie kurz die Augen. Selbst mit geschlossenen Augen spiegelten sich rosenförmige, lebhafte Bilder vor ihrem inneren Auge wider, etwas, das für Joel unmöglich war, der schon sein ganzes Leben lang blind war und nicht die geringste Ahnung hatte, wie eine Rose tatsächlich aussah, oder auch nur, was gelb oder rot oder orange war.

„Stört es dich, wenn ich dir Gesellschaft leiste?“, fragte sie.

Als Antwort rutschte er auf der kleinen Bank zur Seite, aber trotzdem musste sie sehr nahe neben ihm sitzen – beunruhigend nahe. Sie versuchte, sich auf die Aussicht zu konzentrieren. Die Angel Island funkelte wie ein ferner Zufluchtsort. Ihr Vater hatte einmal ein kleines Segelboot besessen, mit dem die ganze Familie öfter zu Ausflügen losgesegelt war.

Dann sprach Joel. Seltsamerweise drehten sich seine Gedanken ebenfalls um seine Kindheit. „Eine meiner frühesten Erinnerungen an Schmerzen stammt aus diesem Garten“, sagte er leise, als sei er tief in Gedanken versunken. „Ich war allein vom Haus weggegangen. Ich muss damals drei oder vier Jahre gewesen sein. Ich wollte unbedingt herausfinden, woher dieser herrliche Duft kam. Meine Mutter fand mich lautstark brüllend in einem Rosenstrauch, in dem ich hängen geblieben war.“

„Du sagtest, du liebtest den Rosengarten ...“

„Das tue ich auch. Vielleicht bin ich auf der Suche nach Bestrafung. Wenn ich allem aus dem Weg ginge, das mir Schmerzen bereitet, könnte man mich genauso gut in einer geschlossenen Anstalt einsperren.“ Er hielt ihr seine Hand hin. In ihr lag eine halb geöffnete goldgelbe Blüte. Ein frischer Blutstropfen hing an einem Kratzer an seiner Hand, und obwohl er von dem Überfall der letzten Nacht mehrere Schnitte hatte, wusste Irene, dass diese Wunde frisch war. „Ich steche mich fast jedes Mal, wenn ich eine Rose berühren will, aber ich will sie trotzdem immer berühren. Gefühl und Duft – und auch Dornen – das gehört für mich alles zu einer Rose dazu. Es ist für mich unmöglich, sie nur aus der Ferne zu bewundern. Darin muss irgendwie eine Moral stecken.“

Sie waren lange still. Eine Biene summte neben ihnen und flog dann davon. Irene genoss den Frieden, der sie umgab. Sie wollte darin baden, ihn tief in sich aufsaugen, auch wenn sie wusste, dass er nicht andauern konnte. Als Joel wieder sprach, geschah dies in einem ruhigen Tonfall, der verriet, dass er ebenfalls die friedliche Atmosphäre genoss und hier wieder neu auftankte.

„Ich habe an Charlie Sullivan gedacht. Ich hoffe, er lebt noch, Irene. Ich möchte ihn finden, ihn kennenlernen."

„Trotz allem, was er getan hat?"

„Als ich ein Kind war – bitte verzeih diese ganzen Kindheitserinnerungen. Ich schätze, im Haus meiner Eltern zu sein, bringt sie an die Oberfläche."

„Das stört mich nicht." Sie sehnte sich danach, alles über ihn zu erfahren, auch wenn sie ihm das nicht sagen konnte.

„Also, als ich ein Kind war, glaubte mein Dad, ich könnte Baseballspielen lernen – er ist begeisterter Baseballfan. Aber der Gedanke daran, dass etwas, das ich nicht sehen konnte, mir ins Gesicht flog, machte mir Angst."

„Ich kann mir nicht vorstellen, wie du jemals einen Ball fangen willst."

„Selbst mein Dad kam zu dem Schluss, dass er in diesem Bereich meine Behinderung akzeptieren müsse. Er gab es nach einer Weile auf, aber ich glaubte, dass er deshalb wirklich enttäuscht sei. Wie jedes Kind wollte ich meinem Vater gefallen. Also überredete ich einige meiner Freunde, mir beizubringen, wie man Bälle fängt. Ich stellte es mir schön vor, meinen Dad mit meinem neuen Können zu überraschen. Ich musste meinen ganzen Mut zusammennehmen, um mich nicht zu ducken oder meinen Kopf in Sicherheit zu bringen, als mein Freund mir den ersten Ball zuwarf. Er traf mich genau im Gesicht und brach mir die Nase.

Aber da meine schlimmsten Befürchtungen sich bewahrheitet hatten, brauchte ich mich vor nichts mehr zu fürchten. Ich hatte noch viel mehr blutige Nasen, geschwollene Lippen, sogar Gehirnerschütterungen. Aber das lehrte mich, dass es besser ist, das Leben zu leben, als ihm aus dem Weg zu gehen und immer einen sicheren Abstand zu halten. Eine Lektion, die ich in einem anderen wichtigen Gebiet irgendwie nicht lernte. Die ganze Zeit ging ich meinen Wurzeln aus dem Weg. Ich habe nie gefragt, Irene. Nie. Und jetzt ist es vielleicht zu spät. Ich habe Greg verloren. Möglicherweise ist Charlie Sullivan auch tot. Aber ich kann meiner Herkunft – meinem Vater – nicht länger aus dem Weg gehen."

„Vielleicht tut es jetzt nicht so weh, da du weißt, was du zu erwarten hast."

„Es wird wehtun ..., aber ich denke, es wird langsam Zeit, dass ich eine Lektion aus meiner Kindheit anwende."

„Joel, was ich gestern darüber sagte, dass ich dir meine Augen zur Verfügung stellen will ..."

„Nein, Irene, ich nagle dich nicht auf diese Worte fest. Du musst bei deinen Kindern zu Hause sein. Du hast deine Arbeit, deine Verpflichtungen."

„Ich will dir helfen, die Antworten zu finden. Ich kann dich zum Beispiel herumfahren. Es muss doch teuer sein, die ganze Zeit Taxi zu fahren."

„Gott sei Dank, kann ich mir diese Unabhängigkeit leisten."

„Vielleicht brauchst du mich nicht, aber ..."

„Ich brauche dich, Irene. Ich gestehe es." Die Intensität in seiner Stimme war beunruhigend.

„Gesteh mir bitte nichts, Joel", versuchte sie, innerlich Abstand zu ihm zu bewahren. „Bitte nicht."

„Ich sagte, dass wir irgendwann schließlich darüber sprechen müssten."

Irene stand abrupt auf, schlenderte zu einem Rosenstrauch und gab vor, die Blüten zu bewundern. Warum musste er nur so hartnäckig sein? Aber andererseits war das Joels Natur. Wenn es sie so störte, warum ergriff sie dann nicht die Initiative und ging einfach? Wie konnte sie sich gleichzeitig so stark zu ihm hingezogen und von ihm abgestoßen fühlen?

Sie fuhr hoch, als er hinter sie trat. Sie hatte ihn nicht näherkommen gehört.

„Irene, du musst es schon geschickter anstellen, wenn du dich vor mir verstecken willst."

„Wer sagt, dass ich mich verstecken wollte?"

Er legte sanft die Hände auf ihre Schultern und drehte sie zu sich herum. Es raubte ihr den Atem, ihm so nahe zu sein. Er hätte sich mit Leichtigkeit vorbeugen und sie wieder küssen können, aber er tat es nicht. Sie war erleichtert, weil sie es sich so verzweifelt wünschte. Sie hätte jederzeit zurückweichen können, aber sie tat es nicht.

„Erwarte ich zu viel von dir, Irene?"

Sie nickte.

Er war nahe genug, um die Bewegung ihres Kopfes zu fühlen, denn er antwortete: „Ich will dich nicht bedrängen. Aber eines muss ich dir sagen: Ich schlüpfe nicht so leicht in eine Beziehung wie am Morgen in frische Socken. Ich könnte kein ‚Liebesabenteuer' haben, selbst wenn ich es wollte. Es ist etwas ganz anderes, das mich zu dir hinzieht."

„Ja ..." Sie fühlte sich schwach und unsicher.

Er nahm seine Hände von ihren Schultern. Seltsamerweise fühlte sie eine größere Last, als die Hände fort waren. Er gab ihr die Rose, die er in der Hand gehalten hatte.

„Gelb", sagte er. „Für Freundschaft."

„Woher wusstest du die Farbe ...?" Es war nicht das, was sie sagen wollte, aber alles, was sie in diesem Augenblick sagen *konnte.*

„Ich weiß es eben." In seiner einfachen Aussage lag so viel mehr Bedeutung, dass es Irene schwindelig wurde.

Es konnte nicht mehr gesagt werden, da Walter Costain Joel vom Gartentor aus zurief: „Joel, am Telefon ist ein Polizeiinspektor, der dich unbedingt sprechen will."

Kapitel 24

Irene und Joel fuhren nur widerwillig nach San Francisco zurück. Die Atmosphäre im Haus der Costains hatte auf beide wie ein lindernder Balsam gewirkt. Dass sie von dort aus direkt zur Polizei fahren mussten, machte den Abschied nur noch schmerzlicher.

„Sie sind schwer zu finden, Costain", sagte Reiley, als sie an seinen Schreibtisch traten. Wie immer schien hinter seinen Worten eine tiefere Bedeutung zu stecken. „Ich habe gehört, dass Sie gestern Abend ein paar Schwierigkeiten in Ihrem Haus hatten."

„Das können Sie laut sagen. Haben Sie schon irgendetwas herausgefunden?"

„Das ist Sache des Einbruchdezernats. Wenn wir hier fertig sind, schicke ich Sie zu ihnen hinunter."

„Warum arbeiten Sie nicht an dem Einbruch?"

„Wie ich schon sagte ..."

„Ihnen ist nie in den Sinn gekommen, dass es vielleicht einen Zusammenhang geben könnte?", fauchte Joel ihn an, dem es schwerfiel, seine Frustration zu verbergen.

„Glauben *Sie* es?"

Für Irene lag die Antwort auf diese Frage auf der Hand, selbst ohne dass man dazu Joels Seite der Geschichte hören musste. Der Einbruch war einfach ein zu großer Zufall, um nicht mit Gregs Ermordung in Verbindung zu stehen. Joel hatte natürlich denselben Eindruck, wiederholte für Inspektor Reiley aber geduldig das Gespräch zwischen den Einbrechern.

„Vielleicht haben Sie falsch gehört."

Worauf Joel erwiderte: „Oder noch besser: Vielleicht habe ich das alles selbst inszeniert, um jeden Verdacht an Gregs Mord von mir abzulenken!"

Reiley kratzte die kahle Stelle an seinem Kopf, als würde er Joels Andeutung wirklich in Betracht ziehen. „In diesem Fall *wäre* der Einbruch für mich von Interesse."

„Wollen Sie in dieser Sache irgendetwas unternehmen oder nicht, Reiley?"

„Nun, jetzt, da ich Ihre Schilderung gehört habe ..."

Joel schüttelte frustriert den Kopf und sagte dann: „Haben Sie irgendetwas über Charlie Sullivan in Erfahrung gebracht?"

„Nichts. Für einen alten Kauz ist er ein ziemlich schlüpfriger Fisch. Ich habe in den Krankenhäusern, ambulanten Kliniken und bei den Onkologen der Stadt Anweisung gegeben, dass man mir melden soll, wenn er auftaucht. Vielleicht führt uns das ja weiter."

„Konnten Sie an Gregs Auto irgendwelche Fingerabdrücke finden?"

„Das Auto verbrannte."

„Aber Greg war doch nicht ...", begann Irene.

„Er wurde aus dem Auto geschleudert", unterbrach Reiley sie. „Das hätte ihm das Leben retten können, *wenn* er noch am Leben gewesen wäre." Er war einen Augenblick abgelenkt und wühlte in dem Papierchaos auf seinem Schreibtisch nach einem Bleistift. „Wiederholen Sie noch einmal, was diese Kerle, die Ihr Haus verwüsteten, genau sagten."

Nachdem Joel das getan hatte, sprach Reiley weiter: „Okay, vielleicht haben sie im Einbruchdezernat Fingerabdrücke. Wer weiß? Vielleicht haben wir sogar Glück und finden etwas an dem ausgebrannten Auto."

„Ich glaube", sagte Joel, „die Männer in meinem Haus trugen Handschuhe – wenigstens der Mann, der mich schlug."

„So weit also dazu." Reiley kritzelte etwas auf sein Papier. „Es waren wahrscheinlich Profis, die genau wussten, was sie wollten." Reiley stand auf. „Ich glaube, das war alles für den Augenblick."

„Mr Reiley“, fragte Irene. „Was ist mit Gregs Leiche? Wann kann sie freigegeben werden?“

„Jetzt, da ja die Abschlussberichte vorliegen, jederzeit.“

„Heute Nachmittag?“

„Ich werde die nötigen Papiere ausstellen.“

„Ich will, dass er in dieses Bestattungsunternehmen gebracht wird.“ Irene reichte ihm eine Visitenkarte mit der Adresse des Unternehmens.

„Kein Problem.“ An Joel gewandt, sagte Reiley: „Ich glaube, wir werden wegen dieses neuen Lichts, das Sie auf den Fall geworfen haben, Ihr Haus noch einmal unter die Lupe nehmen müssen. Es bleibt noch ein oder zwei Tage versiegelt.“

Als Irene und Joel die Polizei verließen und zum Auto gingen, fragte sie: „Was hast du jetzt vor, wenn du nicht in dein Haus kannst? Brauchst du etwas?“ Er hatte sich bei seinen Eltern umgezogen und trug jetzt bequeme Freizeitkleidung, aber viel mehr hatte er nicht bei sich.

„Selbst wenn Reiley mich ließe, bin ich nicht sicher, ob ich in seinem jetzigen Zustand in mein Haus zurück möchte. Es kann gut sein, dass sie auch meine Kleidung aufgeschlitzt haben.“ Er schwieg und dachte über die Möglichkeiten nach, die ihm blieben.

Irene schlug vor: „Was hältst du davon, wenn wir für dich etwas zum Anziehen kaufen gehen?“

„Eine ausgezeichnete Idee!“

Sie holten Adam und Mark ab und fuhren in eine Einkaufspassage.

„Bist du schon jemals mit einem Blinden einkaufen gewesen?“, fragte Joel.

„Nein“, antwortete Irene. Dann fügte sie mit einem Augenzwinkern hinzu: „Aber du weißt natürlich, dass in dieser Saison Pink und Orange der letzte Schrei in der Männermode sind?“

„Ma!“, schimpfte Adam. „So etwas Schreckliches kannst du doch nicht sagen.“

„Das war doch nur Spaß.“

„Du wärst nicht die Erste, die mich drankriegen würde“, sagte Joel. „Nicht, dass ich nicht den größten Teil der Streiche verdient hätte, die man mir in meiner Jugend spielte. Ich hatte vieles provoziert. Einmal haben meine Zimmergenossen meine ganzen Socken durcheinandergebracht, sodass jedes Paar zwei verschiedene Farben hatte. Aber irgendwann bekam ich eine Quittung, die sich gewaschen hatte.“

„Was war passiert?“, fragte Mark gespannt.

„Wir hatten eines Tages eine kleine Schlägerei in der Cafeteria, die in eine richtige Essensschlacht ausartete – und die ich angezettelt hatte. Aber als alle Übeltäter zur Verantwortung gezogen werden sollten, machte ich auf ‚armes, blindes Kind‘ und kam vollkommen ungeschoren davon; ich bekam nicht einmal eine Verwarnung. Die anderen verbrachten Stunden damit, die Cafeteria zu schrubben und zu putzen. Aber sie zahlten es mir heim. Sie füllten Farbe in mein Haarshampoo – noch dazu eine Farbe, die lange hält – und ich marschierte den ganzen Tag mit giftgrünen Haaren herum, bis mich irgendeine freundliche Seele darauf aufmerksam machte. Es dauerte lange, bis meine Haare wieder normal waren.“

„Aber ich wette, dass Sie Ihren Freunden so etwas nie angetan hätten“, sagte Adam.

Joel zuckte schmunzelnd mit den Achseln. „Darüber sprechen wir lieber nicht.“

Nach einem kurzen Schweigen fragte Adam: „Woher wissen Sie eigentlich, welche Farbe die Sachen haben, die Sie anziehen?“ Er zögerte, aber Irene sah, dass er zu neugierig war, um sich diese Frage zu verkneifen.

„Alles, was ich habe, ist sehr gut durchorganisiert – wenigstens war es das bis gestern. Auf allen Sachen steht in Blindenschrift die Farbe und ob es kariert oder gestreift ist. Aber meine Mutter hilft mir heute noch beim Kleidungskauf und beim Beschriften der Sachen."

Joel antwortete so selbstverständlich und offen, dass er die noch vorhandene Zurückhaltung der Jungen endgültig besiegte. Sie stellten den ganzen restlichen Nachmittag ungehemmt ihre Fragen.

„Woher weiß Ebony, wann sie die Straße überqueren kann?", fragte Mark. Straßen zu überqueren stellte für den Sechsjährigen immer noch ein großes Abenteuer dar.

„Ich sage es ihr", antwortete Joel.

„Aber wozu brauchen Sie sie dann?"

„Ich würde sagen, die letzte Entscheidung liegt bei mir. Aber sie ist dazu ausgebildet, genau zu beobachten und zu lauschen. Am besten kann ich es so beschreiben, dass wir ein Team sind. Wir reagieren sehr sensibel aufeinander. Es gab Zeiten, in denen ich sie anwies zu gehen, sie mich aber zurückzog, weil sie sah, dass ein Auto um eine Ecke bog, das ich vielleicht nicht hören konnte, weil es seine Geschwindigkeit verlangsamt hatte."

„Sind Sie schon einmal von einem Auto angefahren worden?", fragte Mark mit großen Augen.

„Nein, nie."

„Vielleicht sollte Mark Ebony bekommen", bemerkte Adam hochnäsig. „Er hat Angst davor, über die Straße zu gehen."

„Die habe ich auch manchmal", sagte Joel. „Aber wenn man Vorsicht und Vernunft walten lässt, kann man lernen, seine Angst zu überwinden. Bei mir war es jedenfalls so."

Während sie von Geschäft zu Geschäft schlenderten, stellte Irene überrascht fest, dass Joel sehr klare Vorstellungen davon hatte, was er wollte. Er wusste, was ihm passte und was modern war. Aber sie staunte gleichzeitig über das große Vertrauen, das er trotzdem aufbringen musste.

Er bemerkte: „Ich gehe nur mit Menschen einkaufen, die mich lieben." Offenbar wollte er diese gedankenlos dahingesagten Worte abschwächen und fügte schnell hinzu: „Damit wollte ich natürlich nicht sagen ..."

Sie rettete ihn: „Warte nur, bis du diese rote Polyester-Unterhose anziehst, die du gerade gekauft hast."

Erleichtert ging er auf den Witz ein: „Ich weiß nicht, ob sie rot ist, aber ich habe alles sehr sorgfältig betastet, und ich bin sicher, dass ich kein *Polyester* gekauft habe." Er erschauderte theatralisch, als er dieses Wort aussprach.

„Machen Sie sich keine Sorgen, Mr Costain", sagte Adam. „Ich würde nie zulassen, dass Ma jemandem so etwas Schreckliches antut."

„Wir Männer müssen zusammenhalten", lachte Joel.

Irene staunte über die unverkrampfte Beziehung zwischen Joel und ihren Jungen, besonders über Adam, den Introvertierteren und Sensibleren der beiden. Vielleicht brauchte er nur genauso wie alle anderen eine Entspannung nach den niederdrückenden letzten Tagen. Vielleicht lag es aber auch an Joels entwaffnender Art. Sie wusste, dass Adam und Mark einen erwachsenen Mann in ihrem Leben brauchten. Natürlich hatten sie Norm und ihren Großvater. Aber Norm war in seiner Baufirma sehr eingespannt und die Jungen sahen ihn viel zu selten. Und ihr Großvater hatte einfach nicht mehr die nötige Energie für zwei Jungen mit unermüdlichem Tatendrang.

Irene fragte sich, ob und wann der passende Zeitpunkt wäre, ihren Söhnen zu erzählen, dass sie mit Joel verwandt waren. Warum nicht jetzt? Aber die Antwort auf diese Frage wusste sie sofort. Sie war noch nicht dazu bereit. Damit würde sie Joel in ihr Leben einbeziehen. Genauso schwer wie Blutflecken wegzuwaschen waren, konnte eine Blutsverwandtschaft einfach ausgelöscht werden.

Kapitel 25

„Ihr Idioten!" Die Hand des Mannes zitterte erregt, während er seinen Griff um den Telefonhörer verkrampfte. „Da hätte ich ja gleich Abbot und Costello für diese Arbeit engagieren können! Ihr Clowns seid die unfähigsten ..."

„Es war nicht allein unsere Schuld."

„Ich hatte euch gesagt, ihr sollt im Hintergrund bleiben. Ihr tötet den einen Mann, schlagt den anderen zusammen, und es ist nicht eure Schuld? Was habt ihr euch nur dabei gedacht?"

„Ich dachte, Sie wollten Ergebnisse sehen. Es zog sich allmählich in die Länge. Aber Mitchells Tod war trotzdem ein Unfall."

„Die Polizei sieht das anders."

„Wann bekommen wir jetzt unser Geld?"

„Ihr habt wirklich Nerven!"

„Sie sind uns das Geld schuldig!"

„Klagt es doch vor Gericht ein!"

„Sie ..."

Der Mann hielt den Hörer von seinem Ohr ab, als die wütende Stimme am anderen Ende der Leitung lautstark und unverblümt ihrem Ärger Luft machte. Als die Tirade nachließ, sagte der Mann am Telefon mit eiskalter, ungerührter Stimme: „Wir sind fertig miteinander, ist das klar? Und kommt bloß auf keine dummen Ideen. Ihr könnt mir nichts beweisen."

Er legte ruhig den Hörer auf, dann drehte er sich auf seinem Drehstuhl zu einem großen, ordentlichen Schreibtisch mit Glasplatte.

„So weit dazu", sagte er zu der zweiten Person, die außer ihm im Raum war.

„Glaubst du, es war klug, sie so abzufertigen? Es sind raue Typen."

„Es gibt keine andere Möglichkeit, mit solchen Typen fertig zu werden. Sie reagieren nur auf Härte."

„Ich glaube immer noch, sie könnten nützlich sein ..."

„Was geschehen ist, ist geschehen", sagte der Mann mit unumstößlicher Endgültigkeit. „Jetzt müssen wir entscheiden, wie wir weiter vorgehen."

„Wir müssen an Costain herankommen. Jetzt, da Mitchell tot ist, ist er unsere einzige Verbindung. Das ist das Einzige, was diese zwei Kerle für uns erreicht haben: Sie haben uns zu Costain geführt. Ich bin mir immer noch nicht ganz im Klaren darüber, was Sullivan vorhat – warum dieses ganze Katz-und-Maus-Spiel? –, aber ich glaube, wir können Sullivan im Augenblick vergessen und uns auf seinen Sohn konzentrieren. Costain kann uns nicht durch die Finger schlüpfen. Früher oder später muss Sullivan Kontakt zu ihm aufnehmen – eher früher, wenn seine Krankheit so weit fortgeschritten ist, wie wir glauben. Wenn wir Costain, der sich nicht so leicht verstecken kann wie Sullivan, beobachten, dann werden wir letztendlich dafür belohnt werden."

„Du bist eine Tochter, auf die man stolz sein kann", sagte der Mann, dessen Stolz in seinen Augen nur teilweise von seiner Härte überdeckt wurde. Er versuchte zu vergessen, dass es ihre Idee gewesen war, diese zwei nichtsnutzigen Ganoven anzuheuern. „Was schlägst du vor? Wie sollen wir ihn beobachten?" Er konnte es sich nicht verkneifen, hinzuzufügen: „Gewiss sollten wir nicht noch mehr ..."

„Schon klar! Ich gebe zu, dass es ein Fehler war."

„Habe ich dir nicht schon immer gesagt, Lena: ‚Wenn du willst, dass etwas richtig gemacht wird, dann musst du es selbst erledigen'?"

„Und Daddy hat immer recht, nicht wahr?"

Die Frau kicherte leise und schüttelte leicht den Kopf, wobei ihre blonden Locken wie Satin über ihre Schultern fielen. Sie hatte ihre langen, wohlgeformten Beine überkreuzt, stand jetzt aber auf und ging um den Schreibtisch herum, bis sie nur wenige Zentimeter von dem älteren Mann entfernt stand. Sie beugte sich vor und küsste seine tief zerfurchte Stirn.

„Daddy, du hast ganz viele Eigenschaften, die deine Schwächen wettmachen", sagte sie liebevoll.

„Ich hoffe, du sprichst von meinen besten Eigenschaften – Habgier, Rücksichtslosigkeit, Stolz und vor allem: dem Charme, andere mit diesen Qualitäten zu blenden."

Die Frau lachte. „Ich bin ein echter Nutznießer davon."

„Ich gebe meiner Tochter immer nur das Beste."

„Eine Sorge habe ich trotzdem, Daddy. Was ist, wenn Charlie Sullivan mehr im Sinn hat als nur eine harmlose Erpressung?"

„Er ist ein feiger, kranker alter Mann. Ich bin sicher, dass ich von ihm nichts zu befürchten habe. Glaubst du, er würde damit weit kommen?"

„Daddy, ich habe die kopierte Seite aus diesem Notizbuch gesehen. Sullivan könnte dir wirklich schaden."

„Er lässt sich kaufen. Ich schulde ihm vielleicht wirklich etwas, denn immerhin bezahlte er ..."

„Sag es nicht, Daddy! Du warst einfach besser als er. Du schuldest ihm gar nichts."

„Bezahlen ist vielleicht unsere einzige Möglichkeit so kurz vor den Wahlen."

„Was du auch tust, unterschätze Sullivan nicht. Und bitte", fügte sie mit echter Besorgnis hinzu: „Bleib in der Nähe deines Leibwächters."

„Das werde ich. Und du willst in Costains Nähe bleiben?"

„Natürlich. Ich rechne nicht damit, dass das sehr schwer sein dürfte. Der Mann ist blind. Welche Schwierigkeiten kann er uns schon machen?“

Sie ging zu ihrem Stuhl zurück, holte ihre elegante Gucci-Handtasche und schritt dann zur Tür. „Ich vereinbare noch heute einen Termin mit diesem Mann. Eigentlich dürfte es ziemlich amüsant werden.“

Ihre vollen Lippen, die leuchtend rot bemalt waren, verzogen sich zu einem siegessicheren Lächeln, bevor sie die Tür öffnete und das Büro verließ.

Kapitel 26

An drei Tagen in der Woche – montags, mittwochs und freitags – hatte Joel in der Frühe eine feste Verabredung mit einem alten Collegefreund im Fitnessraum. Er hatte letzte Woche die Verabredungen abgesagt und sein Körper fing an, die fehlende Betätigung zu spüren. Sonst hätte er vielleicht erneut abgesagt. Er redete sich mit den vielen Ereignissen der letzten Tage heraus, aber eigentlich wusste er, dass er Kevin aus einem ganz konkreten Grund aus dem Weg ging. Bei ihrem letzten Treffen hatte Kevin ein sensibles Thema angesprochen, auf das sich Joel nur widerwillig einließ.

„Es ist lange her, *alter Junge*", begrüßte Kevin ihn grinsend. „Ich würde sagen, deine Muskeln werden schon allmählich schlapp."

„Ich fühle mich auch ganz schlapp."

„Was hat dich denn gehindert zu kommen? Ein großer Fall?"

Während sie an den Gewichten trainierten, erzählte ihm Joel in Kürze die Ereignisse der letzten Woche.

„Das ist hart, Mann." Von Joels früheren Studienkollegen war Kevin einer der wenigen, die immer noch ein bisschen gegen den Strom schwammen. Vielleicht unterrichtete er deshalb auch Jura, statt es zu praktizieren. Er hatte die Haare zu einem langen Pferdeschwanz gebunden, trug in jedem Ohr einen Ring und hatte einen langen Schnurrbart. Normalerweise trug er Cordhosen, einen Tweedmantel mit Flicken an den Ellbogen, ein buntes Karohemd, ein Halstuch und bequeme Halbschuhe. Er machte nur so viele Zugeständnisse, wie seine Arbeit unbedingt erforderte. Seit er vor ein paar Jahren sein Leben Gott übergeben hatte, rauchte er kein Marihuana mehr, aber er fuhr immer noch einen alten VW-Bus.

„Was willst du jetzt in dieser Angelegenheit unternehmen?“, fragte Kevin und schnaufte bei den anstrengenden Beinübungen nach jedem Wort.

„Ich versuche, Charlie Sullivan zu finden. Ich glaube, mehr kann ich im Augenblick nicht tun.“

„Was ist mit der Ex-Frau deines Bruders?“

„Was soll mit ihr sein?“

„Ich bin nicht blind, alter Junge. Ich habe deinen verliebten Blick gesehen, als du sie erwähntest. Diesen Blick habe ich nicht mehr bei dir gesehen seit – du weißt schon, seit wann.“

„Ich weiß ...“ Joel tat, als konzentriere er sich darauf, seine Arme unter dem Druck der Gewichte zu beugen.

„Hat auch lange gedauert. Schön, dass es endlich so weit ist“, sagte Kevin.

„Fang jetzt nur nicht an, die Hochzeitsglocken zu läuten. Sie hat nicht nur einen starken Widerwillen, sich auf mich einzulassen, sondern sie ist richtiggehend verängstigt.“

„Sie wird sich daran gewöhnen, dass du blind bist.“

„Damit hat es wenig, wenn überhaupt etwas zu tun. Ich fürchte, sie sieht jedes Mal, wenn sie mich anschaut, ihren Ex-Mann.“

„Seht Ihr beide euch so ähnlich?“

„Ich bin nicht sicher. Das kann mir niemand sagen. Ich wünschte, ich hätte in dem Augenblick, in dem Greg und ich uns gegenüberstanden, sehen können. Nur für einen kurzen Moment.“

„Versuche, ein Foto von ihm zu bekommen. Dann sage ich es dir.“

„Das ist eine gute Idee, denn ich glaube nicht, dass Irene darüber sprechen will.“

Sie gingen an das nächste Trainingsgerät, aber ihr Gespräch verebbte. Beide brauchten ihren Atem für die Übungen. Joel stellte sein Gerät auf die gleiche Belastung ein wie vor einer Woche. Er fühlte jedes einzelne Gramm der Gewichte. Aber es tat gut, als der Schweiß ihm aus den Poren lief, sein T-Shirt durchnässte und jeder Muskel in seinem Körper angespannt war. Als er und Kevin eine halbe Stunde später fertig waren, glaubte Joel schon, er sei in dieser anderen Angelegenheit, die sie vor über einer Woche besprochen hatten, noch einmal ungeschoren davongekommen.

Aber nachdem sie geduscht hatten, brachte Kevin beim Anziehen das Thema doch noch auf den Tisch.

„Joel, hast du noch einmal über diese Professorenstelle nachgedacht?“

„Nicht viel.“

„Ich weiß, du hattest andere Dinge im Kopf, aber wenn du überhaupt Interesse daran hast, musst du bald etwas unternehmen.“

„Das ist eine schwerwiegende Entscheidung, Kevin.“

„Ich dachte, du seist dort, wo du jetzt bist, unglücklich.“

„‚Unglücklich‘ ist nicht gerade die richtige Bezeichnung. ‚Gelangweilt‘ und ‚unerfüllt‘, das kommt der Wirklichkeit schon näher.“

„Für mich heißt das alles letztendlich, dass du unglücklich bist.“

„Vielleicht warte ich nur ab, was Gott von mir will.“

Kevin lachte. „Komm schon, Bruder! Du weichst aus, und das ist gar nicht geistlich.“

Joel stopfte seine Sportschuhe und seine Trainingskleidung in seine Tasche. „Okay! Schuldig im Sinne der Anklage. Ich weiß, dass ich nicht ewig das tun will, was ich zurzeit tue. Aber jetzt ist ein ungünstiger Zeitpunkt für Veränderungen, besonders da zurzeit so vieles passiert; ich weiß, das ist nur eine neue Ausrede. Ich schätze, ich bin nicht sicher, ob ich mich überhaupt verändern *kann.* Oder ob Unterrichten die Veränderung ist, auf die ich mich einlassen sollte. Ich hatte nie den Wunsch zu unterrichten."

„Ich möchte wetten, du denkst an den Spruch: ‚Wer etwas kann, der tue es; wer nichts kann, der ... unterrichte.' Du fürchtest, wenn du unterrichtest, würdest du damit eine Niederlage eingestehen. Aber du bist nicht gescheitert. Du bist mit dreißig Jahren in einer der angesehensten Anwaltskanzleien Kaliforniens Partner geworden. Das ist ein großer Erfolg, ob du nun blind bist oder nicht."

„Du warst schon immer mit Leib und Seele Lehrer, Kev. An der Uni hast du jeden unterrichtet, ob er wollte oder nicht."

„Ich glaube, du wärst auch ein großartiger Lehrer. Ich habe mit dem Dekan der Juristischen Fakultät gesprochen ..."

„Du hast mit ihm gesprochen?"

„Ich hatte nicht den Eindruck, dass ich das nicht dürfte. Er wäre begeistert, wenn du dich auf die freie Stelle bewerben würdest. Es nagt immer noch an dir, nicht wahr? Du kannst es nicht ertragen, dass es da draußen eine einzige Herausforderung gibt, die du nicht gemeistert hast."

„Ich schätze, das, was man nicht haben kann, will man am meisten."

Joel dachte über diese Worte nach, während er in sein Büro zurückkehrte. War er denn nicht reifer geworden und hatte diese oberflächliche Lebensauffassung, die er früher gehabt hatte, längst abgelegt? Oder waren Herausforderungen immer noch die treibende Kraft in seinem Leben? Eine Arbeit zu haben, die ihn herausforderte und an seine Grenzen führte, war eine Sache, aber eine solche Arbeit *nur* wegen der Herausforderung zu suchen, war eine andere. Das war einer der Gründe gewesen, warum er überhaupt begonnen hatte, Strafverteidiger zu werden. Seine Professoren hatten ihm gesagt, es sei fast unmöglich, dass ein Blinder ein erfolgreicher Strafverteidiger werden könne. Einer der Schlüssel in der Strafrechtspraxis sei die Fähigkeit, die Mienen der Menschen lesen zu können. Eine Stimme sagte vielleicht einiges, aber wenn dabei die Augen leicht zusammengekniffen wurden, konnten die Worte eine ganz andere Bedeutung bekommen. Außerdem waren da noch die Geschworenen. Sie sprachen nie, aber ihr Gesichtsausdruck und ihre Körperbewegungen konnten einen Fall in die eine oder in die andere Richtung entscheiden.

Es war Joels Natur, besonders als er noch jünger war, sobald jemand das Wort *unmöglich* sagte, dies als Herausforderung zu verstehen. In der Schule und während seiner kurzen Praxiserfahrung als Strafverteidiger hatte er immer Mittel und Wege gefunden, die Situationen, in denen es in einem Gerichtssaal nötig war, sehen zu können, zu kompensieren. Aber das hatte nicht genügt. Doch noch bevor er das begriffen hatte, hatte er schon seine eigene Kanzlei eröffnet, als er gerade seinen Abschluss in der Tasche hatte. Er gewann ein paar Fälle – kleinere Diebstähle, einige Jugendstrafsachen. Nach diesen Erfolgen dachte er sich nichts dabei, einen Fall, bei dem es um Vergewaltigung ging, zu übernehmen, seine bislang größte Herausforderung. Das war der Anfang vom Ende gewesen.

Selbst nachdem das alles passiert war, war es schwer für ihn gewesen, sich diese Niederlage einzugestehen.

Vielleicht war Joel deshalb nie mit seiner gegenwärtigen Position vollkommen zufrieden. Er hatte sich mit Steuerrecht *abgefunden.* Oh, es gab Augenblicke, in denen es ziemlich faszinierend und herausfordernd war. Aber wenn er sich fragte, was er in der Welt Gutes bewirkte, waren seine Antworten nicht befriedigend. Er half Menschen – reichen Menschen –, noch reicher zu werden. Arme Leute konnten sich die Dienste von

Eberhard, Wilson, Petri und Costain normalerweise nicht leisten. Selbst die wenigen Sozialfälle, die er übernahm, konnten seine Sehnsucht nach mehr Sinn in seinem Beruf nicht stillen.

Abgesehen von allem anderen war das ebenfalls eines seiner Motive gewesen, sich mit Strafrecht zu beschäftigen. Joel hatte daran gedacht, als Pflichtverteidiger zu arbeiten – überarbeitet und unterbezahlt, ja –, aber in einer Position, in der er den Menschen, die es sich nicht leisten konnten, die beste rechtliche Hilfe anbot. Er hatte in seiner Jugend ein paar Ideale gehabt; er war nicht vollkommen von seinen eigenen Bedürfnissen und Wünschen getrieben worden. Damals, als er seine Unzulänglichkeit, diesen Idealen zu entsprechen, am meisten gefühlt hatte, hatte er seine Behinderung verwünscht.

Seine trüben Gedanken versetzten ihn in die richtige Stimmung für das, was ihn an diesem Nachmittag erwartete: Gregs Beerdigung. Bei dem Gedanken an Greg wurde Joel jedoch daran erinnert, dass er viel mehr gesegnet war, als er es verdiente. Wie vielen Blinden – oder auch Sehenden – boten sich die Möglichkeiten, die er hatte? Sollte er in einer angesehenen Anwaltskanzlei bleiben, oder sollte er an einer herausragenden juristischen Fakultät als Professor unterrichten? Er hatte so viel, nicht nur materiell, sondern auch an Lebensqualität. Und er hatte einen Gott, der ihn auf den richtigen Weg führte. Er brauchte nicht blind und ziellos durch das Leben zu stolpern. Aber falls er stolperte, hatte er einen Herrn, der ihm half, wieder aufzustehen, und der ihn weiterhin führte. Wenn Greg nur auch solche Möglichkeiten gehabt hätte!

Kapitel 27

Irene musste immer wieder an den Liedtext „Regentage und Montage“ denken. Ihr war wirklich nach Weinen zumute. Sie schaute an den Scheibenwischern vorbei durch die verregnete Windschutzscheibe und fragte sich, warum Greg nicht einmal mit dem Wetter bei seiner Beerdigung Glück haben konnte.

Aber Irene war nicht bereit, diesen Tag zu verschieben und auf besseres Wetter zu warten. Dieses Kapitel in ihrem Leben musste ein für alle Mal abgeschlossen werden. Natürlich war ihr klar, dass die Beerdigung Greg nicht vollständig aus ihrem Denken löschen könnte. Wenn auch nur um ihrer Söhne willen musste sie sich weiterhin mit Greg Mitchell auseinandersetzen. Sie war Irene Lorenzo, aber ihre Kinder trugen weiterhin den Namen „Mitchell“.

Nein, mit der Bestattung wäre Greg nicht vollständig begraben.

Aber Irene hoffte, es wäre wenigstens ein Schritt in die Richtung, einen gelassenen Blick für diesen Mann zu bekommen. Alle Gefühlsschwankungen, die sie durchlebt hatte, seit sie von seinem Tod erfahren hatte, waren vielleicht mehr auf die Umstände seines Todes zurückzuführen, und weniger darauf, dass sie noch starke Gefühle für Greg empfand. Sie hoffte es wenigstens. Sie dachte an Joels Frage, ob sie Greg immer noch liebe. Sie hatte wirklich geglaubt, dass sie schon vor Jahren – lange vor ihrer Scheidung – aufgehört habe, ihn zu lieben. Aber wenn das der Fall war, wie konnte sie dann ihre jetzige Trauer und ihren Schmerz erklären?

Sie musste es überwinden. Vielleicht würde sie dann …

Joels Bild tauchte vor ihrem geistigen Auge auf. Ein Kloß bildete sich in ihrer Kehle. Wie könnte sie je eine Beziehung zu Gregs Bruder in Betracht ziehen? Es war verrückt. Aber warum schlug ihr Herz schneller, sobald sie an Joel dachte? Hatte sie Mitleid mit ihm? Wohl kaum. Das war es gewiss nicht, was sie für Joel empfand.

„Reenie, geht es dir gut?"

Irene hatte ihre Schwester, die neben ihr im Auto saß, beinahe vergessen. Adam und Mark saßen auf dem Rücksitz. Sie musste sich zusammenreißen. Ihretwegen.

„Ja", sagte Irene.

„Du fährst in einer Fünfunddreißig-Meilen-Zone fünfzig ..."

„Oh, meine Güte!" Irene trat auf die Bremse. Sie fragte sich, wie Connie auf die Gedanken, die sie gerade beschäftigten, reagieren würde. Welche Ratschläge würde ihre Schwester ihr geben? Sie hatte Joel noch nicht kennengelernt. Was würde sie denken? Genauso wie alle anderen hatte sich auch Connie damals von Greg einnehmen lassen. Sie war also kein unanfechtbarer Experte in Bezug auf Menschenkenntnis. Connie würde Joel mögen; es gab keinen Grund, der dagegen sprach. Irene unterhielt sich mit Connie über alles. Warum hatte sie dieses Thema noch nicht angesprochen? Sie hatte Connie nur von Joels Beziehung zu Greg erzählt, und das auch nur, weil Connie durch ihre Mutter schon von ihm gehört hatte.

Sie wollte Connie viel mehr erzählen, aber sie fürchtete, wenn sie ihre Gefühle in Worte fasste, würden sie realer und ließen sich noch schwerer leugnen. Sie musste sich einen Notausgang frei halten.

Ein einfacher Gottesdienst war in der Kapelle des Bestattungsinstitutes geplant. Da die Urne mit Gregs Asche in einer kleinen Gruft beigesetzt würde, gab es keine Trauerfeier auf einem Friedhof. Sie versammelten sich in dem kleinsten Raum der Kapelle, da sie nicht mehr Platz benötigten. Neben Irene, Connie, Adam und Mark waren auch Irenes Eltern da und Norm, der früher von der Arbeit weggefahren war. Joel war ebenfalls gekommen sowie seine Eltern. Irene hatte den Costains versichert, sie müssten nicht kommen, aber sie wollten um Joels willen an der Trauerfeier teilnehmen.

Zehn Menschen. Und ein Pfarrer, der ihnen allen, einschließlich Greg, ein Fremder war. Das allein war schon traurig genug und rührte ihre Gefühle an. Aber Irene weinte nicht, nicht einmal, als der Pfarrer so abgedroschene Phrasen wie „Von Erde bist du gekommen, zu Erde wirst du wieder werden" und „Ich bin die Auferstehung und das Leben" sagte. Das Wort „unpersönlich" kam Irene in den Sinn. Sie bekam Schuldgefühle, dann rief sie sich ins Gedächtnis, dass es auch überhaupt keine Trauerfeier hätte geben können. Sie hätte Greg genauso den Rücken zukehren können wie seine zweite Frau. Wenigstens hatte Irene *etwas* getan.

Nach dem Gottesdienst versammelten sie sich alle im Haus von Irenes Eltern. Theresa, die sich nicht so gut gefühlt hatte, um in das nasse Wetter hinauszugehen, hatte Sandwiches und Häppchen vorbereitet. Irene war etwas nervös, ob sich Walt und Adrianne – und in gewissem Sinne auch Joel – in der typischen Arbeiterwelt ihrer Eltern wohlfühlen würden. Aber Walt und Ray entdeckten sehr schnell ihre gemeinsame Liebe zu Baseball und Segelbooten, und mögliche Klassenunterschiede zwischen ihnen kamen überhaupt nicht erst zum Vorschein. Norm und Joel unterhielten sich und waren binnen kürzester Zeit in ein geistliches Gespräch vertieft, dem sich Connie bald anschloss und von dem Irene bewusst fernblieb. Die älteren Frauen brauchten etwas mehr Zeit, um miteinander warm zu werden. Millie war etwas abgeschreckt gewesen, als die Costains in ihrem Mercedes vorfuhren. Etwas, das Millie ganz und gar nicht ausstehen konnte, waren Snobs, und beim Anblick der Limousine hatte sie die Costains sofort als solche abgestempelt.

Doch dann zerbrach Mark in der Küche ein Glas, und als Millie kam, um nachzuschauen, was passiert war, sah sie mit Entsetzen, wie Adrianne auf dem Boden kniete und die Scherben aufsammelte.

„Das brauchen Sie doch nicht", sagte Millie.

„Das macht mir nichts aus", entgegnete Adrianne. „Wer ein blindes Kind aufgezogen hat, hat viel Übung darin, Glasscherben aufzusammeln. Wo ist Ihr Besen?" Adrianne fegte den Boden und machte Millies Vorurteile für immer zunichte.

Irene, die in die Küche gekommen war, um zu sehen, ob sie helfen könne, schaute erstaunt zu. Aber es störte sie gleichzeitig, dass ihr diese Szene so gut gefiel, als ob es eine Rolle spielte, ob ihre und Joels Eltern sich gut verstanden. Im Grunde war sie in der gesamten untypisch zusammengewürfelten Gruppe die Einzige, die allein war und das Gefühl hatte, nirgends dazuzugehören. Sie war erleichtert, als sich die Costains nach einer Stunde verabschiedeten und Joel, der in sein Büro zurückmusste, in ihrem Auto mitnahmen. Erst jetzt entspannte sie sich, ließ sich auf das Sofa im Wohnzimmer fallen, schlüpfte aus ihren Schuhen, legte die Füße auf den Tisch und genoss in aller Ruhe eine Tasse Kaffee. Es störte sie nicht einmal, dass ihre Mutter und Großmutter in der Küche aufräumten und Geschirr spülten. Sie würde ihnen in ein paar Minuten helfen.

Connie setzte sich neben sie. „Sieht so aus, als würdest du dich ein wenig entkrampfen."

„Ich bin froh, dass es vorbei ist."

„Du hast mir nie erzählt, was für ein netter Mann Joel ist."

„Was?“ Auf diese Bemerkung war Irene in diesem Augenblick nicht vorbereitet gewesen. „Es ... es kam mir nie in den Sinn.“

„Es mir zu sagen? Oder dass er ein netter Mann ist?“

„Ich weiß es nicht.“

„Reenie, wirst du rot?“

„Bestimmt nicht! Warum sollte ich?“

„Doch.“ Connie machte eine Pause. Als sie wieder sprach, senkte sie die Stimme, obwohl die beiden allein im Zimmer waren. „Irene, empfindest du etwas für diesen Mann?“

Irene lachte trocken. „Connie, du hast wirklich eine blühende Fantasie.“

Connie rieb sich genüsslich das Kinn. „Wie war dieses Sprichwort über die Leute, die etwas zu laut abstreiten? Das muss auch der Grund sein, warum du ihn fast überhaupt nicht erwähnt hast. Du hättest mir alles erzählt, wenn du nicht Angst hättest.“

„Ich will nicht darüber sprechen.“

„Puh! Ist es so schlimm?“

Irene verdrehte die Augen und wandte sich leicht von ihrer Schwester ab. Dann sagte sie mit leiser, heiserer Stimme: „Er ist Gregs Bruder, um Himmels willen.“

„Das muss die Sache schwer für dich machen“, erwiderte Connie ruhig.

Irene nickte und war hin und her gerissen zwischen dem Wunsch, vor ihrer Schwester ihre Gedanken und Gefühle auszuschütten, und dem Wunsch, alles für sich zu behalten.

„Bist du in ihn verliebt?“

„Ich kenne ihn doch erst seit einer Woche!“

„Das ist nicht unbedingt wichtig.“

„Natürlich nicht. In Greg habe ich mich damals auch Hals über Kopf verliebt. Erinnerst du dich, Connie? Ich war so vernarrt. Er hatte mich mit seinem Charme vollkommen verzaubert. Mein Herz schlug wie wild, wenn ich ihn nur sah. Ich dachte Tag und Nacht nur an ihn. Du erinnerst dich daran, wie es war, habe ich recht ...?"

„Ist es jetzt auch so?"

„Ich ... ich weiß nicht."

„Irene, du bist jetzt älter und viel reifer. Du kannst denselben Fehler nicht noch einmal begehen. Allein schon die Tatsache, dass du mit deinen Gefühlen kämpfst, bestätigt das. Du gehst viel vernünftiger an die Sache heran."

„Ich fühle mich nicht besonders vernünftig. Warum muss das ausgerechnet jetzt passieren?"

„Vielleicht weil jetzt der einzige Zeitpunkt ist, zu dem es passieren konnte. Wie sonst hättest du Joel kennenlernen sollen?"

„Das ist ein weiterer Grund. Unser Leben und unser Hintergrund ist meilenweit voneinander entfernt. Wir leben praktisch in zwei verschiedenen Welten."

„Nur weil sein Dad ein reicher Architekt ist, der einen nagelneuen Mercedes fährt, und dein Dad für andere Leute den Rasen mäht und einen alten Ford fährt? Wenn du dich von solchen Dingen beeinflussen lässt, bist du genauso schlimm wie Mama. Dann bist du ein Snob. Nur eine Sache ist entscheidend: wie ihr beide *innerlich* zueinander steht."

Irene lächelte über die liebenswürdige Einfalt ihrer Schwester. Aber Connie hatte recht. Irene hatte die Standesunterschiede zwischen sich und Joel kaum bemerkt, wenigstens nicht, bis sie seine Eltern kennengelernt hatte. Dieses Thema war bei der Frage, wie ihr Herz, ihr Verstand und ihre Seele aufeinander reagierten, bedeutungslos.

„Weißt du, was ich glaube?", sagte Connie. „Dieses ganze Gerede über ‚zwei verschiedene Welten' ist nur eine bequeme Ausrede für dich, um ihm aus dem Weg zu gehen. Genauso wie du es bei jedem anderen Mann getan hast, den du kennengelernt hast."

„Ich bin ein erbärmlicher Chaot, nicht wahr? Glaubst du, meine Angst davor, dass er genauso sein könnte wie Greg, sei auch nur eine Ausrede?"

„Das ist schon ein triftigerer Grund. Selbst ich habe versucht, herauszufinden, ob er irgendeine Ähnlichkeit mit Greg hat. Aber abgesehen davon, dass er ihm ein bisschen ähnlich sieht, sind sie zwei vollkommen unterschiedliche Menschen."

„Erwartest du, dass ich *deinem* Urteil traue? Du hattest dich damals fast auch in Greg verliebt, weißt du noch?"

„Aber Joel hat sogar den Härtetest bestanden! Mama hat mich in der Küche über ihn ausfragen wollen, und weißt du, was sie sagte? ‚Connie, ich habe mich mit Joel ein paar Minuten unterhalten. Er ist so ein netter Mann. Ich kann es kaum glauben, dass er Gregs Bruder sein soll.'"

„Wirklich?" Das war tatsächlich überraschend. Aber Irene fiel es immer noch nicht leicht, ihre Skepsis loszulassen. „Trotzdem bin ich nicht in Joel Costain verliebt. Dieses ganze Gespräch führt also zu nichts."

Connie streckte sich lässig, als langweile sie dieses Thema ohnehin. Aber einen Augenblick später fragte sie mit unbefangener, beiläufiger Stimme: „Und wie sehen Joels Gefühle für dich aus?"

Irene wurde auf der Stelle knallrot.

„Verstehe ...", sagte Connie und stand auf. „Ich gehe und helfe Mama und Großmutter in der Küche."

Irene ließ ihren Kopf auf das Sofa zurückfallen. War das Leben wirklich so einfach, wie Connie ihr einreden wollte? Vielleicht machte es Irene komplizierter, als es war, wenn sie darüber nachdachte und sich unnötig quälte. Aber sie konnte die Dinge nicht so klar sehen wie Connie, und im Gegensatz zu Joel war sie sich auch ihrer Gefühle nicht so sicher. Sie musste alles gedanklich verarbeiten und alle verschiedenen Facetten beleuchten. Und selbst dann war sie sich ihrer nicht immer sicher. Das war einer der frustrierenden Aspekte ihres Christenlebens gewesen. Sie konnte lange beten, dass Gott ihr seinen Willen zeigte, und war sich trotzdem nie sicher. Sie hatte oft den Bibelvers zitiert, in dem es heißt, dass die Schritte eines Gerechten von Gott gelenkt werden. Sie vermutete, solange sie Gott vertraute, führte er sie, wenn sie unsicher war. Es funktionierte, bis sie einige Christen sagen hörte: „Gott hat mir gesagt ...“ Oder: „Ich habe darüber gebetet, und jetzt weiß ich, Gott will, dass ich das tue ...“ Wie konnten sie sich Gottes nur so sicher sein? Ein Teil in ihr betrachtete diese Sicherheit schon immer mit Skepsis.

Aber wo blieb *sie* bei der ganzen Sache?

In einer ziemlich aussichtslosen Position. Sie hatte nicht einmal mehr die Gewissheit, dass ihre Schritte von Gott gelenkt wurden. Sie hatte nichts, keine Grundlage. Sie konnte sich nur auf sich selbst verlassen.

„Nun, allmächtige Irene“, murmelte sie bitter. „Was willst du jetzt tun?“

Eine nagende innere Leere begleitete sie in die Küche.

Kapitel 28

Zwei Tage später fand Joel, als er in sein Büro kam, eine Nachricht von Arthur Eberhard vor, in der er ihn bat, so bald wie möglich zu ihm zu kommen. Joel hatte keinen triftigen Grund, sich wegen der knappen Nachricht den Kopf zu zerbrechen. Er konnte sich höchstens vorwerfen, dass er es versäumt hatte, Eberhard über die Ereignisse der letzten Tage zu informieren. Der Seniorpartner der Kanzlei verlangte nicht, in das Privatleben seiner Kollegen eingeweiht zu werden; Joels Beziehung zu Eberhard gestaltete sich jedoch so, dass sein Schweigen Arthurs Gefühle möglicherweise verletzt hatte.

Als er Eberhards Büro betrat, wurde Joel herzlich begrüßt. Der Seniorpartner schüttelte ihm die Hand und führte ihn zu einem der Samtsessel in der geräumigen Sitzecke des Büros. Wenigstens entschied sich Eberhard dafür, das Gespräch nicht hinter seinem riesigen Eichenschreibtisch zu führen, der angeblich früher einmal Harry Truman gehört hatte. Eberhard war schon Anfang achtzig, aber für sein Alter noch ziemlich fit. Er war fast dreißig Zentimeter kleiner als Joel, hatte eine weiche rosafarbene Haut und Hände, die nur dann Schwielen bekamen, wenn er seinen Golfschläger zu oft in die Hand nahm. Er hatte eine leise Stimme und war in seinem ganzen Auftreten etwas feminin. Man hätte ihn leicht als bedeutungslos abtun können, wären da nicht seine stahlgrauen Augen gewesen, die hart und berechnend waren. Natürlich war Joel diese Beschreibung nur von anderen vermittelt worden. Die weichen Gesichtszüge und die harten Augen waren Einzelheiten, die Joel entgingen; jedoch schätzte er diesen Mann schon seit Langem als eine Macht ein, die ernst zu nehmen war. Gleich bei seiner ersten Begegnung mit Eberhard hatte er die stählerne Härte in der weichen Stimme des Mannes gehört, seine Bestimmtheit in seinem festen Händedruck gespürt.

„Es ist eine Weile her, seit wir uns das letzte Mal länger unterhalten haben, nicht wahr, Joel?“, begrüßte Eberhard ihn herzlich.

„Ja“, erwiderte Joel. „Das ist meine Schuld. Bei mir war sehr viel los.“

„Das habe ich gehört.“

„Was haben Sie gehört, Arthur?“

„Von dem Auftauchen Ihres Bruders und von seiner Ermordung ...“

„Das ist alles ziemlich erschütternd. Wirklich kaum zu glauben.“

„Hatten Sie gehofft, es geheim halten zu können?“

„Nein, ganz und gar nicht. Ich wurde einfach so sehr von den Ereignissen in Beschlag genommen. Ich hätte Ihnen etwas sagen sollen, Arthur, wenigstens von meinem Besuch bei der Polizei. Es tut mir leid.“

„Was geschehen ist, ist geschehen.“

„Ich fürchte, es ist noch nicht alles vorbei. Die Polizei hat seinen Mörder noch nicht gefunden. Und Sie müssen wissen, dass ich unter Mordverdacht stehen könnte; jedoch habe ich starke Zweifel, dass die Polizei mich wirklich ernsthaft in Erwägung zieht.“

„Anscheinend sind Sie sich gar nicht bewusst, wie ernst diese ganze Sache ist oder werden kann. Ich bekam einen Anruf von dem leitenden Redakteur des *Chronicle.* Sie wollten einen Artikel über den Einbruch in Ihrem Haus und eine mögliche Verbindung zu dem Mord an Greg Mitchell, Ihrem Bruder, drucken.“

„Mich hat niemand von der Presse wegen eines Interviews angesprochen.“

„Das ist jetzt auch unwichtig. In Anbetracht meiner langjährigen Freundschaft zu dem Redakteur wollte er mir den Artikel vorab zu lesen geben. Ich bat ihn, die Geschichte fallen zu lassen."

„Ich verstehe nicht, warum."

„Es ist nicht günstig, wenn die Kanzlei in eine solche Angelegenheit verwickelt wird."

„Aber ich bin darin verwickelt, und damit leider auch die Kanzlei."

„Es muss aber kein öffentliches Spektakel werden. Sie waren schon immer der Typ, der die Bedeutung seiner Position in der Gesellschaft und die seiner Kanzlei gern herunterspielt. Aber trotz unserer angesehenen Stellung würde die Presse uns mit dem größten Vergnügen zerfleischen. Das Ganze könnte sehr leicht in einen Skandal ausarten."

„Aber, Arthur! Das kann ich einfach nicht glauben."

Eberhard bewegte sich auf seinem Stuhl und überkreuzte die Beine. Joel spürte an der Bewegung des Mannes und an einer leichten Anspannung in seiner Stimme, dass ihm dieses Gespräch unangenehm war. „Wissen Sie noch, was passierte, als George Petri und seine Frau sich vor zwei Jahren scheiden ließen? Die Scheidung lieferte Stoff für große Schlagzeilen."

„Der Kampf um das Sorgerecht der Kinder war aber auch ausgesprochen hässlich."

„Darin gebe ich Ihnen recht. Aber, Joel, in Ihrer Situation geht es um *Mord* – für die Presse ein viel gefundeneres Fressen als eine Scheidung."

„Ich bin immer noch nicht überzeugt, Arthur, aber angenommen, das, was Sie andeuten, passiert tatsächlich. Was kann ich dagegen tun? Ich kann nicht ändern, was geschehen ist, und auch nicht meine Beteiligung daran. Ich habe es nicht an die große Glocke gehängt. Aber ich kann es nun einmal nicht ändern, dass mein Bruder getötet wurde."

„Ich möchte nur, dass Sie sich aller möglichen Konsequenzen im Klaren sind."

„Das bin ich."

„Und ich möchte Ihnen eindringlich ans Herz legen, dass es äußerst wichtig ist, der Presse gegenüber keine Verlautbarungen zu machen."

„Das habe ich nicht im Geringsten vor."

„Gut, es freut mich, dass wir uns verstehen." Eberhard schenkte sich aus einer Karaffe ein Glas Wasser ein. „Soll ich Ihnen etwas zu trinken bringen, Joel?"

„Nein danke, ich brauche nichts, Arthur." Joel schwieg und wartete, während Eberhard sein Wasser trank. Ein weiterer Augenblick des Schweigens verging, bevor Joel fragte: „Gibt es noch etwas?"

„Ja ..." Der Tonfall des Seniorpartners verriet einen großen Widerwillen, weiterzusprechen. Aber mit einem Seufzen tat er es schließlich doch. „Wussten Sie, dass ich noch einen anderen Freund in einer hohen Stellung habe?"

„Ich weiß, dass Sie viele solcher Freunde haben."

„Der Mann, von dem ich spreche, ist zufällig der Dekan der Juristischen Fakultät in Carlisle. Wir spielen jeden Freitag miteinander Golf."

Joel nickte nur. Er wusste, was jetzt kommen würde, aber er beschloss, Eberhard weitersprechen zu lassen, damit er seine Reaktion besser beurteilen konnte.

„Joel ... Joel ..." Eberhard schüttelte den Kopf. „Wissen Sie, wie deprimierend es ist, von einem Außenstehenden zu erfahren, dass ein Mann, von dem ich immer geglaubt habe, er stünde mir nahe, unzufrieden ist?"

Joel rutschte wie ein überführter Schuljunge auf seinem Sessel ein paar Zentimeter tiefer. „Was genau hat Lowenfeld gesagt?"

„Dass Sie sich nach einer Professorenstelle erkundigt haben, die an der Fakultät frei wird."

„Arthur, ich habe mich nicht erkundigt. Ein Freund von mir, der an der Fakultät unterrichtet, sprach mich auf diese Stelle an. Ich habe nie mit Lowenfeld gesprochen, und ich habe auch nicht gesagt, dass ich interessiert sei. Ich fürchte, mein Freund war begeisterter als ich."

„Sie ziehen diese Stellung also nicht in Betracht?"

„Ich habe darüber nachgedacht."

„Aber warum? Ihnen muss doch klar sein, welch eine Degradierung das für Sie wäre."

„Dieser Aspekt spielt für mich keine Rolle, Arthur. Es wäre keine Degradierung, wenn es der Platz wäre, an den ich gehöre. Ich möchte offen mit Ihnen sprechen. Ich bin seit einiger Zeit unzufrieden. Es ist nicht die Kanzlei, verstehen Sie mich bitte nicht falsch. Es ist nur ..." Wie konnte er sagen, was er fühlte, ohne Arthur auf seine weichen Füße zu treten? „Erinnern Sie sich, Arthur, dass es mein größter Wunsch war, nach dem Studium Strafverteidiger zu werden?"

„Natürlich erinnere ich mich daran. Und wir wissen beide, wie verheerend das ausging. Ich hätte gedacht, dieser traurige Vorfall hätte Ihnen ein für alle Mal Ihre Grenzen gezeigt."

Joel ärgerte sich über das Wort *Grenzen.*

„Entschuldigen Sie *meine* Offenheit", sprach Eberhard weiter. „Aber Sie waren damals ziemlich am Boden zerstört, als das passiert war. Sie glaubten schon, Sie sollten ganz das Handtuch werfen. Aber ich habe gesehen, dass Sie ein intelligenter, talentierter junger Mann waren und dass es in diesem Beruf einen Platz für einen Blinden gibt. Ich habe Sie aufgenommen, Joel, als viele das nicht getan hätten ..."

„Ging es nur darum, Arthur? Wollten Sie nur einem armen Blinden helfen? Ich habe nie um Mitleid oder eine Sonderbehandlung gebeten."

„Sie haben auch nie eine Sonderbehandlung bekommen, außer dass ich am Anfang ein paar Klienten überredet habe, Ihnen eine Chance zu geben. Sie haben schnell Ihr Können unter Beweis gestellt – *Sie ganz allein.* Glauben Sie, ich würde jeden Tag einen Dreißigjährigen als Partner in die Kanzlei aufnehmen? Sie hatten es verdient. Und deshalb kann ich auch nicht verstehen, warum Sie jetzt alles hinwerfen wollen."

„Es fiel mir noch nie leicht, meine Grenzen zu akzeptieren, wie Sie es ausdrückten." Es steckte viel mehr dahinter, das wusste Joel, aber Arthur könnte nicht mehr hören, ohne beleidigt zu sein. Wie leid Joel es war, den Reichen zu helfen, noch reicher zu werden, und den Armen – nun, ihnen fast überhaupt nicht zu helfen. Darum ging es nämlich in Eberhards Kanzlei. Deshalb trugen sie die Armani-Anzüge, hatten ihren BMW in der Garage und die teuren Antiquitäten in ihren Büros stehen und konnten sich die Immobilien leisten, die die Kanzlei in der Karibik besaß. Arthur Eberhard führte dieses Leben schon zu lange, um zu verstehen, wie seicht und oberflächlich das alles war. Deshalb tastete Joel, statt noch mehr zu sagen, auf seine Braille-Armbanduhr und sagte: „Ich habe in ein paar Minuten einen Termin."

„Ja, natürlich." Arthur stand auf und führte Joel zur Tür. „Ich hoffe, wir können über diese Dinge in einem offenen Gespräch bleiben, Joel. Sie sind wie ein Sohn für mich."

„Das werden wir, Arthur." Sie schüttelten sich die Hände. „Und ich hoffe, Sie können mir mein Schweigen in letzter Zeit vergeben."

„Vergeben und vergessen."

* * *

Joel war kaum in sein Büro zurückgekehrt, als seine Sekretärin ihm meldete, seine Klientin sei gekommen. Er nahm sich fünf Minuten Zeit, um die Informationen, einige Braille-Notizen und ein Band, das Linda für ihn vorbereitet hatte, noch einmal durchzugehen. Es war eine neue Klientin, die Besitzerin einer großen und einträglichen Restaurantkette namens Alexanders, in der man vornehm und teuer essen konnte.

Er stand von seinem Stuhl auf, als die Frau das Büro betrat. Sie reichte ihm eine schlanke, manikürte Hand mit Ringen an drei Fingern. Ein teures Parfüm umgab sie. Joel vermutete, dass sie groß war, einen Meter siebzig oder fünfundsiebzig, und schlank, wie er aus ihrer anmutigen Bewegung schloss.

„Miss Westfall", sagte Joel, als er ihre Hand schüttelte.

„Bitte nennen Sie mich doch Lena. Und wenn ich Sie Joel nennen darf ... Ich ziehe bei guten Geschäftsbeziehungen den Vornamen vor."

„Klingt sehr gut. Bitte nehmen Sie Platz."

Sie setzte sich auf einen der Lederstühle, die seinem Schreibtisch gegenüberstanden. Er hörte, wie sie ihr Kleid glatt strich und ihre, wie er vermutete, langen Beine überkreuzte. Aus dem Klang ihrer Stimme, die ziemlich kehlig und voll war, schloss er, dass sie Anfang bis Mitte dreißig war.

„Ich bin so froh, Joel, dass Sie mir innerhalb von zwei Tagen einen Termin einräumen konnten." Sie warf leicht den Kopf zurück und strich sich über die Haare.

„Ich könnte eine Klientin wie Sie kaum ablehnen. Ich habe selbst auch schon bei Alexanders gegessen, und es hat mir dort sehr gut gefallen."

„Einer der Vorteile unserer Geschäftsbeziehungen ist selbstverständlich, dass Sie gern jederzeit bei uns speisen können – als unser Gast, versteht sich."

„Das ist sehr großzügig von Ihnen. Sagen Sie mir bitte, Lena, warum Sie beschlossen haben, in unsere Kanzlei zu kommen. Werden Sie nicht gegenwärtig von Abernathy und Carter vertreten?"

„Wir planen zu expandieren. Die Restaurants in Phoenix und Seattle sind fast fertiggestellt. Drei andere befinden sich im Bau. Damit hätten wir insgesamt zwölf. Wir erwägen außerdem, an der Ostküste Restaurants zu eröffnen."

„Haben Sie nicht den Eindruck, dass Abernathy und Carter ein so großes Unternehmen gut vertreten könnten?" Es war eine rhetorische Frage. Persönlich war Joel fest davon überzeugt, dass diese Kanzlei für ein solches Unternehmen bestens geeignet war. Er ahnte, dass mehr dahinterstecken musste.

„Wir sind seit einiger Zeit nicht ganz glücklich mit ihnen", erwiderte Lena, ohne zu zögern. „Fred Abernathy war ein alter Freund der Familie, und mein Vater blieb aus reiner Loyalität bei dieser Kanzlei. Ich versuche schon seit Jahren, ihn zu überreden, sich von ihnen zu trennen."

„Und jetzt hatten Sie schließlich Erfolg?"

„Mein Vater zieht sich aus dem Geschäft allmählich zurück. Ich wurde vor Kurzem Vorsitzende der Gesellschaft und besitze den größten Aktienanteil."

„Steht dieser Wechsel dann im Widerspruch zu den Wünschen Ihres Vaters?"

„Also, Joel, das klingt fast so, als wollten Sie Alexanders nicht als Geschäftspartner!" Sie lachte unbefangen und schüttelte wieder ihre Haare. Joel vermutete, dass sie, so gern wie sie ihre Haare nach hinten warf und damit kokettierte, wahrscheinlich hübsche Locken haben musste. Vielleicht blond oder rot. Er müsste Linda fragen, um zu erfahren, ob er richtig geraten hatte.

„Ich kann Ihnen versichern, dass das ganz und gar nicht der Fall ist", sagte er.

„Gut! Und Sie können sicher sein, dass Sie nicht Zielscheibe irgendwelcher Familienquerelen werden. Vater hat seinen Segen zu diesem Wechsel gegeben. Er hat sogar zugegeben, dass er mit unserem früheren Anwalt nie ganz zufrieden war.“ Sie schwieg kurz, dann öffnete sie ihre Handtasche – oder war es eine Aktentasche? –, legte etwas auf Joels Schreibtisch und schob es ihm zu. „Alexanders Buchhaltungs- und Steuerunterlagen befinden sich allesamt auf dieser Computerdiskette. Ich bin sicher, dass Sie sie durchsehen wollen. Das ... hm ... ist doch kein Problem für Sie, nicht wahr, Joel?“

„Nicht im Geringsten.“

„Sie müssen mir verzeihen. Ich habe noch nie mit einem blinden Anwalt zusammengearbeitet, und ich bin nicht sicher, was mich erwartet. Aber Sie wurden mir wärmstens empfohlen.“

„Sie brauchen von mir nicht weniger zu erwarten, Lena, als von jedem anderen Anwalt auch.“ Obwohl es ihn nach dem Gespräch mit Eberhard Mühe kostete, gelang es Joel, eine verärgerte Spitze in seiner Stimme zu unterdrücken.

„Joel, ich habe einen Bärenhunger. Mir ist zwar klar, dass es noch eine Weile bis Mittag ist, aber ich würde es vorziehen, wenn wir unser Gespräch in einer entspannteren Atmosphäre fortsetzen könnten. Ich habe Büros noch nie gemocht. Würden Sie mir bei einem Imbiss Gesellschaft leisten?“

Eigentlich wollte er nicht. Miss Lena Westfall war zwar vermutlich eine attraktive Frau, aber sie gehörte zu sehr zu den Reichen dieser Welt, als dass er es genießen könnte, zu lange in ihrer Nähe zu sein. Er wusste jedoch sehr wohl, wie wichtig es war, sich um Klienten zu kümmern. Alexanders brächte mit einem Dutzend Restaurants in mehreren größeren Städten der Kanzlei zweifellos beträchtliche Einnahmen. Außerdem war seine Position im Moment sowieso zu wackelig, als dass er es sich leisten konnte, seine Partner noch mehr gegen sich aufzubringen. Es sei denn, er wolle freiwillig aus der Kanzlei aussteigen. Dieser Gedanke war gleichzeitig reizvoll und beunruhigend.

„Ich muss in meinem Terminkalender nachsehen, Lena“, sagte Joel. Dann rief er Linda an, die ihm versicherte, dass er, wie er bereits genau wusste, bis zum Nachmittag keinen Termin mehr hatte. „Offensichtlich bin ich frei“, erklärte er.

„Welches Restaurant schlagen Sie vor?“

„Das ist von jemandem wie Ihnen eine gefährliche Frage, Lena. Warum nicht Alexanders?“

„Ein anderes Mal, Joel. Ich bin sicher, dass Sie im Augenblick neutrales Territorium bevorzugen.“

Er zuckte mit den Achseln. „Das wäre für mich doch kein Problem.“

„Es macht Sie doch nicht nervös, ein Restaurant auszusuchen, nicht wahr?“ Sie kicherte leicht. „Ich probiere hin und wieder gern, was die Konkurrenz zu bieten hat.“

Joel hatte das Gefühl, auf die Probe gestellt zu werden. „Nun, schauen wir einmal, ob mir etwas einfällt, das wenigstens annähernd den Standard erreicht, den Sie gewohnt sind.“

Er stand von seinem Stuhl auf, nahm seinen zusammengefalteten Stock und ging dann um seinen Schreibtisch herum. Lena hakte sich sofort bei ihm unter, und er hatte das Gefühl, dass das weniger eine Geste der Hilfsbereitschaft war als ihre Art, freundlich, ja sogar kameradschaftlich zu sein.

Ihre Worte unterstrichen diese Geste. „Ich habe das Gefühl, das wird der Anfang einer fabelhaften Beziehung. Sie nicht auch, Joel?“

Aber Joel nickte nur und lächelte; er überlegte angestrengt, wo das beste – oder vielleicht zweitbeste – Restaurant in San Francisco war.

Kapitel 29

Es wurde ein langer Tag. Joel zögerte, Irene anzurufen und sie zu fragen, ob sie den Abend miteinander verbringen könnten. Er war sich nicht ganz sicher, wo die Grenze zwischen Drängen und geduldigem Warten zu ziehen war. Das Kapitel in ihrem Leben, das sie zusammengeführt hatte, schien seinem Ende entgegenzugehen, besonders jetzt, da Greg beerdigt war.

Aber Joel wollte nicht zulassen, dass sich ihre Wege wieder trennten, und er fühlte instinktiv, dass sie ebenfalls den Kontakt zu ihm nicht vollkommen abbrechen wollte, auch wenn sie behauptete, zu einer ernsten Beziehung nicht bereit zu sein. Als er schließlich doch anrief, glaubte er, einen Anflug von Freude in ihrer Stimme zu hören. Er hoffte, dass er es sich nicht nur einbildete.

Joel erledigte einige Einkäufe. Als er an diesem Abend vor Irenes Haustür ankam, war Ebony an seiner Seite. Der Taxifahrer brachte seine Sachen zur Tür: zwei große Pizzas und eine Einkaufstasche.

Irene öffnete die Tür. Er wusste, dass sie grinste, und konnte sich vorstellen, wie ihre Augen dabei funkelten.

„Ebony ist auch dabei!“, rief sie aus, nachdem sie Joel begrüßt hatte. Sie beugte sich vor und kraulte dem Hund die Ohren.

„Der Arzt hat sie unter der Bedingung freigelassen, dass sie noch mindestens zwei Wochen nicht arbeitet“, erklärte Joel, als Irene nach dem fehlenden Geschirr fragte. „Sie ist immer noch steif und schwach. Der Tierarzt will, dass sie nur einmal am Tag spazieren geht und das ganz allmählich steigert, bis sie wieder ihr normales Pensum schafft. Heute ist ihr erster großer Ausflug.“

„Ich bin so froh, dass es ihr besser geht.“ Irene nahm dem Taxifahrer seine Last ab, während Joel den Mann bezahlte.

Als Irene die Pizza in die Küche brachte, kamen Adam und Mark aus ihrem Zimmer. Der unwiderstehliche Pizzaduft hatte sie angelockt. Aus der Einkaufstasche holte Irene einen Sechserpack Limonade und eine Packung Vanilleeis.

„Ich habe eine Schwäche für Limonade mit Vanilleeis und Pizza“, sagte Joel. „Ich hoffe, das stört niemanden.“

Natürlich störte es niemanden.

Sie aßen eine Pizza auf. Die Jungen freuten sich, dass sie für später noch etwas übrig hätten, genau wie Joel geplant hatte. Sie schauten ein Spiel im Fernsehen an und genossen dabei ihr Limonadeneis. Joel erfuhr, dass er und Irene die gleiche Begeisterung für Gesellschaftsspiele hatten. Joel versprach, das nächste Mal, wenn er zu Besuch käme, ihnen ein paar Braille-Kartenspiele beizubringen. Es kam keine Widerrede und kein Zögern von Irene, als er von einem nächsten Besuch sprach.

„Joel, wohnst du immer noch bei deinen Eltern?“, fragte Irene.

„Ja, aber ich hoffe, nur noch ein paar Tage. Ich liebe sie, aber ...“

„Eltern sind Eltern, nicht wahr?“

Er nickte. „Meine Versicherung wird für den größten Teil des Schadens aufkommen, aber ich werde nicht auf ihren Scheck warten. Die Polizei ist fertig. Ich werde also ein Reinigungsunternehmen beauftragen, im Haus sauberzumachen. Sobald es fertig ist, richte ich es neu ein.“

„Es war so hübsch. Willst du etwas an der Einrichtung ändern?“

„Wahrscheinlich. Ma wartet schon darauf, endlich anfangen zu können. Sie liebt so etwas.“

„Sie hatte es bestimmt vorher auch eingerichtet."

„Ja. Irene, hättest du nicht Lust, ihr dabei zu helfen?"

„Ich? Oh, ich glaube nicht, dass ich ..."

„Mama ist eine Künstlerin", warf Mark ein, der halb dem Gespräch der Erwachsenen zuhörte und halb auf seine Spielfiguren konzentriert war. „Sie kann toll malen."

„Das ist nicht dasselbe, Mark", wehrte Irene ab.

„Ich wusste nicht, dass du eine Künstlerin bist", sagte Joel.

Sie zuckte mit den Achseln und meinte dann: „Ich bin wohl kaum eine richtige Künstlerin. Ich habe noch kein einziges Bild fertig gemalt."

„Sie sollten einige ihrer Bilder sehen", begann Mark, dann brach er ab, errötete und fügte entschuldigend hinzu: „Es tut mir leid, Mr Costain, ich meinte nicht ..."

„Das macht nichts, Mark. Vielleicht kannst du sie mir ja beschreiben."

„Also wirklich", protestierte Irene. „Die Bilder sind nichts Besonderes."

Aber Mark ergriff schon Joels Hand. „Kommen Sie. Sie sind im Schlafzimmer."

„Du hast doch nichts dagegen, Irene?", fragte Joel.

„Meinetwegen ..." Sie folgte ihnen über den Flur in ihr Schlafzimmer-Studio.

„Zeig ihm das Bild von uns", bat Adam, der sich einen Augenblick später zu ihnen gesellte.

Joel hörte, dass etwas geschoben und bewegt wurde. Wahrscheinlich war es ziemlich aufdringlich von ihm, Irene diese Umstände zu bereiten, um ihm ihre Arbeit zu zeigen, aber er wollte alles über sie wissen, über ihr Herz und ihre Seele. Aufgrund ihrer sensiblen Natur hatte er das Gefühl, dass ihre Bilder eine wichtige Ausdrucksform ihrer Persönlichkeit waren.

„Dieses Bild habe ich vor Kurzem am Stinson Beach

gemalt“, erklärte Irene. „Ich male gern Meereslandschaften. Der Strand bildet den Hintergrund; auf dem Sand brechen sich die Wellen. Die Sonne versucht, die Wolken zu durchdringen, aber das habe ich nicht gut eingefangen. Adam und Mark sind im Vordergrund und bauen Sandburgen.“

„Von mir sieht man nur den Rücken“, erklärte Mark. „Aber man erkennt mich, weil ich das Giants-T-Shirt anhabe, das Opa mir gekauft hat.“

Adam fragte: „Haben Sie schon jemals das Meer gesehen, Mr Costain?“

„Nein“, sagte Joel. „Ich bin von Geburt an blind. Ich habe noch nie irgendetwas gesehen.“

Beide Jungen stießen leise, bewundernde Töne aus, als sie sich das vorstellten.

„Aber ich liebe das Meer“, fügte Joel hinzu. „Ehrlich gesagt ist der Strand auch einer meiner Lieblingssorte. Wenn ihr das nächste Mal ans Meer fahrt, dann macht einmal ein paar Minuten lang die Augen zu, und ihr werdet entdecken, dass es viel mehr zu bieten hat als nur das, was ihr mit den Augen sehen könnt. Das Rauschen der Wellen, das Pfeifen des Windes, das Kreischen der Vögel. Und die Gerüche – Fische, Salz, Sonnenmilch.“

„Ich mag es, wenn der nasse Sand zwischen meinen Zehen durchquillt“, sagte Mark.

„Ich auch“, erwiderte Joel. „Wenn man genauer darüber nachdenkt, dann ist das, was ihr seht, nur ein sehr kleiner Bruchteil dessen, was das Meer ausmacht.“

Irene zeigte noch ein paar andere unvollendete Bilder, dann wurde es Adam und Mark langweilig und sie verschwanden wieder.

„So, das war es, glaube ich“, sagte Irene.

„Du hast keine Bilder mehr?“

„Ich verstehe nicht, was das soll, Joel. Es hat den Jungen Spaß gemacht, aber um meinetwillen brauchst du nicht weiterzumachen.“

„Das tue ich nicht. Mich interessieren die Bilder wirklich. Was hast du noch?"

„Ich habe ein Bild von dir gezeichnet", antwortete sie nach einigem Zögern. Er hörte, wie Papierseiten, wahrscheinlich in einem Zeichenblock, umgeblättert wurden.

„Ich wüsste gern, wie du mich siehst", sinnierte er laut.

„Ich bin keine so gute Künstlerin, um das richtig ausdrücken zu können."

„Wie viel Ähnlichkeit hat das Bild mit Greg?"

Sie schwieg lange, bevor sie antwortete: „Das wolltest du schon lange fragen, nicht wahr?"

„Ja …"

„Es gibt eine Ähnlichkeit …, glaube ich …" Ihr Tonfall war gezwungen, zögernd. Er merkte, dass sie nicht weiter auf diese Frage eingehen wollte.

Er wechselte das Thema. „Ist dieses Bild auch unvollendet?"

„Natürlich."

„Warum malst du nie etwas fertig, Irene?"

„Einfach Faulheit, schätze ich. Mangelnde Disziplin."

„Du hast keine Angst vor dem Risiko, das du damit eingehen würdest? Dass du keine Ausrede mehr hättest?"

„Vielleicht auch. Ich glaube, ich könnte es nicht gut wegstecken, abgelehnt zu werden."

„Oder angenommen zu werden?"

Sie seufzte, dann begann sie, die Bilder wieder wegzuräumen. In ihrer plötzlichen Aktivität steckte eine unverkennbare Nervosität. Er wusste, dass er sie zu sehr gedrängt hatte. Wie schwer es war, *nicht* zu drängen, wenn er doch die Möglichkeiten, die für sie bestanden, so deutlich spürte, wenn er doch zutiefst fühlte, dass sie für ihn auch etwas empfand. Noch schwerer zu ignorieren war der starke Drang, sie zu berühren – nicht sexuell –, vielmehr war es das Bedürfnis eines Blinden, auf die einzige Möglichkeit, die er kannte, Kontakt zu seiner Umwelt aufzunehmen. In seiner Welt der Dunkelheit schien Irene manchmal so weit entfernt zu sein, besonders jetzt, da sie sich absichtlich vor ihm zurückzog. Er hörte die Geräusche ihrer Bewegung, roch den frischen Duft, den sie ausstrahlte, aber sie war so weit von ihm entfernt wie die Vögel im „Land der Blinden". Er dachte an die Geschichte von H. G. Wells über das isolierte Land, in dem die Bewohner schon seit so vielen Generationen blind waren, dass sie in ihrem Wortschatz nicht einmal mehr Worte für den vergessenen Sehsinn hatten. In diesem Land hörten sie das Zwitschern der Vögel über sich und das Flattern ihrer Flügel und dachten, es müssten Engel sein, die sie nicht berühren konnten.

„Irene, es tut mir leid", sagte er leise.

Sie schwieg einen Augenblick und hielt sogar in ihren geschäftigen Bewegungen inne. Dann murmelte sie: „Du hast wahrscheinlich recht."

„Das ist unwichtig." Aber es war, als spräche er mit jemandem, der auf der anderen Seite einer tiefen Kluft stand. Das wollte er auf keinen Fall. Er konnte seine nächsten Worte nicht unterdrücken. „Ich möchte dich berühren."

Würde sie das verstehen?

Er fügte leise hinzu: „Ich will nicht, dass du ein Engel im Land der Blinden bist, der nicht mehr ist als Geräusche in der Ferne."

„Dein Vater erwähnte dieses Land der Blinden", sagte sie, mit dem unübersehbaren Versuch, ihm auszuweichen. „Was ist das?"

Joel antwortete, auch wenn er wusste, dass die Frage nur ihre Art war, von dem abzulenken, was sie wirklich beschäftigte. Vielleicht war es besser so. „Es ist eine Geschichte von H. G. Wells." Er erzählte ihr von dem Land, das von der Außenwelt abgeschnitten in den Anden liegt, und von den Vögeln, die für Engel gehalten werden. „Die Geschichte erzählt von einem sehenden Mann, der sich in den Bergen verirrt und den es in dieses Land verschlägt."

„Machten sie ihn zum König? Dein Vater sagte etwas von einem einäugigen König."

„Im Land der Blinden ist der Einäugige König", zitierte Joel. „Das, dachte der Mann, würde passieren. Aber in Wirklichkeit hielten die Leute ihn für irgendwie verrückt. Er war in vielem ungeschickt und sprach dauernd von etwas, das er *Sehen* und *Augenlicht* nannte. Sie behandelten ihn wie einen zweitklassigen Menschen, der nur die einfachsten Aufgaben bewältigen konnte. Sie verrichteten ihre Arbeit, wenn es kalt war, und das war nachts. Während der Wärme des Tages, wenn die Sonne am Himmel stand, schliefen sie. Und so stolperte der sehende Mann immer in der Dunkelheit herum. Deshalb waren sie überhaupt nicht davon beeindruckt, dass er sehen konnte, weil sie keine Vorstellung davon hatten, was das bedeutete."

„Was geschah mit dem Mann?"

„Er verliebte sich in ein Mädchen in diesem Land, und sie sich in ihn. Aber die Ältesten konnten eine Heirat zwischen einer Frau aus ihrem Volk und einem Mann, der so viel weniger wert war, nicht zulassen. Dann fiel ihnen eine Möglichkeit ein, wie er ihnen gleich werden könnte ..."

„Oh nein!", rief Irene aus, als sie ahnte, was dann passierte.

„Er musste ihnen nur erlauben", sagte Joel, ohne auf ihre Reaktion einzugehen, „ihm die Augen auszustechen, die sie sowieso für nutzlos hielten."

„Hat er sich darauf eingelassen?"

„Er war dazu bereit ... aus Liebe. Aber an dem Tag,

an dem die Operation stattfinden sollte, unternahm der Mann einen Spaziergang, um einen letzten Blick auf die Schönheiten dieser Welt zu werfen. Er ging einfach weiter und weiter. Die Wunder, die seine Augen sahen, waren zu kostbar, um sie zu opfern ... nicht einmal aus Liebe.“ Ein Kloß bildete sich in Joels Kehle, als er geendet hatte. Der Gedanke, ein so schweres Opfer von Irene zu verlangen, belastete ihn sehr. „Sie verlangte zu viel von ihm“, sagte Joel schließlich.

„Wie konnte sie das begreifen, wenn sie keine Ahnung hatte, was Sehen für ihn bedeutete?“

„Das Sehen war einer der Gründe gewesen, warum sie sich in den Mann verliebt hatte. Sie war aus dem ganzen Volk als Einzige von seinen fremdartigen Geschichten über das Sehen fasziniert gewesen.“

„Das hattest du nicht erwähnt. Dann befand sie sich in einer entsetzlichen Situation. Genau das, was sie an ihm liebte, trennte ihn von ihr.“

„Ach, Geschichten!“, sagte Joel leichthin. „Gott sei Dank ist das wirkliche Leben ganz anders.“

„Ja ...“

Aber beide wussten, dass das nicht stimmte. Joel musste an Irenes Worte über sein schlechtes Timing denken. Der falsche Zeitpunkt ... der falsche Ort. Aber was war mit Gottes Timing? Joel konnte nicht aufgeben, wenigstens nicht, solange er nicht mindestens einmal die Hand ausstrecken und den unerreichbaren Engel berühren konnte.

Trotz der inneren Konflikte, die der Abend auslöste, gab es auch viel Positives. Nur ein einziges kurzes Mal an dem ganzen Abend war Greg erwähnt worden; Charlie Sullivan oder Joels Herkunft waren überhaupt kein Thema gewesen. Er sah das als gutes Zeichen dafür, dass er und Irene noch etwas anderes hatten, auf das sie aufbauen konnten, als nur die traurigen Ereignisse der letzten Tage. Joel freute sich darauf, einen normaleren Weg mit Irene einzuschlagen. Er dachte an gelegentliche Spaziergänge mit ihr, selbstgekochtes Essen, gemeinsames Fernsehen, an Kinobesuche mit den Kindern ..., er stellte sich das herrlich vor. Er verdrängte den Gedanken, dass sie aufgrund seiner Behinderung nie ein ganz normales Leben führen könnten. Er würde nie von ihr verlangen, dieses Opfer für ihn zu bringen.

Aber Joel betete darum, dass Gott an Irenes Herz arbeitete und in ihr den gleichen Wunsch weckte – und dass sie es überhaupt nicht als Opfer empfände.

Kapitel 30

In einer Bar in der Geary Street saßen zwei Männer und hatten jeder ein Glas vor sich auf dem Tisch stehen, der eine ein Bier, der andere eine Bloody Mary. Sie saßen allein an einem Ecktisch und unterhielten sich leise, ohne sich von dem regen Treiben in dem überfüllten Raum stören zu lassen. Die Musik im Hintergrund erhöhte den Geräuschpegel noch mehr. Niemand schenkte den Männern oder ihrem Gespräch auch nur die geringste Beachtung.

„Ich finde, wir sollten uns mit unseren Verlusten abfinden und von hier verschwinden."

„Wir stecken zu tief drin, Lenny. Wir haben nichts mehr zu verlieren." Der Mann rieb gedankenabwesend an einem kleinen Verband über seinem Nasenrücken.

Lenny trank von seinem Bier und wischte sich dann mit dem Handrücken den Schaum von seinem Schnurrbart. „Noch ist niemand hinter uns her. Wir haben noch Zeit, uns nach Mexiko abzusetzen."

„Dafür ist es zu spät, glaube mir. Wir hätten schon längst verschwinden müssen, wenn wir einen sauberen Abgang haben wollten. Ein einziger Grund hat uns hier gehalten – Geld. Und das ist immer noch ein Problem. Wir bekommen aus unserem letzten Boss keinen Cent heraus. Und wir haben nicht einmal genug Geld für gefälschte Pässe."

„Wir können es doch nicht wagen, uns mit Fabroni anzulegen." Lenny starrte finster in sein Bier. „Diese Ratte hat uns gelinkt, und wir können nichts dagegen unternehmen. Aber daran denkst du überhaupt nicht, habe ich recht, Bobby?"

„Wir haben Mord Nummer eins auf dem Gewissen; es gibt keine Möglichkeit, diesen Mord Fabroni in die Schuhe zu schieben. Vergessen wir ihn einfach eine Weile – wenigstens eine kleine Weile, aber ich will ihm trotzdem heimzahlen, was er uns angetan hat." Bobby bewegte seinen großen, zweihundertfünfzig Pfund schweren, muskulösen Körper auf seinem Stuhl. „Charlie Sullivan ist immer noch die Antwort auf unsere Probleme."

„Was du auch vorhast, Bob, es ist ein zu großes Risiko."

„Du gehst also lieber nach Mexiko und lebst dort als armseliger Landarbeiter? Das ist für mich kein Leben. Lieber riskiere ich es, eine Todesspritze verpasst zu bekommen oder den Rest meines Lebens hinter Gittern zu verbringen."

„Du bist verrückt."

„Verrückt, aber schlau." Bobby trank seine Bloody Mary aus und winkte einer Kellnerin, ihm noch ein Glas zu bringen. „Während du dir vor Angst fast in die Hosen gemacht hast, Lenny, habe ich meine Hausaufgaben gemacht. Ich habe einiges über diesen Sullivan herausgefunden. Ich weiß jetzt, dass er siebenunddreißig Jahre einer lebenslänglichen Haftstrafe wegen Einbruchs und Mordes abgesessen hat."

„Wen hat er getötet?"

„Einen Bullen, der ihm in die Quere kam, als er irgendeine Spedition ausrauben wollte."

„Was hat er denn gestohlen?"

„Die Zeitungen schrieben, dass in der Spedition angeblich nichts fehlte."

„Die Sache hatte sich also nicht rentiert."

„Warum wendet dann ein großer Fisch wie Fabroni so viel Energie daran, Sullivan ausfindig zu machen?"

Lenny zuckte mit den Achseln. Die Kellnerin kam mit neu gefüllten Gläsern. Als sie wieder fort war, sagte er: „Vielleicht eine alte Schuld. Vielleicht hat dieser Gauner, Fabroni, das Geld nur erwähnt, um uns zu ködern. Es könnte doch sein, dass er nur eine alte Rechnung begleichen wollte."

„Mann, benutz doch zur Abwechslung einmal deinen Grips! Wenn das der Fall wäre, warum sollte er ihn dann verfolgen, statt ihn einfach kaltzumachen? Nein, das ist noch lange nicht alles. Sullivan war ein ewiger Verlierer, der nie etwas besessen hat, und schon gar nicht so viel Geld, dass das Fabroni interessieren könnte. Deshalb denke ich, dass Sullivan etwas anderes hat, das diesen Kerl interessiert. Und noch etwas: Falls überhaupt jemand eine alte Rechnung offenstehen hat, dann wäre das Sullivan, der eine lange Zeit im Gefängnis hinter sich hat. Fabroni hat in diesen ganzen Jahren in Saus und Braus gelebt."

„Du glaubst, Sullivan habe für Fabroni die Strafe abgesessen? Das ist aber ziemlich weit hergeholt."

„Es gibt unendlich viele Möglichkeiten."

„Was außer Geld wäre nach diesen ganzen Jahren überhaupt etwas wert?", fragte Lenny, der immer noch skeptisch war.

„Ich weiß es nicht. Ich habe auch nicht auf alles eine Antwort. Aber ich denke, es würde sich für uns lohnen, diesen Fragen nachzugehen."

„Jetzt bist du völlig übergeschnappt, Bobby! Du willst es riskieren, deinen Kopf in eine Schlinge zu stecken, nur weil du vielleicht einen Volltreffer landen könntest?"

„So heiß sind wir noch nicht, Lenny. Die Bullen werden nie die Spur von Mitchells Tod zu uns finden. Und wie soll uns ein Blinder wegen des Einbruchs identifizieren? Wir brauchen nicht wie verschreckte Kaninchen davonzulaufen. Wir haben Zeit und können abwarten, wohin diese Sache führt. Mein Gefühl sagt mir, dass es sich lohnt. Wenn schon sonst nichts dabei herauskommt, dann könnten wir wenigstens eine Möglichkeit finden, Fabroni zu erpressen."

„Dafür ist er zu vorsichtig."

„Das werden wir schon sehen ... Es gibt kein perfektes Verbrechen."

„Ich hoffe nur, dass die Bullen das nicht von uns denken."

„Ich sage dir, wir sind aus dem Schneider."

Lenny zuckte mit den Achseln. Er war nicht ganz überzeugt. „Wenn du anfängst, so zu sprechen, dann mache ich mir immer Sorgen, Bobby. Das ist wie verhext."

„Hältst du jetzt endlich den Mund, Lenny, und lässt mich zu Ende reden? Wir wissen, dass Fabroni irgendetwas sucht, das Sullivan hat. Was ist, wenn wir Fabroni zuvorkommen? Wir sind ihm schon um einen Schritt voraus. Selbst wenn er sich neue Leute engagiert, die unsere Arbeit zu Ende führen sollen, dauert es seine Zeit, bis sie wissen, wo sie anfangen müssen."

„Wir haben Sullivans Spur verloren, seit Fabroni uns gefeuert hat."

„Wir können diese Spur leicht wieder aufnehmen. Außerdem können wir auch Costain beobachten. Früher oder später müssen er und Sullivan sich treffen. Dann können wir sie festnageln, nachdem sie uns zu dem geführt haben, was Fabroni haben will ..., was es auch immer ist."

„Das klingt mir zu einfach."

„Genau das gefällt mir daran."

Lenny rieb sich das Kinn. „Es wäre nicht schlecht, dieses Land mit ein bisschen Geld in den Taschen zu verlassen." Immerhin war er ein praktisch veranlagter Mensch.

„Und in dem Luxus zu leben, den wir verdienen."

Bobby und Lenny tranken ihre Gläser leer und malten sich im Geiste lange Sandstrände aus, Dienstboten, die sie von hinten bis vorne bedienten, schöne Frauen, Sonnenschein, Schwimmen im Meer und den ganzen

Tag nichts anderes zu tun, als in ihre tiefen Taschen zu greifen und für diesen Luxus zu bezahlen.

* * *

Charlie streckte sich auf dem Bett eines weiteren billigen Motels aus. Er wusste nicht, wie lange er noch so weitermachen könnte. Abgesehen von seinen körperlichen Beschwerden bekam er allmählich Geldprobleme. Er lebte sehr bescheiden. Greg hatte ihm zweihundert Dollar gegeben, aber die Motels und der Schnaps waren nicht billig.

Er war kurz davor gewesen, auf Joel zuzugehen. Aber jetzt wusste er nicht mehr, was er tun sollte. In einer Hinsicht war der Einbruch in Joels Haus gut gewesen: Charlies Zweifel, ob jemand hinter ihm her sein könnte, waren damit geklärt. Es zeigte außerdem, dass Charlies Vorsichtsmaßnahmen vielleicht nur eine Zeitverschwendung waren. Wenn der Einbruch tatsächlich mit Charlie in Verbindung stand, dann war es vergebliche Liebesmüh, sich jetzt noch verstecken zu wollen. Wer auch immer Greg gefunden und getötet hatte, er hatte jetzt auch Joel gefunden. Vielleicht war es Zeit, aus dem Untergrund aufzutauchen, wenn auch aus keinem anderen Grund, als um Joel zu warnen. Ein einfacher Telefonanruf würde genügen. Darin läge keine Verpflichtung, es wäre keine persönliche Begegnung.

Morgen wollte er anrufen.

Charlie warf einen Blick auf seine Uhr. Es war erst sieben Uhr abends. Joel war jetzt wahrscheinlich zu Hause. Der einzige Grund, warum er den Anruf vor sich herschieben wollte, war, dass Charlie ein Feigling war. Allein bei dem Gedanken, mit seinem Sohn zu sprechen, verkrampfte er sich innerlich. Aber wann bekäme er eine bessere Gelegenheit? Morgen? Wer konnte schon sagen, was bis dahin passierte. Charlie könnte tot sein. Joel könnte ...

Charlie schob sich mühsam von dem Bett hoch. Er musste *jetzt* anrufen. Es war töricht, es länger vor sich her zu schieben. Er schlüpfte in seine Schuhe, setzte sich auf einen Stuhl und beugte sich mit einem schmerzerfüllten Stöhnen nach unten und band sich die Schnürsenkel. Es konnte sein, dass es für ihn kein Morgen gab. Dann nahm er seine Brieftasche von der Kommode und eine Handvoll Münzen. Leider gab es in diesem billigen Zimmer kein Telefon; er müsste das Münztelefon in der Eingangshalle benutzen. Aber mit jedem Schritt, den er ging, wurde seine Entschlossenheit schwächer. Als er unten an der Treppe ankam, war er fast bereit, wieder umzukehren.

Doch ein Gedanke ließ ihn nicht los: Vor siebenunddreißig Jahren war Charlie ein durch und durch egoistischer Mensch gewesen. Er hatte auf das Flehen seiner Frau, er solle doch seine zwielichtigen Aktivitäten aufgeben, nicht gehört. Damals hatte er gedacht, Männer mit einer geregelten Arbeit seien nur Schwächlinge, die sich krumm und buckelig schufteten, um dann trotzdem nur wie Bettler zu leben. Er wollte besser leben, ein nagelneues Auto fahren und seiner Frau die neueste Mode und die modernsten Haushaltsgeräte kaufen können. Er versuchte, Betsy davon zu überzeugen, dass er es für sie tue, um ihr ein besseres Leben bieten zu können, aber er hatte sie nie wirklich damit täuschen können. Sie wussten beide, dass er alles nur für sich selbst tat, damit er sich wie ein richtiger Mann fühlen konnte. Sie hatte nichts von alledem gewollt. Siebenunddreißig Jahre im Gefängnis hatten ihn nicht verändert. Er konnte immer noch nur an sich selbst denken. Deshalb nahm er es in Kauf, seinen Sohn in Gefahr zu bringen.

Aber könnte ein Telefonanruf das verhindern? Joel

wäre immer noch in Gefahr, selbst wenn Charlie ihn persönlich spräche. Was konnte Charlie schon tun?

Mehr Ausreden.

Das erste Mal in seinem Leben wusste er, dass er es für einen anderen Menschen tun musste. Er hatte geglaubt, das Erpressungsgeld mit ihm zu teilen, wäre die Antwort. Aber es war nur ein kleiner Teil – der leichtere Teil. Wenn es wirklich eine Bedeutung haben sollte, müsste er auch etwas von sich selbst hergeben. Ein vollkommen neues Gebiet für Charlie Sullivan, den Ex-Sträfling.

Er stieg die Treppe hinunter. Seine Schritte waren entschlossen, aber zögernd.

Das Münztelefon war gerade besetzt. Er schritt zwei Minuten daneben auf und ab. Als der Anrufer fertig war, kramte Charlie in seiner Tasche zitternd nach einer Münze und trat auf das Telefon zu. Er warf das Geld ein und wählte. Er hatte die Nummer auswendig gelernt, weil er Angst hatte, irgendetwas auf Papier zu schreiben.

In diesem Augenblick sah Charlie den Mann. Der große Kerl aus der Bar, der eine Bloody Mary getrunken hatte. Er lehnte am Empfangspult und flirtete mit der hübschen Hotelangestellten. Charlie sah nur das Profil des Mannes, aber eine Verwechslung war ausgeschlossen. Es war derselbe Mann.

Charlie drehte sich abrupt um und wandte dem Mann den Rücken zu. Er hielt den Hörer immer noch in der Hand, aber an seinem Ohr piepste ein Besetzt-Ton, weil er zu lange gewartet hatte, bis er seine Nummer zu Ende gewählt hatte.

Er fluchte leise. Hatte der Kerl ihn gesehen? Die Eingangshalle war klein und das Telefon befand sich in Sichtweite. Wenn der Kerl Charlie noch nicht gesehen hatte, dann würde es bestimmt nicht mehr lange dauern. Charlie saß in der Falle. Seine einzige Hoffnung bestand darin, dem Kerl den Rücken zuzuwenden. Er tat so, als spräche er in den Hörer, leise, wie man es normalerweise bei einem Privatgespräch in einem öffentlichen Gebäude tat, also nichts Auffälliges. Er lachte sogar ein paar Mal, als hätte er nicht die geringste Sorge der Welt. Nach einer Minute warf er einen verstohlenen Blick zu dem Empfangspult. Der Kerl und das Mädchen waren wirklich intensiv miteinander beschäftigt. Er könnte diesen Augenblick zu seinem Vorteil nutzen.

Leise legte Charlie den Hörer auf und schlenderte unauffällig zur Tür. Als er nur noch zwei Schritte vom rettenden Ausgang entfernt war, ging die Tür auf und ein Mann und eine Frau traten eilig ein.

„Gerade noch geschafft!“, rief der Mann aus.

„Ich sagte dir doch, du solltest einen Schirm mitnehmen.“

Vom Empfangspult rief eine Männerstimme erstaunt: „Sagen Sie nicht, es regnet! Vor zwei Stunden hat doch noch die Sonne geschienen.“

„Das ist San Francisco“, lachte die Angestellte. Was sie dann sagte, ließ Charlie vor Entsetzen erstarren. „Hey, Mister, Sie wollen doch bestimmt nicht so aus dem Haus gehen, oder?“ Sie schaute Charlie direkt an.

Charlie hatte keinen Mantel an und keinen Hut auf und trug nur ein dünnes Baumwollhemd. Er hatte nicht geplant, aus dem Haus zu gehen. „Ich hole mir nur schnell eine Zeitung“, murmelte Charlie.

„Sie werden da draußen patschnass“, warnte die Frau, die gerade hereingekommen war.

Er brummte etwas und ging geradewegs zur Tür. Jetzt blieb ihm keine andere Wahl mehr. Aber als er die Hand auf den Türgriff legte, drehte er sich leicht um – vielleicht war es ein krankhafter Zwang, aber er konnte ihn nicht unterdrücken. Er drehte sich so weit um, dass er den Kerl am Empfangspult sehen konnte.

Der Mann schaute ihn geradewegs an. Ihre Augen trafen sich. Die Blicke sprachen mehr als Worte.

Charlie stürmte in den verregneten Abend hinaus. Innerhalb weniger Sekunden war sein dünnes Hemd vollkommen durchnässt und klebte wie ein kaltes Tuch auf seiner Haut. Auch gut, dachte er missmutig. Statt an Krebs sterbe ich jetzt an einer Lungenentzündung. Aber noch nicht gleich. Er hatte vorher noch etwas Wichtiges zu erledigen, und er würde nicht zulassen, dass seine überstürzte Flucht wieder als Ausrede für sein Versagen herhalten musste.

Während er die Straße entlangsprintete, musste er auch daran denken, dass er seine wenigen Habseligkeiten in dem Hotelzimmer zurückgelassen hatte. Er könnte auf keinen Fall zurückgehen und sie holen. Seine Schmerzmedikamente waren auch fort.

Kapitel 31

Joel schüttelte den Regen von seinem Schirm und stellte ihn neben einen Blumentopf auf die Veranda. Ebony schüttelte sich ebenfalls kräftig. Es tat gut, wieder zu Hause zu sein. Sein Schlüssel passte perfekt in das neue Schloss an der Haustür.

Joel war an diesem Vormittag schon mit seinem Vater hier gewesen, der ihm geholfen hatte, sich sein Haus wieder vertraut zu machen. Der Reinigungsdienst hatte die ganzen Scherben und zerstörten Gegenstände weggeräumt. Es gab also nur wenige Hindernisse, auf die er achten musste. Die meisten seiner alten Möbel waren so stark beschädigt, dass sie weggeworfen werden mussten, und er und seine Mutter hatten noch keine Zeit gefunden, neue auszusuchen. Allerdings hatte er sich bereits eine neue Matratze gekauft und sie gegen die alte, die aufgeschlitzt worden war, ausgetauscht. Der Rest des Bettes und die anderen Eichenmöbel in seinem Schlafzimmer waren noch zu retten gewesen. Der Reinigungsdienst hatte seine unbeschädigten Kleidungsstücke, ungefähr die Hälfte seiner Garderobe, sauber in den Schrank geräumt, nachdem er das Unternehmen vorher in sein Beschriftungssystem eingewiesen hatte. Es herrschte also wenigstens so viel Ordnung, dass er in seinem eigenen Haus bequem schlafen konnte. Das Einzige, das er außer der Matratze schon gekauft hatte, waren eine neue Stereoanlage, mehrere CDs und zwei bequeme Sessel für sein Wohnzimmer gewesen.

Joel fütterte Ebony und ging dann die Treppe in sein Schlafzimmer hinauf, um seinen Anzug gegen bequemere Kleidung zu tauschen. Er holte eine braune Hose aus seinem Schrank und einen beigen Pullover aus einer Schublade und hoffte darauf, dass dem Reinigungsdienst bei der Beschriftung keine Fehler unterlaufen waren. Dann ging er in Socken wieder die Treppe hinunter, wo er eine CD von Miles Davis auflegte. Er hatte schon zu Abend gegessen und jetzt also nichts anderes zu tun, als seine Füße auf die Ottomane zu legen und sich zu entspannen. Er hatte oft genug Arbeit aus der Kanzlei zu Hause zu erledigen, sodass er überhaupt keine Gewissensbisse hatte, wenn er seltene ruhige Augenblicke wie diesen voll auskostete.

Jedoch stellte er fest, dass er seine Musik früher viel mehr hatte genießen können. Jetzt hatte er plötzlich das Gefühl, ihm fehle etwas. Vielleicht war es das leere Haus. Vielleicht lag es aber auch daran, dass er endlich jemanden gefunden hatte, mit dem er diese ruhigen Augenblicke gemeinsam verbringen wollte, und dass sie ohne ihre Nähe nicht halb so schön waren. Sooft er in diesen Tagen an Irene dachte, wurde ihm immer stärker bewusst, wie wichtig sie für sein Leben geworden war. Seine Mutter hatte ihm geraten, sich in Geduld zu üben; sein gesunder Menschenverstand sagte ihm das Gleiche. Aber sein Herz ... sprach eine ganz andere Sprache, die Sprache eines verliebten Mannes.

Liebe.

Joel wagte es nicht, Irene gegenüber dieses Wort auszusprechen. Er fürchtete, es auch nur zu denken, denn seine Gefühle waren stark. Wenn er ihnen auch nur im Geringsten nachgab, könnte das dazu führen, dass er jeglicher Vernunft zuwiderhandelte. Aber er liebte sie. Dessen war er sich gewiss.

Das Klingeln des Telefons riss ihn aus seinen Gedanken. Er nahm das schnurlose Telefon in die Hand, das er neben sich auf den Sessel gelegt hatte, und antwortete nach dem zweiten Klingeln.

„Hallo“, sagte er in der Hoffnung, Irenes Stimme zu hören. Sie war es nicht.

„Ist da Joel Costain?"
„Ja."
„Ich rufe nur an, um Ihnen zu sagen, dass Sie in Gefahr sind."
„Wie bitte?"
„Hören Sie zu!"
„Wer sind Sie?"
„Das ist unwichtig. Wichtig ist, dass der Tod Ihres Bruders, der Einbruch in Ihr Haus – es besteht ein Zusammenhang. Sie müssen auf sich aufpassen, sonst enden Sie womöglich genauso wie Greg."
Die Stimme am anderen Ende der Leitung war keuchend, angespannt, wie wenn der Sprecher außer Atem wäre oder sich nicht wohlfühlte. Sie enthielt aber auch eine starke Dringlichkeit, die die Warnung glaubwürdig machte.
„Warum?", fragte Joel. „Warum sollte ich in Gefahr sein? Was ist los?"
„Je weniger Sie wissen, umso besser."
„Glauben Sie das wirklich?", sagte Joel. „Ich weiß absolut nichts, und ich bin trotzdem überfallen worden – und wie Sie selbst zugeben, befinde ich mich immer noch in Gefahr. Sagen Sie mir, worum es bei dieser ganzen Sache überhaupt geht. Vielleicht kann ich helfen."
„Wie wollen Sie helfen können?"
„Sie wären überrascht."
„Ich muss jetzt Schluss machen."
„Warten Sie!", rief Joel verzweifelt in den Hörer hinein. „Sagen Sie mir wenigstens, wer Sie sind."
„Das kann ich nicht."
„Sind Sie Charlie Sullivan?"
„Ich muss aufhören."
„Hören Sie zu, wenn Sie Sullivan sind, dann müssen Sie sich mit mir treffen. Ich will Sie sehen! Verstehen Sie? Wir könnten einander helfen."

„Nein."

„Du bist es mir schuldig, Charlie. Hörst du?" Aber die einzige Antwort auf Joels Bitte war ein eiliges Klicken am anderen Ende der Leitung.

Mit einem schweren Seufzer lehnte Joel den Kopf auf die Rückenlehne seines Sessels zurück. Hatte er soeben mit ... *seinem Vater* gesprochen? Er versuchte, sich an jede Intonation, jede Nuance in dieser Stimme zu erinnern, und suchte nach irgendetwas Vertrautem. Aber er konnte nichts anderes hören als dieses mühsame Keuchen. Vielleicht legte er zu viel in das kurze Gespräch hinein, aber es hatte geklungen, als sei der Sprecher krank und habe starke Schmerzen. Und es gab noch etwas, das vielleicht nur Joels aufmerksames Ohr für Stimmen heraushören konnte. Hinter der Warnung des Anrufers steckte mehr als nur Pflichtgefühl. In dieser gebrochenen Stimme war Besorgnis mitgeschwungen, vielleicht sogar *Liebe.*

Es musste Charlie Sullivan gewesen sein. So klang ein Mann, der nach siebenunddreißig Jahren zum ersten Mal mit seinem Sohn sprach.

Joel drückte eine Nummer auf dem Telefon.

„Irene", sagte er, als sie sich meldete. „Passt es dir, wenn ich heute Abend vorbeikomme?" Er schwieg einen Augenblick, dann sagte er: „Großartig. Ich bin in ungefähr einer halben Stunde bei dir."

* * *

Charlie fühlte kaum den Regen, der auf seinen mantellosen Rücken prasselte, während er den Hörer auflegte. Sein Herz raste, seine Hände zitterten. Er hatte seinen ganzen Mut zusammennehmen müssen, um diesen Anruf zu tätigen; aber er wusste, dass er aus Joels Sicht bestimmt wie ein großer Feigling geklungen hatte.

Warum konnte er seinem Sohn nicht wenigstens

ein einziges freundliches Wort sagen? Warum hatte er nicht so etwas Einfaches sagen können wie: „Es ist schön, deine Stimme zu hören.“?

Joel hatte es eigentlich auf den Punkt gebracht, als er sagte, Charlie *schulde* es ihm. Er hatte ihn im Stich gelassen, er hatte seine Blindheit verschuldet ... Das Wenigste, das Charlie Joel hätte sagen können, wäre ein freundliches Wort gewesen. Aber war es so nicht besser? Charlie war eine Beziehung mit einem Mann wie Joel nicht wert, warum sollte er sie also beide unnötig quälen? Es war töricht von ihm gewesen, die Illusion zu nähren, dass er wieder einen Sohn haben könnte.

Jetzt, da er wusste, dass keine Hoffnung auf ein Wiedersehen bestand, konnte er mit der nächsten Phase seiner letzten Mission auf Erden beginnen. Ein weiterer Grund, von Joel fernzubleiben. Es war Zeit, seine lang herbeigesehnte Rache gegen den Menschen in Bewegung zu setzen, der – noch viel mehr als Charlie – die Verantwortung für die Zerstörung seines Lebens und seiner Familie trug.

* * *

Irene hatte den starken Drang, Joel zu umarmen, als sie die Tür öffnete. Stattdessen nahm sie ihm nur seinen nassen Mantel und seinen Schirm ab. Er hatte Ebony zu Hause gelassen, aber er kannte sich in ihrer Wohnung schon so gut aus, dass er sich mit seinem Stock und dem einen oder anderen kleinen Hinweis von ihr zurechtfand.

„Puh! Es regnet ja in Strömen. Der Herbst hat wirklich Einzug gehalten“, sagte Joel.

„Ich hänge deinen nassen Mantel neben die Heizung, dann ist er bald wieder trocken.“

„Danke.“ Er hatte seinen Aktenkoffer bei sich und stellte ihn auf den Wohnzimmertisch.

Sie setzten sich auf das Sofa.

„Wo sind Adam und Mark?“, fragte Joel.

„Im Bett. Es ist schon nach neun.“

„Eine schlechte Angewohnheit von mir, die Zeit zu vergessen.“ Er lächelte sie schuldbewusst an.

Sie erwiderte sein Lächeln, dann sagte sie: „Und was treibt dich an einem so hässlichen Abend aus dem Haus?“

„Ich musste mit jemandem sprechen, einiges verarbeiten. Irene, ich glaube, heute Abend hat mich Charlie Sullivan angerufen.“

„Wirklich? Du hast tatsächlich mit ihm gesprochen?“

„Er hat seinen Namen nicht genannt, aber es kann eigentlich nur er gewesen sein. Er rief mich an, um mich zu warnen, dass ich mich in Gefahr befinde. Er sagte, zwischen Gregs Tod und dem, was in meinem Haus passiert ist, bestehe ein Zusammenhang, und dass ich ebenfalls getötet werden könnte.“

„Oh, Joel!“ Er hatte diese Worte so sorglos gesagt, als nehme er sie überhaupt nicht ernst oder habe nicht die geringste Angst.

„Das ist doch eigentlich keine Überraschung, findest du nicht?“, sagte er.

„Da seitdem nichts mehr passiert ist, dachte ich – hoffte ich –, es sei alles vorbei.“

„Es ist so lange nicht vorbei, bis ich Charlie Sullivan gefunden habe. Davon bin ich inzwischen felsenfest überzeugt.“

„Aber warum hält er sich immer noch von dir fern, wenn du anscheinend in Gefahr bist? Falls er dich schützen wollte, dann hat das nicht viel geholfen.“

Joel griff nach seiner Aktentasche und öffnete sie. „Irene, ich möchte die Papiere durchlesen, die Jim noch einmal für mich zusammengetragen hat. Würdest du mir dabei helfen?“

„Natürlich.“

Er lächelte.

„Ich schätze, ich bin selbst auch ein bisschen neugierig. Was willst du in diesen Papieren finden?"

„Das weiß ich nicht genau. Etwas, das mir verrät, was hier gespielt wird; vielleicht einen Hinweis darauf, wer hinter dieser sogenannten Gefahr steckt; und in meinen kühnsten Erwartungen einen Tipp, wie ich Charlie finden kann. Irene, du kannst dir nicht vorstellen, wie es war, tatsächlich mit ihm zu sprechen, seine Stimme zu hören, zu wissen, *das ist mein Vater.* Bis zu diesem Augenblick war alles nur wie ein unwirklicher Traum. Jetzt ist er ein Mensch mit einer Stimme, und das macht für mich einen großen Teil eines Menschen aus. Ich muss ihn finden."

Irene holte einige Papiere aus der Aktentasche. „Dann fangen wir am besten an."

Die Aktentasche war randvoll bepackt. Hauptsächlich mit Zeitungsausschnitten, aber Jim Kincaid hatte sein Können wirklich unter Beweis gestellt und auch Abschriften von Charlies Prozess aufgetrieben. Jim hatte die Abschriften ausgegraben und sogar das Glück gehabt, dass die Gerichtsschreiberin, die vor Jahren die Transkripte mitgeschrieben hatte, noch am Leben war und ihre Arbeit übertragen konnte. Er hatte Joel die Sachen an diesem Morgen gebracht. Irene verbrachte die nächsten zwei Stunden damit, Joel die Papiere vorzulesen. Nach und nach konnten sie die Ereignisse von vor so vielen Jahren wie ein Puzzle zusammensetzen.

Charlie war ein Taugenichts gewesen, der für Typen aus der Unterwelt arbeitete, Schulden eintrieb und jede schmutzige kleine Arbeit übernahm, die ihm angeboten wurde. Es wurde nicht klar, warum er vom Geldeintreiber zum Einbrecher umgestiegen war, was in kriminellen Kreisen wahrscheinlich wirklich als Abstieg bewertet wurde. Bei dem Prozess hatte er ausgesagt, dass er es einfach leid gewesen sei, immer nur für andere zu arbeiten. Er wollte ein sauberes Leben führen, schaffte es aber nicht. Als er gefragt wurde, warum er in das Büro der Spedition eingebrochen sei, antwortete er, er habe gehört, in dem Safe befänden sich die Monatslöhne.

Von wem hatte er das gehört?

Das wollte Charlie nicht verraten.

Arbeitete er allein?

Charlie verweigerte die Aussage.

Wollte er einen Komplizen schützen?

Kein Kommentar.

Der Staatsanwalt befragte Charlie sehr genau nach dem, was er zwischen seiner Flucht vom Ort des Verbrechens und seiner Verhaftung getan hatte – eine Zeitspanne von fast vierundzwanzig Stunden. Charlie sagte, er habe in dieser Zeit seine Familie besucht und außerdem versucht, gefälschte Papiere zu bekommen, um das Land verlassen zu können.

„Das ist interessant", sagte Irene. „Ich hatte angenommen, er sei noch am Tatort verhaftet worden."

„Ich frage mich, ob er plante, seine Familie mitzunehmen", sinnierte Joel.

„Das bezweifle ich, wenn seine Frau schwanger war. In welchem Monat war sie?"

„Ich glaube, meine Mutter erwähnte, dass Betsy erst im siebten Monat war, als ich geboren wurde. Du hast recht. Ein solches Risiko wäre er nicht eingegangen, um ihretwillen und um seinetwillen nicht. Ein Mann, der mit einer schwangeren Frau auf der Flucht ist, wäre recht bald aufgefallen. Er verbrachte also mindestens einen Teil dieser Zeit damit, sich von seiner Frau und von seinem Sohn zu verabschieden. Das muss schwer gewesen sein."

„Meinst du?"

„Vielleicht will ich es einfach glauben. Als ich heute mit ihm sprach, hatte ich nicht den Eindruck, dass er ein abgehärteter, distanzierter Verbrecher ist. Er hat ein Herz. Was ist, wenn er nur einen Komplizen deckte? Das würde ebenfalls zeigen, dass er ein Mann mit einem gewissen Ehrgefühl war. Oder ist das nur Wunschdenken von mir?"

„Joel, mir ist gerade etwas eingefallen, das wir noch nicht in Betracht gezogen haben. Wenn es bei dem Überfall einen Komplizen gab, was wurde dann aus ihm? Charlie musste die ganze Sache allein ausbaden."

„Ich glaube, wir sollten lieber nicht zu viel Mitgefühl entwickeln. Immerhin hat er einen Menschen getötet."

„Er wurde *verurteilt,* einen Menschen getötet zu haben", verbesserte ihn Irene.

„Ein interessanter Gesichtspunkt!"

Joel lehnte sich vor, stützte die Ellbogen auf die Knie und legte das Kinn auf seine Hände. Sein Verstand arbeitete auf Hochtouren. Irene stellte fest, dass er sehr stark in seinem Element war; er setzte ein Puzzle zusammen und suchte im Geiste nach Antworten. Das musste mindestens ein Punkt bei seiner Entscheidung gewesen sein, Anwalt zu werden. Sie fragte sich wieder, warum er aufgehört hatte, als Strafverteidiger zu arbeiten. Bot das Steuerrecht den gleichen Reiz und konnte es in ihm die gleiche Leidenschaft wecken, die sie jetzt in sein Gesicht geschrieben sah?

„Willst du noch eine Tasse Kaffee?", fragte Irene, während sie aufstand und ihre Tasse neu füllte.

„Ja, gern", sagte er gedankenabwesend.

Sie brachte zwei Tassen, stellte eine vor Joel ab, sagte aber nichts, da sie ihn nicht aus seinen Gedanken reißen wollte. Er nahm seine Tasse mit derselben gedankenabwesenden Miene in die Hand. Eine oder zwei Minuten später sprach er schließlich.

„Irene, ich glaube, ich habe es – wenigstens zum Teil. Der Polizeibericht, der Prozessbericht, sogar die Zeitungen, sie alle stimmen darin überein, dass Charlie die

Spedition mit leeren Händen verließ. Die Vermutung, dass Charlie über kein nennenswertes Geld verfügte, ist ebenfalls naheliegend, sonst hätte er den Einbruch von vornherein nicht riskiert. Daraus lässt sich schließen, dass er den Einbruch nicht einfach wegen des Nervenkitzels verübte, sondern alles deutet für mich darauf hin, dass er in die Spedition einbrach, weil er dringend Geld brauchte. So, jetzt sind wir siebenunddreißig Jahre später. Charlie wird aus dem Gefängnis entlassen. Er versucht seine Söhne zu finden und schafft es. Er nimmt mit Greg Kontakt auf, mit mir nicht – warum, weiß ich immer noch nicht genau. Jetzt passieren auf einmal verdächtige Dinge, sogar ein Mord. Charlie taucht unter – nicht dass er jemals wirklich *aufgetaucht* wäre. Trotzdem liegt die Schlussfolgerung nahe, dass Charlie um sein und um mein Leben fürchtet. Jemand hat Greg getötet und könnte auch Charlie oder mich ermorden. Warum? Es muss mit diesem Einbruch in Zusammenhang stehen. Er war die ganze Zeit im Gefängnis. Was könnte es also sonst sein? Bist du bereit? Jetzt laufe ich zu meiner Höchstform auf und verrate dir meine brillanten Schlussfolgerungen."

„Ich kann es kaum erwarten."

„Falls jemand Charlies oder meinen Tod will, dann hätte er diesen schon oft herbeiführen können – wenigstens mich hätten sie mit Leichtigkeit ausschalten können. Ich glaube, sie – wer immer *sie* sind – wollen etwas von Charlie. Und was ist das häufigste Motiv für Mord? Habgier. Geld."

„Aber du sagtest doch gerade, Charlie habe kein Geld gehabt."

„Es sei denn, er hat diese Spedition doch nicht mit leeren Händen verlassen, wie alle glaubten. Was ist, wenn Charlie auf Geld gestoßen ist, das der Spediteur nicht melden konnte, weil er auf dunklen Kanälen zu dem Geld gekommen war? Was ist, wenn Charlie große Beute machte, die er noch verstecken konnte, bevor die Polizei ihn verhaftete? Jetzt, da er aus dem Gefängnis frei ist, will er an dieses Geld herankommen, aber es gibt noch jemanden, der ebenfalls das Geld will – jemanden, der bereit ist, dafür zu töten."

„Ich weiß nicht, Joel, ob das brillant ist oder verrückt."

„Ist Intelligenz nicht die andere Seite von Wahnsinn?" Er grinste trocken. „Mir fällt nur eine einzige andere mögliche Erklärung ein: Charlie hat etwas anderes, das diese Leute wollen. Etwas, das so wertvoll ist, dass jemand bereit ist, dafür Menschen zu töten. Diese Kerle, die in mein Haus einbrachen, waren auf der Suche nach etwas ganz Bestimmtem. Erinnerst du dich, dass sie fragten: ‚Wo, hat der Alte gesagt, sollst du es verstecken'?"

„Ja, du hast recht. Aber es ist so unglaublich, dass es nach dieser langen Zeit noch jemanden interessieren sollte."

„Deshalb war meine erste Vermutung, dass es sich um Geld handelt. Es müsste jedoch schon sehr viel Geld sein, auch nach den heutigen Maßstäben, um immer noch so großes Interesse zu wecken. Aber die entscheidende Frage, auf die ich gern eine Antwort hätte, lautet: Wer außer Charlie sollte heute noch ein Interesse daran haben? Da ist der Besitzer der Spedition – wie war sein Name? Er stand in einem der Artikel."

Irene blätterte erneut in den Zeitungsausschnitten und überflog mehrere Artikel. „Hier steht es – Banducci Trucking. Glaubst du, es gibt diese Firma noch?"

„Ich werde gleich morgen früh einige Telefonate tätigen, um das herauszufinden." Joel rieb sich die Hände. Sein Eifer war ihm ins Gesicht geschrieben, obwohl es schon spät am Abend war. „Außerdem ist da noch dieser mögliche Komplize. Falls es ihn gab, und falls er immer noch lebt, hat er bestimmt ein Interesse daran, an das Geld heranzukommen."

„Nicht, dass er es verdient hätte, wenn er die ganzen Jahre auf freiem Fuß war, während Charlie im Gefängnis saß."

„Vielleicht ist er nur daran interessiert, sich zu schützen."

„Dieser Gedanke klingt sinnvoll."

„Wenn wir nur mit Charlie sprechen könnten", sinnierte Joel. „Er könnte uns über alles aufklären. Warum will er nur nicht einsehen, dass es um uns alle besser bestellt wäre, wenn wir zusammenarbeiten würden? Zweifellos glaubt er, sein hilfloser blinder Sohn muss unbedingt beschützt werden." Joel schlug frustriert auf sein Knie. „Welch ein eigensinniger alter Kauz! Ich *muss* noch einmal mit ihm sprechen, aber der Ball liegt in seinem Feld. Ich *bin* hilflos."

Alle ermutigenden Worte, die Irene in den Sinn kamen, erschienen ihr so leer. Statt etwas zu sagen, legte sie einfach ihre Hand auf Joels. Die dankbare Miene in seinem Gesicht verriet, dass das genau das Richtige gewesen war. Sie lernte, wie wichtig eine Berührung für ihn war und dass sie etwas sehr Platonisches sein konnte. Aber das warme Zittern seiner Hand unter der ihren entfachte in ihr eine Wärme, die sie kaum als leidenschaftslos beschreiben konnte.

„Ich schätze, ich werde einfach weitersuchen, bis ich ihn finde", sagte Joel, dessen altes Selbstvertrauen zurückgekehrt war.

„Du wirst ihn finden, Joel. Dessen bin ich mir sicher. Du scheinst richtig aufzublühen, wenn du Geheimnisse entwirren kannst."

Er lächelte schwach. „Wahrscheinlich."

„Dann kann das also nicht der Grund dafür sein, warum du nicht mehr als Strafverteidiger arbeitest."

Seine Stirn zog sich in Falten. „Woher weißt du das?"

„Inspektor Reiley erwähnte es. Hätte ich dieses Thema lieber nicht ansprechen sollen?“

Achselzuckend antwortete er: „Es ist nicht gerade mein Lieblingsthema.“

„Dann vergiss, dass ich es je erwähnt habe.“

Joel sagte lange kein Wort, aber seine Miene verriet, dass er angestrengt nachdachte. Schließlich antwortete er, wenn auch mit einem gewissen Zögern. „Eines der wenigen Male in meinem Leben musste ich mich vollkommen geschlagen geben.“

Kapitel 32

„Willst du darüber sprechen?“, fragte Irene.

Joel brauchte keine weitere Aufforderung und begann seine Schilderung, als füge er sich in etwas Unausweichliches. „Als ich mein Jurastudium abgeschlossen hatte, eröffnete ich meine eigene Kanzlei, da die meisten niedergelassenen Anwaltskanzleien Vorbehalte hatten, einen Blinden als Strafverteidiger praktizieren zu lassen. Meine Klienten waren hauptsächlich arme Leute, die sich die großen Kanzleien nicht leisten konnten. Es war mir nicht wichtig, das große Geld zu machen. Ich wollte den Menschen helfen, die einen angemessenen rechtlichen Beistand brauchten, aber nicht über die nötigen Mittel verfügten, um ihn sich leisten zu können. Anfangs hatte ich Erfolg. Ich gewann achtzig Prozent meiner Fälle – eine annehmbare Erfolgsquote für jeden Anwalt, ob blind oder sehend. Dann übernahm ich die Verteidigung eines Mannes, der des Überfalls und der Vergewaltigung angeklagt war – mein größter Fall. Ich gewann vor Gericht. Er wurde freigesprochen. Zwei Wochen nach seiner Freilassung wurde er wieder verhaftet. Dieses Mal, weil er eine Frau vergewaltigt und getötet hatte.“

„Und du hast dir die Schuld dafür gegeben?“

„Wenn ich nicht blind gewesen wäre, hätte ich vielleicht deutlich *gesehen,* dass er schuldig war. Ich hätte ihn nie verteidigt, wenn ich das gewusst hätte.“

„Aber hat nicht auch ein schuldiger Verbrecher ein Recht auf eine Verteidigung?“

„Darum geht es nicht. Ich habe etwas übersehen, und deshalb ...“ Joel schüttelte den Kopf. Es fiel ihm offenbar immer noch schwer, sich mit dem, was damals passiert war, auseinanderzusetzen.

„Es muss schwer gewesen sein“, erwiderte Irene einfühlsam.

„Danke, dass du nicht versuchst, mich mit den ganzen glatten Antworten zu trösten. Damals warfen mir einige vor, dass es unverantwortlich von mir gewesen sei, einen solchen Fall zu übernehmen. Aber im Großen und Ganzen hörte ich die abgedroschenen Sprüche, die zwar bestimmt tröstlich gemeint waren, dass der Kerl auch viele Sehende zum Narren gehalten habe, oder dass ich den Fall gewonnen hätte, weil die Polizei schlampig gearbeitet habe, und nicht, weil ich blind sei usw. Aber ich hatte Angst davor, dieses Risiko noch einmal einzugehen. Angst ...“

„Oh, Joel ...“

„Ich bin blind, Irene.“ Er sagte das, als begreife er es zum ersten Mal.

„Ich gebe es nicht gern zu. Aber ich bin behindert – sehbehindert, sehgestört oder welchen beschönigenden Namen man der Sache auch geben mag. Ich habe eine Schwäche, einen Makel ...“

„Hör auf damit, Joel!“

„Warum? Vielleicht sollte dir meine Behinderung viel mehr Angst einjagen als meine Ähnlichkeit mit Greg. Andererseits würde das keine Rolle für dich spielen, es sei denn, du empfändest etwas für mich.“

„Du hasst doch Selbstmitleid, Joel. Tappe doch nicht in diese Falle.“ Sie wollte ihm sagen, dass sie etwas für ihn empfand, aber sie brachte die Worte einfach nicht über die Lippen. Stattdessen sagte sie: „Es spielt für mich keine Rolle. Ich sehe dich nicht als Blinden.“

„Vielleicht solltest du das aber.“

„Wenn ich etwas für dich empfände. Wenn ich dich lieben würde ...“

„Wenn ...“ Er griff nach seiner Kaffeetasse und führte sie an seine Lippen. Irene hatte bemerkt, dass sie leer war, aber nicht rechtzeitig reagiert. Mit einem Lächeln machte er seiner Anspannung etwas Luft. „Nur eine kleinere Unannehmlichkeit ...“, murmelte er trocken. Sie fragte sich, ob er von der leeren Tasse oder von seiner Behinderung sprach.

Sie nahm die Tasse und füllte sie erneut.

Nachdem er einen Schluck getrunken hatte, sagte er: „Ich habe immer geglaubt, dieses Fiasko mit meiner Laufbahn als Strafverteidiger sei wahrscheinlich Gottes Wille für mich, wenigstens hoffte ich es. Aber wenn es der Platz war, an dem er mich haben wollte, dann habe ich seinem Willen den Rücken gekehrt. Aber ich hatte auf dem Weg, den ich schließlich einschlug, Erfolg, selbst wenn ich nicht immer zufrieden damit bin.“

„Ich kann gar nicht die vielen Male zählen, in denen ich mit *Gottes Willen* gerungen habe“, sagte Irene. „Ich löste die Frage für mich so, dass ich einfach losging und hoffte, Gott würde mich nicht zu weit vom Weg abirren lassen. Ich bin mir vieler Dinge nicht sicher, Joel, aber ist der Gott, an den du glaubst, ein Gott, der solche Spiele mit dir treibt? Würde er wirklich jemanden, den er liebt, so behandeln?“

„Das ist eine ungewöhnliche Bemerkung aus deinem Mund, Irene. Aber sie klingt sehr weise.“

Jetzt war es an Irene, sich unbehaglich zu winden. „Alte Gewohnheiten lassen sich nur schwer ablegen“, sagte sie schwach. „Aber ich sprach von deinem Glauben und nicht von meinem.“

„Weißt du, was ich glaube?“, begann Joel. „Du hast nicht aufgehört, an Gott zu glauben oder ihn zu lieben. Du hast nur vorübergehend das Vertrauen verloren – zu ihm oder zu dir, ich weiß es nicht genau.“

„Es hat aber dieselbe Wirkung, nicht wahr? So ähnlich, wie wenn du das Vertrauen in deine Fähigkeiten als Strafverteidiger verlierst. Es kostet zu viel Kraft, es wieder aufzubauen. Vielleicht ist es sogar unmöglich. Angst kann etwas sehr Lähmendes und Zerstörerisches sein.“

„Aber nicht unmöglich zu überwinden, schätze ich."
„Wahrscheinlich."
„Wir sind Kämpfertypen, Irene. Es ist möglich."
„Wir?" Irene schüttelte unsicher den Kopf. „Woher willst du das wissen? Ich bin in der Ehe gescheitert, in meinem Glauben. Ich kann nicht einmal ein Bild fertig malen. Das ist nicht Kämpfen, das ist Aufgeben."
„Wie willst du das wissen, solange die letzte Stimme noch nicht ausgezählt ist? Solange du lebst, hast du eine Chance zu kämpfen."
„Solange ich nicht gegen Gott kämpfe." Sie lächelte.
Er hob seine Hand und fuhr die Form ihrer Lippen mit den Fingern nach. Er nahm die Hand nicht sofort wieder weg, sondern streichelte zärtlich ihre Wange. Irene wich nicht zurück, obwohl sie sich sagte, dass sie das eigentlich sollte. Vielmehr lehnte sie sich, wenn auch nur leicht, an seine Hand. Er hob seine andere Hand ebenfalls, bis ihr Gesicht in seinen Handflächen lag. Sie blickte zu ihm auf, sah in seine blinden Augen und hatte wieder das Gefühl, dass seine Augen tief in ihr Herz schauten.
„Das wäre selbstzerstörerisch", sagte Joel leise.
„Das weiß ich nicht. Ich will kämpfen. Ich will wieder haben, was ich früher hatte."
„Ich weiß."
„Du hast es schon immer gewusst, nicht wahr?"
Er nickte, und ein leichtes Lächeln zog über seine Lippen. „Sonst hätte ich mich nicht in dich verlieben können."
„Bitte, Joel, sag so etwas nicht."
„Es ist zu spät ..."
„Wenn nur ..." Ihre Worte waren kaum hörbar, aber Joel hörte sie.
„Wir glauben an einen Gott, der sich dieser ‚Wenn nur' annimmt", sagte er.
Wir glauben ..., stimmte das denn? War sie nicht so

weit weggegangen, dass es ihr unmöglich war, zu Gott zurückzukehren? Sie erinnerte sich an die Bibelstelle: „Bei Gott ist nichts unmöglich." Sie dachte an Joel, der ständig gegen unmögliche Lebensumstände ankämpfte, und sie wusste, dass er seine Leistungen und Erfolge allein Gott zuschreiben würde. Aber selbst ein Mann wie Joel stolperte und zweifelte manchmal. Das Stolpern war gar nicht das Problem. Schwierigkeiten bekam man nur, wenn man fiel und sich weigerte, wieder aufzustehen und weiterzugehen. Joel hatte das einmal in seinem Leben getan, aber Irene hatte es ihr *ganzes* Leben lang getan.

War sie ein Kämpfertyp?

Sie legte eine Hand auf Joels Hand und nickte. „Vielleicht hast du recht."

Er seufzte und lächelte erfreut. „Ich bin für dich da, Irene. Es ist zwar vielleicht so ähnlich wie bei dem blinden Blindenführer ..."

„Nein, Joel. In geistlicher Hinsicht lebe ich im ‚Land der Blinden'. Du siehst weitaus besser als ich."

Sie führte seine Hand an ihre Lippen und küsste sie zärtlich. Sie hatte keine Ahnung, was die Zukunft ihr bringen würde oder welch eine Verpflichtung sie einging, sowohl gegenüber Joel als auch gegenüber Gott. Ihre ganze Verwirrung würde sich nicht über Nacht auflösen. Aber sie fühlte sich von einer Kraft durchdrungen, die vorher nicht dagewesen war. Sie hatte plötzlich den Wunsch, nicht aufzugeben.

Kapitel 33

Am nächsten Tag rief Irene Joel nach der Arbeit in seinem Büro an, um ihn zum Abendessen einzuladen.

„Ich muss heute leider mit einer Klientin essen gehen“, sagte er mit unüberhörbarer Enttäuschung.

„Dann vielleicht morgen.“

„Irene, warum begleitest du mich nicht heute Abend?“

„Ich wäre bestimmt fehl am Platz ...“

„Glaube mir, du könntest Licht in einen Abend bringen, der mit Sicherheit langweilig wird. Ich lade dich danach zu einer gemütlichen Nachspeise ein, nur du und ich.“

„Limonade mit Vanilleeis?“

„Such dir etwas aus.“

„Käsekuchen?“

„Einverstanden.“

Irene lachte und konnte nicht ablehnen. Er sagte ihr, wann und wo sie sich treffen würden. Dabei stellte sie fest, dass sie es nicht erwarten konnte, ihn zu sehen. Sie konnte die zarte Pflanze, die in ihrem Herzen heranwuchs, einfach nicht länger ignorieren. Seit dem gestrigen Abend hatte eine langsame, aber deutliche Veränderung von ihr Besitz ergriffen. Joel war immer weniger Gregs Bruder und immer mehr er selbst – ein ehrlicher, sensibler, feinfühliger Mann. Je besser sie ihn kennenlernte und je kritischer sie ihn betrachtete und versuchte, seine Fehler aufzudecken, umso mehr begriff sie: Wenn er Fehler hatte – und die hatte er ganz bestimmt –, dann waren diese nicht mit Gregs Fehlern identisch. Joel könnte sie enttäuschen, er könnte sie sogar verletzen, aber nicht so wie Greg. Joel war keine

Fotokopie von Greg; er war es nie gewesen und würde es auch nie sein.

Aber damit waren noch lange nicht alle Risiken ausgeschaltet.

Ihr Verstand sagte ihr immer wieder, dass in allen Beziehungen ein gewisses Risiko steckte. Daran führte kein Weg vorbei. Im letzten Jahr hatte sie Männer – die wenigen, die sie überhaupt in ihr Leben gelassen hatte – wegen aller möglicher Fehler, ob groß oder klein, von vornherein abgelehnt. Aber nie war ein Mann schwerer abzulehnen gewesen als Joel. Nicht so sehr wegen seiner Hartnäckigkeit, sondern vielmehr wegen einer besonderen, unerklärlichen Anziehungskraft, die er auf sie ausübte. Die anderen Männer waren das Risiko einfach nicht wert gewesen, diesen Schritt in eine echte Beziehung zu wagen. War Joel es wert?

Für Irene war es keine Frage, ob er es wert sei. Blieb nur noch die Frage, ob sie dazu bereit war oder nicht. Vielleicht musste sie diese Frage nicht sofort beantworten. Sie wusste, dass Joel ihr Zeit ließ – und sie würde viel Zeit brauchen. Sie hatte sich schon einmal überstürzt auf eine Ehe eingelassen und war nicht bereit, diesen Fehler zu wiederholen.

Um sich abzulenken, ging Irene in ihr Schlafzimmer und versuchte etwas zu finden, das sie an diesem Abend anziehen könnte. Sie öffnete ihren Kleiderschrank und betrachtete ihre magere Auswahl. Sie würden bei Alexanders essen, einem Fünf-Sterne-Restaurant. Dazu brauchte sie also unbedingt etwas Vornehmes. Sie holte aus der hintersten Ecke ihres Schrankes ein rotes Seidenkleid heraus. Es hatte einen ausgestellten Rock und lange Ärmel. Es war „sehr elegant“. Vielleicht würde es für das Restaurant passen, in dem sie an diesem Abend essen würden, aber ... war es nicht etwas übertrieben? Das Kleid hatte sie von Connie bekommen. Sie zog es nicht mehr an, weil es ihr zu kurz war. Irene war etwas kleiner als ihre Schwester, und ihr passte das Kleid wie angegossen, aber sie hatte es noch nie getragen – jetzt war ihr klar, warum. Sie putzte sich selten so fein heraus. Baumwollhosen oder Jeans waren ihre normale Kleidung. Selbst in ihrer Firma waren Hosen mit Bluse und einem Blazer akzeptabel.

Ihr kam in den Sinn, dass Joel wahrscheinlich viele gesellschaftliche Verpflichtungen erfüllen musste, bei denen Abendkleidung unerlässlich war. War das ein weiterer Punkt, der gegen ihn sprach, oder ein Pluspunkt? Sie konnte es nicht sagen.

Sie warf das Kleid auf das Bett. Dann ging sie wieder zu ihrem Kleiderschrank und grub noch einiges andere aus. Nach wenigen Minuten lagen mehrere elegante Kleidungsstücke auf dem Bett.

Mark kam mit einem Apfel in der Hand zu ihr ins Zimmer. „Was gibt es heute Abend zu essen, Mama?“

„Hot Dogs, Maccaroni und Käse. Lisa kommt und bleibt heute Abend bei euch. Sie kocht euch das Essen.“

„Was hast du denn vor?“, fragte er und warf einen Blick auf den Kleiderhaufen auf ihrem Bett.

„Ich versuche, mich zu entscheiden, was ich heute Abend anziehen soll.“ Sie hielt einen blauen Rock und einen dazu passenden Mohairpullover hoch. „Was meinst du dazu?“

Mark war das ziemlich egal, und so zuckte er nur mit den Achseln. „Mama, wenn Joel blind ist, warum ist es dann so wichtig, was du anziehst?“

Seine Logik überraschte sie. Sie musste herzlich lachen: „Mark, ich weiß, dass es unlogisch ist, aber es gibt viele Gesichtspunkte zu bedenken. Du willst sie aber bestimmt nicht alle hören, oder?“

Er schüttelte den Kopf und nahm einen weiteren Bissen von seinem Apfel.

Irene entschied sich schließlich für einen schwarzen,

leicht ausgestellten Rock mit Rosenmuster. Dazu trug sie einen schwarzen Kaschmirpullover mit Perlknöpfen auf der Vorderseite. Elegant, aber doch so bequem, dass sie sich darin wohlfühlte.

Alexanders befand sich auf dem Nob Hill, inmitten von San Franciscos besten Hotels, darunter das Fairmont und das Mark Hopkins. Irene hatte oft Gäste von außerhalb der Stadt zum Fairmont geführt, um in dem Glasaufzug nach oben zu fahren und einen Blick über die Stadt zu genießen. Einmal ganz am Anfang ihrer Ehe hatte Greg sie sogar hierher eingeladen, um etwas zu feiern, aber sie konnte sich nicht mehr erinnern, was der Anlass gewesen war. Sie konnte es sich nicht leisten, diese vornehmen Häuser zu besuchen, es sei denn als Touristin auf Besichtigungstour.

Sie betrat das Alexanders. Eine Empfangsdame in einem eleganten schwarzen Kreppkleid trat auf sie zu. Plötzlich kam sich Irene sehr gewöhnlich vor, ganz und gar nicht elegant. Sie sagte der Frau, dass sie mit Joel Costain verabredet sei, und wurde sofort zu einem Separee geführt. Sie sah Joel und eine attraktive blonde Frau am Tisch sitzen und begriff erneut, wie zwanglos sich Joel in diese Welt einfügte. Irene zupfte nervös an ihrem Pullover, warf die Schultern zurück und atmete tief ein, bevor sie versuchte, sich in diese ihr unbekannte Welt zu stürzen.

Man stellte sich gegenseitig vor. Lena Westfall reichte Irene eine kühle, schwache Hand, bevor sie sie mit einer kurzen Geste aufforderte, sich in die elegante rote Samtnische zu ihnen zu setzen.

„Sie sind Joels Verlobte, nicht wahr?“, Lenas Tonfall war unmissverständlich herablassend.

„Nein, wir sind nur Freunde“, erwiderte Irene, während ihre Wangen knallrot zu glühen begannen. Es störte sie zutiefst, dass diese kühle, gebildete Frau sie so erröten sah. Wenigstens konnte Joel es nicht sehen.

„Die besten Freunde", fügte Joel hinzu und warf ihr ein Lächeln zu, das ermutigend gemeint war, dessen Herzlichkeit und Intimität Irene jedoch nur noch mehr erröten ließ.

Ein Kellner kam an den Tisch und nahm ihre Bestellungen entgegen. Er war ausgesprochen aufmerksam, besonders als Lena mehrere Sonderwünsche anmeldete, die nicht auf der Speisekarte standen.

„Irene, habe ich erwähnt, dass Lena die Eigentümerin von Alexanders ist?", fragte Joel.

„Wirklich?", sagte Irene, dann fügte sie hinzu, weil sie den Eindruck hatte, dass eine weitere Bemerkung angebracht sei: „Ich bin sicher, dass es ein ausgezeichnetes Restaurant ist."

„Sie haben noch nie hier gespeist?", fragte Lena.

„Leider nicht." Irene unterließ es zu erwähnen, dass ein einziges Essen hier ihre Haushaltskasse für einen ganzen Monat plündern würde.

Das Essen verlief so angespannt und unangenehm, dass es eine große Erleichterung für Irene war, als Joel und Lena anfingen, über Geschäftliches zu sprechen. Das Gespräch über Steuern und das Finanzamt war erfrischend im Vergleich zu den herablassenden Worten und Blicken, mit denen Lena Irene immer wieder bedachte.

Als der Hauptgang abserviert war und der Kellner fragte, ob sie ein Dessert wünschten, lehnte Joel schnell ab.

„Ich kann wirklich nichts mehr essen." Hatte er ihre vereinbarte Nachspeise nicht vergessen?

Irene lehnte einen weiteren Gang ebenfalls höflich ab. Ihr war es im Moment gleichgültig, ob es an diesem Abend eine Nachspeise gab; sie wollte nur so schnell wie möglich von hier fortkommen. Lena bestand darauf, dass sie das Essen wenigstens mit einem Cappuccino abschlössen. Sie war ein Mensch, dem man nicht leicht etwas ausschlagen konnte. Als sie endlich fertig waren und aufbrachen, kostete es Irene viel Mühe, nicht im Laufschritt davonzustürmen. Sie zwang ihre Beine, sich Lenas entspanntem Schlendern anzupassen. Irene gelang es sogar, keine Miene zu verziehen, als der Parkjunge des Restaurants mit Lenas silbergrauem BMW vorfuhr. Irene bot Joel an, ihn nach Hause zu fahren. Er nahm das Angebot an, und Irene hatte den Eindruck, als könne er es ebenfalls nicht erwarten, sich von seiner Klientin zu verabschieden.

„Ich will nicht den Eindruck erwecken, als ließe ich Sie allein hier stehen, Joel", sagte Lena. „Ich habe Sie immerhin hierhergebracht."

„Ich fahre direkt an seinem Haus vorbei", log Irene. „Es wäre eine Schande, wenn Sie extra einen Umweg fahren müssten."

„Sie wohnen in Greenwich, Joel, nicht wahr?", sagte Lena. „Das ist überhaupt kein Umweg für mich."

Joel schmunzelte. „Normalerweise habe ich Probleme, jemanden zu finden, der mich mitnimmt, und jetzt wetteifern zwei schöne Frauen um diese Ehre! Aber, Lena, ich wollte Ihnen keine Umstände bereiten; deshalb habe ich schon vorher mit Irene vereinbart, dass sie mich nach Hause fährt. Noch einmal vielen Dank für dieses ausgezeichnete Abendessen."

Lena lächelte etwas steif. „Darf ich dann wenigstens für Sie die Sache mit dem Parkjungen erledigen, Irene?"

„Ich habe den Parkjungen nicht bemüht. Ich habe nicht weit von hier am Straßenrand geparkt."

„Wirklich?" Lena zog eine Augenbraue in die Höhe, als hätte sie so etwas noch nie im Leben gehört.

„Ich gehe gern spazieren", fügte Irene schwach hinzu. Es war nicht nötig, Lena zu erklären, wie verlegen es sie machen würde, wenn der Parkjunge ihren alten Wagen parken müsste.

Schließlich rutschte Lena hinter das Lenkrad ihrer Nobelkarosse und fuhr davon. Irene warf Joel ein müdes Lächeln zu.

„Das war etwas ungemütlich, nicht wahr?", sagte sie.

„Der ganze Abend war ungemütlich. Ich konnte es nicht erwarten, dass er zu Ende geht."

„Dann war ich nicht die Einzige."

„Wohl kaum!" Joel legte seine Hand leicht auf Irenes Ellbogen. „Wo steht dein Auto? Ich hoffe, es ist eine Meile weg – mir ist tatsächlich nach Spazierengehen zumute."

„Wir müssen auch spazieren gehen, wenn sich das Abendessen setzen und dem Käsekuchen Platz machen soll."

Er lachte. „Dann gehen wir."

Sie gingen an ihrem Auto vorbei die California Street hinab. Der Regen vor einigen Tagen hatte unweigerlich den Herbst eingeläutet. Die Luft war frisch und so kühl, dass Irene froh war, dass sie ihren grauen Wollmantel angezogen hatte. Eine Straßenbahn klapperte an ihnen vorbei. Einige Touristen hingen an den Geländern und winkten. Irene winkte zurück. Sie fühlte sich plötzlich sehr gut, die erdrückende Schwere der letzten zwei Stunden war wie weggeblasen. Sie konnte fast glauben, dass sie endlich das Ende eines dunklen Tunnels erreicht hatte. Sie hatte in der letzten Nacht nach ihrem Gespräch mit Joel, bei dem ihr bewusst geworden war, dass sie sich ihren alten Glauben zurückwünschte, versucht zu beten. Zu ihrem freudigen Erstaunen hatte sie tatsächlich das Gefühl gehabt, dass ihr Gebet endlich eine Mauer durchdrang. Ihre Worte hallten nicht mehr wider, als prallten sie von Stahlwänden ab.

Kein Wunder, dass sie guter Stimmung war. Vor Jahren hatte sie ihren liebsten Freund verloren. Jetzt versöhnte sie sich wieder mit ihm, mit ihrem Herrn. Die

Leichtigkeit, die sie innerlich fühlte, machte ihr bewusst, wie stark dieser Verlust sie nach unten gezogen hatte. Sie war gelegentlich immer noch vorsichtig und unsicher, aber jetzt, da die Mauer um sie herum nach und nach abbröckelte, gewann die Hoffnung wieder mehr Raum in ihr.

„Spazieren wir durch Chinatown“, schlug Joel vor.

„Genau darauf steuern wir gerade zu.“

„Wunderbar.“ Seine Hand glitt von ihrem Ellbogen und legte sich um ihre Taille.

„Bist du sicher, dass du nicht stolperst, wenn du so gehst?“

„Mit dir an meiner Seite werde ich nie stolpern, Irene.“

„Darauf sage ich nichts!“

Sie bogen in die Grant Street ein und waren in kürzester Zeit mitten in dem geschäftigen Treiben des chinesischen Stadtteils von San Francisco. Das rege Leben in diesem Viertel wirkte nach der vergleichsweise ruhigen Straße, aus der sie kamen, schrill. Selbst um neun Uhr abends drängten sich auf der Straße noch viele Fußgänger, vor allem Touristen. Alle Geschäfte hatten geöffnet und Tische und Tonnen auf den Gehweg gestellt. Jade- und elfenbeinfarbene Buddhas, kunstvoll geschnitztes Teakholz, bemalte Fächer, Seidenkleider, allesamt bunt und reizvoll, erfüllten die Sinne.

Joel und Irene fühlten sich wie Touristen. Joel kaufte Irene einen schönen Fächer mit Spitzen aus weißen Lotosblüten, die auf einen schwarzen Hintergrund gemalt waren. In einer Bäckerei kaufte Irene Sesamkekse für ihre Jungen, und Joel kaufte einige nicht-chinesische Schokoladenmischungen.

„Das kann den Käsekuchen ersetzen“, sagte Irene, als sie ein kleines Stück davon probierte.

„Auf keinen Fall. Ich habe dir Käsekuchen versprochen, und du bekommst auch Käsekuchen!“

Aber in diesem Viertel gab es keinen Käsekuchen, und so kehrten sie, nachdem sie die Hälfte von Chinatown durchquert hatten, zu ihrem Auto zurück. Alle Bäckereien hatten schon geschlossen, und so mussten sie sich mit einem tiefgefrorenen Käsekuchen aus einem Supermarkt begnügen, der die ganze Nacht geöffnet hatte. Sie nahmen ihn mit zu Joel.

Ebony begrüßte sie mit glücklich wedelndem Schwanz an der Tür. Sie sah besser aus, war aber immer noch ziemlich steif. Der Anrufbeantworter piepste und machte Joel darauf aufmerksam, dass Anrufe auf dem Band gespeichert waren. Er ging in die Küche und schaltete das Gerät ein. Jim Kincaids Stimme begrüßte sie. „Joel, hier ist Jim. Wo steckst du? Ich rufe dich ab jetzt jede halbe Stunde an, bis ich dich erreiche. Mach dich auf etwas gefasst. Ich habe große Neuigkeiten."

Kapitel 34

Auf dem Gerät folgten noch zwei weitere Anrufe, der letzte stammte von halb zehn. Es war jetzt einundzwanzig Uhr fünfunddreißig. Sie müssten sich also eine Weile gedulden, bis Jim wieder anrief. Joel und Irene aßen ihre Nachspeise, konnten den Kuchen aber nicht mehr so unbeschwert genießen. Beide waren plötzlich sehr angespannt. Welche große Neuigkeit hatte Jim? Warum hatte er nicht wenigstens erwähnt, ob sie gut oder schlecht war? Irene fragte sich, ob ihre neu gewonnene Zuversicht verfrüht gewesen sei. Würde schon wieder eine schwarze Wolke aufziehen und ihr Leben verdunkeln?

Sie versuchten, zu spekulieren, was Jim vielleicht von Joel gewollt haben könnte, aber schließlich gaben sie es auf und unterhielten sich fast überhaupt nicht mehr. Schweigend tranken sie ihren Kaffee und warteten.

Joels Uhr hatte gerade in ihrer Sprachsimulation gemeldet: „Es ist zweiundzwanzig Uhr", als endlich das Telefon läutete. Joels Hand war nur wenige Zentimeter von dem schnurlosen Telefon entfernt. Er griff so schnell danach, als habe er Angst, es könnte davonlaufen, bevor er es erwischte.

„Jim?"

„Mann, bin ich froh, dass du zurück bist! Ich hatte schon befürchtet, er könnte verschwinden, bevor ich dich erreiche –"

„Er? Wer –?"

„Sullivan. Ich habe ihn gefunden."

„Er hat Charlie gefunden", berichtete Joel Irene aufgeregt. Dann sprach er wieder in den Hörer: „Wo?"

„Ich habe ihn in einem billigen Hotel in Haight aufgespürt. Er hat es vor ungefähr zwei Stunden verlassen.

Seitdem folge ich ihm und versuche, dich zu erreichen. Ich wollte ihn nicht vergraulen, solange ich nicht weiß, was du …"

„Ich komme sofort! Gib mir die Adresse."

„Er ist im Augenblick nicht im Hotel, sondern in einer Bar in Stanyon." Er nannte Joel die Adresse. „Ich bin auf der anderen Straßenseite und versuche, möglichst unauffällig zu wirken. Gar nicht so einfach in dieser Gegend und um zehn Uhr abends, wo ich auch noch so viel Ähnlichkeit mit einem Polizisten habe. Ich könnte schwören, dass hier vor ein paar Minuten ein Drogendeal gelaufen ist. Du hast meine Nummer, ja? Wenn ich nicht hier bin, wenn du kommst, dann bin ich wieder hinter ihm her. Rufe mich an, ich habe mein Telefon bei mir."

„Okay, wir sind in zehn Minuten da."

Irene stellte keine Fragen, bis sie in ihrem Auto saßen und quer durch die Stadt rasten. Dieses Mal machte Joel keine Bemerkung über ihren rasanten Fahrstil. Er ermutigte sie sogar, noch schneller zu fahren. Charlie Sullivan war bis jetzt so schwer zu fassen gewesen, dass er für sie fast schon ein Phantom geworden war, das nur in ihrer Fantasie existierte. Beim geringsten Fehler könnte er sich wieder in Luft auflösen. Mit einem Blick in ihren Rückspiegel drückte Irene auf das Gaspedal ihres Toyota. Als echte San Franciscoerin fuhr sie bei mehreren Ampeln, kurz nachdem diese schon auf Rot geschaltet hatten, weiter.

Die Stanyon Street grenzte an das östliche Ende des Golden-Gate-Parks. Östlich davon lag Haight, ein Teil des berühmten Haight-Ashbury-Bezirks, in dem sich in den 60ern die Hippies versammelt hatten. Schon damals hatte diese Gegend einen schlechten Ruf gehabt; die früher einmal stattlichen alten Gebäude aus dem 19. Jahrhundert waren vollkommen verwahrlost. Jetzt, da die Geräuschkulisse der Flower People längst wieder verschwunden war, gab es nur noch sehr wenig, was diese Gegend anziehend machte.

Irene parkte in der Stanyon Street. Gleich rechts neben ihr erstreckte sich der Park, der jetzt dunkel und bedrohlich wirkte. Sie war nicht überrascht, dass selbst ein sportlich durchtrainierter, muskulöser Mann wie Jim Kincaid nervös wurde, wenn er sich länger hier aufhalten musste, besonders um diese späte Stunde. Sie hatte erwartet, dass Joel, sobald sie stehen bliebe, sofort aus dem Auto spränge. Aber er zögerte. Irene wusste, dass es nicht an der Angst vor den zwielichtigen Typen lag, die diese Gegend bevölkerten.

„Mir ist gerade klar geworden, Irene, dass ich ihn endlich treffen werde."

„Bist du bereit?"

„Nein ... ich würde am liebsten davonlaufen. Würdest du bitte bei mir bleiben?"

„Bist du sicher, dass du nicht lieber allein mit ihm sein willst?"

„Ich kann mich auf mein Gehör verlassen. Aber jetzt brauche ich moralischen Beistand."

„Ich bin bei dir, Joel."

Sie stiegen aus dem Auto. Irene ging um das Auto herum; Joel ergriff ihren Arm und atmete tief ein. Jim trat auf sie zu.

„Er ist noch in der Kneipe da drüben", sagte Jim.

„Ich weiß nicht, ob es gut oder schlecht ist, wenn er betrunken ist", bemerkte Joel trocken.

„Es gibt nur eine Möglichkeit, das herauszufinden", erwiderte Irene.

„Ich wusste, dass das jemand sagen würde", sagte Joel. „Also, dann los."

Alle drei überquerten die Straße. Die Kneipe hatte den Namen Fran's Place. Selbst wenn Irene die Gewohnheit hätte, häufiger in Kneipen zu verkehren, wusste sie, dass sie einen solchen Ort bestimmt nicht aufsuchen würde. Sie bezweifelte, ob sie diese Gegend überhaupt aufsuchen würde. Jim wartete vor der Tür, da er meinte, zu viele Leute könnten Charlie nur nervös machen. Das Innere der Bar war schwach beleuchtet, ein dichter Zigarettenrauch hing in der Luft und brannte Irene in den Augen. Ungefähr zwei Dutzend Gäste hielten sich in dem kleinen Raum auf und saßen auf Stühlen an der Bar und an der Handvoll kleiner, runder Tische. Die Gespräche und die laute Musik aus dem Kassettenrekorder im Hintergrund bildeten einen hohen Geräuschpegel.

Jim hatte Irene eine kurze Beschreibung von Sullivan gegeben, die allerdings auf die Hälfte der Männer in der Bar zutreffen konnte. Sie konnte ihn nur an dem altmodischen Filzhut, den er trug, ausmachen. Er saß auf einem Barhocker, war über die Theke gebeugt und hatte ein Glas Whisky vor sich stehen.

„Ich glaube, ich habe ihn gefunden", flüsterte Irene Joel zu. „Was jetzt?"

„Führe mich zu ihm." Die Entschlossenheit in Joels Stimme war ermutigend.

Sie schoben sich an den anderen Gästen vorbei, bis Joel genau neben Charlies rechter Schulter stand. Joel sagte ruhig: „Charlie Sullivan?"

Der Mann spannte sich sichtlich an, sagte aber nichts.

Joel sprach weiter: „Ich wollte dich schon lange kennenlernen, Charlie. Ich bin Joel."

Charlie reagierte immer noch nicht und drehte sich auch nicht um. Er verkrampfte seine Hand um sein Glas, als suche er darin Beistand, führte es dann an seine Lippen und nahm einen langen Schluck.

„Charlie, bitte sprich mit mir", flehte Joel ihn an.

„Es war dumm von dir, mich zu suchen", sagte Sullivan schließlich mit leiser, angespannter Stimme. Er hatte das Gesicht immer noch nach vorne gerichtet.

„Das glaube ich nicht. Ich glaube, wir beide wollten, dass dieser Augenblick kommt. Kannst du mich ansehen, Charlie? Willst du sehen, wie dein Sohn ausschaut?"

„Ich habe dich schon gesehen."

„Ich wünsche mir, dass wir uns von Angesicht zu Angesicht gegenübergestanden haben."

„Du verlangst zu viel. Du wühlst zu viel." Charlie trank den Rest seines Glases aus und signalisierte dem Barkeeper, es wieder vollzuschenken.

„Charlie, setz dich mit mir an einen Tisch und sprich mit mir. Gib mir wenigstens fünf Minuten – mehr verlange ich nicht."

Langsam schüttelte Charlie den Kopf. Irene glaubte schon, das sei das Ende. Aber dann sagte er mit leiser, gezwungener Stimme: „Fünf Minuten."

Charlie drehte sich um. Irene konnte ihn zum ersten Mal deutlich sehen. Sein Gesicht sah älter aus, als er wahrscheinlich war. Unter dem silbergrauen Dreitagebart sah sie tiefe Falten. Seine kurz geschnittenen Haare waren grau und dünn, vielleicht aufgrund der Krebsbehandlung. Die grauen Augen waren blutunterlaufen. Ihre Härte stand in einem scharfen Konflikt mit der tiefen Traurigkeit, die aus ihnen sprach. Irene sah, dass seine Schultern und sein Nacken gekrümmt waren und leicht nach vorne standen, was ihm das Aussehen eines verzweifelten Tieres gab. Das Mitleid, das Irene für ihn empfand, wurde durch den zerlumpten schwarzen Mantel, den er trug, und die ausgetretenen Schuhe an seinen Füßen noch erhöht.

Er schwankte einen Augenblick, als seine Füße den Boden berührten. Irene streckte eine Hand aus, um ihn zu stützen, aber er wies ihre Hilfe mit einer abweisenden Handbewegung zurück und schlurfte zu dem einzigen leeren Tisch im Raum. Er saß schon und hatte sein Glas vor sich stehen, als Irene und Joel an den

Tisch traten. Als er sein Glas wieder an seine Lippen führte, konnte Irene sehen, wie sich seine Augen fast unmerklich hoben, um verstohlen einen Blick auf seinen Sohn zu werfen.

Irene holte noch zwei Stühle. Joel und sie zwängten sich mit an den Tisch. Um sie herum lachten die Gäste, unterhielten sich, bewegten sich und stießen sie. Sie kam sich vor, als wären sie eine Insel mitten in einem stürmischen Meer. Aber die Insel selbst war alles andere als ruhig.

Eine Kellnerin trat an den Tisch.

„Was soll es denn sein?“ Sie befeuchtete ihre Bleistiftspitze mit der Zunge und war bereit, ihre Bestellung entgegenzunehmen.

Joel schüttelte den Kopf. Diese Störung ärgerte ihn.

Charlie sagte: „Sie haben es nicht gern, wenn nichtzahlende Gäste ihre Stühle belegen.“

Joel holte seine Brieftasche aus der Innentasche seiner Lederjacke, öffnete sie und zog zwei Zwanzig-Dollar-Scheine heraus.

„Stören Sie uns bitte nicht mehr, okay?“, sagte er und reichte der Frau die Geldscheine.

„Okay!“, sagte die Kellnerin und steckte das Geld flink ein.

„Hey, nicht so schnell“, rief Charlie. „Ich will noch einen Doppelten.“ Er deutete auf sein leeres Glas. „Scotch.“ Als die Kellnerin fort war, warf er Joel einen unsicheren Blick zu. „Du denkst jetzt wahrscheinlich, dass dein alter Herr neben allem anderen auch noch ein Säufer ist. Aber das bin ich nicht. Ich habe meine Medikamente verloren. Der Alkohol muss sie mehr oder weniger ersetzen.“

„Du bist mir keine Erklärung schuldig“, sagte Joel.

„Ich hatte mir wirklich Sorgen gemacht, dass die Medikamente mich abhängig machen könnten. Aber zum Teufel – entschuldige, ich meine zum Kuckuck

– du musst verzeihen; wenn ein Mann so viel Zeit im Gefängnis verbringt wie ich, vergisst er ganz, wie anständige Leute sprechen und sich benehmen. Wie dem auch sei: Ich werde sterben und habe also wahrscheinlich nicht genug Zeit, medikamentenabhängig oder ein Alkoholiker zu werden."

„Du brauchst dich nicht zu entschuldigen."

„Doch, das muss ich. Du musst verstehen, warum ich dich nicht sehen wollte."

„Ich verstehe. Aber du hast damit angefangen, Charlie. Ich spiele dir nur den Ball zurück, den du mir zugeworfen hast. Bevor Greg zu mir kam, hatte ich nicht das geringste Interesse an meiner leiblichen Familie. Mein ganzes Leben lang habe ich nie mehr als einen flüchtigen Gedanken für sie übrig gehabt. Das hat sich geändert, seit du die Tür geöffnet hast. Als ich wusste, dass ich irgendwo einen Vater habe, musste ich dich kennenlernen. Ich musste wissen, was für ein Mensch du bist."

„Ist das nicht offensichtlich? Ich bin ein Ex-Sträfling, ein verurteilter Mörder."

„Das ist das, was du *getan* hast oder vielleicht getan hast. Das ist nicht, wer du bist."

„Was macht das schon für einen Unterschied?"

„Deshalb musste ich dich kennenlernen. Ich musste herausfinden, ob es einen Unterschied gibt."

Die Kellnerin kam mit Charlies Scotch. Er nahm einen schnellen Schluck aus dem Glas.

Dann blickte er zu Joel auf, betrachtete sein Gesicht, als hoffte er, darin etwas zu finden. Vielleicht hoffte er, dass in Joels Augen trotz allem Leben wäre; vielleicht wollte er auch einfach ein Spiegelbild von sich selbst in Joel sehen.

„Es tut mir leid", sagte Charlie mit leiser, verzweifelter Stimme.

„Was?"

„Du weißt schon, was. Weil ich verhaftet wurde, bekam deine Mutter dich zu früh, und du wurdest blind. Du wärst normal geboren worden, wenn ..."

„Dafür kannst du dir nicht die Schuld geben ..."

„Ja, du hast recht. Wenn dieser Gauner nicht gewesen wäre ..." Er brach plötzlich ab. „Egal, ich werde die Sache in Ordnung bringen; er wird bezahlen ..." Er brach wieder ab.

„Ich verstehe nicht", sagte Joel.

„Vergiss es. Ich glaube, deine fünf Minuten sind vorbei."

„Trink wenigstens dein Glas aus."

„Woher weißt du, dass es noch nicht leer ist?"

„Du wärst überrascht, was ein Blinder alles sehen kann. Und du brauchst keine Schuldgefühle und kein Mitleid mit mir zu haben. Mir geht es gut. Blindheit ist nur eine kleinere Unannehmlichkeit."

„Eine kleinere Unannehmlichkeit, so?"

Joel zuckte mit den Achseln. „Manchmal auch eine größere. Aber ich führe ein gutes Leben, Charlie. Ich wurde von guten Leuten großgezogen. Ich bin zufrieden und glücklich." Er schwieg kurz, dann fügte er hinzu: „Ich dachte nur, das würdest du vielleicht gern wissen."

„Ich sehe selbst, dass du ein guter Junge bist – ein guter Mann. Du hast dich gut gemacht ..." Charlies Stimme wurde rau. Irene sah Gefühle in seinen Augen aufflackern. Wurden sie feucht? „Wenn ich irgendetwas damit zu tun hätte, wäre ich stolz auf dich. Es ist fast unvorstellbar, dass ich einen Sohn wie dich habe." Er warf einen Blick auf Irene. „Ist das deine Frau?"

„Nein. Ich war verheiratet, aber meine Frau starb vor mehreren Jahren. Ich habe keine Kinder."

„Ich heiße Irene. Ich war mit Greg verheiratet."

„Was Sie nicht sagen?" Charlie verzog die Lippen und bedachte Irene mit einem genaueren Blick. „Wie sind Sie nur an einen solchen Kerl geraten?"

Irene wusste darauf keine schnelle Antwort. Sie konnte nur erwidern: „Ich weiß es nicht." Dann fügte sie hinzu: „Wir hatten zwei Kinder miteinander. Zwei Jungen. Ihre Enkel."

„Das hat Greg erwähnt. Keine Sorge, ich halte mich von ihnen fern."

„Das brauchen Sie nicht", begann Irene.

Charlie unterbrach sie. „Ich wollte nicht, dass Greg etwas zustößt. Ich weiß immer noch nicht, was mit ihm passiert ist, aber ich habe eine gewisse Ahnung."

„Kannst du uns verraten, was hier gespielt wird? Warum sind wir in Gefahr?", fragte Joel.

„Das ist eine lange Geschichte, aber bald braucht ihr euch darüber keine Sorgen mehr zu machen. Ich werde die Sache in die Hand nehmen."

„Was hast du vor?"

„Das geht dich nichts an."

„Du musst mir schon ein paar Antworten geben, Charlie. Ich stecke ziemlich tief drin, und meine Ahnungslosigkeit hilft mir überhaupt nicht weiter. Ist dir klar, dass die Polizei mich in Verdacht hat, Greg getötet zu haben? Sie haben nichts gegen mich in der Hand, aber ich hätte es gern, wenn der Fall geklärt würde. Willst du, dass Gregs Mörder ungeschoren davonkommt? Sag mir etwas – irgendetwas! Ich kann dir helfen. Wir können zusammenarbeiten."

„Ich bin ein Einzelgänger."

Joel stieß ein frustriertes Seufzen aus.

„Aber eines will ich dir noch sagen", begann Charlie. „Ich habe vor siebenunddreißig Jahren diesen Polizisten *nicht* getötet. Ich wurde in eine Falle gelockt und verraten. Dein alter Herr ist kein Mörder ..., ich dachte nur, dass du das vielleicht wissen willst. Ich bin in jeder anderen Hinsicht verdorben, aber ein Mörder bin ich nicht."

„Wer hat ihn getötet?"

„Es ist Zeit für mich zu gehen."

„Bist du in Gefahr?"

„Ich schätze, ich bin froh, dass du mich gefunden hast." Charlie wollte aufstehen, aber Joel legte schnell eine Hand auf seinen Arm und hielt ihn zurück.

„Charlie, wie sah meine Mutter aus?"

Charlie schwieg lange und rieb sich das Gesicht, als versuchte er, Spinnweben oder schmerzliche Erinnerungen wegzuwischen. „Stört es euch, wenn ich rauche?", fragte er schließlich und grub aus seiner Tasche eine abgegriffene Schachtel Zigaretten heraus. Als Joel und Irene den Kopf schüttelten, klopfte er eine Zigarette aus der Packung und zündete sie an. Nach zwei Zügen sprach er wieder. „Sie war ein hübsches Mädchen", sagte er. „Erst dreiundzwanzig, als sie starb. So jung. Sie war liebenswert. Das sage ich nicht nur – sie war es wirklich. Unschuldig, weißt du. Naiv." Charlie warf einen Blick auf Irene. „Vielleicht so wie Sie, als Sie Greg heirateten. Sie wollte nur ein kleines Häuschen mit einem Gartenzaun und eine große Kinderschar. Stattdessen konnte ich ihr nie mehr bieten als diese Bruchbude in der Haight Street."

„Ihr habt hier gewohnt?", fragte Joel. „Wo?"

„Ja ..." Charlie zögerte. „Es ist besser, wenn du das nicht weißt. Es war damals schon eine Bruchbude und ist inzwischen noch baufälliger geworden."

„Es schadet mir bestimmt nicht, wenn ich es weiß. Ich habe dich gefunden, Charlie. Ich kann auch leicht das Haus finden."

Charlie zuckte mit den Achseln. „Du bist ein hartnäckiger Bursche." Seine dünnen, trockenen Lippen verzogen sich fast zu einem richtigen Lächeln. „Es ist das zweite Gebäude nach der Ecke Haight und Waller Street. Es ist jetzt erbsengrün gestrichen und steht leer, wahrscheinlich einsturzgefährdet. An die Nummer kann ich mich nicht mehr erinnern."

„Danke, Charlie."

„Du hattest recht, als du sagtest, ich schulde dir etwas. Ich wünschte, ich könnte dir mehr geben, aber ich habe nichts, das ich dir geben könnte." Charlie stand auf, dieses Mal mit deutlicher Endgültigkeit.

Joel zog seine Brieftasche wieder heraus. „Ich habe nicht viel Geld bei mir, aber ..."

„Nein, ich will kein Geld von dir."

„Ein Darlehen?"

Charlie schüttelte den Kopf; er hatte vergessen, dass Joel nicht sehen konnte. Aber als Joel seine Brieftasche aus der Jacke zog, sagte Charlie bestimmt: „Nein!"

Joel steckte seine Brieftasche widerwillig wieder ein. „Ich will dich wiedersehen", sagte Joel und stand ebenfalls auf.

„Versprich mir eines", entgegnete Charlie. „Folge mir nicht und lass mich auch nicht von deinem Mann beschatten. Lass mich einfach gehen."

„Okay, solange du mir versprichst, dass du dich bald bei mir meldest. Ich will *nicht,* dass das unsere letzte Begegnung war."

„Abgemacht."

Charlie wollte schon gehen, aber Joel holte ihn ein und konnte ihm eine Hand auf die Schulter legen. Charlie blieb stehen und drehte sich um. Joel reichte ihm die Hand. Zögernd ergriff Charlie sie. Der Händedruck war formell, aber in ihm steckten so viele unterschwellige Gefühle und so viel Bedeutung, als hätten die zwei Männer sich umarmt. Charlie ließ schnell Joels Hand los, bevor das passieren konnte, und ging zur Tür. Irene und Joel folgten ihm nach draußen.

Ohne einen Blick zurück, eilte Charlie davon.

„Ich bleibe ihm auf den Fersen", sagte Jim.

„Lass ihn gehen", wehrte Joel ab. „Ich habe versprochen, dass wir ihm nicht folgen."

„Ist das dein Ernst?"

Joel nickte, sah dabei aber nicht glücklich aus. Eigentlich wollte er nichts lieber, als mit allen Mitteln verhindern, dass Charlie – sein Vater- wieder in der Versenkung verschwand.

Kapitel 35

Joel wäre am liebsten auf der Stelle zu dem Haus in der Haight Street gefahren, wenn es nicht schon nach zehn Uhr abends gewesen wäre – eine sehr ungünstige Zeit, um sich in dieser Gegend aufzuhalten. Aber Irene versprach, ihn am nächsten Morgen in aller Frühe abzuholen, um mit ihm das Haus zu besichtigen. Sie richtete es sich so ein, dass ihr Arbeitstag erst um zehn Uhr begann, und war dankbar, dass ihr Chef ihr die Freiheit ließ, ihre Arbeitszeit flexibel zu gestalten.

Um halb neun Uhr am nächsten Morgen war Haight-Ashbury ein wenig einladender als in der Nacht zuvor. Die Geschäfte waren geöffnet und auf den Straßen waren Fußgänger unterwegs. Eine obdachlose Frau schob einen Einkaufswagen, dessen Inhalt wie Müll aussah, aber es war wohl ihr ganzer Besitz. Sie passte in diese Gegend, genauso wie Irenes alter Toyota, den sie in der Haight Street geparkt hatte. Der Einzige, der wie aus einer anderen Welt aussah, war Joel in seinem teuren grauen Wollanzug. Er hätte sich gern anders gekleidet, aber er hatte in einer Stunde einen Termin mit einem Klienten, und es bliebe ihm keine Zeit mehr, sich umzuziehen.

Sie hatten keine Mühe, das Gebäude zu finden, das Charlie ihnen beschrieben hatte. Früher war es vielleicht einmal ein Herrenhaus gewesen, das einem reichen Mann aus der Oberschicht von San Francisco gehört hatte. Es war wahrscheinlich nicht lange nach dem großen Erdbeben von 1906 erbaut worden. Der ursprüngliche Besitzer war im Zuge der allgemeinen Flucht aus dem Stadtzentrum schon längst aus dieser Gegend fortgezogen. Das dreistöckige Gebäude war jetzt in Mietswohnungen unterteilt. An der Vorderseite waren neben der Veranda vier verrostete Briefkästen. Die ausgeblichene grüne Farbe war an vielen Stellen von dem Holz abgeblättert. Die Fenster waren mit Brettern zugenagelt, die im Gegensatz zum übrigen Haus ziemlich neu aussahen.

„Es sieht so aus, als stünde das Haus leer", erklärte Irene und beschrieb Joel in allen Einzelheiten, was sie sah. Dann verließ sie ihn kurz und stieg die baufällige Treppe hinauf, um einen Zettel zu lesen, der an die Haustür genagelt war. Als sie zu Joel zurückkehrte, berichtete sie ihm, was sie gelesen hatte. „Das Haus wurde vom Gesundheitsamt geschlossen. Das geschah vor einem Monat."

„Wahrscheinlich gibt es keine Möglichkeit, hineinzukommen."

„Es ist alles zugenagelt."

Sie gingen zur Seite des Hauses. Ungefähr zwei Meter trennten es an jeder Seite von den angrenzenden Gebäuden. Das Haus rechts an der Ecke des Blockes schien bewohnt zu sein, aber das Haus auf der anderen Seite stand ebenfalls leer und war zugenagelt.

Irene wollte gerade vorschlagen, sich die Rückseite des Hauses anzuschauen, als eine junge Frau aus dem Eckhaus kam.

„Hallo", sprach Irene sie mit einem freundlichen Lächeln an. „Könnten Sie mir vielleicht etwas über dieses Haus sagen?"

Die Frau war neunzehn oder zwanzig, trug abgetragene Jeans, ein ausgewaschenes Flanellhemd, Cowboystiefel und einen weitkrempigen Filzhut über ihren langen braunen Haaren. „Was wollen Sie denn wissen?" Ihre Stimme war vorsichtig, aber nicht abweisender, als für einen Stadtbewohner normal war.

„Warum wurde dieses Haus zugenagelt?", fragte Joel.

„Wegen des Erdbebens im letzten Monat."

Irene hatte das Erdbeben schon längst wieder vergessen. Es war nicht stark gewesen, nur fünf Punkte auf der Richterskala. Zu klein, um mehr als ein Achselzucken bei einer abgehärteten Frau aus San Francisco auszulösen. Aber auch eine solche kleinere Erschütterung konnte an Gebäuden, die ohnehin nicht mehr besonders stabil waren, einen großen Schaden anrichten.

„Wurden die anderen Gebäude nicht betroffen?", fragte Irene.

„Das Haus, in dem ich wohne, hat es ziemlich gut überstanden. Nach dem Beben von 89 haben sie einiges renoviert und abgestützt. Aber ich glaube nicht, dass an dieser Bruchbude in den letzten zwanzig Jahren irgendjemand einen Finger gerührt hat." Sie deutete mit dem Kopf auf Charlies Haus. „Das hat man mir wenigstens erzählt. Ich selbst wohne erst seit zwei Jahren hier. Aber um die Wahrheit zu sagen, die meisten Leute hier in der Gegend sind froh, dass es zugemacht wurde."

„Warum das?"

„Sind Sie Immobilienmakler oder so etwas? Sie planen doch hier hoffentlich keine Renovierungen, damit diese Wohnungen niemand mehr bezahlen kann? Die Häuser sind nichts Besonderes, aber ich bin Studentin, und mehr kann ich mir nicht leisten."

„Nein, wir sind nichts dergleichen", erwiderte Joel. „Ich interessiere mich für dieses Haus nur wegen ... seiner geschichtlichen Bedeutung."

„Wie ich schon sagte: Ich wohne noch nicht lange hier, aber seit ich hier bin, war dieses Haus ein Sammelplatz für Obdachlose und Flüchtlinge; wahrscheinlich wurde hier auch mit Drogen gehandelt. Ich bin mir fast sicher, dass im Keller Drogenpartys gefeiert wurden. Das Gesundheitsamt fand benutzte Spritzen."

„Haben Sie außer den Leuten, die immer hier sind, in letzter Zeit einen Fremden in der Nähe dieses Hauses gesehen?"

„Jetzt, da Sie es erwähnen, fällt es mir ein: Vor zwei Tagen lungerte ein alter Mann hier herum. Ich habe nicht mit ihm gesprochen, weil ich sowieso schon zu spät in meine Vorlesungen kam."

„Ging er hinein?"

Sie zuckte mit den Achseln. „Das weiß ich wirklich nicht."

„Wir wollen Sie nicht länger aufhalten", sagte Joel. „Danke, dass Sie uns weitergeholfen haben."

Als das Mädchen seinen Weg fortsetzte, gingen Joel und Irene zur Rückseite des Hauses. Da die Vorderseite keine Hinweise dafür gezeigt hatte, dass jemand von dort in das Haus hineingegangen war, musste Charlie, falls er hineingekommen war, dies von der Rückseite aus bewerkstelligt haben. Jedenfalls erschien es Joel und Irene am wahrscheinlichsten. Es gab eine Hintertür. Als Irene das Brett, das darübergenagelt war, genauer betrachtete, sah sie Anzeichen dafür, dass es aufgebrochen worden war, aber wer auch immer das getan hatte, hatte das Brett wieder sorgfältig an seinen ursprünglichen Platz gebracht. Sie bohrte ihre Finger unter die Kante und versuchte, es zu lockern. Es gab ein wenig nach, als sie ihre ganze Kraft aufwandte, ließ sich aber nicht ganz herausreißen. Sie brach sich bei dem Versuch nur einen Fingernagel ab.

„Wenn wir vielleicht beide daran ziehen, könnten wir es schaffen", sagte sie zu Joel, nachdem sie ihm berichtet hatte, was sie sah. „Ich hoffe nur, die Tür dahinter ist nicht verschlossen."

„Das glaube ich nicht", sagte Joel. „Charlie war hier. Ich kann nicht glauben, dass er nicht hineingegangen ist. Komm, versuchen wir es."

Irene zeigte Joel, wo er seine Hände hinlegen musste. Gemeinsam ruckelten sie mehrmals an dem Brett, bis es schließlich nachgab und die Nägel sich aus dem Holz ziehen ließen. Dann konnte Irene hinter das Brett greifen und den Türgriff umfassen. Er ließ sich leicht drehen. Sie zog das Brett ungefähr dreißig Zentimeter weit heraus, dann konnten sie sich durch die Öffnung zwängen. Das Brett schwang wieder an seinen alten Platz zurück, aber sie würden keine Probleme haben, das Haus später auf diesem Weg wieder zu verlassen.

Abstoßende Gerüche von altem Gemäuer, abgestandener Luft und Schmutz begrüßten sie, als sie sich in dem kleinen Eingangsbereich aufrichteten, in dem sich die hintere Treppe befand. Ein alter Besen lehnte an der Wand, ein Stoß Lumpen lag in einer Ecke, in einer anderen Ecke waren einige Pappkartons aufeinandergestapelt. Irene dachte an die Leute, die erst vor Kurzem gezwungen wurden, das Haus zu verlassen. Obdachlose Jugendliche, Drogenabhängige, die Elenden und die Verachteten der Gesellschaft. Aber sie war sicher, dass Joel in diesem Augenblick an andere Bewohner dieses Hauses dachte, an eine Zeit, die viel weiter zurücklag ...

* * *

„Vorsicht, Greggie, pass auf diesen Stufen auf", sagte die junge Frau. Sie war dreiundzwanzig Jahre, hatte ein rundliches, liebenswertes Gesicht, flachsblonde Haare und Augen, die so blau waren wie ein strahlender Himmel an einem Sommertag.

„Aber, Mama, du gehst viel zu langsam", murrte das Kind, dessen Haare dunkler waren als die seiner Mutter, das aber die gleichen strahlend blauen Augen wie sie hatte.

Die Frau seufzte und lächelte. Ja, sie bewegte sich seit einiger Zeit langsamer. Im siebten Monat ihrer Schwangerschaft wurde jede Frau ein wenig ungelenkiger. Sie legte eine Hand auf ihren immer dicker werdenden Bauch, und ihr Lächeln, das eine unschuldige Freude verriet, wurde breiter, als das Kind in ihrem Bauch genau in diesem Augenblick ein wenig strampelte. Es gab nichts Schöneres im Leben, als schwanger zu sein. Sie hatte Charlie schon gesagt, dass sie acht Kinder wolle. Er hatte im Spaß gestöhnt und gesagt, dass er sich dann einen besseren Job suchen müsse. Er wollte auch viele Kinder, das wusste sie.

„Komm, gib mir deine Hand", sagte sie und hielt dem Vierjährigen ihre Hand entgegen, der schon vier Stufen weiter war als sie.

„Ich bin doch groß, Mama!"

„Ich weiß, aber du könntest deiner Mama die Treppe hinauf helfen. Dein Bruder oder deine Schwester wird in Mamas Bauch immer schwerer."

„Es wird ein Bruder, sagt Daddy. Ich will auch einen Bruder."

„Wir werden sehen ..." Sie lächelte wieder. Männer wollten immer Jungen. Ihr war beides recht, aber sie freute sich darauf, wenn Greggie einen kleinen Spielkameraden bekäme ...

* * *

Joel versuchte, sich in diesem traurigen, düsteren alten Haus glückliche Augenblicke vorzustellen. Vielleicht war dieses Bedürfnis wegen seiner eigenen glücklichen Kindheit umso stärker. Er konnte ein gewisses Schuldgefühl nicht von sich abschütteln. Es war nicht seine Schuld, dass alles so gekommen war, aber er hatte so viel Gutes in seinem Leben erfahren, während Charlie, Greg und Betsy Sullivan nicht nur wenig gehabt hatten, sondern auch noch das Wenige, das sie hatten, verloren. War es möglich, dass sie hier auch glückliche Augenblicke erlebt hatten? Betsy war eine gute Frau gewesen, und Charlie hatte sie geliebt. Das war an der Art, wie er von ihr sprach, zu spüren.

Irene führte Joel durch die zwei kleinen Wohnungen im Erdgeschoss und beschrieb ihm genau, wie sie aussahen. Neben vielen anderen Gerüchen stieg ihm der Gestank von Staub und Schimmel in die Nase. Seine Füße traten auf abgebröckelten Putz. In einem der Räume mussten sie um einen großen Spalt im Fußboden herumgehen. Sie fanden die vordere Treppe, aber das Geländer war schwer beschädigt und fehlte an einigen Stellen vollständig. Deshalb kehrten sie zur hinteren Treppe zurück, die in einem etwas besseren Zustand war.

Während sie sich dem zweiten Stockwerk näherten, versuchte Joel, sich ein längst verhalltes Lachen in diesem Gebäude vorzustellen.

* * *

„Hallo, Baby, schau, was ich habe!" Der junge Mann hielt seiner Frau eine Handvoll Banknoten vor das Gesicht.

„Charlie! Was hast du getan? Fort Knox ausgeraubt?"

Charlie lachte. Seine braunen Augen funkelten. Er war ein gut aussehender junger Mann von fünfundzwanzig Jahren, kräftig, muskulös gebaut, mit dunklen Haaren, die er so gekämmt hatte, wie er es bei James Dean in den Kinofilmen gesehen hatte. Aber im Gegensatz zu seinem Helden war Charlie konservativ gekleidet. Er trug einen braun gestreiften Gabardineanzug mit weiten Aufschlägen, eine schmale Seidenkrawatte und spitze Schuhe. Es war sein einziger Anzug, aber er hatte den besten gekauft, weil er es in dieser Welt zu etwas bringen würde. Sein jetziger Geldregen war ein guter Beweis dafür. Man musste nur die richtigen Leute kennen.

„Ich habe einen kleinen Nebenverdienst angefangen."

„Ein sehr gut bezahlter Nebenverdienst?"

Charlie hörte die Skepsis aus ihrer Stimme heraus. „Komm schon, Betsy, Liebes, wir stellen heute die ganze Stadt auf den Kopf."

„Ich weiß nicht, Charlie ..." Die Freude wich ein bisschen aus ihren strahlenden, hübschen Augen.

„Was ist los? Es ist Ewigkeiten her, seit wir uns das letzte Mal ein wenig Spaß gegönnt haben."

„Ich weiß ..., aber ..." Sie schaute auf ihren vorstehenden Bauch hinab.

„Du schämst dich doch nicht, in deinem Zustand auszugehen, oder? In meinen Augen bist du das schönste Mädchen der Welt – und das noch mehr, seit du unser Baby in dir trägst." Charlie schwieg kurz, dann kam ihm ein anderer Gedanke. „Du machst dir doch keine Sorgen darüber, was du anziehen sollst, oder? Bevor wir irgendwohin gehen, kaufen wir dir das schönste Kleid in der ganzen Stadt."

„Das ist es nicht, Charlie. Es ist nur so, dass wir einige Sachen für das Baby brauchen. Babyausstattung und einige andere Kleinigkeiten."

„Oh, Schatz, mach dir darüber keine Sorgen. Bevor das Baby geboren wird, kommt noch viel mehr Geld ins Haus. Wir können ihm den Spitzenkinderwagen kaufen, den du bei Macys gesehen hast, und alles andere, was du willst."

„Wirklich?"

„Wir haben es geschafft, Baby. Unsere Sorgen sind vorbei." Er nahm seinen braunen Filzhut und setzte ihn sich genau im richtigen Winkel auf den Kopf. „Hol deinen Mantel. Wir gehen einkaufen."

„Ich hole Greggie", sagte sie mit neuer Freude.

„Unbedingt! Er bekommt auch ein Geschenk."

* * *

Joel und Irene erreichten die Wohnung im zweiten Stockwerk. Die Tür mit einer Drei aus beschlagenem Messing war nicht zugesperrt. Nichts, so schien es, war innerhalb dieses Gebäudes abgeschlossen. Sie gingen hinein. Genauso wie ein Stockwerk tiefer war auch hier die Tapete heruntergerissen, die Farbe war abgebröckelt, und der Putz an den Wänden wies deutliche Risse auf. Die Fenster waren mit alten Tüchern, vergilbten, zerrissenen Vorhängen und heruntergerissenen Übergardinen zugehängt. Die meisten Vorhänge hatten riesige Löcher, durch die etwas Tageslicht in die düsteren Räume drang. Während Irene Joel die Räume beschrieb, fiel es ihm immer schwerer, sich Szenen eines glücklichen Familienlebens auszumalen. Auch vor siebenunddreißig Jahren war dieses Haus bestimmt nicht die beste Adresse in der Stadt gewesen. Er stellte sich vor, wie seine Mutter sich vergeblich bemühte, es in ein gemütliches Zuhause zu verwandeln – eine Vase mit Plastikblumen, ein billig gerahmtes Bild an der Wand, eine bunte Tischdecke auf dem Resopaltisch. Er dachte an zerbrochene Träume und zerbrochene Menschenleben ...

* * *

„Ich muss für eine Weile verschwinden, Betsy."

„Warum? Was ist passiert?"

„Ich stecke ein wenig in Schwierigkeiten, das ist alles."

Betsy stellte ein Dutzend Fragen. „Was ist los? Wie kannst du mich jetzt allein lassen? Was soll ich allein mit zwei kleinen Kindern machen?"

„Ich stecke in Schwierigkeiten. Aber ich bleibe nicht lange fort. Ich hole dich bald ..."

Verzweifelt warf sie die Arme um ihn. Tränen strömten über ihre Wangen. Er legte die Arme um sie, ganz fest, als hätte er Angst vor dem, was ihr passieren könnte, wenn er fort wäre. Sie fühlte seine Liebe. Er liebte sie sehr. Aber das hatte sie schon immer gewusst. Und sie wusste, wenn ihr geliebter Charlie in Schwierigkeiten steckte, dann konnte das nicht seine Schuld sein. Charlie hatte ein Herz aus Gold. Ihm war nichts wichtiger, als sich um seine Familie zu kümmern.

„Bitte, Charlie, geh nicht!"

Er hob sanft ihr Gesicht von seiner Schulter, an der sie es vergraben hatte, bewegte ihr Kinn nach oben und küsste sie zärtlich. Als sie die Augen öffnete, sah sie, dass auch in seinen Augen Tränen glänzten. Da wusste sie, dass es schreckliche Schwierigkeiten sein mussten, in denen er steckte, und dass sie ihn vielleicht nie wiedersähe, wenn er fortging.

„Willst du dich nicht zuerst von Greggie verabschieden?", fragte sie flehend.

„Ich will ihn nicht aufwecken."

Aber sie gingen in sein winziges Zimmer. Der Junge schlief friedlich; sein süßes, rundliches Gesicht sah aus wie das eines Engels. Aber das konnte Charlies Entschlossenheit, seine Dringlichkeit nicht schwächen.

„Es ist Zeit", sagte er.

Betsy begleitete ihn zur Tür, als wäre sie tatsächlich stark genug, ihn gehen zu lassen. Sie achtete nicht auf die stechenden Schmerzen in ihrem Unterleib. Sie fühlte sie schon seit Tagen; eine Freundin hatte gesagt, das sei normal. Aber dieses Mal zuckte sie bei den Schmerzen unwillkürlich zusammen. Sie war dankbar, dass Charlie es nicht gesehen hatte, obwohl sie sich fast wünschte, er hätte es bemerkt – vielleicht würde er dann bleiben. Aber irgendwie gelang es ihr, ihn mit einem letzten Kuss gehen zu lassen.

Dann kehrte Betsy in die Wohnung zurück und weinte, bis eine Stunde später jemand an die Tür klopfte. Als sie öffnete, standen zwei bedrohlich aussehende Polizisten vor ihr.

* * *

Irene ging ein paar Schritte in das Zimmer hinein. Joel hörte ein lautes Knacken. Im selben Augenblick schwankte Irene und klammerte sich an ihn.

„Bist du in Ordnung?“, fragte er.

„Der Boden ist ein wenig eingebrochen“, erwiderte sie und richtete sich wieder auf. „Ich schätze, deshalb ist auch der Zutritt in dieses Haus verboten.“

„Gehen wir.“

„Du willst doch nicht auch noch ins dritte Stockwerk hinaufgehen?“

Er schüttelte den Kopf. „Es ist zu deprimierend. Ich weiß nicht, warum ich überhaupt hierherkommen wollte. Habe ich versucht, mich als Teil der Vergangenheit zu fühlen, als Teil einer Familie, die angeblich meine war? Wenn ihre Geister in diesem Haus wohnen, dann weiß ich nicht, ob ich sie noch kennenlernen will.“

„Vielleicht nicht hier, Joel, aber ich glaube, du willst sie schon kennenlernen. Du musst sie kennenlernen, dich ihnen und ihrer Geschichte stellen. Aber ich glaube, diese Begegnung wird durch Charlie geschehen. Er ist das Verbindungsglied zu deiner Geschichte, nicht dieses baufällige alte Haus.“

„Werde ich ihn je wiedersehen?“ Joel hatte das Gefühl, dass ihm dieses Haus seine ganze Hoffnung und seinen ganzen Glauben raubte.

Er war erleichtert, als sie das Haus verließen und die kühle Herbstluft ihre Sinne wieder auf andere Gedanken brachte.

Kapitel 36

Der nächste Tag war ein Samstag, aber das hinderte Joel nicht daran, um sieben Uhr morgens in sein Büro zu fahren, um die nötigen Mittel zur Verfügung zu haben, damit er das Geheimnis um seinen leiblichen Vater entwirren konnte. Irene gesellte sich um elf Uhr zu ihm.

„Mein Vater hat Adam und Mark zu einer Bootsausstellung mitgenommen, und ich habe Zeit. Ist es noch zu früh für ein Mittagessen?"

„Vielleicht können wir vorher noch etwas erledigen", sagte Joel. „Ich sitze schon den ganzen Vormittag am Telefon und habe endlich eine Spur zu dem Besitzer dieser Spedition gefunden, in die Charlie damals einbrach."

„Das ist ja großartig! Was für eine Spur?"

„Die Spedition selbst ging schon vor Jahren bankrott, und der Besitzer starb. Aber ich glaube, ich habe seine Tochter gefunden. Ich habe am Telefon mit ihr gesprochen, sie war aber irgendwie nervös. Wahrscheinlich hat sie ihre Gründe dafür. Ich hielt es für das Beste, ihr nicht alles zu sagen, und blieb also ein wenig vage. Sie will darüber nachdenken und ruft mich bis zum Mittag zurück. Ich hoffe, diese Spur stellt sich nicht als Sackgasse heraus."

„Zu schade, dass Charlie dir nicht mehr erzählen wollte."

„Es gab absolut keine Möglichkeit, ihm klarzumachen, dass es das Beste wäre. Irene, ich habe über das, was er gesagt hat, nachgedacht: Er wolle etwas in Ordnung bringen, jemand solle bezahlen, er würde dafür sorgen, dass die Gefahr aufhört. Wenn mir das vorher bewusst gewesen wäre, wenn es nicht so vieles andere gegeben hätte, das ich verarbeiten musste, hätte ich ihn eigenhändig festgehalten, um ihn daran zu hindern, wieder zu verschwinden. Aber ... im Nachhinein ist man immer schlauer. Wie dem auch sei, ich fürchte, er will sich für alles, was damals passiert ist, rächen. Er erwähnte, dass er verraten worden sei. Es ist also gut möglich, dass er Rachegedanken hegt. Er hatte über drei Jahrzehnte Zeit, darüber nachzubrüten, seinen Hass aufzubauen. Dieser Einbruch hat ihn alles gekostet."

„Das würde bedeuten, dass unsere Spekulationen richtig waren. Er hatte damals einen Komplizen."

„Ich denke, es muss mehr dahinterstecken als nur ein Komplize, der davonkam, während Charlie im Gefängnis schmorte. Es ist nicht unbedingt Böswilligkeit, wenn der eine Dieb entkommt, während der andere erwischt wird. Die Sache sähe aber vollkommen anders aus, wenn dieser sogenannte Komplize ihn irgendwie zu der Spedition gelockt hätte, um ihm einen Mord in die Schuhe zu schieben."

„Und jetzt will er ihm das heimzahlen."

Joel nickte grimmig. „Ich hätte ihn nicht gehen lassen sollen. Wenn er jemanden tötet oder auch nur verletzt, kommt er für den Rest seines Lebens hinter Gitter – dieses Mal bekäme er bestimmt keine Begnadigung."

„Wenn wir nur beweisen könnten, dass er diesen Polizisten nicht getötet hat, und den wahren Mörder finden könnten."

„Dieses Verbrechen liegt siebenunddreißig Jahre zurück – so einen Fall zu lösen ist Stoff für Hollywoodfilme, aber im wirklichen Leben ist es nahezu unmöglich. Zeugen sterben, die Erinnerungen verblassen. Das Gebäude, in dem die Spedition untergebracht war, brannte vor zehn Jahren nieder, noch mehr Beweise gingen unwiederbringlich verloren."

Sie wurden still. Düstere, verhangene Bilder aus der

fernen Vergangenheit gingen Irene durch den Kopf. Sie erinnerten sie ein wenig an das blasse graue Gesicht von Charlie Sullivan.

Plötzlich klingelte das Telefon auf Joels Schreibtisch. Joel nahm eilig den Hörer ab. Das Gespräch war kurz. An einer Stelle hielt Joel Irene einen Bleistift hin, dann wiederholte er laut eine Adresse, die Irene auf einen Notizblock schrieb. Ihr fiel ein, was Joel darüber gesagt hatte, dass seine Behinderung nur eine kleinere Unannehmlichkeit sei. Sich, ohne zu sehen, Notizen aufzuschreiben, musste frustrierend sein.

„Das war sie", sagte Joel und sprang aufgeregt auf. Er nahm seinen Stock, zog ihn schnell auseinander und kam hinter seinem Schreibtisch hervor. Als ein leises Jaulen vom Boden unter dem Fenster ertönte, blieb er stehen. Irene bemerkte erst jetzt, dass Ebony hinter dem Schreibtisch lag. Joel drehte sich um, bückte sich und streichelte das Tier liebevoll. „Armes Mädchen. Ich weiß, dass du dich langweilst, aber trag es mit Fassung. Ich komme später und hole dich, dann kannst du ein wenig spazieren gehen."

Irene riss das Blatt Papier mit der Adresse aus dem Block und verließ mit Joel das Büro. Ihr Ziel war Millbrae, eine Stadt ungefähr fünfzehn Kilometer südlich von San Francisco, nicht weit von Irenes Wohnung entfernt. Das Haus war nicht leicht zu finden, und Irene hatte keinen guten Orientierungssinn. Sie wünschte, die Frau hätte ihnen den Weg beschrieben. Sie hielt an zwei Tankstellen an, um nach dem Weg zu fragen, bevor sie schließlich in die Straße einbog, deren Name sie aufgeschrieben hatte. Die Gegend bestand aus mehreren Häuserreihen, die in den fünfziger Jahren gebaut worden waren. Die Hälfte der Häuser war verwahrlost und ungepflegt. Da Wochenende war, liefen viele Kinder herum, fuhren mitten auf der Straße Skateboard oder Fahrrad oder spielten Fußball. Irene fuhr langsamer, auch um die fast unleserlichen Hausnummern entziffern zu können.

„Da ist es!“, sagte sie schließlich. Es war drei-vier-eins-eins, auch wenn die Drei nach unten gerutscht war und auf dem Kopf stand.

Das Haus war in einem besseren Zustand als die Nachbarhäuser, obwohl die Farbe etwas abgeblättert war und der Rasen dringend gemäht werden musste. Ein paar Blumen blühten in einem Topf vor dem Haus. Als sie das Auto abgestellt hatte, gab Irene Joel eine kurze Beschreibung.

Die Frau, die sie an der Haustür begrüßte, war Anfang dreißig und sah attraktiv aus, auch wenn sie kein Make-up benutzte. Ihre Haare waren glatt, aber ihre Kleidung – Jeans und ein locker sitzender Pullover – war bei ihrer leicht übergewichtigen Figur nicht vorteilhaft. Im Wohnzimmer spielten Kinder und hatten das Fernsehgerät laut aufgedreht.

„Sind Sie Mrs Heather Miller?“, fragte Joel.

Sie nickte. Nach einem kurzen Zögern reichte Joel ihr die Hand. „Ich bin Joel Costain. Und das ist Irene Lorenzo.“ Er musste seine Stimme erheblich anstrengen, um das Fernsehgerät zu übertönen.

„Mama hat Besuch“, rief Heather den Kindern zu. „Stellt den Fernseher aus.“

Das löste lauten Protest aus.

„Ich sagte *Aus!*“, schrie die Frau. Sie stieß einen tiefen Seufzer aus und warf Irene einen wehmütigen Blick zu. „Wer hat nur Samstage erfunden?“

„Ich kenne das Gefühl“, sagte Irene freundlich und versuchte, nett zu sein und das Vertrauen der Frau zu gewinnen.

Die Frau sammelte Spielzeug und andere Kindersachen vom Sofa auf und bat ihre Gäste, sich zu setzen. Sie ließ sich auf einen alten Ledersessel fallen, der dem Sofa gegenüberstand.

„Ich hatte meine Zweifel, Sie hierherkommen zu lassen“, sagte sie. „Können Sie sich ausweisen?“

Joel reichte ihr seine Visitenkarte und zeigte ihr seinen Personalausweis mit Foto. Sie betrachtete beides genau und schaute dann von dem Foto zu Joels Gesicht, besonders in seine Augen.

„Sie sind wirklich blind?“, fragte sie.

„Ja.“

„Man sieht heutzutage nicht viele Blinde.“

„Gott sei Dank.“

„Sie sind also Anwalt und interessieren sich für die alte Spedition meines Vaters. Kein gesetzliches Problem, sondern ein persönliches, sagten Sie. Sie haben mich neugierig gemacht. Worum geht es bei der ganzen Sache?“ Sie schien sich zu entspannen, als machten Joel und Irene einen guten Eindruck auf sie.

„Ich interessiere mich für einen Einbruch, der vor ungefähr siebenunddreißig Jahren bei Banducci Trucking verübt wurde.“

„Das ist lange her. Damals war ich noch nicht einmal auf der Welt.“

„Wissen Sie irgendetwas über das Geschäft Ihres Vaters?“

„Er sprach nicht viel darüber. Er war sehr verbittert über alles, was passiert war ...“

„Der Einbruch?“

„Darüber weiß ich nicht viel. Nein, über das, was meinem Vater später widerfuhr. Er und sein Partner erlitten einen großen Einbruch.“

„Sein Partner?“

„Ja, er war eher ein stiller Teilhaber. Die Firma gehörte zuerst meinem Vater. Fabroni stieg erst viel später ein.“

„Fabroni, sagen Sie?“

„Ja. Alessandro Fabroni – sein Spitzname war Sandy.“

„Nicht derselbe Fabroni, der für die Bürgermeisterwahlen von San Francisco kandidiert?“

„Doch. Nicht schlecht, was?“

„Was hat den Einbruch ausgelöst?“, fragte Joel.

„Mein Vater war ein guter, ehrlicher Mann. Es war nicht leicht, ein sauberes Geschäft zu führen, Sie wissen schon, ohne Verwicklung mit dem Syndikat. Er wollte ehrlich bleiben. Aber Fabroni wollte groß herauskommen, egal wie. So, wie ich das Ganze gehört habe, hat er seine Anteile an das Syndikat verkauft, das aber meinem Vater gegenüber verschwiegen, bis Dad es schließlich herausfand. Daddy ging auf die Barrikaden. Er wollte Fabroni aus dem Geschäft haben. Er war überrascht, als Fabroni so leicht nachgab. Später begriff er, warum. Fabroni hatte das Geschäft um den größten Teil seiner Gewinne gebracht, und so bedeutete es für ihn keinen Verlust, auszusteigen.“

„Fabroni hat jetzt mit dem Syndikat aber nichts mehr zu tun, oder?“, fragte Irene.

Heather zuckte mit den Achseln. „Wer weiß? Heißt es nicht, ‚einmal ein Schurke, immer ein Schurke‘? Aber das spielt keine Rolle. Sie könnten ihm keine Verbindung *nachweisen,* selbst wenn Sie es versuchen sollten. Mein Dad hatte nie hieb- und stichfeste Beweise. Haben nicht die meisten Politiker sowieso Dreck am Stecken?“

Joel brachte das Gespräch wieder auf das Thema zurück, das ihn im Augenblick am meisten interessierte. „Stieg Fabroni in das Geschäft Ihres Vaters vor oder nach dem Einbruch ein?“

„Puh, das weiß ich wirklich nicht – warten Sie eine Minute! Ich erinnere mich, dass mein Vater sagte, sie hätten sich nach zehn Jahren Partnerschaft getrennt, und das war neunzehnhundertvierundsechzig.“ Heather kniff angestrengt die Augen zusammen und versuchte, die Jahre zurückzurechnen.

„Er stieg vor dem Einbruch ein“, sagte Joel.

„Ist das wichtig?“

„Ich weiß es nicht. Was passierte, nachdem sie sich getrennt hatten?“

„Nachdem Fabroni ausgestiegen war, ging das Geschäft wirklich den Bach hinunter.“

„Und Sie glauben nicht, dass das allein an einer schlechten Geschäftspolitik lag?“

„Bestimmt nicht! Mein Vater war in geschäftlichen Angelegenheiten ziemlich naiv, aber er hätte die Firma zum Laufen bringen können, wenn er dazu eine Chance bekommen hätte. Fabroni und wer auch immer mit ihm unter einer Decke steckte, sorgten dafür, dass Daddys Firma bankrott ging. Sie schnappten ihm Verträge vor der Nase weg und überfielen sogar Lastwagen und stahlen die Fracht. Sie haben dem Geschäft meines Vaters systematisch den Hahn abgedreht. Der ganze Ärger kostete meinen Vater schließlich das Leben, aber erst, nachdem er wirklich alles verloren hatte. Wir haben noch Jahre nach seinem Tod die Schulden abbezahlt.“

„Aber Fabroni kam offensichtlich sehr gut heraus.“

„Ist das nicht fast immer so?“, brummte Heather mit einem zynischen Seufzen.

„Ihr Vater sprach nie von dem Einbruch?“

„Ich war zehn, als mein Vater starb. Wenn er darüber sprach, dann bestimmt nicht mit seiner kleinen Tochter.“

„Ich verstehe. Hat er jemals jemanden erwähnt, der Charlie Sullivan hieß?“

„Nein. Ich verstehe immer noch nicht, warum ein Einbruch, der vor so langer Zeit passierte, Sie interessiert. Gibt es für euch Anwälte nicht genug aktuelle Verbrechen?“ Ihre letzten Worte waren leichtfertig und gut gelaunt dahingesprochen.

Joel lächelte. „Mrs Miller, es war mein Vater, der wegen dieses Einbruchs verhaftet und verurteilt wurde. Er ist gerade erst aus dem Gefängnis freigekommen."

„Junge, das ist hart. Ich wünschte, ich könnte Ihnen mehr helfen."

„Sie waren mir eine große Hilfe. Vielleicht kann ich Fabroni finden, und er kann mir weiterhelfen."

„Zählen Sie nicht darauf. Fabroni war eine erbärmliche Ratte, als mein Vater ihn kennenlernte; ich bezweifle, dass er sich geändert hat, auch wenn seine Wahlkampfanzeigen ihn in einem strahlenden Bild darstellen."

Joel stand auf. „Danke, dass Sie uns Ihre Zeit geopfert haben, Mrs Miller."

„Lassen Sie mich wissen, was bei der Sache herauskommt."

Als sie in die Stadt zurückfuhren, dachte Irene an den Tag, an dem Joel sie das erste Mal besucht hatte. Es kam ihr vor, als wäre es schon eine halbe Ewigkeit her, dabei waren seitdem gerade erst zwei Wochen vergangen. Jene Begegnung war ähnlich wie der heutige Besuch verlaufen. Er hatte seine Fragen gestellt, und sie hatte sich entschuldigt, dass sie ihm nicht mehr helfen konnte. Sie hatten sich die Hand gegeben, und sie hatte ihn zur Tür begleitet und war davon ausgegangen, dass sie ihn nie wiedersähe.

Stattdessen war er inzwischen zu einem wichtigen Teil ihres Lebens geworden. Sie konnte sich nicht vorstellen, ihn nicht zu kennen, in ihrem Herzen und in ihrem Geist von seinem sanften Lächeln, seiner zarten Seele nicht angerührt zu werden. War jene erste Begegnung nur ein rein willkürlicher Zufall gewesen? Wäre alles anders verlaufen, wenn Heather Miller die Frau gewesen wäre, die Joels Herz ..., seine Liebe erobert hätte?

Aber durch den Glauben, der in Irene neu lebendig geworden war, wurde ihr bewusst, dass mehr als nur das Schicksal am Werk war. Gott hatte alles gewirkt und geführt, genauso wie er jetzt und auch in Zukunft ihr Leben und das von Joel in der Hand hatte.

Kapitel 37

Irene hatte ihren Eltern versprochen, den Nachmittag mit ihnen zu verbringen. Sie lud Joel ein, sie zu begleiten, was mehr als eine beiläufige Geste war. Es war keine Kleinigkeit, ihren Eltern einen Mann vorzustellen, auch wenn sie Joel eigentlich schon bei Gregs Beerdigung kennengelernt hatten. Irene kannte ihre Eltern, besonders ihre Mutter, und wusste, dass sie bereits ihre Spekulationen über Joel anstellten. Ihn ein zweites Mal in ihr Haus mitzubringen war – wenigstens in Millies Augen – gleichbedeutend mit einer Verlobungsanzeige.

Sie kehrten zuerst ins Büro zurück, um Ebony abzuholen, und mussten dann wieder quer durch die ganze Stadt fahren, sodass sie nur wenige Minuten nachdem Ray mit den Kindern von der Bootsausstellung zurückgekehrt war, bei Irenes Eltern eintrafen.

Adam und Mark belagerten sofort Irene und Joel und berichteten aufgeregt, was sie alles erlebt hatten.

„Wir waren auf mehreren Booten", sagte Mark. „Aber sie waren nicht im Wasser."

„Es war toll", sagte Adam. „Schau, was Opa mir gekauft hat." Er hielt ein weißes T-Shirt mit einem Abdruck von einem Segelboot hoch. Mark hielt ein ähnliches T-Shirt in roter Farbe hoch.

Ray fragte: „Joel, segeln Sie manchmal?" Er brach ab, dann fügte er unsicher hinzu: „Es tut mir leid, ich habe nicht daran gedacht, dass ..."

Da es bereits ein paar ähnliche Unsicherheiten gegeben hatte, die Joel übergangen hatte, sagte er jetzt: „Bitte, Sie brauchen mich nicht wie ein rohes Ei zu behandeln. Sagen Sie, was Sie denken; Sie brauchen sich dafür nicht zu entschuldigen. Sie können von ‚Sehen‘ und ‚Schauen‘ sprechen. Das stört mich nicht. Ich freue mich über Beschreibungen, aber das ist auch schon alles, worüber Sie sich den Kopf zerbrechen müssen.“

„Wir haben noch nie jemanden gekannt, der blind war“, sagte Millie. „Man nennt es doch immer noch Blindheit, nicht wahr?“

„Sie können es nennen, wie Sie wollen, ganz ehrlich. Und, Mr Lorenzo ...“

„Einen Augenblick!“, sagte Ray. „Wenn wir wirklich ungezwungen miteinander reden wollen, dann bestehen wir darauf, dass Sie uns Ray und Millie nennen.“

„Und mich nennst du am besten Theresa“, warf Irenes Großmutter ein.

„Dagegen habe ich nichts einzuwenden“, sagte Joel und nahm dieses Angebot gern an. „Jetzt zurück zu deiner Frage, Ray, – ich bin schon viel gesegelt. Mein Vater hat ein Boot.“

„Das hat er erwähnt. Eine Hunter Siebenunddreißig. Das ist ein fantastisches Boot!“ Ray war unübersehbar beeindruckt. „Und du segelst auch gern?“

„Hauptsächlich als Passagier“, erwiderte Joel. „Aber ich genieße es, auf dem Wasser draußen zu sein. Es ist so friedlich, wenn man nur die Segel im Wind flattern hört. Keinen Motor!“

Ray lachte und fügte hinzu: „Ich habe mir ein eigenes Boot gewünscht, seit ich in der Marine war. Ich hatte ein kleines Segelboot, als die Kinder noch kleiner waren. Dann gingen mein Lastwagen und mein Rasenmäher kaputt und ich musste das Boot verkaufen, weil ich das Geld für mein Geschäft brauchte.“

„Ich kann mich an dieses Boot erinnern“, warf Irene ein. „Wir segelten damit zur Angel Island hinaus und machten Picknick auf der Insel.“

„Opa, kannst du dir wieder ein Boot kaufen?“, bat Mark. „Ich will auch segeln.“

„Deine Großmutter bekäme einen Anfall. Sie mag das Wasser nicht so gern.“

„Ich bin in dem alten Boot auch ein paar Mal mitgefahren“, verteidigte sich Millie.

„Daran erinnere ich mich auch noch“, schmunzelte Irene. „Du hattest die ganze Zeit weiße Knöchel.“

Alle lachten. Millie knurrte nur trocken, aber ein leichtes Zwinkern in ihren Augen verriet, dass sie nicht so beleidigt war, wie ihre Miene vielleicht vermuten ließ.

„Ich bin sicher, dass mein Vater jeden, der möchte, gern in seinem Segelboot mitnimmt“, sagte Joel.

„Ich bleibe lieber auf dem Trockenen“, sagte Millie. „Vielen Dank. Aber ihr Männer könnt so viel über Boote reden, wie ihr wollt – ich muss das Essen fertig machen. Irene, Mama, würdet ihr mir bitte helfen?“

Irene folgte ihrer Mutter und Großmutter in die Küche. Die Männer kamen gut zurecht und brauchten sie nicht, auch wenn sie viel lieber bei ihnen geblieben wäre. Sie wusste, sobald ihre Mutter sie allein erwischte, würde sie mit Fragen und Kommentaren bombardiert werden.

„Ich kann es gar nicht glauben, dass er mit Greg verwandt ist“, sagte Millie, während sie die Karotten für den Salat putzte.

„Er ist ein sehr netter junger Mann“, sagte Theresa, die einen Kopfsalat in einer Schüssel wusch und zerteilte.

„Ja, das ist er ...“, bemerkte Irene unverbindlich und tat, als konzentriere sie sich darauf, ein Baguette mit Butter zu bestreichen.

„Irene, sprich mit uns“, verlangte Millie.

„Es gibt nichts zu sagen ...“

„Warum muss ich dir immer alles aus der Nase ziehen? Ich wette, Connie weiß alle Einzelheiten.“

„Es gibt keine Einzelheiten ...“

„Du fängst nichts mit ihm an?"

„Ich dachte, du magst ihn", konterte Irene, mehr neckend als verteidigend.

„Das tue ich, aber ...", sagte Millie.

„Wir arbeiten einfach miteinander daran, herauszufinden, was passierte, als Joel geboren wurde, und wie Greg getötet wurde."

„Das ist alles?"

Irene zuckte mit den Achseln. „Wo ist das Knoblauchsalz?"

„Du weißt ganz genau, wo es ist." Millie nahm ein Messer und begann die Karotten in eine Schüssel zu schneiden. „Die Jungen scheinen ihn recht gut zu kennen; du siehst ihn also anscheinend sehr oft."

„Zurzeit ist sehr viel los ..."

„Irene Theresa Lorenzo!" Millie drohte Irene mit dem Messer. „Schämst du dich, weil du ein Verhältnis mit einem Mann hast, der behindert ist?"

„Daran habe ich nie gedacht."

„Dann hast du also ein Verhältnis mit ihm?"

„Das habe ich nicht gesagt!", seufzte Irene. „Ich weiß es nicht, okay? Ich weiß einfach nicht, was ich fühle. Er ist Gregs Bruder! Das macht mir Angst."

Theresa mischte sich ein: „Reenie, diese zwei sind aus völlig verschiedenem Holz geschnitzt. Jeder kann sehen, dass Joel ein anständiger Mann ist. Wenn du ihn aufgibst, nur weil du Angst hast, er könnte dich wie Greg behandeln, dann verlierst du mehr als ... nun, mehr als, ich weiß nicht, was."

„Aber, Großmutter, wie kann ich denn Sicherheit haben?"

„Liebes, eine letzte Sicherheit wirst du nie haben – die hat niemand. Du musst einfach das Beste daraus machen. Du brauchst nichts zu überstürzen, aber du musst ihm wenigstens eine kleine Chance geben. Das heißt, wenn es das ist, was du willst."

„Ist es das?“, fragte Millie gezielt.

Irene versuchte, sich nicht so zu fühlen, als befände sie sich in einem Kreuzverhör, und erinnerte sich daran, dass ihre Mutter diese Fragen nur stellte, weil sie ihre Tochter liebte. Millie konnte nichts dafür, dass ihre Fragen das Feingefühl eines Kanonenrohres vermittelten.

„Ich ... ich glaube schon.“ Dann hob Irene die Augen und schaute ihre Mutter direkt an. „Ich ... mag ihn.“

„Du magst ihn?“

„Mama ..., ich glaube, ich liebe ihn vielleicht.“ Die Worte rutschten ihr über die Lippen, bevor sie sie zurückhalten konnte. Sie hatte das gefürchtete Wort „Liebe“ ausgesprochen und fühlte sich einen Augenblick, als schwebe sie. Ihr kam in den Sinn, wie seltsam es war, dass sie dieses Wort in Bezug auf Joel das erste Mal ausgerechnet ihrer Mutter gegenüber aussprach. Im Gegensatz zu dem, was ihre Mutter dachte, hatte Irene mit Connie noch nicht über ihre Gefühle gesprochen, und ganz bestimmt nicht mit Joel.

Theresa trocknete sich die Hände an ihrer Schürze ab und umarmte ihre Enkelin liebevoll. „Das wird auch Zeit, Reenie!“, sagte sie. „Zeit, dass du wirklich Liebe und Glück findest.“

Millie streichelte Irenes Schulter. „Was sagt er dazu?“

„Ich habe es ihm nicht gesagt.“

„Was fühlt er?“

„Er hat gesagt, dass er mich liebt.“ Es klang seltsam aus ihrem Mund – und wunderbar.

„Ich wette, er hat keine Zweifel“, sagte Millie.

Irene lächelte. „Nein.“

„Dann solltest du deine am besten auch schnell vergessen, sonst verlierst du ihn noch.“

„Aber, Mama, Großmutter hat recht. Ich sollte nichts überstürzen. Ich muss es langsam angehen lassen. Wenn er nicht warten kann ..., ich glaube, das ist etwas, das ich auch wissen muss. Greg hatte mich damals gedrängt, und das werde ich nicht ein zweites Mal zulassen."

„Ich glaube, du brauchst dir darum keine Sorgen zu machen, Reenie", sagte Theresa. „Er sieht so aus, als habe er Geduld."

* * *

Es gab noch die eine oder andere Unsicherheit, als sie zum Abendessen am Tisch saßen. Millie hatte Steaks gebraten und wurde etwas verlegen, als Joel Irene bitten musste, ihm sein Fleisch zu schneiden. Joel vertrieb diese Verlegenheit mit einem Scherz. „Einem Blinden darf man nie ein Messer geben", sagte er. „Sonst verliert er seine Finger." Er hielt seine Hand hoch, an der das erste Glied seines Ringfingers so gekrümmt war, dass es so aussah, als fehlte die Fingerspitze. Mark hielt entsetzt die Luft an. Alle schüttelten sich vor Lachen.

Irene war nervös und fürchtete, dass ihre Mutter womöglich mit dem, was sie ihr in der Küche anvertraut hatte, herausplatzen könnte. Als deutlich wurde, dass Millie es nicht erwähnen würde, entspannte sich Irene. Aber obwohl nichts *gesagt* wurde, wurden zwischen den Älteren viele bedeutungsvolle Blicke gewechselt.

Als das Essen fertig war, sagte Joel: „Das war ein wunderbares Essen, aber ich hatte gehofft, ich könnte eure italienische Küche probieren. Irene hat so davon geschwärmt."

„Du bist uns herzlich willkommen, sonntags zum Essen zu kommen", sagte Millie. „Du kannst dir auch gern etwas mit nach Hause nehmen. Für ganz besondere Leute koche ich sogar mitten in der Woche Spaghetti." Sie warf Joel ein Grinsen zu, das ihm zeigen sollte, dass er zu diesem auserwählten Kreis zählte.

„Damit meint sie dich, Joel", sagte Irene in dem Versuch, den Blick, den er nicht sehen konnte, zu erklären.

„Irene sagte, ihr hättet neulich bei Alexanders gegessen“, bemerkte Ray. „Millie und ich haben auch schon ein paar Mal an unserem Hochzeitstag dort gegessen, aber ich muss sagen, selbst *ihr* italienisches Essen kann es mit Theresas und Millies Küche nicht aufnehmen.“

„Ich wusste nicht, dass Alexanders italienische Küche hat“, erwiderte Joel.

„Sie haben amerikanisches Essen, aber sie haben auch italienische Speisen – wenigstens das letzte Mal, als wir dort waren.“

„Wir hatten Steaks“, sagte Irene.

„Gut, es hat keinen Sinn, gutes Geld für italienisches Essen zu verschwenden, und ich habe noch nie so viel für ein Essen bezahlt wie dort, wenn man es zu Hause kostenlos haben kann!“ Ray zwinkerte seiner Frau zu.

„Vielleicht sollte ich ein Restaurant eröffnen“, meinte Millie.

Als es Zeit war zu gehen, trat Millie neben Irene und sagte: „Irene, der Abend beginnt doch erst für euch junge Leute. Warum lässt du die Jungen nicht über Nacht bei uns, und du und Joel, ihr genießt den Abend zu zweit ...“

„Mama!“, sagte Irene mit leiser, warnender Stimme.

„Ich wollte damit nicht sagen ...“

„Vergiss es, Mama“, sagte Irene in einem entspannteren Tonfall.

„Danke für das Angebot, aber ich glaube, die Jungen und ich gehen morgen früh zur Kirche.“

„Zur Kirche?“ Millie zog eine Augenbraue in die Höhe. „Das ist aber etwas Neues.“

„Ja, wahrscheinlich.“

In diesem Augenblick kam Ray mit Irenes Mantel und hielt ihn ihr hin. Sie ließ sich gern von den forschenden Fragen ihrer Mutter wegholen, schlüpfte dankbar in den Mantel und rauschte zur Tür hinaus, bevor ihre Mutter noch mehr sagen konnte. Aber auf der Rückfahrt zu Joels Haus wurde das Thema erneut angesprochen.

„Ich habe unabsichtlich mit angehört, was du zu deiner Mutter sagtest“, bemerkte Joel.

„Was denn?“ Einen Augenblick schoss ihr das Gespräch in der Küche durch den Kopf.

Sie war erleichtert, als er antwortete: „Dass du morgen zur Kirche gehen willst.“

„Oh, das. Mir ist nur eingefallen, dass morgen Sonntag ist. Mein einziges Problem ist, dass ich keine Gemeinde habe, in die ich gehen könnte. Connie und Norm gehen in die Kirche, in der ich früher immer war, aber ich glaube, ich würde gern irgendwo neu anfangen.“

„Du könntest mit mir gehen ...“

„Ich weiß nicht, Joel. Damals, als ich noch zur Kirche ging, stand kein Mund still, wenn ein alleinstehender Mann und eine alleinstehende Frau miteinander zum Gottesdienst gingen.“

„Das können wir wirklich nicht zulassen, nicht wahr?“, sagte er mit einem gut gelaunten Sarkasmus.

„Ich könnte damit umgehen, wenn es dir nichts ausmacht.“

„Könntest du?“

„Vielleicht ...“

Er lächelte, wahrscheinlich dachte er, dass ein Vielleicht aus ihrem Mund das Vorwort zu einem ernsten Ja war.

Kapitel 38

Alessandro Fabroni war nicht schwer ausfindig zu machen. So kurz vor der Wahl war der Mann ständig auf Plakaten und in Fernsehspots zu sehen. Fabroni entwickelte sich zu einem aussichtsreichen Kandidaten für den Bürgermeisterstuhl. Den Mann persönlich zu sprechen erwies sich jedoch als weitaus größere Herausforderung. Joel benutzte den Namen seiner Kanzlei und drang immerhin bis zu Fabronis Wahlkampfmanager vor, der versprach, Joels Bitte, mit dem Kandidaten persönlich zu sprechen, weiterzuleiten. Aber Fabroni wollte Joel weder sehen noch am Telefon mit ihm sprechen. Joel hielt das für seltsam. Er erinnerte sich an Heather Millers Bemerkung über seine möglichen Kontakte zur Unterwelt. Gehörte der Mann zur Mafia? Joel wünschte, er hätte schon von Fabroni gewusst, als er mit Charlie sprach. Vielleicht hätte er Charlie überreden können, ihm Konkreteres zu verraten.

Fabroni beschäftigte Joels Gedanken den ganzen Montagvormittag, während er versuchte, seine liegen gebliebenen Akten abzuarbeiten. Irene beschäftigte ihn ebenfalls; mehr als einmal gerieten seine Gedanken während seiner Gespräche mit Klienten auf Abwege. Es war großartig gewesen, mit ihr den Gottesdienst zu besuchen. Es war, als schlösse sich die Lücke, die es in ihrer Beziehung noch gegeben hatte. Er versuchte, die Beziehung in einem natürlichen Tempo wachsen zu lassen. Irene musste selbst ihren Weg zu Gott zurückfinden – er konnte nichts erzwingen. Im Gegenteil, aufgrund ihrer Erfahrung mit Greg könnte Joel mehr Schaden anrichten, wenn er Irene mit geistlichen „Höhenflügen“ käme. Aber seine Freude darüber, dass sie wieder zum Glauben zurückfand, war kaum zu zügeln. Sie war vorsichtig und ging nur kleine Schritte, aber er kam zu dem Schluss, dass das gut war. „Schnell auflodernder Glaube“ war nicht immer vertrauenswürdig, und selbst wenn er echt war, konnte er oft den Prüfungen der Zeit nicht standhalten. Er hatte keine Probleme damit, ihr langsames Tempo, ihre Fragen, ihre Zweifel und ihre Ängste zu akzeptieren. Ihr Herz war jetzt wirklich auf Gott ausgerichtet, und das war es, was wirklich zählte.

„Also, Joel“, riss ihn eine Stimme aus seinen Gedanken. „Ich glaube, das dürfte eine gute Investition sein. Was meinen Sie dazu?“

Joel war die vorhergehende Aussage seines Klienten vollkommen entgangen, aber er antwortete, als hätte er keine Silbe versäumt. „Geben Sie mir etwas Zeit, um es in Ruhe noch ein wenig genauer nachzulesen, Phillip. Ich werde einige Zahlen zusammenstellen. Am besten treffen wir uns in ein paar Tagen und sprechen noch einmal darüber.“

Nachdem der Klient gegangen war, betastete Joel seine Blindenuhr. Es war fast Mittag. Er schob seinen Stuhl hinter seinem Schreibtisch zurück, stand auf, streckte sich und schritt in seinem Büro auf und ab. Etwas ließ ihm immer noch keine Ruhe, aber er konnte es nicht genau definieren.

Fabroni?

Das musste es sein. Er war frustriert, weil er nichts wegen dieses Mannes unternehmen konnte. Er fragte sich flüchtig, was passieren würde, wenn er einfach ungeladen vor Fabronis Tür erschiene. Aber Fabroni hatte eindeutig klargestellt, dass er nicht gestört werden wollte. Joel blieb hinter seinem Schreibtisch stehen, rief seine Sekretärin an und bat sie, Jim Kincaid zu ihm zu bestellen. Aber Kincaid war auswärts unterwegs. Joel wählte die Nummer von Jims Handy.

„Hier Kincaid.“

„Jim, hier ist Joel. Bist du gerade sehr beschäftigt?"

„Ja ... schon ..." In der Stimme des Detektivs lag ein gewisses Zögern. Joel fragte sich, ob er anfing, Kincaids Hilfe auszunutzen. Jim hatte genug Arbeit in der Kanzlei zu erledigen, und ein Privatleben stand ihm auch noch zu.

„Könntest du mich vielleicht kurz zurückrufen, wenn du Zeit hast?" Joel glaubte, seine Stimme sei ruhig und verriete nichts von seiner plötzlichen Unsicherheit.

„Ich kann jetzt sprechen. Was brauchst du, Joel?" Jims Stimme machte eine deutliche Veränderung durch; sie klang jetzt normaler.

„Ich hatte noch keine Gelegenheit, dir von meiner neuesten Entdeckung zu berichten." Joel führte nicht gern ein so detailliertes und langes Gespräch am Telefon, aber es war vielleicht die einzige Chance, die er bekam, mit Jim zu sprechen. Er erzählte dem Detektiv von seinem Gespräch mit Heather Miller, von Fabroni und auch von seinem vergeblichen Versuch, Fabroni zu sprechen. „Ich hätte gern deinen Rat, wie ich jetzt weiter vorgehen soll, Jim. Hast du eine Idee?"

„Fabroni hat immer zurückgezogen gelebt. Es überrascht mich, ehrlich gesagt, dass er so etwas Öffentliches unternimmt wie eine Bewerbung für ein Bürgermeisteramt. Als ich noch bei der Polizei war, gab es einmal einen Vorfall, bei dem einer seiner Leibwächter jemanden tötete, der ihm zu nahe kam. Der Leibwächter hatte einen gerissenen Anwalt und kam ungeschoren davon. Aber ich war beeindruckt, dass Fabroni nicht lange fackelte, wenn es um seine Sicherheit ging."

„Hast du jemals von Verbindungen zum Syndikat gehört?"

„Der Neffe seiner Frau ist Donny Silvo, ein großer Mann in der Unterwelt an der Ostküste. Aber Fabroni hält sorgsam Abstand zu ihm. Wenn er drinsteckt, dann unternimmt er große Anstrengungen, um das zu verbergen. Wie könnte er sich sonst als Bürgermeisterkandidat bewerben?"

„Es wäre nicht das erste Mal, dass man mit Geld und Macht einen Wahlsieg erkauft."

„Das stimmt. Jedenfalls bekämst du Probleme, die Tore seines Grundstückes zu passieren, wenn er dich nicht ausdrücklich einlädt."

„Ich bezweifle, dass ich mit einer Einladung rechnen kann."

„Du hältst Fabroni für wichtig?"

„Ich kann nicht erklären, warum. Es ist wahrscheinlich nur ein Instinkt. Aber, ja, schon. Ich wünschte, ich hätte Charlie nicht versprochen, ihn gehen zu lassen."

„Wirklich ...?"

„Ich hätte gern eine Chance, mit ihm über Fabroni zu sprechen. Fällt dir irgendeine Möglichkeit ein, wie ich auf sein Grundstück kommen und mit Fabroni sprechen kann?"

„Nicht, wie du *hineinkommen* kannst, aber vielleicht kannst du ihn erwischen, wenn er herauskommt. Ich habe einen Freund, den ich bitten könnte, sein Grundstück zu beobachten, sich ein Bild davon zu machen, welche Gewohnheiten er hat. Vielleicht bekommst du eine Gelegenheit, ihn in einem Restaurant oder auf der Rennbahn zu treffen ..., wo auch immer. Ich würde es selbst tun, aber ..."

Als Jim schwieg und wieder zögerte, sagte Joel schnell: „Das erwarte ich nicht von dir, Jim. Du hast sowieso schon so viel für mich getan. Kommst du zurzeit überhaupt noch nach Hause?"

Jim lachte trocken. „Meine Frau würde Nein sagen."

„Wahrscheinlich hat sie recht."

„Ich kann mich bei Suzie schon wieder einschmeicheln." Mehrere Sekunden des Schweigens verstrichen. Schließlich begann Jim erneut: „Joel, war es dein Ernst, als du sagtest, du hättest Charlie am liebsten weiter verfolgt?"

„Ja. Aber es ist zu spät ..."

„Nicht unbedingt ... Erinnerst du dich, dass ich an dem Abend, als du Charlie getroffen hast, davoneilte?"

„Ja, du sagtest, du müsstest dringend fort."

„Das war eine Lüge. Ich bin Charlie auf der Fährte geblieben ..."

„Das ganze Wochenende?"

„Ein Freund half mir. Es hatte zu viel Arbeit gekostet, Sullivan zu finden, um ihn so einfach gehen zu lassen. Es tut mir leid."

„Ich schätze, das war gut so. Ich hoffe nur, es untergräbt nicht sein Vertrauen zu mir."

„Ich bin mir sicher, dass er uns nicht bemerkt hat. Wenn er es herausfindet, dann sage ich ihm, dass ich es ohne deine Zustimmung getan habe. Das ist die Wahrheit. Das heißt, wenn du willst, dass ich weitermache."

„Für die Akten, Jim: Nein, ich will nicht, dass du weitermachst." Joel schwieg kurz und lächelte. „Aber nur für die Akten, du verstehst."

„Ich habe dich verstanden, Boss. Willst du Charlie sehen?"

„Dieses Risiko will ich jetzt noch nicht eingehen. Ich versuche zuerst, mit Fabroni zu sprechen."

„Willst du, dass ich jemanden auf Fabroni ansetze?"

„Natürlich, das kann nicht schaden. Ich habe mein Mobiltelefon immer bei mir. Sag ihm, er soll mir jede Stunde Bericht erstatten, wenn etwas Entscheidendes passiert, auch früher. Wie heißt der Mann?"

„Tony. Er ist in einer Stunde bei Fabronis Haus."

Als Joel den Hörer auflegte, kostete es ihn große Mühe, nicht sofort hinter Charlie herzulaufen. Aber wenn er jetzt den falschen Schritt tat, könnte er Charlie vielleicht für immer vergraulen. Es wäre schön, wenn er mit Charlie über Fabroni sprechen könnte, aber es war nicht das Risiko wert, ihn ganz zu verlieren. Joel kam zu dem Schluss, dass es die richtige Entscheidung gewesen war zu warten, bis er mit Fabroni gesprochen hätte. Aber das Warten fiel ihm nicht leicht. Falls die Spur mit Fabroni in eine Sackgasse führte, müsste Joel sowieso daran denken, dieses Katz-und-Maus-Spiel ganz aufzugeben. Er würde Charlie zur Rede stellen. Alles zur Sprache bringen. Die Sache ein für alle Mal klären und hinter sich bringen. Joel musste sein Leben wieder in geordnete Bahnen bringen. Aber würde er das mit einer letzten Konfrontation mit Charlie erreichen? Er musste sich immer noch wegen Kevins Angebot entscheiden. Außerdem war da noch Irene.

Wie die Sache mit Charlie Sullivan auch ausginge, es sah so aus, als würde sich Joels Leben verändern, vielleicht sogar dramatisch verändern.

Kapitel 39

Jim war erleichtert, dass sein kleines Geheimnis jetzt gelüftet war. Joel Costain war ein guter Freund und hatte Jim schon mehr als einmal geholfen. Es war ihm nicht leicht gefallen, gegen seinen Willen zu handeln. Andererseits hatte Jim das Gefühl gehabt, dass Joels Entschluss, auf Charlies Forderung einzugehen, rein emotionale Gründe gehabt habe. Nicht, dass er das nicht verstehen könnte. Dieser Mann war Joels Vater, und es überraschte Jim nicht, dass Joel sein Vertrauen gewinnen wollte.

Aber Jim hatte das Gefühl, dass genau an diesem Punkt seine Beteiligung an diesem Fall entscheidend war. Er war objektiv und bereit, ein Risiko einzugehen. Als ehemaliger Marinesoldat, der acht Jahre lang bei der Polizei von San Francisco gearbeitet hatte, war Jim Kincaid stolz auf sein logisches Denken und seine Objektivität. Er war ein guter Soldat und auch ein guter Polizist gewesen, bis ihn vor drei Jahren bei einem Einsatz eine Kugel außer Gefecht gesetzt hatte. Ein Nerv war getroffen worden; er würde seine linke Hand nie wieder ganz gebrauchen können. Als die Ärzte ihm diese Nachricht überbracht hatten, war er ziemlich deprimiert gewesen.

Er und Joel hatten in der Gemeinde denselben Männerkreis besucht. Kurz nach seiner Entlassung aus dem Krankenhaus hatte Jims Frau ihn gedrängt, an einem Einkehrwochenende für Männer teilzunehmen. Er war noch nicht bereit gewesen, unter Menschen zu gehen, und war schließlich nur mitgefahren, um seiner Frau einen Gefallen zu tun. In gewissem Sinne war er erleichtert gewesen, als er feststellte, dass er sein Zimmer mit Joel teilen würde. Für jemanden, der niemanden *sehen* wollte, war ein Blinder der perfekte Zimmergenosse. Aber er hatte Joel vorher nie besonders nahegestanden und war ihm immer eher ausgewichen. Joels Behinderung weckte plötzlich ein deutliches Unbehagen bei Jim und warf seine ganzen Macho-Vorstellungen von einem Mann über den Haufen. Aber an diesem Wochenende, an dem er sich nirgends vor Joel und seiner Behinderung hatte verstecken können, war Jim gezwungen gewesen, sich dem Bild zu stellen, das er von sich selbst hatte. Dadurch, dass er Joel einfach beobachtete und sich über vieles mit ihm unterhielt, lernte Jim eine wertvolle Lektion an Mut und Selbstannahme.

Das Wochenende gab Jim eine ganz neue Sicht für sein Leben und half ihm, seiner Zukunft mit neuem Optimismus entgegenzublicken. Natürlich war es Joel gewesen, der seine Partner in der Kanzlei überredet hatte, Jim anzustellen, als ein neuer Detektiv gesucht wurde. Körperlich war Jim genauso fit, wie man es von einem Soldaten oder Polizisten erwarten konnte. Seine Hand war immer noch zu steif, als dass er zur Polizei hätte zurückkehren können, aber für das tägliche Leben konnte er sie normal gebrauchen. Er war nicht sicher, ob er überhaupt noch zur Polizei zurück wollte, selbst wenn er es könnte. Suzie war heilfroh, dass er nicht mehr an vorderster Front stand und so großen Gefahren ausgesetzt war. Er konnte sich nicht beklagen.

Wegen seiner Beziehung zu Joel wollte Jim sich ihm gegenüber unbedingt korrekt verhalten. Warum sonst hätte er sich Joels privater Nachforschungen angenommen, oft auf Kosten seiner Arbeit für die Kanzlei? In den letzten Tagen sogar auf Kosten seiner Ehe. Als er seiner Frau erklärt hatte, dass er am Wochenende viel zu tun hätte, war sie ziemlich aufgebracht gewesen. Sie hatte gedacht, die langen, stressigen Arbeitstage aus seiner Zeit bei der Polizei seien vorbei, aber er war oft genauso viele Stunden für die Kanzlei unterwegs wie in seinem früheren Beruf. So sehr Suzie Joel auch mochte, sie war nicht sonderlich begeistert, dass ihr Mann neben seiner normalen Arbeit sich auch noch um seine privaten Probleme kümmern sollte.

Aber Jim hatte einfach nicht zulassen können, dass Charlie sich wieder in Luft auflöste. Bis jetzt hatte seine Beschattung jedoch noch keine nennenswerten Früchte gebracht. Wenigstens wusste er, wo der Mann war, aber seine Aktivitäten waren ziemlich uninteressant. Er verbrachte viel Zeit in Kneipen, drei oder vier an einem einzigen Tag, und versuchte offenbar, seine Spur so gut wie möglich zu verwischen. Er verbrachte jede Nacht in einem anderen Hotel, meistens billige Spelunken, und zog quer durch die ganze Stadt. Für einen sterbenskranken Mann hatte er einen enormen Aktionsradius.

Charlies Aktivitäten waren ziellos gewesen, wenigstens bis zu diesem Morgen. Nachdem er sein Hotel mit einer Papiertüte verlassen hatte, in der wahrscheinlich all seine Habseligkeiten steckten, frühstückte er in einem nicht sonderlich einladenden Gasthaus. Dort hielt er sich etwa eine Stunde auf. Jim spekulierte darauf, dass Charlie wartete, bis die Geschäfte aufmachten, denn sein erstes Ziel war ein Gebrauchtwarenladen. Damit verbrachte er den ganzen Vormittag. Er klapperte Pfandleihen und Gebrauchtwarenläden ab, schien aber nie etwas zu kaufen.

Als die Kneipen aufmachten, unterbrach er seinen „Einkaufsbummel" immer wieder für einen Drink. Charlie legte den größten Teil seines Weges zu Fuß zurück, aber er erschwerte Jim das Leben erheblich, als er plötzlich in einen Bus stieg. Jim hätte ihn beinahe aus den Augen verloren, weil er nicht rechtzeitig ein Taxi finden konnte, um dem Bus zu folgen. Als er endlich doch eines gefunden hatte, folgte er der Route der Buslinie und schaffte es, Charlie einzuholen.

Kurz nach drei Uhr nachmittags betrat er eine Kneipe, was an sich nichts Ungewöhnliches war. Er blieb ungefähr eine halbe Stunde in der Kneipe. Als er sie verließ, ging er in eine schmale Seitengasse und warf dabei immer wieder einen Blick hinter sich und wirkte sehr nervös. Jim konnte ihm dorthin nicht folgen, ohne entdeckt zu werden. Deshalb wartete er und beobachtete ihn von der Straße aus. Zum Glück befand sich auf der anderen Straßenseite eine Bushaltestelle, an der er stehen bleiben konnte und sein Gesicht scheinbar hinter einer Zeitung begrub, während er jedoch die ganze Zeit die Einfahrt zu der Gasse im Auge behielt. Er hoffte, dass dies nicht ein Trick von Charlie war, um Jim abzuhängen und am anderen Ende der Gasse zu entkommen. Aber Charlie hatte sich bis zu diesem Zeitpunkt kein einziges Mal anmerken lassen, dass er den Verdacht hegte, er könnte verfolgt werden. Trotzdem wollte Jim ihm einige Minuten Zeit lassen und erst dann in der Gasse nachsehen, falls Charlie nicht zurückkehrte. Er hatte genug über Charlies Gewohnheiten in Erfahrung gebracht, um ziemlich zuversichtlich zu sein, dass er ihn, falls er ihn jetzt verlor, später wieder finden könnte.

Keine fünf Minuten später schlenderte ein wenig vertrauenswürdig aussehender Mann aus der Kneipe. Als er ebenfalls in die Gasse einbog, bemühte er sich sehr, unauffällig zu erscheinen. Aber es war offensichtlich, dass er ein konkretes Ziel verfolgte.

Hatte Charlie in der Kneipe vereinbart, sich mit diesem Mann zu treffen? Das lag für Jim klar auf der Hand. Aber warum? Auch das war offensichtlich. Er und Charlie wickelten irgendein Geschäft miteinander ab. Zwei Möglichkeiten schossen Jim durch den Kopf. Die erste – er kaufte eine Waffe – hakte er auf der Stelle ab. Ihm fiel kein Grund ein, warum Charlie eine Waffe brauchte oder haben wollte. Die zweite Möglichkeit erschien ihm viel naheliegender: Drogen. Charlie war krank, wahrscheinlich hatte er Schmerzen. Soweit Jim wusste, war es Wochen her, seit Charlie das letzte Mal bei einem Arzt gewesen war. Seine Schmerzmedikamente mussten irgendwann aufgebraucht sein. Er trank viel, wenn man seine Besuche in den Kneipen als Maßstab dafür nahm, aber auch Alkohol hatte seine Grenzen. Charlie war es wahrscheinlich leid, sich zu betrinken. Er wollte eine Linderung der Schmerzen, ohne betrunken zu sein. Es wäre nicht allzu schwer, sich das, was er brauchte, auf der Straße zu besorgen.

* * *

Charlie war nervös. Hier in dieser schmutzigen Gasse fühlte er sich verwundbar. Der Kerl, den er in der Kneipe angesprochen hatte, sah nicht gerade wie ein Pfadfinder aus. Eher wie ein Mann, der, ohne mit der Wimper zu zucken, einem alten Mann die Kehle durchschneiden konnte. Aber Charlie war überall gewesen und hatte versucht, das, was er brauchte, zu einem Preis zu bekommen, den er sich leisten konnte.

Er schritt ein paar Minuten auf und ab, während er wartete, aber selbst dafür war er zu erschöpft. Es war ein anstrengender Tag gewesen. Aber er hoffte, dass seine Anstrengungen in ein paar Minuten belohnt würden. Dann hätte er, was er brauchte, und könnte seine letzte Tat auf dieser Erde in Angriff nehmen. Aber nicht heute. So viel stand fest.

Morgen. Morgen würde er es tun.

Plötzlich hörte Charlie Schritte. Sein Herz pochte. Der Kerl aus der Kneipe bog in die Gasse ein. Er hatte schmierige Haare, dunkle, unangenehme Augen und eine gefährlich aussehende Narbe über seiner rechten

Wange. Charlie war im Gefängnis mit vielen harten Typen fertig geworden, aber hier draußen war es anders – allein, ohne die körperliche Kraft, zu kämpfen oder davonzulaufen.

„Hast du sie?", sagte Charlie in dem harten Ton, der ihm im Gefängnis geholfen hatte zu überleben.

„Ja. Was ist mit dem Geld?"

Charlie klopfte auf seine Brust. „Zeig erst, was du hast?"

Der Mann griff unter seinen Mantel und zog eine zweiundzwanziger Pistole aus dem Gürtel seiner Hose. Charlie streckte die Hand danach aus, aber der Dealer zog die Waffe zurück. „Zuerst das Geld."

„Darf ich sie nicht vorher prüfen?"

Der Mann betrachtete Charlie genau, als wollte er die Gefahr abschätzen, die er darstellte, dann kam er anscheinend zu der offensichtlichen Schlussfolgerung, dass Charlie harmlos war, und reichte sie ihm.

Charlie nahm die Waffe. Es war eine Baretta, 22er -Kaliber, Halbautomatik. „Recht klein", bemerkte er. Sie passte in seine Handfläche. Er drehte sie noch einmal. „Und auch alt, nicht wahr?"

„Was erwartest du für das Geld, das du ausgeben willst? Es ist die ideale Waffe für unerfahrene Schützen. Sehr wenig Rückstoß, zielsicher und ein großes Magazin."

„Welche Reichweite?"

„Man könnte auf zwanzig Meter Entfernung ein Ziel treffen, aber wenn man *ernsthaften* Schaden anrichten will, muss man näher herangehen."

Charlie hatte wenig oder fast keine Erfahrung mit Waffen. Aber er hatte keine Zeit, sich diese zu erwerben. Er müsste es so schaffen.

„Wie löst man den Hahn?", fragte Charlie. Der Mann gab Charlie ein paar einfache Anweisungen, dann fragte Charlie, ob er zusätzliche Munition habe.

„Nur das eine Magazin.“ Der Mann reichte es Charlie.

Charlie nahm es und steckte es in seine Tasche; wenn er das, was er vorhatte, mit acht Schüssen nicht schaffen konnte, hätte er ohnehin Pech gehabt. Schließlich holte er sein Bargeld heraus und reichte dem Mann fünfzig Dollar. Der Dealer steckte das Geld schnell in seine Hosentasche und verließ ohne ein weiteres Wort eilig die Gasse. Charlie wartete noch ein paar Minuten, bevor er das Gleiche tat. Es war ein seltsames Gefühl mit dieser Waffe in seiner Tasche – er fühlte sich mächtig und stark, und komischerweise hatte er plötzlich Angst.

* * *

Jim beobachtete, wie der Fremde die Gasse verließ. Fünf Minuten später schlurfte auch Charlie wieder auf die Straße zurück. Es war Jim vorher nicht aufgefallen, wie erschöpft der alte Mann aussah. Seine Aktivitäten an diesem Vormittag hatten ihn wirklich alle Kraft gekostet. Das bestärkte Jim in seiner Vermutung, dass hier ein Drogengeschäft abgewickelt worden war. Ihm tat der Mann leid. Er fragte sich, ob es nicht irgendeine Möglichkeit gebe, Charlie auf legalem Weg Medikamente zu beschaffen. Er würde diese Frage Joel gegenüber ansprechen. Er war versucht, auf der Stelle auf den alten Mann zuzulaufen und ihm etwas Bargeld zu geben, aber damit würde er ihn natürlich nur verschrecken, und er würde sich so verstecken, dass man ihn nicht mehr fände. Jim hoffte einfach, dass dieses ganze Unternehmen um des alten Mannes willen bald ein Ende fände.

Wenn er sich wirklich auf diesem Weg Schmerzmittel beschaffte, konnte das nicht billig sein. Wie war Charlie an Geld herangekommen? Er lebte gewiss nicht wie ein Mann, der viel besaß – ganz im Gegenteil. Und auch diese billigen Hotels kosteten etwas, ganz zu schweigen davon, wie viel er für Essen und vor allem für Alkohol ausgeben musste. Jim bezweifelte, dass Charlie noch lange Geld für Hotels und Alkohol hätte – außer er verfügte über eine unerschöpfliche Geldquelle, was äußerst unwahrscheinlich war.

Aber welche andere Erklärung konnte es für das, was in dieser Gasse vor sich gegangen war, geben?

Jim versuchte, sich an alles zu erinnern, was Joel ihm von seiner Begegnung mit ihm erzählt hatte. Im Grunde hatte Charlie es vermieden, irgendetwas über die Vergangenheit zu sagen. Er hatte geleugnet, in Gregs Tod verwickelt gewesen zu sein, und er hatte auch abgestritten, vor über dreißig Jahren diesen Polizisten ermordet zu haben. Aber das war nicht überraschend. Jeder Sträfling beteuerte seine Unschuld. Joel glaubte natürlich, dass der Mann unschuldig war. Jim war ziemlich sicher, dass Charlie Greg nicht getötet hatte; aber was diesen Polizisten betraf ... Nun, es spielte wahrscheinlich keine Rolle, was Jim dachte – dieses Verbrechen lag zu lange zurück, als dass er sich jetzt noch den Kopf darüber zerbrechen musste. Außerdem hatte Charlie bereits dafür bezahlt.

Aber vielleicht war es weniger wichtig, zu entdecken, was früher geschehen war, als vielmehr herauszufinden, welche Absichten Charlie jetzt hatte ... Warum versteckte er sich immer noch? Warum war er Joel gegenüber so ausweichend gewesen und hatte ihm nichts Wichtiges gesagt? Er hatte zu viele Fragen unbeantwortet gelassen, und Jims Beobachtungen halfen auch nicht so viel, wie er gehofft hatte. Wie lange noch wollte Charlie dieses Katz-und-Maus-Spiel aufrechterhalten? Er hatte nicht mehr lange zu leben. Aus diesem Grund erschien es auch ziemlich unwahrscheinlich, dass er sich nur die Zeit vertrieb. Hinter seinem Handeln musste eine gewisse Absicht stecken. Aber welche?

Jim hatte keine Antworten, aber noch entmutigender war, dass in den nächsten Stunden wahrscheinlich nichts passieren würde. Charlie war erschöpft. Sein Atem kam mühsamer als am Anfang des Tages, und das, obwohl er sich in dieser Gasse mehrere Minuten lang ausgeruht hatte. Seine Gesichtsfarbe war leicht grau, und nachdem er ein paar Schritte gegangen war, musste er sich mehrere Minuten an eine Mauer lehnen.

Jim folgte Charlie zwei Blöcke weiter zu einer Kneipe, in der der alte Mann eine ganze Weile blieb. Dann fand er wieder ein Hotel und nahm sich ein Zimmer. Jim wartete ein paar Minuten vor der Tür, dann rief er seine Ablösung an.

Kapitel 40

Jims Mann, Tony, beobachtete mehrere Stunden lang Fabronis Grundstück. Während der ganzen Zeit geschah überhaupt nichts.

Um achtzehn Uhr abends wurden die Eisentore automatisch geöffnet und ein großer Lincoln Continental verließ das Grundstück. Die Fenster der Limousine waren dunkel getönt. Tony konnte also nicht sehen, ob Fabroni in dem Auto saß. Er wünschte, Jim hätte Zeit gehabt, die Autonummer dieses Mannes herauszufinden. Aber Tony war es leid, tatenlos herumzusitzen, und beschloss deshalb, das Risiko einzugehen und dem Continental zu folgen. Er ließ den Motor seines alten Ford an, wartete aber, bis sein Beobachtungsobjekt in die Straße eingebogen und einen halben Block weit gefahren war, bevor er aus der Parklücke am Straßenrand herausfuhr. Vorher ließ er ein anderes Auto zwischen sich und den Continental fahren.

In sicherem Abstand folgte er dem Fahrzeug quer durch die Stadt zur California Street. Auf den Nob Hill. Als der Continental zu Alexanders Restaurant einbog und ein Parkjunge kam, um den Wagen in Empfang zu nehmen, fuhr Tony unauffällig weiter. Er wusste jetzt, welches Ziel sein Objekt ansteuerte, parkte weiter unten am Straßenrand und ging dann zu Fuß zum Restaurant zurück. Er war in seiner grauen Hose und in seinen Freizeitschuhen nicht gerade passend gekleidet für dieses Restaurant. Aber er versuchte, im Dienst immer auf alles vorbereitet zu sein, trug deshalb ein gestreiftes Hemd mit Knopfleiste und hatte normalerweise eine Krawatte in der Tasche seines Sportmantels stecken, der auf dem Rücksitz seines Autos lag. Nach den Maßstäben des Fünf-Sterne-Restaurants war er immer noch sehr zwanglos gekleidet, aber die Krawatte war seine Eintrittskarte.

Als der Ober ihn nach seiner Tischreservierung fragte, gab er an, er treffe sich mit jemandem an der Bar und glaube, dass sein Freund schon hier sei. Der Mann überprüfte den erfundenen Namen, den Tony ihm nannte, und fand ihn natürlich nicht auf seiner Liste. Tony zeigte sich beunruhigt über den Verbleib seines „Freundes“ und fragte, ob er trotzdem warten könne. Auf dem Weg zur Bar sah Tony Fabroni, der genauso aussah wie auf seinen Wahlplakaten. Durchschnittliche Größe, dreißig Pfund Übergewicht, Mitte sechzig, vollkommen kahl und außer seinen winzigen, dicht nebeneinander sitzenden Augen, die ihm viel Ähnlichkeit mit Nikita Chruschtschow gaben, ein ziemlich unauffälliges Gesicht. Fabroni saß in einem Separee und genoss scheinbar eine Sonderbehandlung.

„Mr Fabroni, wie schön, Sie zu sehen!“

„Mr Fabroni, darf ich Ihnen jetzt Ihren Wein servieren? Darf es Ihre übliche Marke sein?“

„Mr Fabroni, der Küchenchef hat heute eine neue Spezialität, die er Ihnen wärmstens empfiehlt.“

Tony rutschte auf einen Hocker in der Bar, von dem aus er eine gute Sicht auf Fabronis Tisch hatte. Er bestellte sich einen Drink, dann nickte er mit dem Kopf in Fabronis Richtung und fragte den Barkeeper beiläufig: „Behandelt man hier alle Gäste so?“

„Vielleicht, wenn sie jeden Abend kommen.“

„Soll das heißen, er isst jeden Abend hier?“

„Ja.“

„Ich wünschte, ich hätte so viel Geld.“

Tony richtete seine Aufmerksamkeit auf seinen Drink und tat, als wäre damit sein Interesse für den Mann in dem Luxusseparee erloschen. Es gab ohnehin nicht viel Interessantes zu beobachten. Fabroni nahm sein Essen allein ein. Dabei ließ er sich viel Zeit und schien jeden Bissen zu genießen. Um halb acht fragte sich Tony allmählich, ob der Mann denn vorhabe, den ganzen Abend an diesem Tisch zu verbringen. Nach zwei Tassen Kaffee und einem Kuchen rutschte Fabroni schließlich aus seinem Separee und stellte sich auf die Beine. Ein Kellner stand sofort mit einem Mantel und einem Regenschirm neben ihm.

„Sieht nach Regen aus, Mr Fabroni."

Fabroni nahm die Sachen entgegen, ohne sich dafür zu bedanken. Tony bemerkte außerdem, dass man ihm keine Rechnung brachte und er auch keine Anstalten machte, für sein Essen zu bezahlen.

Während er Fabroni zu seinem Haus zurück folgte, rief Tony über sein Autotelefon Joel an.

„Mr Costain, hier ist Tony. Ich habe endlich etwas, das ich Ihnen berichten kann." Er erzählte, was er über Fabronis Fahrt in das Restaurant wusste.

„Welches Restaurant?", fragte Joel.

„Ein nobles Haus, Alexanders."

„Das ist interessant ..."

„Wieso?"

„Ich habe neulich selbst erst dort gegessen."

„Er isst jeden Abend dort."

„Sind Sie sicher?"

„Das hat mir der Barkeeper erzählt. Ich glaube, er hat mich nicht angelogen. Ich konnte nicht so viele Fragen stellen, da ich Angst davor hatte, aufzufliegen."

„Aufzufliegen?"

„Sie wissen schon, mich zu verraten."

„Glauben Sie, dass er heute Abend zu Hause bleibt?"

„Wahrscheinlich. Er ist ein alter Mann. Ich bezweifle, dass er ein ausschweifendes Nachtleben führt."

„Dann fahren Sie doch auch nach Hause. Dieser Tipp mit dem Restaurant ist überaus wertvoll."

„Sie sind der Boss. Rufen Sie mich an, wenn Sie mich wieder brauchen."

* * *

Lena Westfall warf einen flüchtigen Blick auf den hellbraunen Ford, der an ihr vorbeifuhr, während sie sich der Villa ihres Vaters näherte. Sie verschwendete keinen Gedanken auf das Auto; ihr fiel lediglich auf, dass das Fahrzeug mindestens fünf Jahre alt war und mehrere Beulen hatte. Wahrscheinlich irgendein Tourist, der versuchte, einen Blick auf die Reichen und Berühmten der Stadt zu erhaschen. Das Fahrzeug bog um eine Ecke und war außer Sichtweite, als sie am Tor zum Grundstück ihres Vaters die Geschwindigkeit verlangsamte. Sie gab den richtigen Code ein und die Tore öffneten sich. Sie hatte mehrere Jahre in diesem Haus gelebt, bevor sie geheiratet hatte und bei ihren Eltern ausgezogen war. Vor zwei Jahren war sie nach ihrer recht unerfreulichen Scheidung von Travis Westfall, einem reichen Immobilienmakler aus Los Angeles, für kurze Zeit wieder hierher zurückgezogen.

Sie parkte vor dem riesigen Haus im neoklassizistischen Stil und schritt zielsicher zu der massiven Eichentür hinauf. Ein Dienstmädchen ließ sie ins Haus und führte sie in eines der drei Wohnzimmer, in dem ihr Vater einen Brandy trank, bevor er sich für die Nacht schlafen legte.

„Es ist erst acht Uhr, und du trinkst schon deinen Schlaftrunk?“, fragte Lena.

„Wenn man in mein Alter kommt, werden die Abende immer kürzer.“

„Du bist beim besten Willen noch kein alter Mann. Und du bist fitter als viele andere Männer in deinem Alter.“

Fabroni zuckte mit den Achseln und ließ gedankenabwesend den Brandy auf seiner Zunge zergehen. „Bist du gekommen, um dich über meine Gewohnheiten auszulassen, oder hast du ein wichtigeres Anliegen?“

„Du tätest gut daran, nicht so ein Gewohnheitstier zu sein."

„Du weißt doch, was man über alte Hunde sagt ..." Er nippte an seinem Glas. Für einen kurzen Augenblick nahmen seine leidenschaftslosen Züge ein erfreutes Aussehen an, während er den mundigen Alkohol genoss.

„Joel Costain ist wohl kaum ein alter Hund, aber er ist fast genauso langweilig wie du, lieber Daddy." Lena trat zur Bar und goss sich einen Brandy ein. „Er hat absolut nichts getan, das von Interesse wäre. Ich war gezwungen, mit ihm und seiner plumpen Freundin zu Abend zu essen. Ich bin fast sicher, dass er nicht weiß, was Charlie macht."

„Ich glaube auch allmählich, dass mein Misstrauen unbegründet ist."

„Warum benimmt sich Charlie dann so seltsam, schleicht nur herum und hält sich von seinem lange verlorenen Sohn fern? Etwas stimmt doch da nicht."

„Aber warum geht er nicht direkt auf mich zu? Wahrscheinlich hat Mitchells Tod ihn abgeschreckt."

„Vielleicht hat er nur noch nicht genug Mut", meinte Lena, nippte an ihrem Brandy und war dankbar für den exklusiven Geschmack ihres Vaters. „Mord oder Erpressung ist nichts für Schwächlinge", fügte sie gelassen hinzu.

„Charlie hatte nie einen Killerinstinkt. Die einzige Möglichkeit, ihn damals zu der Spedition zu locken, damit ich ihm den Mord an diesem Polizisten in die Schuhe schieben konnte, war, dass Charlie immer große Sprüche klopfte und versuchte, sich wie ein ganz Großer aufzuführen. Aber es war alles nur leeres Gerede."

„Es wäre aber ein Fehler, zu glauben, Sullivan habe aufgegeben. Du musst auch weiterhin aufpassen."

„Es ist doch möglich, dass Mitchell nur bluffte. Falls Charlie wirklich etwas gegen mich in der Hand hätte, warum hat er es dann nicht schon viel früher eingesetzt?“

„Du hättest von Anfang an auf Nummer sicher gehen und Charlie im Gefängnis umbringen lassen sollen.“

„Es ist herzzerreißend, eine so feinfühlige Tochter zu haben.“ Fabronis Lippen verzogen sich zu einem sarkastischen Lächeln. „Im Gegensatz zu dir, meine Liebe, schrecke ich davor zurück, unnötig jemanden zu töten. Außerdem hatte ich keine Ahnung, dass er etwas gegen mich in der Hand hat, bis sein Sohn mit seinen erpresserischen Drohungen vor meiner Haustür auftauchte.“

„Ich finde, diesen Fehler kannst du wiedergutmachen, wenn du Charlie jetzt ausschaltest.“

„Wenn ich ihn finden könnte.“

„Wir wissen, wo sein Sohn ist.“

„Der Mord an Mitchell hat Sullivan nicht ausgeschaltet.“

„Glaubst du nicht, du könntest Charlie aus der Reserve locken, wenn er Angst hätte, sein bedauernswerter blinder Sohn könnte in Gefahr sein? Mitchells Tod war nicht geplant. Wir hatten keine Kontrolle darüber und konnten ihn nicht richtig nutzen.“

„Ich werde darüber nachdenken.“

Lena verdrehte die Augen. „Vielleicht wirst du doch allmählich alt. Wie viel hast du damals nachgedacht, als du vor siebenunddreißig Jahren diesen Polizisten getötet hast?“

„Ich tat, was getan werden musste. Er war ein Bulle, der erst kräftig abkassierte und dann plötzlich Gewissensbisse bekam. Leider war ich damals nicht vorsichtig genug, ich hatte überstürzt gehandelt.“

„Überlege es dir nicht zu lange, Daddy. Ich glaube, Charlie Sullivan stellt eine größere Gefahr dar, als du ihm zutraust.“

Das Telefon läutete. Einen Augenblick später erschien ein Hausangestellter und erklärte, jemand, der nur sage, er sei ein alter Freund, sei am Telefon. Vater und Tochter wechselten verwirrte Blicke. Dann schritt Lena zum Telefon im Wohnzimmer.

„Hallo", sagte Lena.

„Sandy Fabroni bitte."

„Wen darf ich melden?"

„Das ist unwichtig."

„Das sehe ich anders." Lena warf ihrem Vater einen vielsagenden Blick zu und formte schweigend die Worte: „Charlie Sullivan."

Fabroni stand auf und nahm ihr den Hörer aus der Hand. „Ich spreche mit ihm."

Lena zuckte mit den Achseln und gab ihrem Vater ohne ein weiteres Wort den Hörer. Es war zu ihrem Vorteil, wenn sie so weit wie möglich in dieser Angelegenheit im Hintergrund blieb. Falls Sullivan aus irgendeinem Grund tatsächlich Mittel hatte, ihrem Vater illegale Aktivitäten nachzuweisen, wollte sie nicht mit ihm zu Fall kommen. Familienbande kannten auch ihre Grenzen.

* * *

Charlie hatte sich den ganzen Nachmittag gefragt, was er zu seinem alten Erzfeind, dem Mann, der ihn verraten hatte, dem Mann, den er töten wollte, sagen würde.

„Hier ist Sandy", sagte Fabroni in den Hörer. Seine Stimme hatte sich sehr verändert, sie war viel älter und rauer geworden, genauso wie auch Charlies Stimme.

„Es ist lange her."

„Wer ist da?"

„Ich erwarte nicht, dass du nach diesen vielen Jahren meine Stimme erkennst. Charlie Sullivan. Ich hoffe, wenigstens bei dem Namen fällt der Groschen."

„Ja, Charlie, allerdings. Was willst du?“

„Kann es nicht sein, dass ich einfach eine alte Freundschaft wieder aufleben lassen will?“

„Ich hatte den Eindruck, dass wir nicht gerade als Freunde auseinandergingen“, sagte Fabroni. „Aber ich bin bereit, die Vergangenheit zu vergessen, wenn du das auch tust.“

„Das ist sehr großzügig von dir ..., alter Freund.“ Charlie konnte die Wut nicht ganz aus seiner Stimme fernhalten. „Aber du weißt ja, was man über die Vergangenheit sagt, Sandy. Wer sie vergisst, ist dazu verdammt, sie zu wiederholen.“

„Außer wir haben aus ihr gelernt.“

„Was hast du gelernt, Sandy? Ist Geld für dich jetzt nicht mehr so wichtig? Betrügst du deine Partner nicht mehr?“

„Komm schon, Charlie, das ist lange her. Ich habe mich verändert. Aber ich habe dich nie betrogen. Du warst nur zur falschen Zeit am falschen ...“

„Das habe ich schon oft genug gehört. Aber vielleicht war es gar nicht der falsche Ort.“

„Was meinst du damit?“

Ein grimmiges Lächeln zog über Charlies müdes Gesicht. „Sandy, ich finde, es wird allmählich Zeit, dass du ein wenig für das bezahlst, was damals bei Banducci passierte. Dadurch, dass ich deine Gefängnisstrafe abgesessen habe, konntest du dich ziemlich gut mausern. Du könntest Bürgermeister von San Francisco werden. Vielleicht eines Tages sogar Präsident der Vereinigten Staaten. Was sollte dich noch aufhalten?“

„Nichts“, sagte Sandy. „Das ist Amerika.“

„Aber nicht einmal Amerikaner mögen es, wenn ihre Politiker in Verbrechen verwickelt sind, selbst wenn diese Verbrechen siebenunddreißig Jahre zurückliegen.“

„Versuchst du, mich zu erpressen, Charlie? Dann

will ich dir gleich sagen, dass es nicht funktionierte, als dein Sohn es versuchte. Es wird auch jetzt nicht funktionieren. Außerdem wird niemand auf einen alten, heruntergekommenen Ex-Sträfling und Polizistenmörder hören."

„Ja, du hast recht."

„Lass mich also in Ruhe, Charlie, und ich vergesse, dass ich je mit dir gesprochen habe."

„So nicht, Sandy. Wie ich schon sagte: Es ist Zeit, dass ich ein wenig für die Zeit, die ich abgesessen habe, belohnt werde. Aber mach dir keine Sorgen, ich bin nicht habgierig. Hunderttausend sollten mir genügen. Für dich nur ein Tropfen auf den heißen Stein."

Sandy stieß ein humorloses Lachen aus. „Ich habe keinen Grund, dir auch nur einen Cent zu geben."

„Aber ich habe einen Grund, Sandy. Ich habe ihn von diesem Polizisten bekommen, den ich angeblich getötet habe. Es überrascht mich, dass du ihn nicht durchsucht hast, nachdem du ihn ermordet hattest, aber ich schätze, du warst zu sehr darauf bedacht, eilig von dort zu verschwinden, damit du mich belasten konntest. Er hatte die Sachen bei sich, Sandy, einige sehr belastende Sachen."

„Falls du so etwas hast, Charlie, warum hast du es dann nicht schon längst benutzt?"

„Du hattest mich zu gut in die Falle gelockt. Ich hätte mehr als das gebraucht, um freizukommen. Es hätte dir ein Motiv für den Mord geben können, aber in dem Notizbuch dieses Polizisten standen noch ein halbes Dutzend anderer Namen, die ebenfalls ein Motiv gehabt hätten. Ich hatte auch ein Motiv, aber im Gegensatz zu euch anderen hatte ich auch die Gelegenheit, ganz zu schweigen davon, dass meine Fingerabdrücke überall auf der Mordwaffe waren. Nein, es hätte mir damals nichts geholfen. Wahrscheinlich wäre mir damit nur die Kehle im Gefängnis durchgeschnitten worden. Glaube mir, ich habe viel darüber nachgedacht, wie ich dich mit dem, was ich habe, zerstören könnte. Als ich hörte, dass du dich um das Bürgermeisteramt bewirbst, fand ich, dass ich wirklich eine gute Gelegenheit verpasste. Doch dann hatte ich zum ersten Mal in meinem Leben Glück: Ich bekam Krebs. Das hat mich herausgeholt."

„Und du glaubst, du könntest mich jetzt zerstören?"

„Nein. Ich habe keine Lust mehr auf Blut." Wie leicht die Lüge über seine Lippen kam. „Ich will nur meine letzten Tage in Ruhe verbringen und meinen Enkeln ein bisschen Geld hinterlassen, damit sie nicht so viel durchmachen müssen wie ich."

„Wie soll ich glauben, dass du etwas gegen mich in der Hand hast?"

„Ich bin ein todgeweihter Mann. Ich habe keine Zeit für irgendwelche Spielchen. Du hast doch schon längst Wind davon bekommen. Warum sonst hättest du Costains Haus auseinandernehmen lassen sollen? Warum sonst verfolgst du mich?"

„Ich wollte dich nur im Zaum halten, das ist alles. Das Haus auf den Kopf zu stellen war nicht meine Idee. Die Kerle, die ich angeheuert hatte, haben einfach die Beherrschung verloren."

„Du willst also auf mein Geschäft eingehen, Sandy?"

„Vielleicht ... um der alten Zeiten willen."

„Okay, dann treffen wir uns morgen Abend. Bring mir das Geld, und ich gebe dir die Ware."

„Ich komme."

„Allein."

„Ich gehe nie allein irgendwohin."

„Zu schade, ich bin sicher, der *Chronicle* reißt mir das Notizbuch mit Freuden aus der Hand."

„Einverstanden!"

Nachdem er ihm weitere Einzelheiten über das Treffen genannt hatte, sagte Charlie: „Dann bis morgen, alter Freund", und legte auf. Charlie lehnte sich schweißgebadet an die Wand der Telefonzelle. Er zog sein Taschentuch heraus und wischte sich die Stirn trocken.

Konnte er es wirklich tun? Dieses Gespräch allein hatte ihn schon alle Kraft gekostet. Er wusste, dass er mit der Erpressung keine Probleme hätte, aber bei der anderen Sache war er sich nicht so sicher. Vielleicht müsste er es nicht, aber, nein, Sandy Fabroni war kein Mann, der ihm vergeben würde. Er würde eine Niederlage nicht mit Würde tragen. Charlie musste es als Tatsache akzeptieren, dass es kein Zurück mehr gäbe, sobald er diese Sache in Gang setzte.

Kapitel 41

Irene schaute über den Rand ihrer Tasse ihre Schwester an. Connies Miene bewegte sich irgendwo zwischen einem trockenen Grinsen und einem begeisterten Strahlen. Sie hatte nie daran gezweifelt, dass Irene wieder zu Gott zurückfände. Auch dass Irene sich noch einmal Hals über Kopf verlieben würde, war ihr nie eine Frage gewesen.

„Ich fürchte, alles passiert viel zu schnell“, sagte Irene mit ihrer üblichen Skepsis.

„Reenie ... Reenie ...“, lächelte Connie nachsichtig. „Kannst du nicht wenigstens einmal Vollgas geben?“

„Nur, wenn ich Auto fahre.“ Irene nippte an ihrem Tee und stellte dann ihre Tasse ab.

Es war später Nachmittag, Connie hatte nach der Arbeit bei Irene hereingeschaut, da sie wusste, dass Irene auch schon zu Hause wäre. Die Kinder waren draußen und spielten, und die zwei Frauen genossen die Ruhe im Wohnzimmer. Connie hatte es nicht erwarten können, mit ihrer Schwester zu sprechen, seit Millie ihr von Irenes Bemerkung, dass sie zum Gottesdienst gehen wolle, erzählt hatte. Irene hatte leichte Schuldgefühle, weil sie Connie nicht sofort angerufen hatte, aber sie hatte beschlossen, die Dinge langsam anzugehen, das betraf ihr Verhältnis mit Joel und nicht nur ihre neue Gottesbeziehung. Sie wollte sich nicht auf ihre Stimmung und Gefühle verlassen. Sie hatte gewusst, dass Connie sagen würde, sie müsse ein Risiko wagen, und obwohl Irene erkannte, dass es Umstände gab, in denen Eile geboten war, glaubte sie nicht, dass dies für ihre augenblickliche Situation zutraf. Irene wollte sich ihre Skepsis bewahren. Sie beabsichtigte, alles nüchtern anzugehen und mit beiden Beinen auf der Erde zu bleiben. Nicht, dass es leicht war, diesen Entschluss in die Tat umzusetzen. Es gab Zeiten, besonders bei Joel, in denen ihre Gefühle einfach nicht mehr auf dem Boden zu halten waren und sie nichts mehr wollte, als alle Vorsicht über Bord zu werfen und begeistert in seine offenen Arme zu laufen. Manchmal hatte sie eine so starke Sehnsucht nach ihm, als wäre sie in eine Traumwelt versunken, in der vollkommenes Glück möglich war.

„Vor wem hast du mehr Angst – vor Joel oder vor Gott?“ Connies Frage holte Irene unsanft in die Wirklichkeit zurück.

Ihre Angst war ein genauso starkes Gefühl wie ihre Liebe oder ihre Sehnsucht.

„Vor beiden“, antwortete Irene leise und bemühte sich sehr, ihre aufgewühlten Gedanken in Worte zu fassen. „Ich glaube, es ist leichter, es mit Gott langsam angehen zu lassen. Ich weiß, dass er immer für mich da ist. Er hat mich in diesen ganzen Jahren nicht aufgegeben. Und doch war es Joel, der mir über diese geistliche Hürde hinweghalf. Er ist ein so echtes Beispiel für Durchhaltevermögen und Vertrauen. Sein Leben verrät so deutlich einen Gott, der das raue Land eben macht und Blinden hilft, mit dem Herzen zu sehen – Gott von Angesicht zu sehen. Ich weiß, du hast auch vieles davon zu mir gesagt, Connie, aber ich schätze, ich musste einfach eine neue Stimme hören.“

„Es war zu leicht für dich, mich auszuschalten“, nickte Connie verstehend.

„Aber warum Joel? Das frage ich mich immer wieder. Warum ausgerechnet Gregs Bruder? Ich weiß, dass Gott ungewöhnliche Mittel benutzt, aber ...“ Irene beendete ihren Gedanken mit einem Kopfschütteln. „Ach ja! Gott hat Joel eben dazu benutzt, und dabei habe ich mich auch noch verliebt.“

„Dann stimmt es also. Ich bekomme eine Gänsehaut, wenn ich dich das sagen höre." Connies Augen leuchteten.

„Ich auch." Irene fragte sich, ob sie genauso strahlte wie ihre Schwester. Ihr Herz schlug ihr bis zum Hals und ihre Lippen zitterten. „Aber wie kann das sein?"

„Nimm es einfach an, Reenie!"

„Das will ich doch! Ich würde alles dafür geben, so zu sein wie du, Connie."

„Joel ist ein wunderbarer Mann ..."

„So war auch ..."

„Komme mir nicht wieder mit diesem Argument: „So war Greg auch am Anfang." Es besteht kein Vergleich zwischen den beiden. Gregs Egoismus, seine Angeberei sind von Anfang an dagewesen. Rückblickend konnten wir es alle sehen und an vielen konkreten Beispielen erkennen. Unsere christliche Naivität machte uns ein wenig blind. Wir wollten ihn annehmen, wie er war, besonders als neu bekehrter Christ. Damit sage ich nicht, dass wir vollkommen falsch lagen, aber Christen können manchmal wirklich recht leichtgläubig sein. Und Greg verstand das und nutzte es aus – nutzte uns aus. Joel ist ein ganz anderer Mensch, mit Greg überhaupt nicht zu vergleichen. Meine Güte, sogar Mama mag ihn!"

„Hat sie mehr zu dir gesagt?"

„Ja, dass er gut aussieht, reich und sehr nett ist – und wenn du ihn dir nicht angelst, dann lässt sie sich von Dad scheiden und schnappt ihn sich selbst."

Sie brachen in lautes Gelächter aus. Irene wusste, dass solche Worte aus dem Mund ihrer Mutter wirklich ein großes Lob waren. Aber sie war nicht auf der Suche nach Zustimmung von anderen, oder doch? Vielleicht war es genau das, was sie brauchte. Wenn sie von anderen genug Bestätigung bekam, würde das vielleicht ihre eigenen Gefühle rechtfertigen und ihr den Mut geben, der Stimme ihres Herzens zu folgen.

„Sie hat nichts wegen seiner Behinderung gesagt?“, fragte Irene.

„Sag nicht, dass dir das auch noch Sorgen macht! Wenn es das nicht ist, dann ist es etwas anderes. Für Mama war das fast kein Thema. Allen, die ihn kennen, ist klar, dass er es nicht in die Mitte stellt. Warum sollten wir es dann tun? Irene, stört es dich wirklich?“

„Nicht wirklich. Vielleicht suche ich nur nach Ausreden, nach einem Grund, davonzulaufen.“ Irene schwieg und seufzte langsam. „Ich habe Angst, wieder einen Fehler zu begehen.“

„Willst du denn aufhören zu leben?“

Connie hatte immer leichte Antworten parat. Aber Irene wollte eigentlich überhaupt keine Antworten. Sie wollte nur ... Joel. Ja, sie wollte ihn. Sie konnte sich ihr Leben nicht mehr ohne ihn vorstellen. Er beschäftigte ihre Gedanken und ihre Gefühle auf eine Weise, wie es nur ein geliebter Mensch vermochte. Wenn sie mit ihm zusammen war, hatte sie das Gefühl, vollständig zu sein; wenn sie getrennt waren, spürte sie eine Lücke. Im Tiefsten ihres Seins musste sie zugeben, dass Joel sie weder manipulierte noch sie täuschte. Selbst seine anfängliche Ähnlichkeit mit Greg verblasste. Joel war immer mehr nur er selbst.

Aber sie war trotzdem noch zurückhaltend. Warum?

Sie dachte an die Bibelstelle, die Joel so gern mochte: „Wir sehen jetzt durch einen Spiegel ein dunkles Bild; dann aber von Angesicht zu Angesicht.“ In diesem Vers steckte eine vielschichtige Bedeutung. Joel bezog ihn auf sein Augenlicht, ihm galt die Verheißung, dass er in der Ewigkeit nicht mehr blind wäre. Aber da steckte noch eine tiefere, mutmachendere Aussage in dieser Bibelstelle. Am wichtigsten war für Joel, dass man mit dem Herzen und mit der Seele sehen konnte. Gott „von Angesicht zu Angesicht“ zu sehen, während die eigenen Gefühle und Motive offen aufgedeckt sind und man nichts vor ihm verbirgt. Irene glaubte, dass sie darauf nicht bis zur Ewigkeit warten müsse. Es war ein fortwährender Prozess, in dem sie ständig weiter wuchs.

Gott führte sie immer näher zu dieser Wirklichkeit, in der sie ihn „von Angesicht zu Angesicht“ sehen konnte. Jeder Schritt, den sie auf Gott zuging, zog sie näher zu ihm hin. Plötzlich begriff Irene, dass sie sich wegen ihrer Verwirrung keine Sorgen zu machen brauchte. Sie war jetzt viel weniger verwirrt als noch vor ein paar Tagen. Viel, viel weniger. Aber sie wollte nichts überstürzen. Von allen ihren Ängsten war die unheilvollste, dass sie dem Drängen anderer nachgeben würde. Wenigstens drängte Joel sie nicht – das wäre ihr erster Grund zu fliehen.

„Es tut mir leid“, sprach Connie weiter. „Ich fürchte, ich rede so, als traute ich dir überhaupt nichts zu. Ich wünsche mir nur so sehr, dass du glücklich bist. Aber ich bin sicher, dass du das Richtige tust, wenn du nichts überstürzt. Du hast Joel ja erst vor zwei Wochen kennengelernt. Man kann es kaum glauben, nicht wahr? Selbst ich fühle mich irgendwie besonders mit ihm verbunden. Ich weiß, dass das an unserem gemeinsamen Glauben liegt. Dieses Gefühl hatte ich bei Greg nie. Das einzige Mal, als ich mich wirklich mit Joel unterhalten habe, war nach Gregs Beerdigung. Wir haben damals nichts Hochgeistiges gesprochen, aber ich habe sofort eine Art Verwandtschaft mit ihm gespürt. Es ist kein Wunder, dass sich zwischen euch beiden alles so schnell entwickelt hat. Bei ihm gibt es keine Oberflächlichkeit, durch die man erst hindurchwaten muss. Dieser Mann ist offen und ehrlich. Du bist genauso, Reenie, wenn du es willst.“

„Jedenfalls hat er mich so kennengelernt. Unsere Situation war so intensiv, dass keine Chance bestand, eine Fassade aufzuziehen.“

„Und es kann nur noch besser werden, findest du nicht?“, grinste Connie. „Wenn du dich in einer solchen Zeit verlieben kannst, dann stell dir nur einmal vor, wie es sein wird, wenn der Sturm vorbei ist. Ich erinnere mich noch daran, als Norm und ich in unsere erste Krise gerieten – das war einige Monate nach unserer Hochzeit. Ich weiß nicht mehr genau, worum es ging, aber nach den ganzen idyllischen Monaten vor unserer Heirat erschütterte das unser ganzes Weltbild. Du und Joel, ihr bringt das sehr früh hinter euch.“

„Ich bezweifle, dass das unsere letzte Krise sein wird.“

„Bestimmt nicht. Aber du weißt, worauf du dich einlässt.“

„Kann man das wirklich je wissen?“

„Schließlich setzt man so viel Vertrauen in eine Beziehung, dass man die Reaktion des anderen abschätzen kann. Aber andererseits hat Norm mir gesagt, gerade dann, wenn er anfange zu glauben, ich sei vorhersehbar, würfe ich ihm einen angeschnittenen Ball zu. Aber es ist das Vertrauen, das einen durch solche Zeiten trägt.“

„Vertrauen ...“ Irene schwieg und sinnierte über dieses beängstigende, schwer beladene Wort. „Das ist ein Teil meines Problems. Ich will das Vertrauen jetzt haben. Aber es braucht Zeit, um zu wachsen. Man braucht jedoch auch ein gewisses Maß an Vertrauen, um es wachsen zu lassen. Oh, Connie ...! Manchmal glaube ich, ich bin selbst mein schlimmster Feind.“

Connie legte ihrer Schwester tröstend eine Hand auf den Arm. „Irene, willst du etwas hören, das dich vielleicht überrascht? Du hast oft gesagt, wie sehr du dir wünschst, du wärst mehr so wie ich, mutiger, lockerer – du weißt schon, ein rundum geselliger Mensch ...“ Ihre Augen funkelten. „Soll ich dich schockieren? Es gab Zeiten, in denen ich gern so wie du sein wollte. Ich habe vorher nie ein Wort darüber gesagt, wahrscheinlich war ich zu stolz, um es zuzugeben. Irgendwie hat es mir gefallen, dass meine große Schwester mich um etwas beneidet. Aber deine Sensibilität, die Tiefe, mit der du das Leben erfährst, ist nichts Schlechtes. Als wir noch Kinder waren, habe ich insgeheim immer geglaubt, dein Leben mit Gott sei viel reicher und tiefgehender als meines, weil du lange genug still sitzen konntest, um über geistliche Dinge nachzudenken und sie tatsächlich zu verstehen. Zwar hat dich deine Sensibilität gelegentlich in Schwierigkeiten gebracht, besonders als sie sich eine Weile gegen Gott stellte. Aber selbst das verstärkt nur die Tiefe deiner geistlichen Erfahrung. Gott hat für jeden von uns einen Platz, selbst für oberflächliche, unbeständige Leute wie mich. Wir stehen uns nur selbst im Weg, wenn wir versuchen, uns in Formen zu zwängen, die Gott nie für uns geplant hat."

Irenes Lippen verzogen sich zu einem liebevollen Lächeln. „Wer sagt denn, dass du unbeständig bist? Ich finde, meine geliebte Schwester, dass du bei mir viel Ausdauer bewiesen hast." Beide Frauen lachten. Dann sagte Irene: „Ich schätze, alles läuft darauf hinaus, dass ich Gott vertrauen muss – puh! Es tut richtig gut, diese Worte wieder zu sagen. Christen können diesen Spruch: ‚Du musst Gott nur vertrauen' so missbrauchen, dass er ganz abgedroschen klingt. Aber wenigstens im Augenblick hat er für mich eine brandneue Bedeutung bekommen. Ich weiß, welche Leere in meinem Leben herrschte, als ich Gott nicht vertrauen wollte. Jetzt, glaube ich, ist sogar meine Verwirrung erträglicher."

Irene wusste, dass sie immer ein Mensch bleiben würde, der auf der Suche war, Fragen stellte und sich Sorgen machte. Aber jetzt hatte sie wieder zu einem treuen Gott zurückgefunden, der sie in diesen schweren Zeiten nicht allein ließ.

Kapitel 42

„Es steht zwar nicht auf der Titelseite“, erklärte Arthur Eberhard todernst und hielt eine Zeitung vor Joels blinden Augen hoch. „Aber es besteht immer die Möglichkeit, dass so etwas außer Kontrolle gerät. Ich nehme an, das ist das Erste, was Sie über diesen Artikel im *Chronicle* hören?“

Joel nickte und fühlte sich wieder wie ein Schuljunge, der etwas ausgefressen hatte. „Ich schätze, ich hatte zu viel zu tun, um in letzter Zeit die Nachrichten zu verfolgen.“

„Ich fasse Ihnen den Artikel zusammen.“ Eberhards Finger trommelten auf seinen Schreibtisch. Sein Tonfall spiegelte seine Ungeduld wider. „Er berichtet von einem prominenten Anwalt aus San Francisco – und nennt Sie, Joel, und Ihre Kanzlei beim Namen –, der sich als Sohn eines verurteilten Polizistenmörders herausstellt, der vor Kurzem nach einer über dreißigjährigen Gefängnisstrafe im San-Quentin-Gefängnis begnadigt wurde. Der Artikel gibt eine kurze, aber deshalb nicht weniger anschauliche Beschreibung des damaligen Verbrechens und bringt dann in einer ziemlich vagen Spekulation einen aktuellen und bislang ungeklärten Mord mit diesen Ereignissen aus der Vergangenheit und möglicherweise sogar mit diesem prominenten Anwalt selbst in Verbindung.“

„Ich dachte, Sie hätten mit dem Redakteur gesprochen ...“

„Ich schätze, nicht einmal um unserer Freundschaft willen konnte er diesen Artikel in der Schublade verschwinden lassen.“

„Ich kann nur sagen, dass dieser Artikel an Verleumdung grenzt.“

„Dazu hat der Reporter zu sorgfältig recherchiert. Es werden nur die Fakten genannt. Dem Leser bleibt es selbst überlassen, seine Schlussfolgerungen zu ziehen. Er deutet nie auch nur die Möglichkeit an, dass Sie sich irgendeines Verbrechens schuldig gemacht hätten. Das ist es auch nicht, was mir Kopfzerbrechen bereitet. Was mir wirklich Sorgen macht, Joel, ist, dass ein solches Material zusammen mit Ihrem Verhalten in den letzten Tagen ziemlich starken Sprengstoff bilden kann – für Sie und für die Kanzlei."

„Mit meinem Verhalten in den letzten Tagen ...?"

„Wie viele Termine haben Sie allein in dieser Woche abgesagt? Mir kamen mehrere Klagen zu Ohren. Und unser Detektiv ist so sehr mit Ihren Privatangelegenheiten beschäftigt, dass er kaum noch Zeit hat für ..."

„Alles klar, Arthur. Ich habe verstanden." Joels scharfer Ton war hauptsächlich gegen ihn selbst gerichtet. Er hatte sich aber schnell wieder im Griff und mäßigte seine Stimme. „Es tut mir leid, Arthur. Ich habe die Dinge etwas schleifen lassen. Ich gebe es nur ungern zu, aber ..." Ein hilfloses Schulterzucken beendete Joels Satz. „Ich rufe Jim sofort zurück und entbinde ihn von dieser Aufgabe. Ich werde ..."

„Joel, vielleicht wäre es am besten, wenn Sie sich ein paar Tage freinehmen, bis diese privaten Angelegenheiten geklärt sind. Das wäre besser, finden Sie nicht auch, als wenn Sie nur halb in der Kanzlei sind?"

„Natürlich."

„Und was Jim betrifft ..., ich will kein Pedant sein ..."

„Sie haben vollkommen recht, Arthur. Ich hätte von Anfang an einen anderen Detektiv damit beauftragen sollen. Ich nehme an, es war einfach leichter, einen Freund damit zu betrauen. Ich wusste nicht, was ich finden würde. Ich weiß immer noch nicht genau, was vor sich geht. Aber von jetzt an werde ich dafür sorgen, dass die Kanzlei nicht davon berührt wird."

„Keine negativen Gefühle, Joel?"

„Gewiss nicht." Joel hoffte, Arthur bemerke die leichte Steifheit in seiner Stimme nicht, aber trotz eines aufrichtigen Versuches konnte er nicht alle Spuren seiner verletzten Gefühle aus seiner Stimme fernhalten. Vielleicht hatte er seine eigene Bedeutung in der Kanzlei für größer gehalten und mehr Freiheit erwartet.

Joel kehrte in sein Büro zurück, wies Linda an, seine Termine für die nächste Woche durchzugehen – und sie zu verlegen, soweit sie konnte, und den Rest an die anderen Anwälte in der Kanzlei zu verteilen, die sich bereit erklärt hatten, seine Fälle zu übernehmen. Es war nicht leicht, aber er musste sich eingestehen, dass er nicht alles gleichzeitig im Griff haben konnte. Er hatte es versucht, aber nicht geschafft. Er konnte sich nicht mehr erinnern, wann er sich das letzte Mal freigenommen hatte. Er hatte sich nie als Workaholic betrachtet, aber wenn er jetzt darüber nachdachte, wurde ihm bewusst, dass seine Arbeit eine Leere in seinem Leben gefüllt hatte, so unbefriedigt er manchmal auch in der Kanzlei war. Es war keine geistliche oder gar emotionale Leere, sondern eine rein *äußerliche* Leere. Sein starkes Bedürfnis nach Selbständigkeit hinderte ihn, sich zu stark an Freunde oder seine Familie zu lehnen und bei ihnen Erfüllung zu erwarten. Bei Ellen war es anders gewesen. Sie hatten sich gegenseitig helfen können, ihre Bedürfnisse zu stillen, was in keiner Weise seine Selbständigkeit in Frage gestellt hatte. Nach ihrem Tod war seine Arbeit in gewisser Weise an Stelle dieses Bedürfnisses getreten – hatte es aber natürlich nie stillen können.

Was ihn bei der Aussicht, sich eine Woche freizunehmen, am meisten überraschte, war, dass ihn zum ersten Mal seit Ellens Tod diese Aussicht überhaupt nicht störte. Sein erster Gedanke war, viel Zeit mit Irene zu verbringen. Wenn sie zusammen waren, besonders dann, wenn sich nicht alles um Charlies Geheimnis drehte, quälten Joel immer wieder Schuldgefühle, dass ihm die Zeit mit ihr bei dringenderen, wenn auch nicht unbedingt wichtigeren Dingen fehlte.

Sie hatte ihn einmal getadelt und gesagt, sie seien keine verliebten Teenager. Vielleicht musste ihre Beziehung tatsächlich den zweiten Rang einnehmen, aber seine Gefühle für sie waren zu stark, um sie vollkommen zu ignorieren. Er wollte sie am liebsten auf der Stelle anrufen. Sie hatte ihm ihre Telefonnummer in ihrer Firma gegeben, aber es war schon fast drei Uhr und sie ging normalerweise um halb vier nach Hause. So lange konnte er noch warten.

Außerdem hatte er noch etwas anderes zu erledigen, das nicht warten konnte. Er nahm sein Telefon und wählte die Nummer von Jim Kincaids Mobiltelefon.

„Jim, hier ist Joel", sagte er, als der Detektiv sich meldete. „Ich hatte gerade ein kleines Gespräch mit Eberhard."

„Das klingt nicht gut", sagte Jim, der offenbar Joels ernsten Tonfall richtig deutete.

„Er sähe es gern, wenn du dich ein bisschen mehr um Kanzleiangelegenheiten kümmerst." Joel lachte trocken. „Ehrlich gesagt, sähe er es gern, wenn du dich *nur* um Kanzleiangelegenheiten kümmerst."

„So etwas hatte ich schon befürchtet."

„Du brauchst dir keine Sorgen zu machen, dass irgendetwas davon ein schlechtes Licht auf dich werfen könnte. Es ist meine Schuld."

„Das hat mich nie interessiert, Joel. Soll ich Tony Harper bitten, den Fall zu übernehmen? Er ist ein guter Mann."

„Ja, bitte. Bist du immer noch Charlie auf den Fersen?"

„Ja. Ich wollte dich sowieso gerade anrufen. Ich hätte dich gestern anrufen sollen, aber ich kam spät nach Hause und Suzie hatte Pläne für den Abend. Heute Morgen musste ich nach Sacramento fahren, um etwas für George Petri zu erledigen. Wie dem auch sei, Charlie ist jetzt wieder in seinem Hotel, und so wie er aussah, als er gestern dorthin kam, überrascht es mich nicht, dass er noch da ist. Tony sagte, er sei zum Frühstücken weggegangen und dann wieder in sein Zimmer zurückgekehrt. Er war ziemlich erschöpft. Aber ich wollte dir sagen, dass ich ihn gestern beobachtet habe, wie er in einer Gasse etwas kaufte. Das Geschäft selbst habe ich nicht gesehen, aber es ist nicht schwer, Spekulationen anzustellen. Ich schätze, er hat sich Drogen gekauft. Hatte er nicht erwähnt, dass er seine Medikamente verloren hat? Die einzige andere Möglichkeit wäre noch, dass er sich eine Waffe gekauft hat. Vielleicht ist das weit hergeholt, aber er hat doch auch davon gesprochen, dass er betrogen wurde, und – wie waren seine genauen Worte ...?"

„Dass er sich um die Gefahr ‚kümmern' würde." Joel schüttelte den Kopf. „Ich hatte befürchtet, dass er Rachegedanken hegt."

War das wirklich Charlies Absicht? Joel wollte nicht glauben, dass sein Vater ein gewalttätiger Mann war. Jedoch könnte das Charlies seltsame Aktivitäten in letzter Zeit erklären, sein Widerstreben, sich Joel gegenüber zu öffnen oder Zeit mit ihm zu verbringen. Jetzt, da Joel darüber nachdachte, klang es weitaus wahrscheinlicher, dass Charlie tatsächlich eine Waffe gekauft hatte. Er hatte nicht mehr lange zu leben, wahrscheinlich ging er davon aus, dass er nichts zu verlieren habe. Nichts als einen Sohn, den er nicht kannte, und Enkel, mit denen er sich nie anfreunden konnte, weil er dazu nicht mehr lange genug leben würde. Das beantwortete viele Fragen, warf aber genauso viele neue Fragen auf.

„Wer könnte es dem Mann verübeln, wenn er damals tatsächlich betrogen wurde und jetzt Rache üben will?", sagte Jim.

„Wenn er das wirklich beabsichtigt, dann muss er es erst mit mir aufnehmen." Joels Tonfall war bestimmt und enthielt sogar einen Anflug von Ärger. Charlie hatte kein Recht, ihre Beziehung zu zerstören, bevor sie überhaupt eine Chance bekommen hatte, langsam aufzublühen. So leicht käme Charlie Sullivan einfach nicht davon. Er konnte nicht wie eine Verheißung auf Licht in Joels Leben kurz hineinleuchten und dann wieder in der Dunkelheit verschwinden. „Wo bist du, Jim?" Jim nannte Joel die Adresse eines Hotels nordöstlich des Golden-Gate-Parks. „Ich bin gleich bei dir, sagen wir in – nun, so lange, wie ich brauche, um ein Taxi zu bekommen."

Joel kam zwanzig Minuten später bei Jim an. Jim hatte nach ihm Ausschau gehalten und rief seinen Namen, sobald er aus dem Taxi stieg. Er stand neben ihm, noch bevor Joel seinen Stock auseinandergeschoben hatte.

„Ist Charlie immer noch im Hotel?", fragte Joel besorgt.

„Wenn er nicht durch den Hintereingang davongeschlüpft ist. Aber dahinten ist es ziemlich düster, und ich bezweifle, dass er es versuchen würde, außer er ist wirklich verzweifelt. Ich nehme an, er hat sich in seinem Zimmer schlafen gelegt."

„Okay, dann übernehme ich ihn ab jetzt."

„Ich kann in der Nähe bleiben ..."

„Ich fürchte, wenn du dich nicht sehr bald in der Kanzlei blicken lässt, will Eberhard unser beider Köpfe rollen sehen. Ich werde hier schon allein fertig."

„Ich konnte Tony noch nicht erreichen. Er ist weggefahren. Ich hatte ihm gesagt, dass ich ihn eine Weile nicht brauchen würde."

„Mach dir deshalb keine Sorgen", sagte Joel mit einer Zuversicht, die unter den gegebenen Umständen eigentlich eher Besorgnis hätte sein sollen. „Ich muss nur mit Charlie sprechen. Wahrscheinlich kann ich ihn überreden, mit mir nach Hause zu kommen."

„Glaubst du? Er ist bis jetzt ziemlich eigensinnig."

„Ich hatte das letzte Mal schon das Gefühl, dass er es müde ist, dauernd davonzulaufen und sich zu verstecken. Ich schaffe es schon, ihn davon zu überzeugen, dass er mir vertrauen kann."

„Okay, aber du solltest wenigstens den Taxifahrer hier warten lassen."

„Ich brauche kein Kindermädchen, Jim."

„Entschuldige." Jim zögerte immer noch. Es wurmte Joel, dass er ihn auch nach den vielen Jahren, die sie nun befreundet waren, nicht besser kannte. Es war schon schlimm genug, wenn Fremde dem „armen Blinden" helfen wollten, aber wenn ein Freund das tat, empfand er es fast als abstoßend. „Also gut ... ich bin in der Kanzlei, falls du mich brauchst."

„Du bist offiziell von dem Fall entbunden, Jim. Tu in der Kanzlei, was du tun musst, und fahre dann nach Hause und verbringe den Abend mit Suzie. Wirf dein Mobiltelefon in den Mülleimer, wenn es sein muss."

„Ist das ein Befehl?" In Jims Stimme lag ein Lächeln.

„Darauf kannst du wetten."

„Dann werde ich es versuchen."

Jim drehte sich um und ging zu seinem Auto. Joel hörte, wie die Tür aufging, aber Jim hielt erneut inne. Was war sein Problem? Es bedeutete absolut keine Gefahr, mit einem sterbenskranken alten Mann zu sprechen. Und Joel kam bestens allein zurecht.

„Ich rufe dich später an", sagte Joel mit unüberhörbarer Endgültigkeit, dann drehte er sich scharf um. Aber im nächsten Augenblick wandte er sich doch noch einmal um, als er hörte, wie die Autotür zufiel, und fragte mit betretener Miene: „Ah ... Jim, wo ist das Hotel?"

Joel hörte das unterdrückte Schmunzeln in Jims Stimme, als er antwortete: „Direkt über der Straße. Einfach der Nase lang."

„Danke." Aber so erniedrigend seine Frage auch gewesen war, Joel wartete trotzdem, bis er hörte, wie Jim den Motor anließ und davonfuhr, ehe er sich zur Straße umdrehte, auf der um diese Uhrzeit sehr viel Verkehr herrschte.

Als die Verkehrsgeräusche ruhiger wurden, ging er über die Straße und wurde sich zum hundertsten Mal bewusst, wie sehr er Ebony vermisste, aber er fand auch, dass es ihm nicht schadete, zur Abwechslung einmal ganz auf sich allein gestellt zu sein. Joels natürliches Unabhängigkeitsstreben machte ihm ständig bewusst, wie gefährlich es war, von irgendetwas zu sehr abhängig zu werden. Er holte trotzig mit seinem Blindenstock aus und zuckte nicht zusammen, als er das laute Quietschen einer Vollbremsung hörte. Eine Hupe ertönte und ein Fahrer schimpfte aus seinem Autofenster.

Auf dem gegenüberliegenden Gehweg ging er weiter, als wäre er schon hundertmal hier gewesen, auch wenn er stark bezweifelte, dass er schon jemals in dieser Straße gewesen war. Sie war ungefähr eine Meile vom Park entfernt und lag in einer etwas – aber nicht viel – besseren Gegend. Es gab Geschäfte und Wohnblöcke in dieser Gegend. Joel hörte mehrere Fußgänger und stieß mit der Schulter an jemanden, während er versuchte, genau in die Richtung zu gehen, die Jim ihn angewiesen hatte.

Joel blieb vor einer Tür stehen, die hoffentlich die Hoteltür war, und tastete nach dem Türgriff, aber noch bevor er ihn finden konnte, wurde die Tür weit aufgerissen. Jemand drängte sich an ihm vorbei und warf den vollkommen ahnungslosen Joel fast um.

„Hey, Mann!“, schrie er mit betrunkener, schwerer Stimme. „Bist du blind oder was? Pass doch auf.“

Joel gewann sein Gleichgewicht wieder und holte Luft, um zu antworten, aber den Fremden umgab ein derartiger Gestank, dass Joel sich beinahe übergeben musste und nicht sofort etwas sagen konnte. Der Betrunkene ging achtlos weiter. Achselzuckend eilte Joel ins Hotel, bevor die Tür sich wieder schloss.

Im Empfangsraum schien der Geruch des Fremden noch in der Luft zu hängen, bis Joel begriff, dass das der übliche Geruch in diesem Haus war – nach abgestandenem Alkohol und Zigarettenrauch, gemischt mit einem leichten Geruch nach Urin und dem durchdringenden Gestank nach Schimmel und altem Gemäuer. Charlie sollte nicht in solchen Häusern absteigen müssen. Ein starker Drang, den Mann, der sein Vater war, zu beschützen und sich um ihn zu kümmern, überwältigte Joel. Aber Joel hatte das Gefühl, dass Charlie genauso eigensinnig und unabhängig war wie sein Sohn und genauso wenig ein Kindermädchen wollte wie Joel. Trotzdem war er entschlossen, etwas für diesen Mann zu tun, wenn auch nichts anderes, als ihm ein gutes Abendessen zu kaufen. Joel beschloss, das Hotel nicht ohne Charlie zu verlassen.

„Ist hier jemand?“, fragte Joel, als er die Tür hinter sich zuzog. Er hatte schon beim Eintreten bemerkt, dass er sich in einem ziemlich kleinen Raum befand. Dieses Gefühl wurde noch stärker, als er hörte, wie der Klang seiner Stimme von den engen Wänden widerhallte.

„Ja, hier drüben.“

Joel wandte sich in die Richtung, aus der die Stimme kam – eine Frauenstimme. Mit Hilfe seines Stockes trat er mit ein paar Schritten an eine Empfangstheke, wie er vermutete.

„Sie *sind* tatsächlich blind“, sagte die Frau. „Das hat

Pete nicht gemerkt. Obwohl ich bezweifle, dass ihn das interessieren würde. Er ist der Typ, der Ihnen sagt, Sie können beruhigt über die Straße gehen, während ein Achtzehntonner auf Sie zugerast kommt."

„Zum Glück bin ich zwar blind, aber nicht dumm", erwiderte Joel gut gelaunt.

„Wie?" Die Frau schwieg einen Augenblick, und Joel hörte, wie sie sich am Kinn kratzte und über seine Bemerkung nachdachte. Dann ging ihr anscheinend plötzlich ein Licht auf und sie kicherte. „Ja ... ich schätze, Sie könnten den Laster kommen hören."

„Ich hoffe schon!", sagte Joel.

„Man braucht aber immer noch viel Mut, um so auf diesen Straßen herumzuspazieren – ich meine ... Sie verstehen schon, wenn man blind ist und so. Sie können mir glauben, selbst Leute, die sehen können, setzen jedes Mal, wenn sie von einem Bürgersteig in San Francisco treten, ihr Leben aufs Spiel."

„Vielleicht ist es ein Vorteil, blind zu sein."

Darüber musste die Frau lauthals lachen. Obwohl Joel es nicht erwarten konnte, Charlie zu sehen, begriff er, dass es keine Zeitverschwendung war, sich die Sympathie dieser Frau zu sichern. Selbst in einem solchen Hotel galt wahrscheinlich die Regel, dass man die Zimmernummer eines Gastes nicht verraten durfte.

„Was kann ich für Sie tun?", fragte die Frau. „Sie wollen offenbar kein Zimmer bei uns mieten, und Sie sehen nicht wie ein Polizist aus. Vielleicht sind Sie ein Anwalt und wollen mir sagen, dass ich gerade ein Vermögen geerbt habe?"

„Mit dem Anwalt haben Sie recht, aber leider habe ich keine Erbschaft für Sie. Ich suche einen Ihrer Gäste, einen Mann namens Charlie Sullivan. Vielleicht benutzt er aber auch einen anderen Namen. Er ist Ende sechzig, hat dünne graue Haare, wahrscheinlich kurz geschnitten, ungefähr einen Meter achtzig groß, aber die Schultern sind etwas gebeugt, er sieht also wahrscheinlich kleiner aus. Seine Hautfarbe ist leicht grau und sein Atem ist meistens mühsam. Wahrscheinlich ist er gestern hier angekommen."

„Ja, jemand, auf den diese Beschreibung passt, hat sich gestern hier ein Zimmer gemietet. Sein Name ist Charlie, aber er hat einen anderen Nachnamen genannt." Sie schwieg kurz und blätterte in ihren Papieren. „Hier haben wir es. Cooper steht in meiner Liste."

„In welchem Zimmer könnte ich ihn finden?", fragte Joel beiläufig.

Mit einem trockenen Grinsen in der Stimme brummte die Frau: „Das darf ich nicht verraten. Unsere Gäste schätzen ihre Privatsphäre, wissen Sie."

„Es ist wichtig."

„Hat *er* eine Millionenerbschaft gemacht?"

„Müsste er das, damit Sie mir seine Zimmernummer geben?"

„Ich würde Ihnen sowieso wahrscheinlich nicht glauben."

„Die Wahrheit würden Sie bestimmt auch nicht glauben."

„Versuchen Sie es." Die Theke knarrte, als sie die Arme verschränkte und sich darauf stützte.

„Er ist mein Vater."

„Das ist unglaublich. Aber wie Sie schon sagten, zu verrückt, um nicht wahr zu sein. Sie waren seit Jahren getrennt und haben ihn endlich gefunden?"

„So ähnlich."

„Ich würde wirklich gern helfen. Aber was ist, wenn er nicht gefunden werden will ...?"

Joel zog beiläufig seine Brieftasche aus seiner Jackentasche, öffnete sie, holte einen Zwanzig-Dollar-Schein heraus und legte ihn auf die Theke. „Ich verstehe, in welcher Position Sie sich befinden. Aber Sie brauchen mir seine Zimmernummer nicht zu geben. Sie würde mir sowieso nicht viel helfen, es sei denn, sie wäre in Blindenschrift geschrieben. Nur eine kurze Wegbeschreibung ..."

„Das gefällt mir. Dann habe ich – technisch gesprochen – nichts Unerlaubtes gemacht." Sie legte die Hand auf den Geldschein und schob ihn zu sich heran. „Sie müssen ins dritte Stockwerk hinaufgehen, dann die zweite Tür rechts." Joel lächelte. „Das kommt mir sehr entgegen."

„Leider haben wir keinen Aufzug."

„Das macht nichts, wenn Sie mir nur noch verraten könnten, wo die Treppe ist."

Kapitel 43

Als er im dritten Stockwerk ankam, war sogar Joel außer Atem. Er empfand ein tiefes Mitgefühl mit Charlie, der gezwungen war, mit einer krebskranken Lunge diese Stufen hinaufzusteigen. Joel erfüllte eine starke Dringlichkeit, diese Angelegenheit bald hinter sich zu bringen, damit Charlie seine letzten Tage und hoffentlich Monate in einer angenehmeren Umgebung verbringen konnte. Joel war es egal, wie unabhängig sein Vater sein wollte, er müsste ein paar Annehmlichkeiten des Lebens akzeptieren, ob er wollte oder nicht.

Joel fand die zweite Tür rechts und klopfte, ohne auch nur einen Augenblick zu zögern. Es konnte sein, dass Charlie schlief, aber selbst wenn er wach war, würde er wahrscheinlich von dem unerwarteten Besuch aufgeschreckt werden.

„Charlie, ich bin es, Joel", sagte Joel und hoffte, seine Stimme würde die Angst des Mannes vertreiben und sie nicht noch erhöhen. Joel klopfte wieder. Als immer noch keine Antwort kam, sagte er: „Charlie, bitte lass mich herein. Ich muss mit dir sprechen."

Joel stand drei Minuten lang vor der Tür. Seine eigene Angst wuchs. Vielleicht hatte Charlie sich tatsächlich Drogen gekauft und sie eingenommen. In seiner Verzweiflung konnte er sich womöglich sogar das Leben genommen haben. Joel betete inbrünstig darum, dass er auf der anderen Seite der Tür keine Tragödie vorfände. Verzweifelt versuchte er, den Türknauf zu drehen, aber die Tür war abgeschlossen.

„Bitte, mach auf", flehte Joel. „Ich weiß, dass ich mein Wort nicht gehalten habe. Aber ..."

Die Dielen knarrten, dann wurde quietschend ein Riegel hinter der Tür zurückgeschoben. Schließlich drehte sich der Türknauf. Joel wusste, dass die Tür nur einen Spaltbreit geöffnet war. Er fühlte die Augen, die durch die kleine Öffnung zu ihm herausschauten, auch wenn er sie nicht sehen konnte.

„Du bist wohlauf!“, seufzte Joel erleichtert.

„Was willst du?“, fragte Charlie mit schlaftrunkener, belegter Stimme.

„Bitte lass mich herein, damit wir uns unterhalten können.“

„Warum sollte ich? Ich habe dir gesagt, dass du mich in Ruhe lassen sollst.“

„Und ich habe dir gesagt, dass du dich bei mir melden sollst“, erwiderte Joel mit einem leichten Tadel in der Stimme. „Wir haben also beide unser Versprechen gebrochen. Habe ich dich aufgeweckt?“

„Ich muss sowieso bald aufstehen.“

Erleichtert hörte Joel, dass die Tür weiter geöffnet wurde. Er trat ins Zimmer, bevor Charlie seine Meinung ändern konnte.

„Willst du dich setzen?“

„Gern.“

Charlie drehte einen Stuhl um und führte Joel zu ihm hin. Dann setzte sich Charlie auf die Kante des Bettes, dessen alte Federn unter seinem Gewicht quietschten. Die zwei Männer saßen sich gegenüber.

„Und was ist so wichtig, dass du dein Wort brechen musstest, um mich zu sehen?“ Vielleicht bildete Joel es sich nur ein, aber er glaubte, unter dem rauen Ton von Charlies Stimme einen Anflug von Zuneigung zu entdecken.

„Ich musste einfach wissen, ob es dir gut geht. Wir sind uns zwar vollkommen fremd, Charlie, aber du bist mein Vater, und ich mache mir Sorgen um dich.“

„Du vergeudest deine Zeit.“

„Du warst derjenige, der mich gesucht hat.“ Joel dachte an ihr erstes Gespräch und daran, wie wenig er dabei erfahren hatte. Er hatte Angst, das könne sich jetzt wiederholen. „Hör zu, Charlie, es ist nicht nötig, dass du dich mit dieser harten Tour abschirmst. Das kaufe ich dir nicht ab. Ich bin dein Sohn. Ich möchte wetten, du hast im Gefängnis viel an deine beiden Söhne gedacht. Ich bin sicher, du hast überlegt, wie es gewesen wäre, wenn alles anders gekommen wäre. Miteinander Fußball spielen oder Zelten gehen – welche Träume hattest du noch als Vater? Vielleicht können wir diese Träume jetzt nicht mehr verwirklichen, aber du bist trotzdem mein Vater, und ich bin dein Sohn. Es besteht Hoffnung, dass wir etwas voneinander haben können, wenn wir lange genug die Mauern um uns herum niederreißen."

„Was ist mit deinem Adoptivvater? Er will bestimmt nicht, dass ich ihm in die Quere komme."

„So würde er es nie sehen."

„Liebst du ihn?", fragte Charlie plötzlich. Seine Stimme war leise und zögernd.

„Ja –"

„Ich erwarte nicht, dass du mich je so liebst wie ihn."

„Vielleicht mit der Zeit ..."

Nach einem kurzen Schweigen sagte Charlie: „Ich habe im Gefängnis an meine Söhne gedacht. Aber nicht viel, weil mich das verrückt gemacht hätte. Wenn dein oder Gregs Geburtstag kam, habe ich versucht, mir vorzustellen, wie groß ihr wohl gerade wärt. Kurz vor Gregs einundzwanzigstem Geburtstag wurde ein Junge in meine Zelle gesperrt, der gerade einundzwanzig geworden war. Er war auch eine Waise, und eine Weile nahm ich den Jungen sozusagen unter meine Fittiche. Ich stellte mir vor, wie meine Jungen zu Männern heranwuchsen, und ich habe mir ein bisschen Sorgen gemacht, was für Männer ihr wohl werden würdet."

„Ich war damals in meinem letzten Jahr in der Oberstufe", sagte Joel. „Ich war noch kein richtiger Mann, aber ich versuchte, wie einer aufzutreten."

„Das kann ich mir vorstellen." Charlies Stimme verlor kurzzeitig ihre Anspannung und verriet sogar eine leichte Belustigung. Dann wurde er wieder ernst. „In meinem Herzen war ich immer ein Vater. Ich habe euch gern gehabt, aber wie gesagt: Ich musste ständig alles loslassen. Es war einfach nicht gesund, etwas so Unerreichbares zu lieben."

„Aber ... du hast mich geliebt?"

„Ich will dir eines sagen. Betsy und ich hatten geschworen, es nie einer Menschenseele zu verraten: Greg war das, was man ein ungeplantes Kind nennen würde. Betsy und ich waren noch nicht einmal verheiratet ..., du weißt schon – als wir es merkten. Wir haben aber ganz schnell geheiratet und haben das sehr gern getan. Und wir haben uns auf ihn gefreut, besonders Betsy, die sich nichts sehnlicher wünschte als ein Zuhause und eine Familie. In unserer finanziellen Situation Kinder zu haben war verrückt, aber wir beide liebten Kinder, und du warst eindeutig geplant, Joel. Wir hatten uns so gefreut, ein zweites Kind zu bekommen. Wir hatten keine zwei Dollar, aber wir liebten uns."

Charlie schüttelte den Kopf. „Wir waren verrückt, selbst fast noch Kinder. Ich habe für einen Geldhai Schulden eingetrieben. Sandy sagte mir, ich hätte die großen Jungs beeindruckt. Ich sei auf dem Weg nach oben, und meine Familie würde endlich anständig leben können. Ich wollte, dass Betsy nicht mehr in diesem Loch in der Haight Street wohnen müsste. Sie war im siebten Monat schwanger und musste tagaus tagein drei Stockwerke hinauf- und hinuntersteigen. Ich brauchte nichts anderes zu tun, um meine Zukunft zu sichern, als Sandy bei einer Sache auszuhelfen, dann würde er mich groß herausbringen."

„Sandy ...?“

Charlie stieß ein frustriertes Seufzen aus. „Vergiss es. Diese Ausflüge in die Vergangenheit sind ungesund.“

Joel bedauerte, dass er Charlies seltene Offenheit unterbrochen hatte. Vielleicht könnte Charlie ein anderes Mal von seiner Mutter und den Tagen erzählen, als er ein junger Vater und Ehemann gewesen war, der darum kämpfte, seine kleine Familie zusammenzuhalten und glücklich zu machen. Im Augenblick war es jedoch wichtiger, dass Joel sich genau auf jene Nacht konzentrierte, in der Charlie Sullivans Leben zerstört wurde. Es war vielleicht die einzige Möglichkeit für den alten Mann, endlich Frieden zu finden.

„Was hat Sandy Fabroni mit der ganzen Sache zu tun?“ Joel ließ nicht locker.

„Du stellst zu viele Fragen.“

„Das kommt daher, dass du so viele unbeantwortet lässt. Was kann es schon schaden, wenn du es mir erzählst? Du glaubst doch sowieso, dass ich eine schlechte Meinung von dir habe. Warum legst du also nicht einfach alle Karten offen auf den Tisch? Glaubst du nicht, dass ich ein Recht darauf habe zu wissen, wie ich meine Mutter und meinen Vater verlor?“

Charlie rieb sich mit einer Hand das Kinn. Joel hörte das Kratzen seines stoppeligen Bartes. „Vielleicht hast du recht. Sehr bald spielt es ohnehin keine Rolle mehr.“

Joel wollte wissen, was diese letzte Bemerkung bedeutete, aber er zügelte seine Neugier, da er fürchtete, er könnte Charlie wieder davon ablenken, seine geheimnisvolle Geschichte preiszugeben.

„Ja ...“, drängte Joel leise.

Bevor er weitersprach, kramte Charlie in seiner Tasche. Nach einem kurzen Klicken roch Joel Zigarettenrauch. „Sandy Fabroni und ich wuchsen in der gleichen Straße in Chicago auf“, begann Charlie. „Sandy war für mich damals wie ein großer Bruder. Ich schätze, ich habe ihn ein bisschen vergöttert. Er zog nach Kalifornien. Ein oder zwei Jahre später schrieb er mir und überredete mich, ebenfalls an die Westküste zu kommen. Betsy hatte gerade Greg geboren und wir waren arm – die Ratten in unserem Mietsblock lebten besser als wir. Wir fuhren per Anhalter nach Kalifornien – mit einem Baby! Wir waren verrückt. Ich weiß nicht, wie ich so dumm sein konnte, aber damals dachte ich, ich könnte alles haben, was ich wollte."

Charlie fuhr zögernd in seinem Bericht fort. Sein Atem kam oft schwer und mühsam zwischen den Zügen an seiner Zigarette.

„Wir kamen vollkommen abgebrannt im sonnigen Kalifornien an. Sandy besorgte mir einen Job bei Banducci, nichts Großartiges, nur die Hallen auskehren, die Wagen beladen und solche Sachen. Ich fing an, meine kleinen Lohntüten schneller auszugeben, als ich sie verdiente. Ich versuchte, großspurig zu leben, weit über unsere Verhältnisse. Schließlich steckten wir bis über beide Ohren in Schulden. Da bat ich Sandy, mir zu helfen, an schnelles Geld heranzukommen. Ich wusste, dass er mit dem Syndikat zusammenarbeitete. Ich glaube, der Einzige, der das nicht wusste, war Banducci, aber er war ein gutgläubiger Dummkopf." Charlie brach ab und stieß ein trockenes, raues Lachen aus. „Aber ich war ein noch viel größerer Dummkopf. Doch davon später. Sandy besorgte mir einen Nebenverdienst: Ich habe Schulden eingetrieben und solche Sachen, alles, was sein Chef für mich hatte. Betsy und ich konnten in eine größere Wohnung umziehen; der Nebenverdienst genügte gerade, um uns diese Wohnung in der Haight Street zu besorgen. Ob du es glaubst oder nicht, das war für uns ein großer Schritt nach oben. Es war immer noch ein armseliges Loch, aber Betsy tat, was sie konnte, um es zu einem richtigen Zuhause zu machen. Das war alles, was Betsy je wollte – ein glückliches Zuhause und Kinder. Und mein einziger Wunsch war es, ihr das zu geben."

Charlie schwieg und atmete mehrmals tief ein. Joel spürte, dass seine Atemprobleme sowohl von seinen aufgewühlten Gefühlen als auch von seiner Krankheit herrührten. Joel sagte nichts und ließ Charlie in seinem eigenen Tempo weitererzählen. Einen Augenblick später stand Charlie von seinem Bett auf, trat an ein Waschbecken im Zimmer und spritzte sich, nach dem Geräusch zu urteilen, Wasser ins Gesicht und trocknete sich dann wieder ab.

„Willst du etwas trinken?", fragte Charlie. „Ich habe leider nur Wasser."

„Nein, danke."

Das Wasser lief wieder. Charlie füllte sich offenbar ein Glas und trank. Joel fragte sich, ob der alte Mann vielleicht etwas Stärkeres trinken wollte und brauchte. Aber dann schlurfte Charlie zu seinem Bett zurück und setzte sich. Er zündete sich wieder eine Zigarette an.

„Vielleicht sind das alles nur Ausreden ...", begann Charlie erneut. „Wir brauchten Geld. Die Schulden wuchsen uns über den Kopf, Betsy war schwanger. Ich stand mit dem Rücken zur Wand. Sandy sagte mir, der Chef im Syndikat wolle mich in der Organisation weiter nach oben bringen. Aber sie wollten sichergehen, dass ich wirklich das Zeug dazu hätte. Sandy sagte, ich könnte mich beweisen, wenn ich bei Banducci einbreche. Die Lohntüten, nur zehn Hunderter, aber das war für mich viel Geld. Er sagte, Banducci sei versichert. Bei dem Geschäft werde also niemand etwas verlieren. Es klang so einfach. Ich hätte wissen müssen, dass ich in eine Falle gelockt wurde. Aber ich war gerade erst fünfundzwanzig. Ich wusste überhaupt nichts, obwohl ich glaubte, ich wüsste alles.

Dieser Polizist stand auf Sandys Gehaltsliste. Du weißt schon, er drückte bei Sandys zwielichtigen Geschäften immer ein Auge zu. Ich bin mir nicht sicher, warum Sandy ihn eigentlich umgebracht hat. Wahrscheinlich wurde der Polizist habgierig, vielleicht hatte sich sogar sein Gewissen gemeldet und er hatte gedroht, Sandy zu verraten. Aber ich bin mir sicher, dass Sandy das Ganze eingefädelt und genau geplant hatte. Er hat mir ganz genau gesagt, dass ich um zehn Uhr in jener Nacht dort sein solle. Ich kam ein paar Minuten früher und sah keinen Grund zu warten. Das Gelände war verlassen – was sollten ein paar Minuten schon ausmachen? Sandy musste es sehr eilig gehabt haben zu verschwinden, nachdem er den Mann erschossen hatte, besonders, als er mich kommen hörte, denn er vergewisserte sich nicht einmal, ob der Polizist wirklich tot war. Als ich kam und den Mann auf der Erde liegen sah, hatte er noch genug Leben in sich, um mir ein Notizbuch zu geben und mir zu sagen, ich solle seinen Mörder schnappen, Sandy. Das Notizbuch war belastend, aber ich habe es nie benutzt."

„Aber warum? Es hätte Sandy doch bestimmt ein Motiv für den Mord gegeben."

„Meine Fingerabdrücke waren auf der Mordwaffe. Sandy benutzte einen Revolver, den er mir für Schießübungen geliehen hatte. Und ich wurde am Tatort erwischt. Ich konnte zwar fliehen, aber am nächsten Tag wurde ich festgenommen. Die zwei Polizisten, die auf einen anonymen Anruf hin gekommen waren, identifizierten mich als den Mann, der vom Tatort geflohen war. Ich sagte den Polizisten sogar, dass ich Beweise hätte, die Sandy mit dem Syndikat in Verbindung brächten. Aber es gab keine Möglichkeit, Sandy mit dem toten Polizisten in Verbindung zu bringen. Und Sandy hatte ein felsenfestes Alibi. Es hätte mir nicht geholfen, das Notizbuch hervorzuholen. Wenn Sandy auch nur gewusst hätte, dass ich es habe, hätte ich im Gefängnis keine zwei Minuten überlebt."

„Du hast also geschwiegen?"

„Was konnte ich sonst tun? Es bestand keine große Hoffnung auf Begnadigung – nicht bei einem Polizistenmord. Es hätte mir nichts als Probleme eingebracht, wenn ich etwas gesagt hätte. Ich hatte Glück, dass die Polizisten, die mich befragten, mir nie die Geschichte mit dem Notizbuch glaubten, und so kam nie heraus, dass ich es habe."

„Aber Fabroni hat es schließlich doch herausgefunden?"

„Ich habe den Verdacht, dass Greg dieses Pulverfass aufgemacht hat. Dieser Idiot! Vielleicht war auch ich der Idiot, weil ich ihm davon erzählte. Aber ich habe Greg ziemlich schnell durchschaut und wusste, dass er sich nicht mit mir einlassen würde, wenn für ihn nicht etwas dabei herausspränge."

„Dann hat Greg versucht, Fabroni mit dem Notizbuch zu erpressen?"

„Ich bin sicher, das war es, was Greg das Leben gekostet hat."

„Aber du hattest selbst nicht vor, Fabroni zu erpressen?"

Charlie zögerte lange, bevor er antwortete: „Das ist unwichtig."

Joel schüttelte den Kopf. „Erpressung wäre für dich nie genug gewesen, nicht wahr?"

„Nein!" Charlies Stimme wurde lauter und verriet zum ersten Mal seine angestaute Wut. „Besonders, nachdem er auch noch Greg ermordet hat! Er hätte dir auch etwas antun können – und könnte es immer noch, wenn er glaubte, du wärst eine Bedrohung für seine hochtrabenden Ambitionen. Sandy Fabroni verdient alles, was er bekommt."

„Von dir?"

„Warum nicht? Das ist mein Recht! Ich habe wegen eines Verbrechens, das ich nicht begangen habe, siebenunddreißig Jahre im Gefängnis verbracht – seinetwegen. Ich habe meine Frau, meine Kinder verloren. Du bist seinetwegen blind. Greg ist tot. Versuche nicht, mir zu sagen, Rache bringe nichts Gutes, bringe mir mein Leben nicht zurück. Sage nicht einmal, dass es mir nur wehtun würde. Mir kann man nicht mehr wehtun ..." Charlies plötzliche Erregung löste einen Hustenanfall aus. Als er Minuten später wieder sprach, war seine Stimme angespannt und dünn. „Ich weiß, dass du ein religiöser Mann bist, Joel, aber selbst du solltest doch sehen können, dass es nicht nur Rache ist – es ist Gerechtigkeit!"

Ein Teil von Joel wollte Charlie recht geben. Es war nur recht und billig, dass ein Mann wie Sandy Fabroni für alles, was er getan hatte, bezahlte, und es war damit zu rechnen, dass man ihm vor Gericht wahrscheinlich nie etwas beweisen könnte. Die Kugel eines Mörders wäre vielleicht wirklich die einzige Möglichkeit, Gerechtigkeit zu erfahren. Joel dachte an alles, was er verloren hatte. Seine Blindheit war schlimm genug und die unausweichliche Hilflosigkeit, der selbst er von Zeit zu Zeit ausgesetzt war; wegen Sandy Fabroni würde Joel nie seine Mutter und seinen Bruder kennenlernen, und auch sein Vater würde bald sterben. Es fehlte nicht viel, und in Joel könnte sich auch Hass aufbauen. Noch während er Charlies tragischer Geschichte zuhörte, begannen Funken der Bitterkeit in Joels Herzen aufzulodern. Wegen der krankhaften und rücksichtslosen Habgier eines einzigen Mannes waren so viele Menschenleben zerstört worden.

Irrte sich Charlie? Wer war Joel, dass er ihm daraus einen Vorwurf machen durfte? Oder ihn aufhalten durfte?

Aber während Joels Herz anfing, unter dem wachsenden Zorn laut zu pochen, drängte sich ein Bibelwort in sein Denken. Bibelverse, die fast bis zum Überdruss immer wieder zitiert wurden. Aber die Wahrheit, die darin steckte, galt trotzdem. Es gab für Joel keine Möglichkeit, das zu leugnen.

Die Rache ist mein, spricht der Herr.

Aber diesen Satz konnte Joel Charlie nicht an den Kopf knallen. Es sei denn, man verstand ihn wirklich ... Es sei denn, man kannte und liebte den Verfasser dieser Worte. Sonst waren sie sehr schwer zu hören. Joel wusste, dass sein Herr nicht nach Rache dürstete oder sie aktiv suchte. Rache war eine zerstörerische Kraft, vielleicht sogar eine verdammende Kraft. Nur Gott konnte diese zerstörerische Macht aushalten. Charlie und auch jeder andere Mensch würde daran zerbrechen. Joel konnte fühlen, wie er durch den winzigen Samen von Hass, dem er in seinem Herzen Raum gab, innerlich schon ein wenig zerbrach. Es machte ihn krank, auch nur daran zu denken, was aus ihm werden könnte, aus seiner Beziehung zu seinem Gott, falls er diesem Gefühl vollständig erläge. Gott in seiner Barmherzigkeit war bereit, den Menschen die Last der Rache abzunehmen. Das war das Handeln eines wirklich liebenden Gottes.

Aber was konnte er zu Charlie sagen? Worauf würde der Mann hören? Wie konnte ein Mann seinen Hass an Gott abgeben, wenn er überhaupt keine Beziehung zu ihm hatte? Wie konnte er seine Rache Gott vor die Füße legen, wenn er keine persönliche Grundlage hatte, aufgrund der er vertrauen konnte, dass Gott am besten damit umgehen konnte?

„Du weißt, dass ich recht habe, nicht wahr?“, sagte Charlie, der Joels Schweigen falsch deutete.

„Ich weiß nur, Charlie, dass ich dich wieder verliere, wenn du Fabroni tötest.“

„Könntest du mir vergeben?“

Joel wollte es Charlie nicht zu leicht machen, aber er musste die Wahrheit sagen. „Ja."

„Ich muss es tun, Joel."

„Aber das kann ich nicht zulassen, Charlie."

„Wie willst du mich aufhalten?", fragte Charlie. War es eine Herausforderung oder eine Bitte?

Joel wusste darauf keine Antwort. Was *konnte* er tun? Er war jünger als Charlie und körperlich fitter, aber seine Behinderung war ... eben genau das – eine Behinderung. Selbst ein Zweiundsechzigjähriger konnte ihm leicht ausweichen, wenn er unbedingt wollte.

„Denke erst noch einmal in Ruhe darüber nach, okay?", versuchte Joel ihn zu überreden. „Geh mit mir zu Abend essen." Joel tastete nach seiner Armbanduhr. „Es ist fast sechs. Du musst doch Hunger haben. Ich könnte jedenfalls etwas vertragen. Essen wir miteinander und unterhalten uns noch ein bisschen. Wenn du es danach immer noch tun willst ... Du hast recht: Ich kann dich nicht aufhalten."

„Du kannst Fabroni warnen."

„Weiß er schon, dass er in Gefahr ist? Wahrscheinlich glaubt er, ein großer Mann wie er habe von dir wenig zu befürchten."

„Ich habe keine Zeit zum Abendessen", unterbrach Charlie Joels Logik.

„Hast du vor, ihn heute Abend zu töten?"

„Ich bin froh, dass wir miteinander gesprochen haben", erwiderte Charlie ausweichend. „Es ist gut, dass du alles weißt. Vielleicht verurteilst du mich jetzt nicht ganz so sehr wegen der Sache, die ich tun muss."

Charlie sprang auf und schritt durch das Zimmer.

„Geh noch nicht, Charlie!"

Aber er war nicht zur Tür gegangen. Er war neben der Tür stehen geblieben und öffnete eine Schublade.

„Was holst du?", fragte Joel und stand ebenfalls auf.

„Nichts."

Joel wollte auf Charlie zugehen, aber er hörte, wie der alte Mann sich schnell fortbewegte, dieses Mal in Richtung Tür. Joel ging einen weiteren Schritt, stieß aber unsanft gegen eine Kommode.

„Hast du dir wehgetan?“ Charlie stand neben der Tür und es klang, als schlüpfe er in einen Mantel.

„Bitte mach es mir nicht so schwer“, bat Joel.

„Du machst es *mir* schwer. Gib auf, bevor du dir wehtust.“

„Wohin gehst du, Charlie?“

„Ich dachte, das hättest du schon erraten.“

„Was ist, wenn ich Fabroni warne?“ Joel wollte Charlie dazu bewegen, weiterzusprechen, damit er sich an seiner Stimme orientieren könnte, während Joel versuchte, ihm langsam näher zu kommen und, wie er hoffte, auch näher zur Tür zu gelangen.

„Es wäre zu spät. Außerdem habe ich immer noch das Notizbuch. Fabroni wird alles versuchen, um es zu bekommen. Ich habe jetzt alle Karten in der Hand.“

„Mach dir doch nichts vor. Du tappst nur in eine neue Falle.“

„Glaubst du, ich rechne damit, diesen Abend zu überleben?“

„Charlie ... bitte!“ Joels Verzweiflung wuchs, Tränen traten ihm in die Augen.

„Es tut mir leid, mein Sohn.“

„Dann nimm mich in die Arme, bevor du gehst. Ich will wenigstens ein einziges Mal die Umarmung meines Vaters spüren –“

„Warum ...?“

„Kannst du mir nicht einmal diesen Gefallen tun?“

Einen Augenblick fürchtete Joel, er habe seinen Vater falsch beurteilt und Charlie wäre zu sehr abgehärtet, um sich von Joels Bitte erweichen zu lassen. Dann bewegte sich Charlie, nicht zur Tür, sondern in Joels Richtung. Zuerst vorsichtig und zurückhaltend hob er die Arme und legte sie etwas unbeholfen um Joel. Als Joel die Geste erwiderte, schien im Inneren des alten Mannes eine tiefe emotionale Barriere durchbrochen zu werden und seine Arme verstärkten sich mit erstaunlicher Kraft und einer herzzerreißenden Verzweiflung um seinen Sohn.

Joel dachte, er habe endlich die eigensinnige Entschlossenheit seines Vaters gebrochen und der würde seine Rachegedanken nicht in die Tat umsetzen. Es war nur der liebevolle Kontakt zwischen Vater und Sohn nötig, um Charlie davon zu überzeugen, dass er mit seiner Rache mehr verlieren würde, als er jemals damit gewinnen könnte. Dann fühlte Joel einen harten Gegenstand, etwas, das in Charlies Gürtel steckte.

Es war die Waffe, die Charlie gestern in der Gasse gekauft hatte.

Kapitel 44

Als erinnerte sich Charlie im selben Augenblick an die Waffe, indem Joel sie fühlte, wollte er seine Arme von seinem Sohn zurückziehen.

„Ich muss gehen“, sagte er.

„Nein!“ Joels Griff um Charlie wurde fester, dieses Mal jedoch weniger aus Zuneigung.

Charlie versuchte mit einer leichten Drehung sich Joels Armen zu entziehen, aber Joels Griff war für einen so passiven Versuch zu stark.

„Du kannst etwas, das seit drei Jahrzehnten unweigerlich passieren muss, nicht aufhalten“, sagte Charlie und verstärkte seine Anstrengungen.

„Du bist ein eigensinniger alter Bock!“

„Und du bist ein Junges von diesem alten Bock!“

Wenn sie nicht beide so verzweifelt gewesen wären, hätten sie darüber lachen können. Plötzlich begann Charlie zu husten. Sein ganzer Körper zog sich unter dem krampfartigen Husten gewaltsam zusammen. Da er glaubte, sein fester Griff habe diesen Anfall ausgelöst, lockerte Joel seine Arme. Einen Augenblick später riss sich Charlie los und sein Husten hörte sofort auf.

Joel war über die Gerissenheit des alten Mannes überrascht, aber er wollte sich trotzdem nicht so leicht geschlagen geben. Er streckte wieder die Hände aus, da er wusste, dass Charlie noch in Reichweite sein musste. Er erwischte Charlies Jacke.

Charlie drehte sich scharf um und schüttelte Joels Griff von sich ab. Während Joel sich bemühte, nach dieser abrupten Bewegung das Gleichgewicht nicht zu verlieren, fühlte er einen harten Schlag gegen die Brust. Dieser Schlag hätte ihn normalerweise nicht umgeworfen, aber er trat einen Schritt zurück, um das

Gleichgewicht zu behalten, und stieß dabei gegen den Stuhl, auf dem er vorher gesessen hatte, und stürzte mit einer solchen Wucht darüber, dass er mit dem Stuhl zu Boden ging. Bei dem Sturz schlug Joels Kopf gegen die Holzkante am Fußende des Bettes.

Er war einen Augenblick benommen und hörte wie aus weiter Ferne, dass die Tür aufging und mit einem lauten Knall wieder ins Schloss fiel. Joel klammerte sich an das Bett und rappelte sich mühsam auf die Knie, aber in seinem Kopf drehte sich alles und verhinderte jede weitere Bewegung. Niedergeschlagen ließ er den Kopf auf das Bett sinken und stöhnte. Wie sollte er Charlie nur finden, selbst wenn er sofort etwas unternähme? Er hätte nie allein kommen sollen. Er hätte Jim bitten sollen zu warten. Aber wahrscheinlich war Eigensinn wirklich eine typische Eigenschaft in seiner Familie.

Joel versuchte, sich zu bewegen. Sein Kopf schmerzte, und als er die anschwellende Beule fünf Zentimeter über seiner linken Schläfe berührte, fühlte er frisches Blut. Aber er durfte nicht aufgeben. Er hatte Charlie zwar vielleicht im Augenblick verloren, aber dabei konnte er es nicht bewenden lassen. Charlie hatte keinen Zweifel daran gelassen, dass er plante, Fabroni noch in dieser Nacht zu töten.

Joel rappelte sich auf die Beine und stellte fest, dass er sich schnell von seiner Verletzung erholte, wenn auch nicht von seiner Hilflosigkeit. Er fand seinen Stock, den er auf das Bett gelegt hatte. Das war immerhin schon etwas. Dann blieb er einen Augenblick am Waschbecken stehen, nahm ein Handtuch und versuchte, das Blut, das von seinem Kopf tropfte, abzuwischen. Vielleicht sah es nicht so schlimm aus, wie es sich anfühlte. Als Nächstes müsste er ein Telefon finden. Schluss mit seinem falschen Selbstvertrauen. Er brauchte Hilfe, wenn er Charlie noch aufhalten wollte.

Die Frau am Empfang erlaubte Joel, ihr Telefon zu benutzen.

„Er wollte also nicht gefunden werden", sagte sie mit einem leichten Anflug von trockenem Humor in der Stimme.

„Anscheinend nicht", erwiderte Joel.

„Ich bringe Ihnen etwas für die Wunde an Ihrem Kopf."

„Zuerst muss ich telefonieren."

Joel wollte Jim anrufen, aber der Detektiv war nicht im Büro und ging nicht an sein Mobiltelefon. Er dachte daran, Jims Privatnummer zu wählen, entschied sich dann aber dagegen. Stattdessen rief er Irene an. Er nannte ihr die Adresse des Hotels und zweifelte nicht daran, dass sie, wie versprochen, in dreißig Minuten bei ihm wäre, auch mitten in der Hauptverkehrszeit in San Francisco und trotz des weiten Weges aus San Bruno. Dann begann die Hotelangestellte Joels Kopf zu reinigen und legte ihm einen Eisbeutel über den provisorischen Verband, den sie ihm umgebunden hatte.

„Ich bin ja kein Fachmann", sagte sie. „Aber ich würde sagen, es sieht nicht so aus, als müsste die Wunde genäht werden."

„Ich nehme Sie beim Wort. Dürfte ich noch ein paar Anrufe tätigen?"

„Bedienen Sie sich."

Obwohl er es vorher nie geschafft hatte, zu Fabroni durchzukommen, rief Joel in seinem Haus an, erfuhr aber von einem Hausangestellten, dass Fabroni nicht zu Hause sei. Dann erinnerte sich Joel, dass Fabroni jeden Abend bei Alexanders zu Abend aß. Nachdem die Hotelangestellte ihm die Telefonnummer herausgesucht hatte, rief er in dem Restaurant an.

„Hier ist Joel Costain. Ich müsste dringend mit Mr Fabroni sprechen."

„Einen Augenblick bitte."

Die nächste Stimme, die Joel hörte, war eine Frauenstimme, die ihm ziemlich bekannt war.

„Mr Costain, kann ich Ihnen helfen?"

„Lena Westfall?", fragte Joel und wunderte sich im Stillen darüber, dass sie das Gespräch entgegennahm.

„Das ist richtig."

„Ich versuchte, Mr Fabroni zu sprechen."

„Ich weiß. Kann ich ihm etwas ausrichten?"

„Es ist ziemlich persönlich."

„Ich glaube, Joel, ich habe Sie ein wenig getäuscht. Wissen Sie, ich bin Alessandro Fabronis Tochter."

„Wirklich? Warum waren Sie so geheimnisvoll?"

Sie kicherte unschuldig. „Ich bin eine Frau, die viel Wert auf ihre Selbständigkeit legt, und ich habe es mir angewöhnt, nicht an den Rockschößen meines Vaters zu hängen, auch wenn ich mein Restaurant nach ihm benannt habe." Joel wurde plötzlich klar, dass Fabronis Vorname Alessandro war, die italienische Form von Alexander. „Aber ich bin stolz darauf, dass der Erfolg des Restaurants allein mein Werk ist. Würden Sie mir also bitte sagen, was ich meinem Vater ausrichten soll?"

„Es wäre besser, wenn ich persönlich mit ihm sprechen könnte."

„Aber er ist nicht hier."

„Wissen Sie, wo er ist?"

„Normalerweise ist er um diese Zeit zum Abendessen hier, aber heute Abend ist er sehr früh wieder gefahren."

„Wohin fuhr er?"

„Das weiß ich wirklich nicht."

Es schien ein seltsamer Zufall zu sein, dass Fabronis Tochter erst vor wenigen Tagen Joels Klientin geworden war. Aber Joel sah keinen Grund, ihr nicht zu trauen – hier ging es um die Sicherheit ihres Vaters. Jetzt spielte es keine Rolle, welche anderen Motive sie hatte, jetzt musste diese Sorge jedenfalls den Vorrang über alles andere haben.

„Also gut, wenn Sie von ihm hören, dann müssen Sie ihn warnen, dass sein Leben möglicherweise in Gefahr ist ..."

„Was soll das heißen? In Gefahr? Ich verstehe nicht."

„Das ist eine lange Geschichte, Lena, aber es gibt einen Mann namens Charlie Sullivan, der eine alte Rechnung mit Ihrem Vater offenstehen hat. Es kann sein, dass er ihm etwas antun will."

„Meine Güte! Das ist ja schrecklich."

„Haben Sie irgendeine Möglichkeit, Ihren Vater zu erreichen?"

„Ich weiß nicht ..., vielleicht über sein Autotelefon."

„Wenn Sie irgendetwas in Erfahrung bringen können, besonders, wo Ihr Vater sein könnte, würden Sie dann ..." Joel wurde bewusst, dass Lena ihn nicht erreichen könnte, wenn er und Irene unterwegs wären, um Charlie zu suchen. Mit seinem Mobiltelefon wäre er jederzeit erreichbar gewesen. Normalerweise hatte er es auch bei sich – nur jetzt nicht, wo er es am dringendsten brauchte. „Ich versuche, Sullivan zu finden", sagte Joel. „Ich melde mich wieder bei Ihnen."

„Aber, Joel, ist dieser Sullivan denn wirklich ein gefährlicher Mann?"

„Er ist alt und schwer krank. Aber ich kann nicht vorhersagen, wozu er in seiner depressiven Verfassung imstande ist."

„In Ordnung. Ich rufe meinen Vater an, sobald Sie auflegen."

* * *

Lena legte den Hörer auf, führte ihre schlanken, manikürten Finger nachdenklich an ihr Kinn und dachte über das ganze Ausmaß von Costains Anruf nach. Natürlich war es für sie keine Überraschung, dass Sullivan nach Blut lechzte. Sie hatte versucht, ihrem Vater das klarzumachen. Aber er war von seinen eigenen Schuldgefühlen bei dieser ganzen Sache zu abgelenkt, um vernünftig zu handeln. Sie hatte bereits entschieden, dass es Zeit war, die Dinge selbst in die Hand zu nehmen. Sie war in dieser Angelegenheit viel objektiver als ihr Vater.

Lena wandte sich vom Telefon ab und schritt in den Speiseraum. Es war noch etwas zu früh für die Hauptgeschäftszeit im Restaurant. Deshalb wählte ihr Vater die Stunde zwischen achtzehn und neunzehn Uhr für sein allabendliches Dinner. Nur drei andere Tische waren besetzt, die Gespräche wurden leise geführt, und der Musiker, ein ziemlich talentierter Pianist, würde erst um sieben Uhr zu spielen beginnen. Sie ging an einigen Tischen vorbei zu einem Separee im hinteren Teil des Restaurants.

„Hallo, Daddy." Sie sah den Teller mit Pesto, der vorzüglich mit Knoblauch abgeschmeckt war; eine von Alexanders Standardvorspeisen. „Kein neues Gericht heute Abend, Daddy? Ich war mir sicher, dass du die Frittura Piccata probieren würdest. Hektor bereitet sie heute zum ersten Mal zu."

„Ich hatte einfach Appetit auf Pesto, aber ich habe heute zum ersten Mal gegrillte Hühnchenbrust bestellt. War recht gut. Zurückhaltend gewürzt, aber sehr delikat."

„Ich gebe dieses Kompliment an den Küchenchef weiter. Darf ich mich zu einem Glas Wein zu dir setzen?"

„Ich wäre enttäuscht, wenn du es nicht tätest."

Sie rutschte in das Separee und nahm ihrem Vater gegenüber Platz. Ein Kellner war einen Augenblick später mit einem Glas bei ihnen und füllte es mit

Wein. Sie hielt das Glas einen Augenblick in der Hand und schaute in die rosafarbene Flüssigkeit, wie wenn sie tatsächlich zögerte oder unsicher wäre. In Wirklichkeit war sie keines von beidem, sondern bereitete sich lediglich auf das vor, was sie als Nächstes sagen würde. Aber bevor sie sprach, nahm sie einen genussvollen Schluck von ihrem Wein.

„Daddy, du willst dich also tatsächlich mit Sullivan treffen?"

„Ja." Er schaute auf seine Armbanduhr. „In weniger als einer Stunde."

„Allein?"

„Das hat er verlangt. Aber glaube mir: Wenn ich das Gefühl hätte, dass irgendeine Gefahr bestünde, würde ich nie allein gehen. Charlie will einfach eine kleine Belohnung für die letzten siebenunddreißig Jahre. Das kann ich ihm nicht einmal verübeln."

„Er muss sehr verbittert sein."

„Natürlich ist er das, aber Charlie war nie ein gewalttätiger Typ. Ich weiß noch, dass ich ihm damals erzählte, der Chef des Syndikats sei von ihm beeindruckt, aber das stimmte nicht. Im Gegenteil, sie wollten ihn hinauswerfen. Er war der schlechteste Geldeintreiber, den sie je hatten, er gewährte Zahlungsaufschub, wie andere Erdnüsse verteilen, manchmal sogar zweimal. Er benahm sich eher wie der Weihnachtsmann statt wie ein Geldeintreiber des Syndikats."

„Mir wäre es trotzdem lieber, wenn du mich mitfahren ließest."

„Damit verscheuche ich ihn womöglich. Es ist am besten, wenn nur er und ich dort sind. Er wird diese volle Aktentasche mit Geld sehen und das Gefühl haben, er habe mich endlich doch noch übervorteilt. Hundert Riesen tun mir nicht weh, aber für einen Mann wie Charlie, der nie einen Cent besessen hat, sind sie ein Vermögen."

„Was willst du machen, wenn er versucht, mehr aus dir herauszupressen?“

„Ich habe zwar vielleicht Mitleid mit diesem Mann, aber ich lasse mich nicht ausnehmen wie eine Weihnachtsgans. Wenn das ...“, dabei strich er über den Aktenkoffer, der neben ihm lag, „nicht dafür sorgt, dass er den Mund hält ..., dann werde ich zu anderen Mitteln greifen.“

Lena nahm einen kräftigen Schluck von ihrem Wein und ließ den angenehmen Geschmack auf ihrer Zunge zergehen. „Okay, wenn du meinst. Aber komm danach sofort zu mir und berichte mir, wie es gelaufen ist. Ich mache mir große Sorgen.“

Fabroni streichelte die Hand seiner Tochter. „In deiner Brust schlägt also doch ein Herz.“

Sie lächelte. „Für dich immer, Daddy.“

Lena trank ihren Wein aus und wurde dann vom Küchenchef weggerufen. Sie machte sich wegen des Geheimnisses, das sie vor ihrem Vater hatte, keine Sorgen. Am Ende würde er ihr dafür danken. Er war sich dessen vielleicht nicht bewusst, aber Charlie war wirklich ein gefährlicher Mann, nicht nur wegen der Einzelheiten, die sie von Joel erfahren hatte. Sie gab ihrem Vater wahrscheinlich recht, dass er nicht den Mumm hatte, Fabroni zu töten. Trotzdem stellte Charlie wegen des Notizbuches eine Gefahr dar. Fabroni glaubte zwar vielleicht, dass er und Charlie ein einfaches Geschäft miteinander abwickeln könnten, hunderttausend Dollar im Tausch gegen ein Notizbuch, und alles wäre erledigt. Aber Lena könnte Sullivans Wort in dieser Sache nie ganz trauen, vielleicht weil sie selbst auch nicht immer ehrlich war. Nichts hinderte ihn daran, einen Teil des Notizbuchs für sich zu behalten. Ihr Vater, der das Buch vorher nicht gesehen hatte, würde das nie bemerken. Aber selbst wenn Charlie nur Kopien machte, könnten diese verheerend genug sein. Die leiseste Andeutung eines Skandals würde Fabronis Chancen bei den Bürgermeisterwahlen zunichte machen.

Charlie Sullivan musste eliminiert werden. Natürlich waren damit auch Risiken verbunden. Er konnte Kopien oder einen Teil des Originals bei jemandem, wie etwa seinem Sohn, mit der Anweisung hinterlegt haben, sie im Fall seines vorzeitigen Todes an die Presse weiterzuleiten. Aber damit konnte man viel leichter fertig werden, wenn Charlie nicht mehr da war und seine Seite der Geschichte erzählen konnte.

Lena hatte sich Sorgen darüber gemacht, wie sie Charlies Ermordung decken könnte, aber Costains Anruf wusch ihre und ihres Vaters Hände sozusagen in Unschuld. Ein verrückter, rachsüchtiger Mörder war hinter Fabroni her. Selbst Costain müsste bezeugen, dass die Ermordung dieses Mannes aus Notwehr geschehen war. Sie brauchte nichts anderes zu tun, als ihrem Vater zu der Stelle zu folgen, an der das Treffen stattfinden sollte, und auf den richtigen Augenblick zu warten. Lenas Vater würde sich jetzt ihrem Plan wahrscheinlich widersetzen, aber sobald Sullivan tot wäre, würde er bestimmt einsehen, dass das, was sie getan hatte, unvermeidlich gewesen war. Ein Mann mit politischen Ambitionen musste einfach pragmatisch denken.

Kapitel 45

Der Verkehr auf der Bundesstraße in Richtung Norden war spärlich im Vergleich zu dem Stau auf der Gegenrichtung, auf der viele nach einem schweren Arbeitstag im Schritttempo die San Franciscoer Innenstadt verließen. Irene beschleunigte auf der Bundesstraße 280 auf fast hundert und wechselte immer wieder die Fahrspur, sobald langsamere Fahrzeuge ihr den Weg versperrten. Sie schaffte einen guten Schnitt, bis sie auf die Neunzehnte Straße einbog, in der sie der lebhafte Innenstadtverkehr erwartete, der durch die Feierabendzeit noch dichter als sonst war. Aber sie war hier aufgewachsen, hatte hier Auto fahren gelernt und wusste wie ein Ureinwohner in einem Dschungel, wie sie sich hindurchschlängeln musste.

Jedoch hatte sogar Irene einige Skrupel, in der Gegend, in der das Hotel lag, in der Abenddämmerung aus dem Auto zu steigen. Es war nicht weit von der Kneipe entfernt, in der sie Charlie vor einigen Tagen getroffen hatten. Das Hotel war eine heruntergekommene Absteige mit einem halb beleuchteten Neonschild, auf dem der Name „.otel Ha.gh." – Hotel Haight – zu entziffern war. Sie parkte drei Häuser weiter in einer Parklücke und war dankbar, dass um diese Zeit die meisten Geschäfte in der Straße schon geschlossen waren und sie deshalb leicht einen Parkplatz fand.

Als sie das Hotel betrat, sah sie keine Spur von Joel. Ihr Mut schwand, da sie fürchtete, sie sei zur falschen Adresse gekommen. Dann rief eine Frau ihr zu: „Sie müssen Joels Freundin sein." Sie war ungefähr fünfundvierzig, fast übertrieben schlank und hatte ein dickes Make-up und gebleichte blonde Haare.

„Ja. Wo ist er?"

„Er ist hinten im Büro und telefoniert." Die Frau winkte Irene, ihr zu folgen. Die Tür war leicht angelehnt. „Gehen Sie ruhig hinein. Ich muss vorne bleiben." Die Frau verschwand wieder, und Irene öffnete die Tür.

Joel legte in diesem Augenblick den Telefonhörer auf. Irene bemerkte als Erstes den Verband an seinem Kopf. „Joel, bist du verletzt?"

Er sprang auf und ging zwei schnelle Schritte auf sie zu, fast, als wollte er sie umarmen. Dann blieb er abrupt stehen.

„Mir geht es gut."

Aber sie hörte die Verzweiflung in seiner Stimme und sah die Sehnsucht in seinen Augen. Ihr Wunsch, diese Sehnsucht zu stillen und ihn zu trösten, überwand ihre Zurückhaltung. Irene ließ ihrem Impuls freien Lauf, schloss die Lücke zwischen ihnen und legte die Arme um ihn. Sie fühlte, wie seine Anspannung und die unausgesprochene Besorgnis abgebaut wurden, als er die Umarmung erwiderte und sie ganz fest hielt.

„Irene, er will Fabroni umbringen", sagte er. Seine Stimme klang leicht erstickt. Sie wusste, von wem er sprach. „Er ist mir entkommen. Hoffentlich ist es noch nicht zu spät. Fabroni ist fort, wahrscheinlich, um sich mit ihm zu treffen."

„Was können wir tun?", fragte sie. Es war leicht, Joel festzuhalten und zu trösten, aber darüber hinaus war sie hilflos.

Widerwillig ließen sie einander los. Aber Irene bemerkte, dass sie diesen Körperkontakt genauso gebraucht hatte wie er. Sie hatte ihn seit ihrem Gespräch mit Connie, als sie das erste Mal den Mut aufgebracht hatte, über ihre Liebe zu Joel zu sprechen, nicht mehr gesehen. Sie hatte sich nach ihm gesehnt, ihn festzuhalten, aber gleichzeitig fürchtete sie, dass sie sich im letzten Augenblick wieder vor ihm zurückziehen und zulassen würde, dass Gregs Bild erneut einen Keil zwischen sie schob. Aber während sie Joel umarmte, kamen keine Geister aus der Vergangenheit. Joel war einfach Joel, der Mann, der ihr sehr viel bedeutete. Der Mann, den sie ... liebte.

Irene wollte ihm das alles am liebsten sofort sagen, aber jetzt war nicht der richtige Zeitpunkt dafür. Sie schluckte die Worte wieder hinunter, die ihr auf der Zunge lagen. Jetzt mussten sie an Charlie Sullivan denken.

Joel tastete sich zu dem überladenen Metallschreibtisch in dem kleinen Büro. Er drehte sich um. „Wir müssen ihn finden. Ich glaube, ich weiß auch, wo er sein könnte."

„Sollen wir die Polizei rufen?"

„Nein", erklärte er. „Wenn sie ihn im Besitz einer Waffe finden, stecken sie ihn wieder ins Gefängnis, ganz zu schweigen, was sie tun würden, wenn sie von seinen anderen Plänen erführen. Aber ich bin fast sicher, dass ich ihm die Sache ausreden kann, wenn ich ihn rechtzeitig finde." Plötzlich hob er die Hand und betastete den Verband an seinem Kopf, dann lächelte er ironisch. „Ich muss es wenigstens versuchen. Vielleicht ist er auch überhaupt nicht weit von hier. Ich habe nachgedacht, während ich hier wartete. Eine logische Möglichkeit für das, was er plant, könnte das alte Haus in Haight-Ashbury sein. Es ist verlassen und liegt in einem Gebiet, in dem verdächtige Aktivitäten unbemerkt bleiben könnten. Ganz zu schweigen von der dichterischen Gerechtigkeit, für die dieses Haus stünde."

„Glaubst du nicht, dass diese Möglichkeit zu offensichtlich ist?"

„Ich bin selbst erst vor ein paar Minuten auf diese Idee gekommen. Aber ich glaube, Charlie dachte, es sei alles längst vorbei, bis ihn jemand dort aufspüren könnte."

„Dann sollten wir am besten keine Zeit mehr verlieren."

Joel holte seinen Stock, dann nahm er Irenes Arm und flüsterte, während sie das Büro verließen: „Bring uns rechtzeitig zu ihm, Herr!"

Während sie in der aufziehenden Dunkelheit zu Charlies altem Haus fuhren, erzählte Joel Irene von seiner Begegnung mit seinem leiblichen Vater, auch wenn die Zeit nur eine gekürzte Version zuließ, weil sie innerhalb von zehn Minuten an ihrem Ziel ankamen. Der viktorianische Wohnblock war dunkel und sah vollkommen verlassen aus. Kamen sie zu spät?

Irene brachte ihre Befürchtungen zum Ausdruck, aber Joel sagte: „Nein ... das darf nicht sein." Sie versuchte, aus seiner Zuversicht Mut zu schöpfen.

Das Haus sah jetzt vollkommen anders aus als bei ihrem ersten Besuch im hellen Tageslicht. Irene konnte sich gut vorstellen, dass Charlie dieses Haus als Schauplatz für seine lang gehegten Rachegedanken gewählt hatte. Irene betrachtete das Äußere des dreistöckigen Gebäudes und konnte kein Zeichen von Leben hinter den Fenstern entdecken. Im Inneren brannte kein Licht. Zweifellos war der Strom abgedreht. Ein paar Lichter schienen aus den Fenstern des Nachbarhauses, und eine junge Frau mit einer Einkaufstasche stieg die Stufen zur Haustür hinauf. Es war dieselbe Studentin, mit der sie schon einmal gesprochen hatten. Sie warf einen Blick auf Joel und Irene, die gerade aus Irenes Toyota stiegen.

„Sie sind noch einmal da?", fragte sie und balancierte ihre Einkaufstüten auf ihrem Knie.

„Ist Ihnen heute irgendjemand sonst hier aufgefallen?", fragte Joel.

„Nein, aber ich war die letzte Stunde beim Einkaufen."

„Wir wollen es nur noch einmal anschauen."

„Das geht mich nichts an." Die Frau betrachtete die beiden forschend, dann stieg sie weiter zu ihrer Haustür hinauf.

Irene kam flüchtig der Gedanke, dass es eine solche Schande sei, diese alten viktorianischen Häuser so verwahrlosen zu lassen. Aber Joel zog sie mit einer so starken Dringlichkeit weiter, dass keine Zeit blieb, um jetzt die sozialen Probleme der Stadt zu lösen. Sie steuerten auf den offenen Durchgang zwischen den zwei Häusern zu. Während Irene zwar vorausging, aber Joel eindeutig den Weg bestimmte, gingen sie wie schon einmal auf die Rückseite des Hauses.

Die Tür sah genauso aus, wie sie sie neulich verlassen hatten. Irene zog an dem Brett über der Tür, das sich ganz leicht zurückschwingen ließ. Noch leichter als das letzte Mal, aber das überraschte sie nicht, denn die Nägel waren ja nun schon gelockert. Das bedeutete noch nicht unbedingt, dass Charlie hier war. Es konnte auch ein Obdachloser in das Haus eingedrungen sein, wenn nicht jetzt, dann zu irgendeinem anderen Zeitpunkt seit ihrem letzten Besuch in diesem Haus.

Irene drehte den Türknauf, musste aber eindeutig mehr Kraft aufwenden als letztes Mal, um die Tür aufzubringen. Sie musste ihre Schulter dagegenstemmen, aber als sie sie so weit offen hatte, dass sie sich beide durchzwängen konnten, sah sie, dass das Problem ein zerrissenes Stück Linoleumboden war, das sich unter der Tür festgekeilt hatte. Das war beim letzten Mal gewiss noch nicht gewesen. Obwohl es sich in der Zwischenzeit auch von selbst hätte aufwellen und verkeilen können, hoffte und betete sie inständig, dass es ein Hinweis auf Charlie wäre.

Selbst als ihre Augen sich an die Dunkelheit im Inneren gewöhnt hatten, musste Irene sich mühsam vorwärts tasten und stolperte mehrmals. Sie wünschte, sie hätte eine Taschenlampe bei sich. In gewisser Weise hatte es Joel weitaus besser als sie. Er setzte seinen Stock gekonnt ein, doch in einer unbekannten Umgebung hatte auch er Schwierigkeiten. Aber er stolperte nicht mehr als sie. Irene konnte ihn und sich jedoch davor bewahren, gegen große Gegenstände zu laufen, und nachdem sie sich in den zwei Wohnungen im Erdgeschoss umgesehen hatten, führte sie ihn die Hintertreppe hinauf, die unter ihren Schritten laut knarrte.

„Charlie", rief Joel, als sie im zweiten Stockwerk ankamen.

Joel warf Irene einen verzweifelten Blick zu und schüttelte hoffnungslos den Kopf. Wenn Charlie nicht hier wäre und sie ihn anderswo suchen müssten, würden sie zu viel Zeit verlieren, falls ihnen überhaupt eine andere Möglichkeit einfallen sollte.

„Komm schon, Charlie, sei hier", sagte Joel.

Sie gingen durch die Räume der Wohnung im zweiten Stockwerk und schauten sich nur kurz um. Charlie hatte erwähnt, dass Betsy immer drei Treppen hatte hinaufsteigen müssen. Sie gingen also davon aus, dass Charlie in der dritten Etage gewohnt hatte. Niemand von ihnen sprach es laut aus, aber während sie Charlie suchten, vergewisserten sie sich gleichzeitig, dass keine Leichen im Gebäude lagen. Während Irene durch die Räume spähte, wuchs ihre Zuversicht, dass sie Charlie zuvorgekommen waren, falls er überhaupt die Absicht hatte, hierherzukommen.

Sie stiegen in den dritten Stock hinauf. Irene fragte: „Was machen wir, wenn er nicht hier ist? Sollen wir dann warten?"

„Wir könnten hier sitzen, und er könnte ... ganz woanders mit Fabroni abrechnen. Andererseits könnte er auch zehn Minuten später hier auftauchen." Joel schwieg. „Bleiben wir hier, bis uns ein besserer Ort einfällt, an dem er sein könnte. Es wäre sinnlos, vollkommen blindlings in der ganzen Stadt nach ihm zu jagen."

„Vielleicht tut er es doch nicht."

„Ich hoffe nur, wir sind nicht ..." Er brach ab, unfähig, seine Angst auszusprechen.

Irene blieb plötzlich mitten auf der Treppe stehen. Joel stieß gegen sie. Sie entschuldigte sich schnell, dann drehte sie sich zu ihm um und fügte aufgeregt hinzu: „Joel, beten wir, hier, wo wir sind ..., miteinander."

„Das ist eine ausgezeichnete Idee. Ich habe es im Stillen versucht, aber es verliert sich alles in ... wahrscheinlich meiner Angst." Er reichte ihr die Hände, und sie ergriff sie. „Ich fühle mich schon besser, nicht so allein. Würdest du gern beten?"

Irene wurde bewusst, dass sie in Joels Beisein noch nie laut gebetet hatte, und da sie seit Jahren überhaupt nicht mehr laut gebetet hatte, war sie befangen. Aber würde es ihn stören, wenn sie immer noch zurückhaltend war? Würde er sie deshalb weniger wertschätzen? Intuitiv wusste sie die Antwort auf ihre nicht ausgesprochenen Fragen, aber sie konnte ihre Gedanken nicht verhindern. Joel müsste sie einfach so annehmen, wie sie war. Und als sie seine Frage beantwortete, hatte sie auch keinen Zweifel daran, dass er das tat.

„Mir wäre es lieber, wenn du das tust, Joel. Aber ich unterstütze dich."

„Mehr brauche ich nicht." Er lächelte, drückte leicht ihre Hände und sprach in einem natürlichen Gesprächston weiter: „Jesus, ich habe diese Sache schon viele Male in deine Hände gegeben, und ich glaube, das muss ich jetzt wieder tun, oder mich wenigstens daran erinnern, dass alles in deinen Händen ist. Du liebst Charlie, und was auch immer heute Abend passiert, ich glaube, dass es dein Wille ist. Wir sind jetzt hilflos, aber nur, wenn die Augen unserer Herzen nicht auf dich sehen, werden wir untergehen. Hilf uns, die richtigen Schritte zu gehen und die richtigen Entscheidungen zu treffen.“ Joel atmete tief aus, als er geendet hatte. Irene fühlte wie schon vorher im Hotel, dass seine Anspannung nachließ.

„Gehen wir“, sagte Joel.

Hand in Hand stiegen sie weiter die steile, schmale Treppe hinauf. Wieder kam Irene in den Sinn, was Joel ihr im Auto über seine Mutter erzählt hatte, die im siebten Monat schwanger gewesen war und diese Treppen hatte hinauf- und hinuntersteigen müssen und dabei wahrscheinlich auch noch ihren vierjährigen Sohn auf der Hüfte getragen hatte. Die Bilder von einem Leben in diesem Haus, die sie und Joel sich ausgemalt hatten, als sie dieses Haus das erste Mal betreten hatten, bestürmten Irene erneut, jetzt sogar noch stärker, da sie mehr über die kleine Familie Sullivan wusste, die hier gewohnt hatte.

Sie waren auf halbem Weg nach oben, als Joel, der hinter Irene ging, an ihrer Hand zupfte. „Was ist das?“, flüsterte er, als wären sie ungebetene Eindringlinge und fürchteten, gehört zu werden.

Irene schüttelte den Kopf. „Ich höre nichts.“

„Hör doch.“

Sie standen mehrere Sekunden still, dann hörte Irene es auch. Knarrende Bodendielen. Jemand war im Haus.

„Charlie?“

„Komm.“ Joel drehte sich um und eilte wieder die Treppe hinab, ohne sich anscheinend bewusst zu werden, dass er jetzt Irene führte. Aber selbst in der Eile ließ er keine Stufe aus.

Erst als sie auf dem Treppenabsatz ankamen, stolperte er ein wenig, da er die Stufen nicht genau mitgezählt hatte. Irene war sofort an seinem Ellbogen und fing die kurzzeitige Unsicherheit mit Leichtigkeit auf.

„Man könnte meinen, wir würden das schon unser ganzes Leben lang miteinander einüben“, sagte er spontan.

Aber Irene bekam keine Gelegenheit, ihm darauf eine Antwort zu geben, weil ein anderer Neuankömmling zwischen dem ersten und dem zweiten Stockwerk die Treppe hinaufkam. Sein Gesicht war in den dunklen Schatten des Treppenhauses kaum zu erkennen.

Kapitel 46

„Was ist denn hier los?", fragte der Mann.

Joel musste die Stimme erkannt haben. „Fabroni?", fragte er.

„Was ist hier los?"

„Dann haben Sie meine Nachricht also nicht bekommen?"

„Welche Nachricht?"

„Ich habe bei Ihrer Tochter eine Nachricht für Sie hinterlassen. Sie sollte Sie warnen, sich nicht mit Charlie zu treffen."

„Ich habe nie eine Nachricht bekommen. Aber was geht die ganze Sache Sie an? Ist das eine Falle?"

„Ich weiß alles, Fabroni."

„Sie kennen nur Charlie Sullivans Seite der Geschichte – die wütenden Ergüsse eines verbitterten Ex-Sträflings, eines Polizistenmörders ..."

„Warum waren Sie denn dann bereit, sich mit ihm zu treffen?"

„Das ist eine gute Frage", erklang eine neue Stimme vom Treppenabsatz des dritten Stockwerks.

Es war Charlie. Irene konnte ihn im Schein einer Petroleumlampe, die er in der Hand hielt, gut sehen. Aber ihre Aufmerksamkeit war nicht von der Lampe, sondern von der Waffe wie gebannt, die er in der rechten Hand hielt und auf sie und die anderen beiden zielte. Charlie stieg langsam die Treppe herab. Die schaukelnde Lampe warf düstere Schatten auf sein trauriges graues Gesicht.

„Komm auf keine dummen Ideen, Sandy", warnte Charlie. „Diese Waffe kann ganz leicht losgehen. Auch wenn ich noch nicht genau weiß, ob ich dich töte, werde ich es tun, wenn du mich dazu zwingst." Dann sagte er zu Joel: „Ich bin froh, dass du wohlauf bist. Ich hätte dich nicht so zurücklassen sollen, aber ich dachte, auf lange Sicht sei es so am besten. Ich dachte, das sei das Ende. Warum konntest du es nicht dabei bewenden lassen, Joel?"

„Du weißt die Antwort auf diese Frage, Charlie."

„Glaube nicht, dass das etwas ändert. Ich hatte viel Zeit, um darüber nachzudenken; es ist kein überstürzter Entschluss."

Charlie erreichte den Treppenabsatz. Immer noch mit der Waffe auf Fabroni gerichtet, stellte er die Laterne auf eine Stufe unmittelbar hinter sich und drehte die Flamme größer. Sie waren jetzt alle auf dem kleinen Treppenabsatz zwischen dem zweiten und dem dritten Stockwerk versammelt. Fabroni stand oben auf der Treppe, die zum ersten Stockwerk hinabführte; Charlie stand am Fuß der Treppe, die weiter nach oben führte. Die zwei Todfeinde waren keine zwei Meter voneinander getrennt. Joel und Irene standen mitten auf dem Treppenabsatz, der nur ein einziges Fenster mit einer zersprungenen alten Glasscheibe hatte. Irene hatte den Eindruck, dass sie wie zwei Raubtiere waren, auf der Lauer und abwartend ... Sie war nicht sicher, worauf sie eigentlich warteten, konnte sich aber nicht vorstellen, dass es etwas Gutes war.

„Costain, halten Sie ihn auf", verlangte Fabroni verzweifelt. „Sie wird er nicht erschießen. Nehmen Sie ihm die Waffe ab."

„Ich werde dich nicht töten, Joel, aber ich kann dich oder Irene vorübergehend ausschalten, wenn es sein muss." Charlies Stimme war todernst, seine Miene hart wie Stahl. „Ich war vor siebenunddreißig Jahren kein Killer, aber ihr wisst nicht, was aus einem Mann wird, wenn er dreieinhalb Jahrzehnte im Gefängnis sitzt."

„Ich weigere mich, das zu glauben", sagte Joel.

„Ich wünschte mir wirklich, es könnte anders sein. Ich wünschte, du müsstest nicht hier sein bei dieser …"

„Charlie!", mischte sich Irene plötzlich ein. „Wenn Sie das tun, werden Sie nie Ihre Enkel kennenlernen."

„Dafür ist es zu spät. Ich muss es tun. Die Gerechtigkeit muss siegen."

„Hör zu", sagte Fabroni. „Ich habe das Geld." Er bewegte seine Hand, und zum ersten Mal bemerkte Irene, dass er einen Aktenkoffer bei sich hatte. „Hunderttausend Dollar, Charlie, genau, wie du verlangt hast. Alles saubere, kleine Scheine. Du könntest damit deine letzten Tage bequem leben, und du könntest deinen Enkelkindern einen guten Start im Leben ermöglichen."

„Was soll mich daran hindern, dich umzubringen und das Geld trotzdem zu nehmen?", knurrte Charlie. „Stell den Aktenkoffer auf den Boden und schiebe ihn zu der Frau hinüber. Damit sind wir immer noch nicht quitt. Dazu hast du mir zu viel angetan, aber ich bin ein praktischer Mensch."

Fabroni tat, wie ihm geheißen wurde. Der Lederkoffer glitt über den blanken Fußboden. Als er vor Irenes Füßen landete, schaute sie ihn nur sprachlos an. Sie dachte flüchtig daran, was sie mit diesem vielen Geld ihren Kindern alles ermöglichen könnte: ein schönes Haus, eine gute Ausbildung, Sicherheit. Aber war irgendetwas davon den Preis wert, den es kostete, dieses Geld zu nehmen?

„Ich würde gern sehen, wie so viel Geld aussieht", sagte Charlie. „Komm", forderte er Irene auf. „Mach ihn auf."

Irene hob den Koffer auf, drückte auf die Verschlüsse und hob den Deckel hoch. Saubere Bündel mit Hundert-Dollar-Noten schauten ihr entgegen.

„Ich habe mein Wort gehalten, Charlie", sagte Fabroni, dessen Stimme in einen weinerlichen Tonfall überging.

„Und ich werde meines halten.“ Charlie hob seine Waffe, bis sie genau auf Fabronis Herz zielte.

„Charlie, nein!“, schrie Joel, als hätte er die Bewegung seines Vaters gesehen. Wahrscheinlich ahnte er, dass der schreckliche Augenblick gekommen war.

Irene hatte den Aktenkoffer geschlossen und umklammerte ihn mit weiß hervortretenden Knöcheln, während sie aufmerksam und hilflos die Szene beobachtete, die sich vor ihr abspielte. Alles schien mit unaufhaltsamer Kraft auf das scheinbar unausweichliche Ende hinzulaufen. Ihr Herz pochte, und selbst als Charlie bei Joels Schrei anscheinend zögerte, konnte sie sich nicht vorstellen, wie diese Begegnung anders als tragisch enden sollte.

Doch in diesem Augenblick bewegte sich etwas auf der Treppe. Bis jetzt hatte niemand die Ankunft eines weiteren Neuankömmlings bemerkt.

* * *

Ihr Plan war vereitelt. Es gab zu viele Zeugen. Lena Westfall war zu clever, um einen Mord damit zu decken, dass sie noch zwei weitere beging, besonders wenn ein prominenter Anwalt im Spiel war.

Als sie oben an der Treppe ankam und sah, wie Charlie seinen 22er-Revolver auf ihren Vater richtete, besaß sie die Geistesgegenwart, ihre Pistole, eine zielsichere Neun-Millimeter-Halbautomatik, in den Gürtel ihres modischen Dior-Hosenanzugs zu stecken, unter dessen Jacke die Waffe nicht zu sehen war. Das geschah, bevor jemand überhaupt ihre Ankunft bemerkt hatte. Sie war nicht sicher, was sie als Nächstes tun wollte, aber sie wäre auf alles vorbereitet.

„Lena! Was machst du hier?“, fragte Fabroni.

„Wer ist das?“, wollte Charlie wissen, bevor sie eine Chance hatte, die Frage ihres Vaters zu beantworten.

„Meine Tochter“, erwiderte Fabroni.

Lena hörte die Angst aus der Stimme ihres Vaters. Aber hätte er nicht wenigstens die Geistesgegenwart besitzen können, ihre Identität nicht preiszugeben? Sullivan könnte sie umbringen, dann wären er und Fabroni quitt: Jeder hätte ein Kind verloren.

„Alles klar ..., Miss Fabroni“, sagte Charlie. „Sie gehen zu den anderen beiden dort hinüber.“ Sie konnte aus Sullivans Tonfall schließen, dass ihre Ankunft ihn aus der Ruhe gebracht hatte. Vielleicht konnte sie das ausnutzen. Aber vorerst gehorchte sie Sullivans Befehl und stellte sich neben Irene.

„Charlie“, sagte Joel. „Die Sache ist außer Kontrolle geraten. Es wäre verrückt, es jetzt noch durchziehen zu wollen.“

„Jetzt oder nie.“

Lena hatte keinen Grund, Sullivan nicht zu glauben. Seine Hand zitterte leicht, während er seine Pistole umklammerte, aber ein verwirrter, angsterfüllter Mann konnte gefährlich und unberechenbar sein. Wenn sie ihn aufhalten wollte, musste sie bald etwas unternehmen. Vielleicht konnte sie Charlie jetzt nicht eliminieren – dafür bliebe immer noch Zeit, aber wenigstens könnte sie ihn davon abhalten, ihren Vater umzubringen. Außerdem bestand vielleicht noch eine Chance, an Charlies Notizbuch heranzukommen. Denn selbst wenn sie ihren Vater vor der Pistole rettete, konnte dieses Notizbuch ihn immer noch ruinieren.

Während aller Augen auf Sandy und Sullivan gerichtet waren, griff Lena langsam hinter sich und zog die Pistole aus ihrem Gürtel. Dann war es ein Leichtes – eigentlich viel zu leicht –, ihren nächsten Schritt zu tun. Sie packte Irene, ohne genau zu wissen, warum oder was sie damit bewirken wollte, aber die Frau stand neben ihr und gäbe Lena wegen ihrer Beziehung zu Joel ein gutes Druckmittel. Hoffentlich würde Joels Betroffenheit, wenn er wüsste, dass auf den Kopf seiner Freundin eine Waffe gerichtet war, genügen, um Sullivan zum Aufgeben zu überreden.

Lena war eine kräftige Frau, mindestens zehn Zentimeter größer als Irene. Wenn das noch nicht genügte, würde ihre Waffe jeden Gedanken auf Flucht im Keim ersticken.

„Irene!“, rief Joel, als er den bestürzten Aufschrei der Frau hörte.

„Ihr geht es gut“, sagte Lena. „Solange ich diese Waffe, die ich auf ihren Kopf richte, nicht abdrücke.“ Dann sprach sie an Charlie gewandt weiter: „Entschuldigung, wenn ich Ihre kleine Party störe, Sullivan. Aber jetzt ist es meine Show, und meine erste Forderung lautet, dass Sie dieses kleine Schießeisen, das Sie in der Hand haben, fallen lassen.“ Als Charlie zögerte, fügte sie hinzu: „Ich meine es ernst. Sie haben meine Pläne vereitelt, und ich bin im Augenblick ziemlich aufgebracht. Reizen Sie mich also nicht.“

„Welche Pläne?“, fragte Charlie und ließ langsam die Waffe sinken.

„Ich wollte Sie umbringen, Mr Sullivan. Wenn möglich, noch bevor Sie mit meinem Vater zusammentreffen. Ich hatte nicht erwartet, dass mich hier ein so großes Empfangskomitee begrüßen würde. Ich glaube aber immer noch, dass ich damit durchkäme – mein Wort gegen das Ihre. Aber ich könnte mich auch damit zufriedengeben, Ihr Notizbuch zu bekommen. Wie klingt das? Geben Sie mir das Notizbuch, und Sie und Ihr Sohn und seine Freundin kommen mit dem Leben davon.“

„Und wenn ich es nicht tue?“

„Reizen Sie mich nicht, Sullivan.“

„Sie wären damit durchgekommen, wenn Sie mich

umgebracht hätten", sagte Charlie. „Aber Sie können uns nicht alle erschießen."

„Glauben Sie nicht, dass ich es so hinstellen könnte, dass der arme, verbitterte, geistig verwirrte Ex-Sträfling Amok gelaufen ist? Sie unterschätzen mich."

„Charlie, gib ihr das Notizbuch", drängte Joel.

„Ich habe es nicht bei mir."

„Ich verliere bald die Geduld", fauchte Lena. Plötzlich schrie sie: „Daddy!" Sandy machte einen Satz auf Charlie zu.

Als Charlie unter dem plötzlichen Angriff nach hinten stürzte, stieß er die Lampe um.

Einen Augenblick später wurde alles um sie herum dunkel.

* * *

Irene war selbst überrascht, dass sie in der plötzlichen Dunkelheit so schnell reagierte. Sie stieß ihren Ellbogen nach hinten in den Magen der Frau. Während Lena nach dem unerwarteten Schlag zu tun hatte, das Gleichgewicht nicht zu verlieren, befreite Irene sich aus ihrem Griff. Aber sie hatte anscheinend stärker zugeschlagen, als sie sich zugetraut hatte, denn Lena ließ ihre Waffe fallen – wenigstens deutete ein metallenes Klirren auf dem Boden darauf hin. Jedoch passierte so viel auf einmal, dass Irene kein Risiko eingehen wollte. Falls Lena mit dieser bedrohlich aussehenden Waffe herumfuchtelte, hielt sie es für das Beste, so weit wie möglich von ihr fortzukommen. Charlie und Fabroni rangen auf dem Treppenabsatz miteinander. Die Treppe, die nach unten führte, war frei.

Aber zuerst musste sie Joel finden.

„Joel!"

Das war ein Fehler. Lena machte sie am Klang ihrer Stimme schnell ausfindig und packte Irene erneut.

Hatte sie die Waffe? Irene wehrte sich mit Händen und Füßen und betete darum, dass sie sie nicht hätte. Aber Lenas Griff war kräftig. Nach ein paar Augenblicken gewöhnten sich Irenes Augen an die Dunkelheit, und sie sah die Waffe auf dem Fußboden funkeln.

Zu ihrem Erstaunen bückte sich Joel danach!

Wusste er, was er da tat? Aber selbst wenn er es wusste, was würde es ihm nützen, eine Waffe in der Hand zu haben? Sie hatte jedoch gelernt, dass sie ihn nie unterschätzen durfte. Statt also sein Handeln in Frage zu stellen, tat sie, was sie konnte, um ihm zu helfen. Sie redete weiter.

„Joel, wir sind hier ..., Lena hält mich fest ..."

Aber Lena, die vielleicht Irenes Motiv erahnte, versuchte, Irene den Mund zuzuhalten. Irene wehrte sich nach Leibeskräften, konnte aber nur gelegentlich ein „Joel" über die Lippen bringen. Sie hoffte, das genügte.

Dann erschütterte ein anderes Geräusch die bereits chaotische Szene.

Ein Schuss!

Joel konnte es nicht gewesen sein; er hatte Lenas Waffe noch kaum berührt, ganz zu schweigen davon, dass er keine Chance gehabt hätte, abzudrücken. Irene hatte fast vergessen, dass die zwei alten Männer immer noch miteinander rangen. Ein Schrei, den sie nicht sofort identifizieren konnte, folgte dem Schuss.

Würde dieser Tag trotz allem noch in einer Tragödie enden? Wie konnte sie bei diesen verzweifelten Menschen, deren Waffen genauso gefährlich und todbringend waren wie ihr Hass, etwas anderes hoffen?

Oh, Gott, lass es nicht zu! betete Irene mit stiller Leidenschaft.

Kapitel 47

Der Knall von Charlies Waffe zerschmetterte Joels Hoffnungen, dieses Chaos noch aufhalten zu können, bevor es eskalierte und irgendjemand verletzt würde. Er hörte einen lauten Schmerzensschrei aus der Richtung, in der die alten Männer miteinander rangen, aber nicht einmal Joel konnte mit Sicherheit sagen, von welchem der beiden der Schrei kam.

Joels Hand schloss sich um das kalte Metall von Lenas Pistole. Im nächsten Augenblick richtete er sich auf.

„Ich will, dass hier sofort Schluss ist – auf der Stelle!" Joel feuerte als Nachdruck die Pistole in die Luft.

Aber der erste Schuss aus Charlies Pistole hatte die Gruppe bereits entsetzt zum Schweigen gebracht. Joels Schuss löste eine andere Art von Schweigen aus. Er stellte sich vor, dass sie alle mit erschrocken aufgerissenen Augen auf den blinden Mann starrten, der wie wild mit der Pistole um sich schoss. Aber er hatte mehr Kontrolle, als sie ihm alle vielleicht zutrauten.

„Irene, bist du in Ordnung?", fragte er und zwang seine Stimme, ruhig zu bleiben.

„Ja."

„Charlie?", fragte er mit deutlich hörbarer Angst.

„Er hat mich angeschossen!" Das war Fabroni. Joel war erleichtert, als er diese Worte vernahm, und verspürte keinerlei Schuldgefühle.

„Charlie, schiebe deine Waffe zu mir herüber", befahl Joel. Als er kein Geräusch als Antwort hörte, sagte er scharf und mit vor Anspannung und Angst zitternder Stimme: „Charlie, du kannst nicht mehr daran denken, damit durchzukommen."

Nichts geschah.

Joel schoss seine Waffe wieder ab, dieses Mal nicht in

die Luft, sondern geradeaus. Ein entsetzter Aufschrei folgte. „Ich werde weiterschießen, Charlie, bis ich die Waffe höre." Er drückte den Abzug von Lenas Neun-Millimeter-Pistole. „Ich hoffe, niemand wird verletzt, aber ..."

Charlies Waffe glitt über den Boden und blieb vor Joels Fuß liegen. Joel nahm vorsichtig den Finger vom Abzug, dann bat er Irene, die Waffe aufzuheben. Aber während sie das tat, erregte etwas Neues seine Sinne. Er hatte es vorher schon leicht gerochen, aber gedacht, es sei nur das Schießpulver. Jetzt war es stärker und wurde von einem Geräusch begleitet, das wie zerknittertes Papier klang.

„Irene, wo ist die Lampe?", fragte er mit neuer Dringlichkeit.

„Sie ist umgefallen ..." Sie schwieg einen Augenblick. „Sie ist nicht mehr da! Sie muss die Treppe hinabgerollt sein."

„Wir müssen so schnell wie möglich aus dem Haus kommen", rief Joel eilig.

* * *

Als Irene sich nach der Lampe umschaute, konnte sie ebenfalls den Rauch riechen. Er zog zu ihnen hinauf. Als sie die Treppe hinabschaute, sah sie die lodernden Flammen. Die Lampe musste dort hinuntergerollt sein, als Charlie sie umgestoßen hatte. Der abgeschlossene Raum und die Zugluft im Treppenhaus wirkten wie ein Sog auf das immer größer werdende Feuer. Irene hielt nur einen kurzen Augenblick entsetzt inne, bevor sie an Joels Seite eilte.

„Charlie, gibt es noch einen zweiten Weg aus dem Haus?", fragte Joel.

„Die vordere Treppe. Sie ist in einem schlechten Zustand, aber der einzige Weg, jetzt noch aus dem Haus zu kommen."

„Okay, geh voraus."

Lena half ihrem Vater, der anscheinend am Oberschenkel verwundet war. Irene bildete den Abschluss, während Charlie eine der Türen öffnete, die von dem Treppenabsatz in die Wohnung im zweiten Stockwerk führte. Irene warf einen Blick hinter sich, bevor sie in das Zimmer eilten, und sah, dass das Feuer die Treppe vollständig erfasst hatte und die Flammen sich schnell zu dem Treppenabsatz hinauf ausbreiteten, auf dem sie gerade noch gestanden hatten.

Das Zimmer, durch das sie kamen, stand bis auf zwei kaputte Möbelstücke leer. Irene schloss die Türen hinter sich, um das Feuer daran zu hindern, noch schneller um sich zu greifen. Die alten Balken brannten wie Zunder. Sie dankte Gott ein Dutzend Mal während ihrer eiligen Flucht aus dem Haus, dass es einen zweiten Ausgang gab.

Für einen Augenblick brach leichte Panik aus, als die Gruppe die vordere Haustür erreichte – die mit einem Riegel abgeschlossen und mit Brettern zugenagelt war. Sie feuerten Lenas Pistole auf das morsche Holz rund um das Schloss ab. Dadurch lockerte es sich so weit, dass das Holz des Türrahmens schließlich nachgab, als sie ihre Schultern dagegenstemmten. Ein weiterer Stoß, und die äußeren Holzbretter lösten sich ebenfalls.

Immer lauter werdende Sirenen begrüßten sie, als sie in die frische Nachtluft hinaustraten. Aber diese kündigten Polizeiautos – zwei an der Zahl – und keine Feuerwehrautos an. Die Fahrzeuge kamen mit quietschenden Reifen zum Stehen. Vier Beamte sprangen auf die Straße.

„Hank, ruf die Feuerwehr", sagte einer der Polizisten, bevor er sich an die Gruppe wandte.

Fabroni bestürmte den Mann, bevor dieser Luft holen konnte. „Ich bin angeschossen worden!“ Er fuchtelte mit dem Finger in die Richtung, in der Charlie stand, aber wen er genau meinte, war nicht zu unterscheiden, da Joel und Irene neben Charlie standen. „Dieser Mann hat es getan. Ich verlange, dass er verhaftet wird.“

„Man hat uns eine Schießerei gemeldet“, sagte der Polizist.

Joel drückte Irenes Arm und bat sie, ihn zu dem Polizisten zu führen. „Die Schießerei ging unabsichtlich los“, sagte Joel. „Sie haben miteinander gerungen. Dabei löste sich der Schuss.“

„Er hielt uns als Geiseln fest“, mischte sich Lena ein.

„Sie können gleich alle loswerden, was Sie mir erzählen wollen“, sagte der Beamte. Dann richtete er seine Aufmerksamkeit auf Fabroni. „Wie ernst sind Sie verletzt?“

„Ich weiß es nicht. Ich verblute womöglich.“

Ein anderer Polizist verkündete, dass er bereits einen Krankenwagen gerufen habe. Er holte außerdem eine Decke, breitete sie auf dem Gehweg aus und half Fabroni, sich daraufzulegen.

Der erste Polizist sagte: „Alles klar, wer ist jetzt wer? Nennen Sie mir Ihre Namen.“ Er zog ein Notizbuch heraus und begann zu schreiben, während jeder seine Personalien angab. Außerdem wurde ihm versichert, dass sich niemand mehr in dem brennenden Haus aufhalte.

Fabroni musste unbedingt hinzufügen: „Sullivan ist ein Ex-Sträfling, auf Bewährung frei, und er hatte eine Schusswaffe in seinem Besitz.“

„Stimmt das?“

Charlie hielt die Hände hoch, als ein anderer Polizist ihn durchsuchte. Joel hatte der Polizei bereits die zwei Waffen übergeben.

Während jeder Beteiligte einen Bericht über die Geschehnisse dieses Abends gab, trafen zwei Feuerwehrautos am Schauplatz ein. Von dem Haus war nicht mehr viel übrig, und die Hauptaufgabe der Feuerwehr bestand darin, die angrenzenden Gebäude vor einem Übergreifen des Feuers zu schützen. Irene beobachtete mit einer gewissen Schwermut, wie die Flammen sich durch das Haus fraßen, als wäre es ihr Zuhause gewesen, in dem jetzt ihre Erinnerungen verbrannten. Joel hatte ebenfalls das Gesicht dem brennenden Gebäude zugewandt. Irene fragte sich, ob er daran dachte, wie vergänglich Erinnerungen waren. Er hatte kaum einen Teil des Lebens, der ihm versagt gewesen war, erfassen können, als sogar das Wenige, das er hatte, plötzlich ... *in Flammen aufging.*

Es war bestimmt kein großartiges Leben gewesen, aber Irene wusste, wie es war, wenn sie ihre Eltern von Dingen erzählen hörte, die geschehen waren, als sie noch ein Kind gewesen war oder auch bevor sie geboren worden war. Sie liebte diese Geschichten, weil sie Teil ihrer Eltern waren, Teil dessen, wer sie waren. Es war ihre Geschichte. Joel hatte so wenig von seinem Vater Charlie. Es hatte ihm so viel bedeutet, in dem Haus zu sein, in dem seine Mutter und sein Vater früher gewohnt hatten.

„Es macht mich ein wenig traurig, zu wissen, dass das Haus jetzt fort ist“, sagte Joel. „Aber es hätte ohnehin bald abgerissen werden müssen.“ Er legte den Kopf schief und horchte in die Richtung, in der Charlie eine hitzige Debatte mit dem Polizeibeamten führte. „Ich muss dafür sorgen, dass ich ihn nicht auch noch verliere.“

„Wie willst du ihm helfen?“

„Ich glaube, er braucht einen guten Anwalt.“

„Kann er vielleicht ein wenig Geld brauchen?“

„Was ...?“

Sie klopfte leicht auf den Aktenkoffer, den sie in der Hand hielt, seit sie aus dem Haus geflohen waren. „Ich wäre beinahe darüber gestolpert, als ich die Lampe suchte“, erklärte sie. „Alle anderen schienen den Koffer vergessen zu haben.“

„Er wird ihnen bestimmt bald wieder einfallen. Ich glaube, du solltest einen sicheren Platz dafür suchen.“

Irene schlenderte unauffällig zu ihrem Auto, das in der Nähe geparkt war, holte ihre Schlüssel aus ihrer Jackentasche, sperrte auf, deponierte den Aktenkoffer auf dem Rücksitz und schloss wieder zu. Über moralische Fragen würde sie sich später den Kopf zerbrechen. Im Augenblick hatte sie den Eindruck, dass Charlie von Fabroni wirklich eine gewisse Entschädigung verdient hatte. Falls ihr Gewissen sie später plagen sollte, konnten sie Fabroni ja immer noch dieses dumme Notizbuch geben. Nichts könnte Charlies Namen von dem Polizistenmord vor siebenunddreißig Jahren reinwaschen, nicht einmal dieses belastende Notizbuch. Besser, es loszuwerden, bevor es noch eine weitere Tragödie auslöste.

Als Irene wieder an Joels Seite trat, hatte er sich zu Charlie gesellt, der mit dem Polizisten diskutierte.

„Ein Inspektor ist bereits auf dem Weg hierher“, sagte der Beamte. „Aber, Sullivan, nach allem, was ich gehört habe, müssen wir Sie wahrscheinlich in Gewahrsam nehmen. Und Sie, Mr Costain, sollten einen guten Anwalt für Ihren Vater besorgen.“

„Ich stehe neben dem besten Anwalt, den ich bekommen könnte“, sagte Charlie.

„Ich bin kein Strafverteidiger, Charlie“, entgegnete Joel.

„Du bist der einzige Anwalt, dem ich vertraue.“

Joel schüttelte den Kopf. „Aber ...“

Fabroni mischte sich ein: „Es spielt keine Rolle, wen du als Anwalt hast.“ Während er auf einer Trage zum

Krankenwagen gebracht wurde, brüllte er: „Dafür wirst du mir bezahlen! Ich wollte großzügig zu dir sein, und so hast du es mir vergolten!"

Fabroni verstummte erst, als er in den Krankenwagen geschoben wurde und dieser davonfuhr.

Als der Polizist, der mit Charlie sprach, sich um andere Dinge kümmerte, sagte Joel leise zu Charlie: „Ich glaube, wir brauchen vor Fabronis Drohungen keine Angst zu haben – solange wir dieses Notizbuch haben."

Charlie schüttelte den Kopf und deutete zu dem brennenden Haus hinüber. „Es ist dort drinnen – in dem Haus."

„Ich dachte, du sagtest ..."

„Das war nur ein Bluff."

„Es ist wahrscheinlich auch besser so", sagte Irene. „Ich weiß nicht, ob jemand von uns sicher leben könnte, wenn es noch da wäre."

„Ja", nickte Charlie. „Aber wie wollen wir Fabroni davon überzeugen, dass es das Buch nicht mehr gibt?"

„Überlass Fabroni mir", sagte Joel zuversichtlich. „Falls du dich tatsächlich entschließt, mich als deinen Anwalt zu nehmen, Charlie, dann garantiere ich dir eines: Du wirst keine Minute mehr im Gefängnis verbringen."

Joel hielt sein Versprechen. Charlie verbrachte weder diese noch irgendeine andere Nacht im Gefängnis. Noch verbrachte er eine weitere Nacht in den billigen Hotels, in denen er die letzten Monate gelebt hatte. Charlie Sullivan verbrachte seine letzten Tage mit mehr Komfort, als er je zuvor in seinem Leben kennengelernt hatte.

Kapitel 48

Millie Lorenzo war voll in ihrem Element: Ihr Haus war mit Weihnachtsgästen bis auf den letzten Platz gefüllt. Sie hatte Ray aufgetragen, den größten Weihnachtsbaum zu kaufen, den er finden konnte. Der Baum beherrschte das Wohnzimmer, in dem jetzt alle anfingen, sich zu dem großen Augenblick, dem Beginn der Geschenkeverteilung zu versammeln. Irene blieb an der Tür zum Wohnzimmer stehen und ließ die Szene, die sich ihr bot, auf sich wirken. Connies gesamte Familie war da. Sogar ihr Bruder war mit seiner Familie aus Los Angeles gekommen. Aber es gab auch noch andere Gäste: Walt und Adrianne Costain waren zu Besuch und auch Charlie.

Tränen traten Irene in die Augen, als sie Charlie beobachtete, wie er zwischen Mark und Adam auf dem Sofa saß und sich ihre Baseballkarten erklären ließ. Er hatte in den letzten anderthalb Monaten seit dem Feuer in Haight-Ashbury noch mehr an Gewicht verloren, und er sah ziemlich blass und krank aus. Er hatte nicht mehr viel Zeit und hätte wahrscheinlich schon ins Krankenhaus eingeliefert werden müssen, aber er hatte wenigstens *ein* Weihnachtsfest mit seiner Familie verbringen wollen. Sie wusste, dass er ständig Schmerzen hatte, aber das merkte man ihm bei dem glücklichen Grinsen in seinem Gesicht, während er mit den Jungen sprach, kaum an. Irene versuchte, nicht an die siebenunddreißig Weihnachtsfeste zu denken, die er in einem düsteren Gefängnis verbracht hatte. Sie versuchte sich nur auf die Freude dieses speziellen Festtages zu konzentrieren – des Weihnachtsfestes, an das er sich am liebsten erinnern würde.

Inzwischen hatte er dicke Freundschaft mit seinen

Enkeln geschlossen und in den letzten Wochen so viel Zeit wie möglich mit ihnen verbracht. Dank Joel hatte er jede Minute als freier Mann leben können. Er hatte sich wegen Verletzung seiner Bewährungsauflagen vor Gericht verantworten müssen, aber eine sechsmonatige Strafe auf Bewährung bekommen und war Joels Obhut übergeben worden. Es wurden keine weiteren Anklagen gegen Charlie erhoben. Joel hatte Fabroni davon überzeugt, dass dies ein Pulverfass sei, von dem er lieber die Finger lassen sollte, wenn er es nicht bitter bereuen wollte. Irene war nicht ganz sicher, wie er das ohne das Notizbuch geschafft hatte, aber er hatte Erfolg gehabt. Es erschien ihr ungerecht, dass Fabroni trotz seiner Verbrechen immer noch auf freiem Fuß war. Aber man konnte ihm einfach nichts nachweisen.

An diesem herrlichen Weihnachtstag verspürte Irene keine Rachegelüste. Auch Charlie war mit seinem Wunsch nach Rache nicht weit gekommen. Es lagen zu viele schöne Dinge vor ihnen, um sie sich mit Bitterkeit zu verderben.

„Ich liebe dieses Haus!“, sagte Joels Stimme direkt hinter ihr. Irene hatte ihn nicht näherkommen hören. „Es ist mit seinen vielen herrlichen Düften wie geschaffen für einen Blinden. Tannennadeln, Hefe, Spaghettisoße und Anis. Ich hätte nie gedacht, dass ich Anis so sehr genießen könnte, nicht nur Anis zu riechen, sondern auch in den Plätzchen deiner Mutter zu essen.“

„Ja ... das ist für mich fast ein so wichtiger Bestandteil von Weihnachten wie Tannennadeln.“

„Rate mal, wer vor ein paar Minuten hier war?“

„Ich habe keine Ahnung.“

„Jim Kincaid.“

„Oh! Du hättest ihn hereinbitten sollen.“

„Er war auf dem Weg zu seinen Schwiegereltern.

Aber er hat uns ein kleines Weihnachtsgeschenk gebracht."

„Das wäre doch nicht nötig gewesen. Ich habe nicht einmal daran gedacht, ihm etwas zu kaufen."

„Du hättest sein Geschenk auch nicht übertreffen können."

Joel hielt eine weiße Schachtel in der Art, in der Brieftaschen verkauft wurden, hoch. Irene nahm die Schachtel und schlug den Deckel auf. Ein kleines Buch lag darin, beziehungsweise das, was von einem Buch übrig war. Es war ziemlich verbrannt, aber immer noch ein wenig erhalten. Als Irene es vorsichtig berührte und den verkohlten Einband hochhob, sah sie sogar, dass ein paar Seiten noch vorhanden waren.

„Joel, das ist doch nicht ...?"

Er nickte. „Es wurde in den Überresten des Hauses gefunden. Offenbar war es in einigen losen Ziegeln eines Kamins versteckt, wo es vor den Flammen größtenteils geschützt war. Jim sagte mir, einige Seiten seien sogar noch lesbar."

„Ja, ich glaube, er hat recht. Glaubst du, es kann immer noch gegen Fabroni eingesetzt werden?" Irene reichte ihm die Schachtel zurück, die Joel in die Tasche seiner braunen Tweedjacke steckte.

„Das werden wir nie erfahren", sagte er. „Ich werde es Fabroni schicken. Immerhin hat er hunderttausend Dollar dafür bezahlt. Außerdem hat Mr Alessandro Fabroni in den kommenden Tagen viel größere Sorgen als dieses Notizbuch."

„Wirklich?"

„Jim hatte noch ein zweites, viel besseres Weihnachtsgeschenk für uns.

Inspektor Reiley konnte mich nicht erreichen und rief deshalb heute Vormittag Jim an. Es sieht so aus, als hätten sie einen Tatverdächtigen in Gregs Mordfall gefunden: einen Mann, der sich als ziemlich redselig herausstellte. Da er selbst untergeht, hat er anscheinend die Absicht, alle anderen mit sich zu Fall zu bringen. Er heißt Lenny Wilcox, und er hat einige handfeste Beweise dafür, dass Fabroni ihn engagiert hat, um Greg zu beschatten."

„Die Polizei kann ihn also wegen Mordes verhaften?"

„Das bezweifle ich, aber wenn wir Glück haben, könnte er aufgrund von Indizien der Beihilfe angeklagt werden. Aber auch seine Rolle bei der Verschleierung des Verbrechens und der Behinderung der polizeilichen Ermittlungen wird ihn für einige Zeit ins Schwitzen bringen. Wenigstens hat er die Wahlen verloren, und ich bezweifle, dass er je wieder versuchen wird, sich für ein öffentliches Amt zu bewerben."

„Charlie wird sich freuen, das zu hören."

„Ich weiß nicht ..." Irene schaute zu Joel auf und sah in seinen Augen ein Zwinkern, das sie vorher nicht bemerkt hatte. „Ich hatte noch keine Gelegenheit, es dir zu erzählen", sprach er weiter. „Aber Charlie und ich hatten heute Vormittag, bevor wir hierherkamen, ein großartiges Gespräch. Deshalb war ich auch nicht zu Hause, als die Polizei mich erreichen wollte. Wir fuhren zum Friedhof, auf dem meine leibliche Mutter begraben ist."

„Oh, Joel ...", sagte Irene mitfühlend.

„Nein, es war wirklich eine großartige Erfahrung. Charlie erzählte mir einiges über sie, das ich noch nicht gewusst hatte. Ich bin überzeugt, dass sie Christin war. Charlie sagte, sie habe immer versucht, ihn dazu zu bewegen, mit ihr zur Kirche zu gehen. Aber er war zu sehr ein Macho für ‚Altweiber'-Religion gewesen, wie er es damals nannte. Jetzt sieht er ein, wie falsch das gewesen war, aber er glaubt immer noch, er sei zu weit entfernt, als dass Gott ihn lieben könnte."

„Dieses Gefühl kenne ich", sagte Irene.

„Später sprach er davon, dass er bald bei seiner Betsy

wäre. Dann versagten ihm die Worte und seine Stimme wurde heiser und betroffen, als er begriff, dass das möglicherweise nicht der Fall sein könnte. Ich sagte kein Wort, Irene, das musste ich nicht. Alles klickte in seinem Verstand – ich konnte fast hören, wie die Rädchen arbeiteten."

„Joel, hat er ...?"

„Noch nicht ganz, aber ich weiß, dass er es tun wird, bevor er stirbt. Sein Herz ist für Gott offen."

„Und ich dachte, diese Freude, die ich in seinem Gesicht sah, sei nur, weil Weihnachten ist."

„Für Charlie ist wirklich Weihnachten – Jesu Geburt in seinem Herzen und in seinem Leben."

„Welch ein herrliches Geschenk!", sagte Irene. Bevor sie sich versah, legte sie die Arme um Joel und drückte ihn.

Nichts war natürlicher. Aber Charlie war nicht der Einzige, der in den letzten Wochen ein neues Leben gefunden hatte. Irene hatte jetzt ebenfalls einen inneren Frieden mit sich selbst und mit der Vergangenheit. Die Ängste, die sie so lange gefangen gehalten hatten, waren einem neuen Vertrauen gewichen. Während sie immer mehr Vertrauen auf Gottes bleibende Gegenwart und die Verheißung hatte, dass er *immer* bei ihr war, lernte sie jetzt, mit Zuversicht weiterzugehen ... mit Glauben. Sie dachte an das Weihnachtsgeschenk, das sie für Joel unter dem Baum liegen hatte. Sie wusste, dass alle es für ein seltsames Geschenk für einen Blinden halten würden, aber Joel würde es verstehen. Irene hatte ihr erstes Bild fertig gemalt – ein Porträt von einem Foto, das sie vor ungefähr einem Monat von ihm aufgenommen hatte, als sie in den Wäldern von Santa Cruz wandern gewesen waren. Es war impressionistisch in seinem Stil und hatte als Hintergrund die Redwood-Bäume. Sie fand, das auffälligste Merkmal des Bildes waren Joels Augen, in denen sich die majestätischen Bäume leicht widerspiegelten. Das war ihre Art auszudrücken, dass Joel genauer, tiefgründiger sah als viele, die solche Bäume tatsächlich sehen konnten.

Irene warf jetzt einen Blick auf ihn, er sah in Charlies Richtung und lächelte. Sie hatte überhaupt keine Zweifel für ihre Zukunft. Gott hatte die dunklen Bilder im Spiegel ihres Lebens weggenommen, und durch das kristallklare Glas hatte er sie Joel sehen lassen. Eine Gänsehaut lief ihr über den Rücken, als sie an die Bibelstelle aus dem Korintherbrief dachte: „Wir sehen jetzt durch einen Spiegel ein dunkles Bild; dann aber von Angesicht zu Angesicht." Gott hatte Irene in seiner Güte einen Blick auf seine Wahrheit und Liebe werfen lassen, ohne dass sie dafür bis in die Ewigkeit warten musste. Sie verstand immer mehr, was diese Bibelstelle für Joel bedeutete.

„Ich kann mich nicht erinnern, jemals glücklicher gewesen zu sein", murmelte Irene.

Er neigte den Kopf in ihre Richtung und grinste. Dann nahm er ihre Hand. „Komm eine Minute mit mir."

In einer Hand seinen Stock und an der anderen Hand Irene, die etwas hinter ihm ging und ihm hin und wieder kurz die Richtung angab, betraten sie die Küche und steuerten auf die Hintertür zu.

„Wohin wollt ihr zwei gehen?", fragte Millie. „Es ist schon schwer genug, alle ins Wohnzimmer zu bewegen. Die Kinder können es kaum erwarten, ihre Geschenke auszupacken."

„Ich ... ah ... ich wollte Joel nur die Kamelien zeigen", sagte Irene.

„Die Kamelien? Kann das denn nicht warten? Die Kinder ..." Millie brach plötzlich ab. Ihre schlauen Augen funkelten. „Die Kamelien, sagst du ...? Nun ... macht nicht so lange." Sie zwinkerte Irene vielsagend zu.

„Nur ein paar Minuten“, sagte Joel und legte die Hand auf den Türgriff.

Draußen war die Nachmittagsluft frisch, aber nicht so kalt, dass man einen Mantel brauchte. Irene fühlte sich in ihrem weiten grünen Pullover, den sie zu einem schwarzweiß karierten Wollrock trug, ganz wohl.

„Du willst also Daddys Kamelien sehen?“, fragte sie.

„Selbst wenn ich sehen könnte, würden sie mich jetzt im Augenblick nicht interessieren“, sagte er. „Mich beschäftigt etwas anderes.“

„Oh ...?“

„Wie lange kennen wir uns schon, Irene?“

„Zweieinhalb Monate. Es kommt mir so vor, als wäre es schon viel länger ...“

„Aber du bist immer noch so weise und bestehst darauf, dass wir uns Zeit lassen sollten, um einander kennenzulernen. Es ist so viel passiert, so viele Veränderungen. Ich habe dir deine Zurückhaltung nie übel genommen.“

„Ich weiß. Ich schätze deine Geduld sehr.“

„Vielleicht willst du sogar noch länger warten, wenn ich dir sage, welche Pläne ich für die Zukunft habe. Die Arbeit an Charlies Verteidigung hat mir klargemacht, wo ich beruflich wirklich meinen Platz habe. Ich weiß nicht, ob ich ein großartiger Strafverteidiger werde, aber ich will es versuchen. Ich habe vor, meine eigene Kanzlei zu eröffnen, sobald ich alle Einzelheiten ausgearbeitet habe.“

„Das ist ja wunderbar, Joel! Du wirst bestimmt großartig!“

„Wenn jemand wie du mich unterstützt, kann ich das sogar glauben.“

„Das möchte ich gern ...“, murmelte sie so leise, dass sie sich fragte, ob er ihre Worte überhaupt gehört hatte.

Er steckte die Hand in seine Jackentasche und zog

eine noch kleinere Schachtel heraus als die, in der das Notizbuch gewesen war. Irenes Herz schlug schneller. War es ein Aufflackern ihrer alten Angst? In der Samtschachtel konnte nur eines sein.

„Das ist ein Weihnachtsgeschenk, das ich dir gern unter vier Augen geben wollte. Es muss keine große Sache sein, wenn du es nicht willst.“ Er öffnete den Deckel. Darin befand sich ein Ring mit einem schönen Amethyststein, der von kleinen Diamanten umgeben war. Als Irene die Luft anhielt, sagte Joel: „Du sagtest einmal, deine Lieblingsfarbe sei Purpurrot.“

Sie nickte. Sie begriff, dass er die Bewegung ihres Kopfes nicht sehen konnte, aber der Kloß in ihrem Hals machte es ihr unmöglich, etwas zu sagen. Joel lächelte, als verstünde er den Grund für ihr Schweigen.

„Es ist kein Verlobungsring“, sagte er. „Aber vielleicht kann es ein Freundschaftsring sein.“

„Du meinst, wir wollen ernst machen?“ Eine lockere Bemerkung war die einzige Möglichkeit, überhaupt etwas über die Lippen zu bringen. Sie wusste, dass sie weinen müsste, wenn sie wirklich ausdrücken wollte, was in ihr vorging.

„Und ob ..., wäre doch nicht schlecht“, erwiderte er lässig. Dann fügte er ernster hinzu: „Ich warte so lange, wie du willst, Irene. Wenn ich nur wüsste, dass du ...“

Sie legte ihre Finger auf seine Lippen. „Sprich nicht weiter, Joel. Du musst doch bemerkt haben, dass ich in letzter Zeit erwachsener geworden bin und einiges von dem Müll, der mich nach unten gezogen hat, losgelassen habe.“

„Ich weiß. Das hat mir auch die Kühnheit gegeben, so weit zu gehen.“ Sie nahm den Ring aus der Schachtel. „Würdest du bitte ...?“

„Mit Vergnügen!“

Irene legte den Ring zwischen seine Finger. Er hatte keine Probleme, die Hand zu finden, die sie ihm entgegenstreckte. Sie konnte die Tränen nicht mehr zurückhalten, als er den Ring an ihren Finger steckte.

„Er ist schön!“, sagte sie. „So schön wie ein *Verlobungsring.*“

In seinen Augen standen auch Tränen, als er sie in seine liebevollen Arme zog. „Nicht so schön wie du!“, erwiderte er mit belegter Stimme. „Ich weiß jetzt, wie es ist, wenn man einen unsichtbaren Engel berührt.“

Irene betrachtete den Ring, der im Sonnenlicht funkelte. Ja, der Ring hatte an ihrem Finger wirklich seinen Platz, genauso wie ihr Platz an Joels Seite war.

Ein weiterer Roman von FRANCKE

Beverly Lewis
Zuflucht für Melissa James
ISBN 978-3-86827-104-1
384 Seiten, kartoniert

Ein Anruf genügt und Melissa befindet sich auf der Flucht. Ihrem Ehemann, der Liebe ihres Lebens, hinterlässt sie nur einen Zettel: „Such mich nicht. Und mach dir keine Sorgen. Ich liebe dich, Melissa." Es sind die tödlichen Schatten der Vergangenheit, die sie Hals über Kopf forttreiben, die sie ziellos flüchten lassen. Und es ist die gute Hand Gottes, die sie in Amish County Zuflucht finden lässt – im Haus einer außergewöhnlichen Mennonitin. Dort entdeckt Melissa einen Frieden, der weit mehr verspricht als einen Ausweg aus ihrer verzweifelten Lage ... Doch ist sie der Gefahr, in der sie schwebte, tatsächlich entkommen? Und wird sie ihren geliebten Ryan jemals wiedersehen?